www.b-books.co.kr

www.b-books.co.kr

그저 —— 너의
　　안녕을 —— 바라고 있다

그저 —— 너의
안녕을 —— 바라고 있다

1판 1쇄 찍음 2021년 12월 16일
1판 1쇄 펴냄 2021년 12월 24일

지은이 | 김애별
펴낸이 | 정 필
펴낸곳 | (주)뿔미디어

기획·편집 | 이영은, 김선희
표지·디자인 | 차소정

출판 등록 | 2002년 9월 11일(제1081-1-132호)
주소 | 경기도 부천시 소향로17, 303(두성프라자)
전화 | 032)651-6513 팩스 | 032)651-6094
E-mail | dahyangs@naver.com
블로그 | http://blog.naver.com/dahyangs
비북스 | http://b-books.co.kr

값 9,000원

ISBN 979-11-6713-859-0 03810

그 저
너 의
안 녕 을
바 라 고 있 다

김애별 장편 소설

Contents

제1화
변명조차 안 하셔서 더 밉다고요

이렇게 될 줄 알았다. 도박에 미친 아버지가 대출이며 담보며 내걸다가 결국, 딸인 자기 몸까지 판돈으로 거는 일 말이다.

그건 재희가 막고 싶다고 해서 막을 수 있는 일이 아니었다. 그랬다면 어머니도 그녀를 낳자마자 도망가지 않았을 거고, 그녀 또한 성인이 되자마자 대학은커녕, 온갖 아르바이트를 전전하며 도박 빚을 갚을일은 없었을 테니까.

그래도 설마 했는데.

아르바이트를 하러 가는 도중에 웬 검은 사내들이 그녀를 덮쳤다. 저항할 틈도 없이 벌어진 납치에 재희는 놀라 기절하고 말았다. 그리고 정신을 차렸을 때는 이곳에 도착해 있었다.

"어머, 오빠. 오랜만에 왔네?"

"자기도 참. 낮에 연락하면 피곤해서 못 받는 거 알면서 왜 화를 내고 그래?"

색색의 조명이 반짝이는 내부. 촌스러울 정도로 과하게 꾸며진 실내 장식. 고막이 터져 나갈 듯한 음악 아래로 줄지어 선 수많은 방. 그 방을 들락거리는 여러 연령대의 남자들과 세련되게 꾸민 여자들. 그리고 가게 입구에 네온사인으로 적힌 상호.

룸살롱 비비안.

정말이지 갈 데까지 갔구나 싶었다. 차라리 제가 빚을 낸 거라면 억울하지도 않았을 텐데. 재희는 핏줄이라고 부르고 싶지도 않은 아버지를 떠올리며 입술을 깨물었다. 이런 곳에 끌려와야 하는 건 제가 아니라 그 작자여야 마땅했다.

"유재희라고 했니?"

속을 끓이고 있는 와중에 중년 여성의 목소리가 나지막이 들렸다. 룸살롱 마담이었다. 주현영이라고 했던가. 업소에서 일하는 여자들과 견주어도 부족하지 않을 정도로 화려한 외양을 지닌 사람이었다. 주 마담은 제 앞에 선 재희를 위아래로 훑어보았다.

"나이는?"

"스, 스물하나요."

"도박 빚 때문에 온 거라고 했지?"

"아, 네."

"딱 봐도 그래 보인다. 생긴 것도 그렇고, 옷도 대충 걸친 걸 보니 여기와는 아예 연이 없는 애네. 화장할 줄은 알아?"

재희의 외양을 보란 듯이 나열하던 주 마담이 뭐가 그리 재밌는지 호호 웃었다. 그럴수록 재희의 표정은 안심은커녕 차분하게 굳어 갔다. 허허실실 웃다가도 결국은 그녀를 성욕에 굶주린 남자들이 득실거리는 방 안으로 밀어 넣을 사람이라는 걸 아니까. 재희가 별다른 기대감 없이 고개를 떨어뜨렸다.

"아가씨들은 딱히 유니폼이 없는데, 그렇다고 남자 직원 걸 입으라고 할 수도 없고."

"예?"

"일단 주방에서 일손 좀 돕는 걸로 해. 안 그래도 장 여사가 보조 넣어 달라고 했었거든. 마침 잘됐어."

"어…."

"주방 일 끝나는 대로 여자 화장실 청소 좀 해 두고. 그 외에 모르는 거 있으면 직원들한테 물어봐. 잘 알려 줄 거야."

주 마담은 알겠으면 가서 일 보라는 듯 손짓했다. 그러나 태평해 보이는 주 마담과 달리 재희는 당황스러웠다.

내가 여기 온 목적은 술도 팔고 웃음도 팔고, 그 이상의 것도 팔아야 하기 때문이 아니었나? 그런데 왜 주방으로 가라고 하는 거지? 룸에 들어가라는 것도 아니라. 술 파는 법을 알려 주는 것도 아니라….

재희가 의문스러운 눈빛으로 멀뚱하게 서 있자 주 마담은 사뭇 짓궂은 표정을 지었다.

"왜? 싫으면 룸 들어갈래?"

"아, 아니요! 주방에서 일할게요. 열심히 할게요. 끝나면 화장실 청소도 박박 해 둘게요!"

"그럼 들어가 봐. 어머, 김 부장님 오셨어요? 엄청 오랜만에 오셨네."

정신을 바짝 차리고 대답하는 재희에게 주 마담은 표정을 풀고 눈웃음을 지어 보였다. 그리고 물 흐르듯 유려하게 손님을 받았다.

어떻게 된 일일까. 어쩌면 방심시킨 다음에 룸으로 밀어 넣으려는 속셈일지도 모른다. 아니면 더한 걸 시키려고 밑밥을 까는 거거나…. 그러나 당장은 도리가 없었다. 일단 시키는 대로 일을 하는 수밖에. 몸까지 팔려 온 마당에 첫날부터 접대를 안 하는 것만 해도 감지덕지였다.

재희는 한숨 돌리고 주방이 있을 법한 곳으로 걸음을 옮겼다. 복도 끝에 통로가 있으니 그쪽으로 가면 되지 않을까? 아니면 직원에게 물어봐야 하나…. 소란스러운 복도를 연신 두리번거리며 지나가고 있을 때였다.

"야, 야, 야, 너!"

한껏 위축되어 있는 재희의 팔목을 누군가 거칠게 잡아끌었다. 심장이 철렁 내려앉을 정도로 신경질적인 목소리와 함께였다.

○ ● ○

"업소를 또 짓는다고?"

차량 뒷좌석에 앉은 건욱이 피곤한 기색이 역력한 목소리로 되물었다.

"대표님께서도 아시겠지만 물장사라는 게 어디에서나 수요가 넘치지 않습니까. 그러니 상부에서도 그런 결정을 내리지 않았나 싶습니다."

"시팔, 룸살롱 몇 개 더 지을 바에 식음료로 빠지는 게 낫다고 몇 번을 말했는데."

들어 처먹지를 않아. 망할 영감탱이들.

건욱은 손에 쥔 서류를 신경질적으로 내팽개쳤다. 아무리 폭력 조직이라 할지언정 시대가 어느 때인데 기어코 음지만을 고집하는 건지. 수년 전부터 밀고 있는 양지화에는 눈곱만치도 관심 없는 직계 간부들의 태도에 건욱은 넌덜머리가 났다.

"들어가는 인력으로 따지고 보았을 때 룸살롱 쪽이 관리하기 수월하다고 판단한 듯합니다."

"허구한 날 짭새랑 눈치 게임 한 지가 몇십 년인데 수월은 무슨. 시팔, 그냥 빡대가리라서 다른 업계 쪽으로는 수를 못 쓰는 거겠지."

"하하….

건욱은 어색하게 웃는 차석환 비서를 룸 미러를 통해서 바라보다가 이내 차창 밖으로 시선을 돌렸다. 이 짓도 벌써 몇 년째더라. 성인이 되자마자 현장에 뛰어들었으니 10년은 족히 넘은 셈이었다.

10년이면 강산도 변하고, 조직 설립일을 따지고 보면 그보다 더한 게 변해도 이상한 햇수가 아닌데, 이놈의 집구석은 당최 달라지는 게 없으니. 그는 예전이나 지금이나 우울하기 짝이 없는 청운회의 미래에 한숨을 내쉬었다.

건욱은 폭력 조직인 청운회에 몸담고 있었다.

정확하게 말하자면 청운회를 기반으로 뿌리내린 여러 계열사 중에서 건설 계열을 손에 꽉 쥐고 있었다. 직계나 금융 쪽에 비하면 소박한 규모였지만 불평한 적은 없었다. 제가 밑바닥부터 꼿꼿하게 세워 놓은 회사인데 불평할 리가.

그러나 회사의 규모와는 별개로 이번 일은 지긋지긋하기 짝이 없었다.

그가 눈두덩을 가만히 문질렀다. 어쨌거나 조직을 전체적으로 양지로 끌어올리는 일이 장기적으로는 도움이 될 터였다. 구미호 같은 영감들이 기어코 고집을 부리는 게 문제지…. 그가 혀를 끌끌 찼다.

"됐고. 여사님은 갑자기 왜 호출하셨는데?"

"8번 방에서 물이 샌답니다."

"어디. 천장?"

"예. 그래도 흐르는 정도는 아니라서 내버려 뒀는데 언젠가부터 곰팡이가 펴서 그 방을 아주 못 쓰게 됐답니다."

"그렇지. 방치하다 보면 방에서 곰팡이 썩은 내가 진동을 하거든."

"그래서 직접 확인하고 수리해 달라고 하시더군요. 마침 일정이 비어서 방문하겠다고 말씀드렸습니다. 괜찮으십니까?"

"내가 할 일이 그건데, 뭐."

그리고 이미 출발하고 있잖아, 건욱은 가볍게 말을 덧붙이고 차 시트에 깊이 몸을 기대었다.

천장에서 물이 샌단 말이지. 바로 위층이 호스트바니까 거기도 한 번 점검해야 할 것 같은데. 건욱은 건물 구조를 떠올리며 누수 사례를 유추해 보았다. 내부 화장실 쪽인가? 아니면 주방 쪽이랑 이어져서? 확실한 건 배관이 터졌다는 건데….

"이제 여름인가 봅니다, 대표님."

신호를 기다리기 위해서 잠시 차가 멈추었을 때였다. 차 비서가 도로를 걷는 시민들을 바라보며 넌지시 말을 건넸다.

"전까지는 다들 옷차림이 들쭉날쭉했는데, 이제는 학생들도 하복을 입은 걸 보면요."

건욱은 다시 차창 밖으로 시선을 두었다. 차 비서의 말대로였다. 도로를 걷는 시민들은 더운 날씨 탓인지 다들 짧은 옷차림을 하고 있었다. 부채를 들고 다니는 사람도 있었다. 그리고 편의점에서 간편식을 먹고 있는 남학생들도 하복을 입은 채로 깔깔거리고 있었다. 차 비서도 아마 저 학생들을 보고 하는 소리였겠지.

"그러게."

건욱이 나지막하게 대답할 무렵, 차가 다시 출발했다. 한창 천장 누수의 원인에 대해 생각하던 건욱은, 그러나 이상하게도 시선을 떼어 내지 못하고 있었다.

익숙한 간판의 편의점. 푸른색 파라솔이 꽂힌 야외 테이블. 그리고 하복 차림의 학생들에게서. 마침내 차가 편의점을 완전히 지나칠 때까지도.

○ ● ○

"야, 야, 야, 너!"

거세게 붙잡힌 팔목이 아프다. 무슨 일인가 싶어 고개를 돌리자, 유니폼을 입은 남자 종업원이 다급하게 재희를 재촉해 왔다.

"퇴근하기 전에 한 테이블만 더 받고 가라, 응?"

"네?"

"손님이 방금 애 하나 퇴짜 먹였는데 대기하고 있는 애가 없어서 그래."

"예? 하지만…."

"뭐, 입은 것 때문에 그래? 괜찮아. 그 손님 취향이 너처럼 수수한 애니까 신경 쓰지 말고."

"그게 아니라…."

"아이씨, 얼른!"

저, 접대하러 온 거 아닌데요. 나중에는 어떻게 될지 모르겠지만 지금은 아니라고요! 라고 말하고 싶었지만, 순식간에 종업원에게 떠밀려 3번 방으로 들어가게 된 후였다.

아니, 사람 말을 끝까지 들어 보지도 않고!

재희가 문고리를 잡아 내렸다. 그러나 아무리 밀어도 문은 열리지 않았다. 그녀가 도망치지 못하도록 종업원이 문 앞을 막고 있는 모양이었다.

"이런 일 한두 번 하는 것도 아닌데 튕기지 말고, 좀!"

"저, 아니에요! 아니라고요! 그러니까…."

"아니긴 뭐가 아니야? 어차피 닳는 것도 아닌데 한 테이블만 더 받는 게 어때서!"

들려오는 소리도 얼마나 가관이던지. 세상에서 아버지만큼 이기적인 사람은 없을 거라고 생각했는데 딱히 그런 것도 아니었나 보다. 그렇게 급하면 자기가 들어가서 아부라도 떨면 될 것을! 재희가 이를 바득바득 갈면서 연신 문고리를 잡아 돌리고 있는데.

"거기 아가씨. 손님방에 들어와서 지금 뭐 하는 거야? 교육 제대로 안 받았어?"

휘황찬란하게 돌아가던 미러볼 아래에서 노래를 열창하던 남자가 재희를 아니꼽게 바라보았다.

"김 대리, 반주 좀 꺼 봐."

"궈, 권 과장님…."

"스읍, 꺼 보라니까."

스피커를 꽝꽝 울리던 반주가 꺼졌다. 한창 분위기를 돋우던 남자들도, 그들의 어깨며 허리에 가방처럼 끼워진 아가씨들도, 권 과장이라고 불린 남자의 명령에 입을 꾹 다물었다. 소란스러운 분위기가 물 먹은 솜처럼 무겁게 가라앉았다.

"아니면 뭐, 내가 지금 애들 퇴짜 놓았다고 항의하는 거야?"

"아, 아니. 저는, 뭔가 오해가 있으신 것 같은데…."

"오해? 지금 나한테 오해라고 했어?"

권 과장이라고 불린 남자가 터벅거리며 다가왔다. 술기운에 벌게진 눈동자가 재희를 진득하게 훑어보고 있었다. 섬뜩했다. 사람을 물건으로, 마치 가격을 매기는 것 같은 시선이었다.

이건 좀….

정말로 아니라는 생각이 들었을 때였다. 재희는 종업원이 자리를 뜨자마자 도망쳐야겠다고 결심했다. 그러나 이곳에서 더는 머무르고 싶지 않은 그녀와 달리, 권 과장은 불청객처럼 찾아온 재희가 퍽 마음에 든 모양이었다. 늙고 두툼하게 살집이 잡힌 손이 그녀의 어깨를 단단히 붙잡아 왔다.

"오해가 있으면 풀면 되지. 안 그러냐, 애들아?"

권 과장이 딱딱하게 굳혔던 얼굴을 풀고 하회탈처럼 허허실실 웃어 보였다.

"지당하신 말씀입니다, 과장님!"

"오빠, 분위기 잡으니까 무섭잖아!"

"한 곡 더 하시는 게 어떻겠습니까, 권 과장님!"

입을 다물고 있던 남자들과 아가씨들이 한마디씩 거들었다. 권 과장은 됐다는 듯 손사래를 쳤다.

"나는 됐으니까 이제 김 대리가 한 곡 뽑아 봐. 자네가 트로트를 그렇게 기막히게 잘 부른다면서?"

"예! 제가 한 곡 맛깔나게 뽑아 보겠습니다!"

"허허, 그래. 그리고 아가씨는 이제 문고리 좀 놓고."

"예?"

"쓰읍, 놓으라니까."

요즘 유행하는 세미트로트 반주가 시작되었다. 그와 동시에 문고리를 잡고 있던 재희의 손목이 권 과장에게 완강하게 붙잡혔다.

무슨, 힘이, 이렇게….

붙잡힌 손목뿐만 아니라 어깨동무하듯 감싸인 어깨까지 뻐근했다. 재희를 결박하듯 끌어안은 권 과장이 은근하게 속삭였다.

"아가씨, 우리 저쪽 가서 놀까?"

"아, 아니. 저, 이거 좀, 놓아주시면…."

"처음 보는 얼굴인데, 이번에 새로 들어왔어?"

"새, 새로 들어오긴 했는데. 제가 이런 담당이 아니거든요. 나중이라면 몰라도 아무튼 지금은 아닌데…."

"그래서 쓰잘머리 없는 말이 많구나. 그래, 처음이면 그럴 수 있지, 응."

거절하는 기색에도 권 과장은 들은 체도 하지 않았다. 무서웠다. 마음 같아서는 빚고 뭐고 도망치고 싶었지만 노골적으로 드러나는 욕망에 기가 확 눌리고 말았다. 그래서 말문을 제대로 열기는커녕 겁을 잔뜩 집어먹은 채로 아니라는 말만 반복할 뿐이었다.

"이번에도 마음에 안 들면 다시는 안 오려고 했는데, 마침 아가씨가 오빠 방으로 들어왔네?"

"어, 그런데…."

"나는 아가씨처럼 참하고 곱게 생긴 애들이 좋거든. 자연미 말이야, 자연미. 알지?"

"그런데 제가, 진짜로 접대하려고 들어온 게 아니라서…."

"기왕이면 젖도 큰 게 좋지."

나가 봐야 할 것 같다고. 그러니 어깨든 손목이든 좀 놓아 달라고 부탁하려던 찰나였다. 권 과장의 뭉툭한 손이 재희의 하얀 티셔츠 안으로 거침없이 들어왔다. 그리고 브래지어를 익숙하게 밀어 내면서 재희의 가슴을 움켜쥐었다.

어?

숨을 쉬는 것처럼 자연스럽게 이어지는 행동에 재희는 할 말을 잃어버렸다. 놀랄 틈도 없어서 입만 벙긋거리는데, 그러거나 말거나 권과장은 그녀의 가슴을 제 것처럼 쭈물거렸다.

"역시 젊은 애가 좋긴 좋다, 야. 말랑말랑하니…."

권 과장의 말이 끝나기도 전이었다. 갑작스러운 손길에 놀란 재희가 권 과장의 급소를 세게 걷어찼다. 충동적인 행동이었다.

"악, 씨발!"

권 과장이 비명을 지르는 틈을 타서 재희가 그의 품에서 벗어났다. 옷을 추스를 새도 없이 재빠르게 문고리를 잡아 돌리자 기다렸다는 듯이 문이 활짝 열렸다. 아직도 문이 막혀 있으면 어쩌나 걱정했는데 다행이었다.

"저 쌍년이!"

뒤에서 권 과장의 외침이 들렸지만 괘념치 않았다. 당장은 도망치는 게 우선이었다. 그런데 어디로? 정신없이 방을 나서긴 했는데 마땅히 갈 곳이 없었다. 다시 입구로 가서 마담을 만날까? 아니면 복도 쪽으로 냅다 달리는 게 나으려나?

"야이, 씨발. 거기 안 서!"

지체할 시간이 없었다. 그랬다간 씨근덕거리면서 쫓아오고 있는 권 과장에게 붙잡힐 테니까. 에라, 모르겠다. 재희는 복도의 끝을 향해 힘껏 달려가기 시작했다. 권 과장에게 따라잡히지 않으려면 열심히 발을 굴러야만 했다.

○ ● ○

"내부 화장실이 문제인 것 같은데요."

룸살롱에 도착한 건욱은 주 마담과 함께 8번 방에 들어섰다. 차 비서가 말했던 대로 구석진 천장에는 검은색 곰팡이가 피어 있었다. 손바닥만 한 크기를 보니 이제 막 번지기 시작한 모양이었다.

"전부 뜯어내야 하니?"

주 마담이 걱정스러운 기색이 다분한 표정으로 물었다. 건욱은 고개를 저었다.

"아뇨, 전부는 아니고. 그냥 이쪽 라인에 있는 방은 당분간 못 쓰게 된다고 보면 됩니다."

"어머."

"어차피 공사는 호스트바에서 진행될 거예요. 거기서 새는 거라서. 그래도 소음이 생길 수 있으니 마찬가지로 이쪽 방은 당분간 닫아 두는 게 나아요."

"그럼 우리는 벽지만 갈면 되는 거지?"

"예, 그럴 것 같네요. 누수 문제 해결되면 인테리어 업자 픽업해 올게요. 아마 일주일 정도 걸릴 거예요. 길어도 열흘일까."

건욱은 따로 들고 다니는 수첩에 천장 누수와 관련된 견적을 적어 내렸다. 룸살롱은 천장에 곰팡이가 핀 걸 제외하고는 크게 체크할 일은 없었다. 문제는 호스트바인데….

바닥을 전부 뜯어내야 해서 큰 공사가 이루어질 터였다. 그러나 호스트바는 룸살롱에 비해 매출이 높지 않아서인지 마담이 제법 깐깐한 편이었다. 공사 기간 내내 절반 이상의 방을 쓰지 못한다고 전하면 어떤 반응을 보이려나. 아무래도 실랑이까지 하게 될 것 같은데.

안 봐도 뻔하게 그려지는 상황에 건욱은 혀를 찼다. 건설사를 운영하면서 느끼는 건 건물을 짓는 일보다 사람과의 관계를 짓는 일이 여러모로 골치 아프다는 거였다.

"건욱아."

그가 수첩을 슈트 재킷 안에 집어넣는 순간이었다. 주 마담이 건욱 못지않게 착잡한 표정으로 말문을 열었다.

"너희 회사, 신입이나 인턴 자리 비는 데 있니?"

"예?"

"왜, 저번에도 혜진이 데려가서 경리로 썼잖아."

"아, 혜진이…."

주 마담이 튀워 내는 이름을 듣고 건욱은 오랜만에 기억을 더듬어 보았다. 2년 전이었다. 오빠가 낸 빚 때문에 결국은 업소까지 팔려 온 여자였다. 주 마담의 부탁으로 건설사에 경리로 꽂아 두긴 했는데….

"지금은 결혼한 걸로 알아요. 대학 동창이랑 눈 맞아서."

"그럼 자리가 났겠네?"

"자리는 없어도 만들면 되는 거고…. 왜요. 혜진이 같은 애가 들어오기라도 했습니까?"

"눈치가 아주 팔 단인데?"

같은 말이라도 빙빙 돌리는 게 여사님 특기 아니십니까. 건욱은 계속 말해 보라는 듯 주 마담에게 눈짓했다.

"아버지가 도박 빚을 엄청나게 진 모양이야. 그것도 모자라서 자기 딸을 판돈으로 걸었나 봐."

"그 새끼는 잡혔고요?"

"아직은. 쥐도 새도 모르게 사라지는 바람에 애들이 한창 찾고 있어."

"하여튼 뒤질 거면 혼자 뒈지시든지. 꼭 자식이며 마누라며 내거는 놈들이 있다니까."

어찌 상부 꼰대들과 마찬가지로, 그런 놈들은 강산이 몇 번이나 변할 때까지도 끈질기게 살아 있는 건지. 욕지거리를 내뱉는 건욱을 보며 주 마담은 익숙하다는 듯 호호 웃었다.

"아직 스물한 살이라 더 신경 쓰이고 그래. 여기서 일할 만한 체질도 아닌 것 같고."

"스물한 살이면 여사님 딸이랑 나이가 같겠네요."

"그러니까 말이야. 지금은 주방 일 좀 도우라고만 해 뒀는데, 가능하면 빨리 데려가 줘. 아가씨들 빼돌린다는 소리 직계에 들어가면 서로 골치 아프잖아."

건욱은 고개를 끄덕였다. 한창 물장사로 매출을 올리는 데에 급급한 청운회였다. 금융 계열 다음으로 높은 수익을 올리고 있다고 해도 무방했다.

그런데 말단이나 다름없는 건설 쪽에서 아가씨를 빼돌린다는 얘기가 새어 나가면 곤란해지는 건 건욱만이 아니었다. 주 마담은 물론이고 제 밑에 있는 팀원들까지 싹 다 위험해질 수 있었다.

그가 몸을 일으켰다. 공사 기간과 마찬가지로 빠르면 이번 주, 늦어도 다음 주 안에는 자리를 마련할 수 있을 거다. 일단 위층에 있는 호스트바 마담이랑 공사 얘기를 나눈 다음에 차 비서에게도 소식을 전달

할 예정이었다. 경리 자리 좀 비워 두라고….

"애 이름은 뭡니까?"

"재희. 유재희라더라."

"그럼 다시 연락드릴 테니까…."

그날 애 좀 잡아 두세요, 라고 말하려고 했다. 그러나 익숙하게 느껴지는 이름에 잠시 걸음을 멈추었다.

"여사님, 방금 뭐라고…."

"아이, 씨발. 거기 안 서?!"

주 마담에게 다시 이름을 물어보려던 찰나였다. 복도에서 성마른 외침이 들려왔다. 목소리가 얼마나 크던지 룸살롱을 울리는 음악이 묻힐 정도였다. 무슨 소란인가 싶어서 반사적으로 고개를 돌리는데.

"사, 삼촌!"

건욱의 품에 웬 조그마한 여자가 폭 안겨 들었다. 말이 안긴 거지 뛰어들었다는 표현이 더 정확했다.

애는….

그가 여자의 정수리를 가만히 내려다보았다. 삼촌이라니. 혈연이라고는 돌아가신 아버지와 어디로 도망갔는지 모를 어머니가 전부인데. 무엇보다 자신을 그런 호칭으로 부를 수 있는 사람은 단 한 명밖에 없는데….

"너…."

4년 전에 만났던 애. 편의점을 제집처럼 들락거리던 애. 마주칠 때마다 교복 차림이던 애. 그때가 여름이었는데, 푸른색 파라솔이 꽂힌 테이블에서 대화를 나누었던 그 애 말고는….

"건욱 아저씨!"

조그마한 몸을 들썩이던 여자가 시선을 마주해 왔다. 잔뜩 흐트러진 머리카락. 엉망으로 일그러진 표정과 호흡. 그리고 구슬처럼 뚜렷한 눈동자. 결코 잊을 수 없을 거라고 생각했던 밤색 눈동자가 다시 한 번 제 앞에서 아른거리고 있었다.

그 애였다. 그래, 재희였다.

○ ● ○

어떻게 여기서 만날 수 있지?

정신없이 도망치는 바람에 시야가 흔들리는 와중에도 재희는 확실하게 알 수 있었다. 압도적으로 큰 키. 뼈대부터 남다른 건지 쭉 뻗은 몸매. 넓은 어깨 때문에 딱 떨어지는 슈트가 누구보다도 잘 어울리는 남자가….

"도와주세요!"

한때는 동네 삼촌이었던 건욱이라는 걸. 생면부지인 사람들 속에서 유일하게 자신을 도와줄지도 모르는 사람이라는 것도.

"아저씨!"

그러나 일찍이 그를 발견해서 상황 파악이 빨랐던 재희와 달리, 그는 그녀를 마주한 게 당황스러운지 눈만 깜박거리고 있었다. 조금이라도 상황을 설명해 주면 이해하려나? 호흡을 불안정하게 내쉬던 재희가 입을 열었다.

"나, 아직, 접대하는 거 아닌데. 갑자기 방에 들어가게 돼서…."

"무슨…."

"그런데, 할아버진지 아저씬지, 아무튼 자꾸 이상한 짓을 해 대서…."

"씨발년, 드디어 잡았다!"

말이 채 끝나기도 전이었다. 재희의 머리채가 권 과장의 손아귀에 확 잡아당겨졌다. 비명을 지를 새도 없이 목이 뒤로 꺾였다. 그때까지도 그는 그녀와 멍하니 시선을 마주하고 있을 뿐, 아무런 미동도 하지 않았다.

혹시 나를 기억하지 못하는 걸까? 예전에도 지금도, 짧지만 소중했던 그 여름을 혼자만 특별하게 여겼던 걸까?

그럴 줄 알았다면 이런 식으로 매달리지 말 걸 그랬다. 주방 쪽으로 냅다 뛸 걸 그랬다. 게다가 권 과장에게 붙잡힌 머리채는 더럽게도 아팠다. 그녀를 족칠 생각에 다른 사람은 안중에도 없이 구는 모습은 꼴불견이었다. 이렇게 된 거 또다시 기회를 봐서 도망칠 궁리를 하려는데….

"뭐야?"

정수리 위에서 싸늘한 목소리가 들렸다.

"이 새끼가 돌았나?"

연이어 권 과장의 멱이 따이는 소리도 들렸다. 으드득. 정말로 으드득이었다. 그것도 한 손으로, 한순간에, 아저씨가….

덕분에 손아귀 힘이 느슨해지더니 권 과장에게 붙잡혔던 머리채가 놓였다. 그녀가 누군지 이제야 기억난 모양이었다. 살았다!

"고마워요, 아저… 앗."

그러나 감사 인사를 전하기도 전에 재희는 주 마담에게 떠넘겨졌다. 순식간에 그의 품에서 떨어져 나간 그녀가 두 눈을 깜박였다. 무슨 일인가 싶어서 다시 고개를 돌리는데.

"커헉…."

대리석으로 된 벽에 머리를 찧은 권 과장이 보였다. 안 그래도 멱이 따여서 숨조차 제대로 쉬지 못하는 모습이었는데, 그에 의해 이마며 관자놀이가 찢겨져 있었다.

"어, 엄마야…."

권 과장의 피가 룸살롱 벽이며 바닥을 적셨다. 보는 것만으로도 아찔해지는 광경이었다. 그가 권 과장의 멱을 딸 때만 해도 통쾌한 심정이었는데, 막상 피를 흘리는 몰골을 보고 있노라니….

"무, 무섭…."

무서웠다. 첫 만남 때부터 평범한 남자는 아니라고 생각했지만 이렇게나 노골적으로 폭력성을 드러낸 적은 처음이었다. 제가 알던 아저씨가 아닌 것 같았다.

그건 그녀만 느낀 게 아니었는지, 재희를 끌어안고 있던 주 마담이 두 사람의 싸움에(일방적인 폭행이라 해도 무방하다) 다급하게 끼어들었다.

"건욱아! 여기에 경찰까지 오면 곤란해져. 알고 있는 거지?"

이미 바닥에 쓰러진 권 과장의 손등에 구둣발을 올리던 그가 행동을 멈추었다.

재희는 침을 꼴깍 삼켰다. 깔끔하게 뒤로 넘긴 머리카락은 어찌나 격렬하게 몸을 쓴 건지 흐트러져 있었다. 짙은 눈썹과 함께 일그러진 인상은 예전이나 다를 바가 없었다.

그러나 딱 한 가지, 흥미라고는 전혀 찾아볼 수 없었던 무료한 눈빛이 이 순간만큼은 분노로 일렁이고 있었다.

"아, 아저씨…."

주 마담의 경고를 듣고도 아저씨는 고민하고 있었다. 권 과장의 손을 짓이길지 말지를. 그의 체격으로 짓이긴다면 손등은 물론 손가락뼈까지 남아나지 않을 것이다. 그러나 재희는 그가 그렇게까지 잔인하게 굴지 않기를 바랐다.

"그, 그만해요, 아저씨!"

재희가 그에게 천천히 다가갔다.

"그 사람이, 변태는 맞는데. 맞아도 싸긴 한데, 그래도…."

그리고 재킷 끝자락을 살며시 붙잡았다.

"아저씨가 그러는 거 싫어요."

"……."

"무섭게 구는 거, 싫어서…."

그녀에게 등을 지고 있던 그가 그제야 뒤를 돌아보았다. 새까만 눈동자가 그녀를 올곧게 담아내고 있었다.

그녀의 심정이 전해졌을까? 대신 화내 주는 건 고맙지만 그게 그의 몸까지 버릴 정도는 아니라는 걸. 그러니 여기까지 해 주었으면 하는 걸….

"어흐흑, 고맙습니다. 고맙습니다…."

마침내 손등에 그림자를 드리웠던 구둣발이 치워졌다. 그러자 권 과장은 정신이 혼미한 상태에서도 손가락뼈가 아직 나지 않았다는 사실에 무척이나 감사해했다.

재희는 안도의 한숨을 내쉬었다. 권 과장의 몰골은 이미 처참했지만 이만하길 다행이었다. 권 과장을 걱정하는 건 아니었고, 그녀를 도와줄 수 있는 유일한 사람이 벌을 받는 게 달갑지 않아서였다.

여기서 다시 만나게 될 줄은 몰랐는데….

재희는 저보다 한 뼘은 더 큰 아저씨를 가만히 올려다보았다. 그도 그녀를 말없이 바라보고 있었다. 아까보다는 분노가 사그라든 모습이었다. 험악하게 구겨졌던 인상이 풀리자, 그녀가 잘 알고 있던 아저씨의 모습으로 돌아온 것 같았다.

이 아저씨는 날이 갈수록 잘생겨지네. 비슷한 나이대 아저씨들은 벌써 배가 남산만 하게 불렀던데 그는 4년 전과 다를 것 없이 멀끔한 모습이었다. 아니, 그때보다 더 중후해졌나?

재희는 아주 잠시 이곳이 룸살롱이라는 것도 잊고, 오랜만에 마주하게 된 그를 샅샅이 뜯어보았다. 시원시원한 눈매며, 높은 콧대도 그렇고, 저 도톰한 입술이 웃을 때마다 환하게 벌어지는 게 얼마나 멋있었냐면….

"여사님."

그가 그녀를 향했던 시선을 거두고 주 마담을 바라보았다. 두 사람은 말도 없이 무언의 눈빛을 주고받았다. 주 마담이 고요하게 고개를 끄덕이던 순간이었다.

"응?"

툭, 하는 소리와 함께 아저씨의 슈트 재킷이 어깨에 걸쳐졌다. 재킷이 얼마나 큰지 그녀의 허벅지를 죄다 가릴 정도였다.

이걸 왜 주는 거지? 온기가 남아 있는 재킷을 만지작거리던 재희가 다시 그를 올려다보았다.

"가자."

어디를요?

재희는 묻고 싶었지만, 그는 이미 앞장서고 있었다. 황당했다. 자신과도, 주 마담과도 이렇다 할 얘기를 나누지 않으면서 갑자기 어딜 가재. 그녀가 두 눈을 깜박거리며 주 마담을 돌아보았다.

그러자 주 마담 또한 얼른 따라가라며 손짓하고 있었다. 상황이 어떻게 돌아가는지 당최 알 수 없었다. 하지만….

어딜 가든 여기보단 나을 거야. 그런 확신이 들었다. 아저씨라면 자신을 도와주면 도와주었지, 여기보다 험한 곳에 데려가진 않을 거라는 확신. 그래서 목적지를 묻는 것조차 관두고 일단은 그의 뒤를 따라나서는데.

"앗!"

다리에 힘이 풀려서 그만 주저앉고 말았다. 아니, 몸이 완전히 기울어지던 찰나에 그가 재빠르게 붙잡아 주었다. 룸살롱에 도착한 이후로 너무 긴장했던 모양이다. 그녀는 자신을 부축해 주는 그에게 기대어 간신히 몸을 일으켰다.

"죄송해요. 다리가 저려서… 금방 걸을 수 있, 악!"

그러나 다시 한 걸음을 내딛기도 전에, 갓 태어난 고라니 새끼처럼 떨고 있는 그녀를 그가 단번에 안아 들었다. 쯧. 노골적으로 혀를 차는 소리에 재희가 얼굴을 붉혔다.

"조금만 기다려 주면, 혼자 걸을 수 있는데…."

부끄러운 마음에 중얼거렸지만 그러거나 말거나. 그는 자신을 안아 든 채로 복도를 성큼성큼 걸어 나왔다. 결국 재희는 변명하는 걸 포기하고 그의 너른 어깨에 얼굴을 폭 묻었다.

아저씨에게선 희미한 담배 냄새가 났다. 시원한 향수 냄새도. 다른 사람에게서 맡았다면 싫어할 게 분명한 냄새였는데, 이상하게도 그와는 잘 어울린다고 생각했다.

"…그만 좀 맡아."

"헉, 느껴져요?"

"어."

"죄송해요!"

냄새를 계속 맡고 싶다는 생각에 지나치게 킁킁거렸던 모양이다. 그가 대놓고 투덜거렸다. 재희는 키들거리며 다시 그의 어깨에 얼굴을 비볐다.

부끄러운 재회였다. 하지만….

오랜만에 맡는 향기가 불안한 마음을 차분하게 달래 주고 있었다. 4년 만에 만난 그는, 미워했던 시간이 무색할 정도로 반갑게만 느껴졌다.

○ ● ○

재희를 뒷좌석에 밀어 넣은 건욱은 차 비서에게 단호히 명령했다.

"오늘 일정 취소해."

"예?"

"오피스텔로 가. 볼일이 있어."

"뒤에 탄 여자분은…."

"알 거 없어."

짤막하게 대답을 마친 그가 마찬가지로 뒷좌석에 올라탔다.

천장 누수 문제로 룸살롱을 방문한 대표님이 웬 여자를 데려왔다. 장담컨대 사사로운 관계에는 눈길조차 주지 않던 대표님이….

"출발 안 해?"

어안이 벙벙해서 입만 벙긋거리는데 대표님께서 평소보다 신경질적으로 다그치셨다. 평범한 상황이 아니라는 걸 감지한 차 비서가 그제야 재빠르게 운전석으로 올라탔다. 건욱이 탄식에 가까운 한숨을 내뱉은 건 그때였다.

…화가 가라앉질 않는다.

재희를 마주친 순간부터 웬 머저리 같은 새끼를 반쯤 죽여 놓고 나온 지금도. 눈에 보이는 모든 것이 거슬려서 짜증이 날 지경이었다. 건욱은 권 과장을 쥐어패느라 생채기가 난 주먹을 세게 그러쥐었다.

'아버지가 도박 빚을 엄청나게 진 모양이야. 그것도 모자라서 자기 딸을 판돈으로 걸었나 봐.'

주 마담의 이야기를 곱씹어 보던 그가 어금니를 세게 물었다. 흔한 일은 아니지만, 가끔 이런 일이 생기기도 했다. 그럴 때마다 건욱은 타의로 굴러 들어온 여자들을 주 마담과 함께 양지로 돌려보내곤 했었다. 빚도 그런 식으로 갚게 했다.

불쌍해서였다. 누군가에게 떠밀려서 들어온 게 퍽 불쌍해서. 그러니 한 번 정도는 기회를 주어도 되지 않나 싶어서.

'그런데 그게….'

이번에는 그 대상이 유재희였다. 누군가에게 떠밀려서 뭣 같은 소굴로 발을 들인 애. 이런 기회가 아니면 벗어날 구멍조차 없을 정도로 불쌍한 애가···.

주 마담에게서 유재희란 이름을 들었을 때는 혹시나 싶었다. 그러나 쫓기듯이 달려오는 재희를 보았을 때는 어찌나 놀랐는지. 숨이 턱하니 막혀서 내쉬는 것조차 잊을 정도였다.

여기 있을 애가 아니다. 그건 그 애를 처음 보았던 날부터 알 수 있었다.

한 손에 들어올 정도로 작은 얼굴. 그 얼굴에 별처럼 박혀 있는 눈, 코, 입이 신기해서 몇 번이나 들여다보았던 기억이 난다. 여름이라 하복을 입고 있던 그 애는 편의점에서 홀로 시간을 보내곤 했다. 퇴근할 때마다 편의점을 들르면 그 애는 구석진 야외 테이블에 앉아 열심히 숙제를 하고 있었으니까.

그런 게 어울리는 애였다. 이까짓 빌어먹을 업소 따위가 아니라.

생각을 거듭할수록 제가 발 딛고 있는 곳까지 재희가 굴러떨어졌다는 게 납득이 되질 않았다. 그래서 화가 났다. 사그라들기는커녕 속마저 끓었다. 아버지가 도박 빚을 크게 졌다고 했던가. 지금은 자취를 감추었다고 했지.

그렇다면 제 밑에 있는 놈들까지 풀어서 찾아내야겠다. 다시는 그런 짓을 하지 못하도록 어선에 태우거나, 도움조차 청할 수 없는 곳에 가두어서 죽을 때까지 빚을 갚게 해야지. 아니면 쥐도 새도 모르게 죽여 버려도 괜찮지 않을까.

자식까지 팔아 치운 새끼들은 숨만 붙어 있다면 또다시 그런 짓을 저지를 테니까. 연고가 없다면 차라리 그 편이 수월할지도 모르는데···.

"아저씨!"

밑도 끝도 없이 파괴적으로 흘러가던 사고 회로가 멈췄다. 재희가 갑작스레 시야 안으로 들어온 탓이었다. 건욱은 자신을 올려다보는 재희를 가만히 눈에 담았다. 그래, 일단은 애가 놀랐을 테니 진정을 시켜야 했다.

"그보다 괜찮…."

"괜찮아요?"

"너?"

재희가 고개를 젓는다.

"아뇨, 아저씨요. 아까부터 되게 화난 것 같아서."

"무슨…."

"이거 봐요. 손에 피! 얼마나 주먹을 세게 쥐었으면 이래요?"

"재희야."

"하여튼 아저씨는 예전이나 지금이나 화가 너무 많아요."

도리어 진정을 당했다.

그는 차량에 비치된 물티슈를 멋대로 꺼내어 쓰는 재희를 물끄러미 바라보았다.

"너는."

"네?"

"너도 놀랐겠다고, 많이."

"그걸 말이라고 해요? 아저씨 아니었으면 머리털 죄다 뜯길 뻔했어요. 이 나이에 빡빡이가 되는 줄 알았네."

"아니…."

그것도 그렇지만 네 상황이, 재희야. 썩 좋지 않은, 아니. 심각하게 나쁜 상황이잖아. 알고는 있어?

묻고 싶었지만 짹짹거리는 모습을 보는 게 싫지 않아서 건욱은 말을 아꼈다. 파랗게 질린 얼굴로 남자에게 쫓기던 때보다는 나았으니까.

29

너야말로 달라진 게 없구나. 심지어 그런 일을 겪고도. 생채기가 난 주먹을 보며 잔소리하는 재희는 꼭 어제 만난 것처럼 허물이 없었다. 건욱은 저도 모르게 미소 지으며 재희의 정수리를 가볍게 눌렀다.

"손은 알아서 나을 거니까 됐고."

"씨이."

"다른 일은 없었어?"

여사님이 너에게 뭘 더 시켰을 것 같진 않다만 그래도. 별 거지 같은 놈들이 오고 가는 곳이니 더한 일을 겪었대도 이상하지 않으니까….

걱정스러운 마음으로 묻자, 재희는 안색 하나 변하지 않고 대답했다.

"없었어요. 그게 처음이자 마지막이어서."

"업소에는 언제부터 들어왔는데?"

"오늘이요. 아저씨 오기 딱 삼십 분 전에 끌려왔어요."

끌려와? 그의 짙은 눈썹이 신경질적으로 꿈틀거렸다.

"편의점 아르바이트 가고 있었거든요. 그런데 웬 남자들이 저보고 유상훈 씨 딸이 맞느냐면서. 그렇다고 하니까 바로 차에 태워졌어요. 정신을 차리니 업소였고요."

"인상착의 기억나는 거 있어?"

"그냥 되게 뚱뚱하고, 되게 험상궂고, 다들 검은색 정장을 입었고…."

"…됐다. 여기 몸담은 새끼들 와꾸가 다 거기서 거기지. 아니면 너한테 따로 해 둔 말은 없었어?"

"앞으로 여기서 빚을 갚게 될 거라고 했어요. 아버지가 도박 빚으로 저를 걸었다면서. 그러니까 예쁘게 꾸며서 손님이나 열심히 받으라고…."

이런, 씹….

그가 또다시 어금니를 세게 짓이겼다. 금융 쪽에서 근무하는 새끼들은 하나같이 그 지랄이었다. 실적이라는 핑계로 온갖 더러운 일들을 자랑거리처럼 불려 나가는 놈들. 그래 봐야 자신도 청운회 소속이었으니 고상 떨 생각은 없었지만 재희가 그런 일을 겪었다고 생각하니 화가 머리끝까지 뻗쳤다.

"아저씨, 그러다 진짜 이 나가요!"

"하."

"할아버지 되기 전에 틀니라도 하면 어떡하려고 그래요?"

"너 진짜…."

한껏 열이 오른 건욱에게 또다시, 재희가 찬물을 들이붓는다. 예상할 수조차 없이 치고 나오는 말들에 건욱은 어이가 없어졌다.

"틀니 안 해. 할 필요도 없어. 지금까지 체력 부족하다는 생각 해 본 적도 없고!"

"지금 발끈하신 거예요?"

"네가 자꾸 말도 안 되는 소리를 하잖아!"

"장난친 건데, 히히."

알죠, 알죠. 아저씨가 웃을 때마다 드러나는 이가 얼마나 가지런하고 튼튼한데요.

그러더니 입꼬리를 쭈욱 올려서 웃어 보이는 재희였다. 애가 진짜 병 주고 약 주나. 누가 보면 생면부지 남이 겪은 일인 줄 알겠네.

"허…."

기가 막히는 와중에도 건욱은 마음이 무거워졌다. 재희는 자신이 처한 상황을 모르는 게 아니었다. 첫날부터 험한 일을 겪었으니 누구보다도 잘 알고 있을 터였다. 그런데도 계속 웃으면서 장난을 치는 건….

'내 기분을 풀어 주려는 거겠지.'

저더러 화가 많다고 하는 재희의 말은 하나도 틀리지 않았다. 한번 화가 끓기 시작하면 걷잡을 수 없이 표출해 대곤 했으니까. 재희는 그런 제 모습을 싫어하는 거였다. 인상을 구기고 있을 때마다 제멋대로 미간을 문질러 오는 게 그 이유였다.

"못 본 새 여기가 깊어졌어요."

그래, 지금처럼….

재희가 허락도 없이 손을 뻗었다. 희고 가느다란 손가락이 건욱의 구겨진 미간을 만지작거렸다. 그럴수록 인상은 점점 더 일그러져 갔다.

"에엥. 만지고 있는데 왜 깊어지지!"

적어도 애 앞에서는 성질을 죽여야 하는데. 알고 있는데… 이번 일은 워낙 지랄맞아서인지 감정에서 빠져나오는 게 쉽지 않았다. 도무지 인상이 펴지지 않는 이유였다.

더군다나 재희에게는 면역이 없었다.

누군가에게 손을 대는 데에 거리낌 없는 재희와 달리 건욱은 이런 접촉이 불편했다. 그렇다고 하지 말라며 버럭버럭할 수도 없는 노릇이고. 안 그래도 콩알만 한 애가 겁이라도 먹으면 어쩌려고.

"그래도 여전히 잘생겼어요, 아저씨."

만지는 것뿐만 아니라 뱉어 내는 말도 건욱의 신경을 툭툭 건드렸다. 생각처럼 좋은 감각은 아니었다. 오히려 거리를 두고 싶은 감각에 가까웠다. 이 애가 아니라면 어쩌면 평생 동안 접하지 않았을,

조금은 과분하게도 느껴지는 감각들.

건욱은 이제 미간을 지나 콧대를 만지작거리는 손길에 눈썹을 꿈틀거렸다. 겁을 먹지 않는 건 괜찮은데 너무 없는 건 또 문제였다.

"…그쯤 해 두고."

이런 건 다른 사람한테나 하라고 예전부터 몇 번이나 말했는데. 말을 해도 전혀 들어 먹지를 않으니.

그가 재희의 손을 조심스레 잡아 내렸다. 조그마한 손이 제 손안에서 움찔거렸다. 호기심 가득한 눈동자가 깜박이는 것도 보였다. 순수하기 짝이 없는 모습에 한숨이 새어 나왔다. 다시 본론으로 돌아갈 차례였다.

"네 아버지만 찾아내면 돼."

"네?"

"쥐도 새도 모르게 숨었다길래 애들이 찾고 있어. 찾아내기만 하면 너는 그 빚 갚지 않아도 돼."

"정말요?"

"그때까지 조용히 지내야겠지만."

아버지를 찾아내기 전까지 재희는 계속해서 감시당할 것이다. 청운회가 운영하는 금융업은 죽어서도 돈을 받아 낼 정도로 끈질겼으니까. 담보와도 같은 재희를 그냥 놓아줄 리 없다. 한동안은 제집에서 머무르는 게 훨씬 안전했다. 어차피 재희가 지내는 집은 털린 지 오래일 테니까.

"내가 지내는 오피스텔이 있어."

"네?"

"당분간 거기서 지내도록 해."

"제가 사는 집은…."

"네 정보는 귀신같이 꿰차고 있는 놈들이야. 하물며 집 주소를 모를까."

"아니면 모텔에서 지내도 되는데…."

그러나 재희는 영 달갑지 않아 보였다. 계속 말문을 늘이는 모습이 그랬다.

싫은 건가. 하지만 재희의 집은 물론이고 모텔 또한 보안은 허술했다. 상황이 잘못되면 바로 지켜 줄 수 있는 제집에서 머무르는 게 최선의 선택이었다.

"싫어도 참아. 당분간은."

남의 집이라서 불편하겠지만 어쩔 수 없었다. 재희가 변명하려는 듯 입을 벙긋거리고 있었다. 그러나 건욱은 됐다는 듯 시선을 떼어 내고 전방을 주시했다.

유상훈만 찾아내면 바로 돌려보낼 애였다. 4년 전처럼. 다시는 볼 일 없기를 바랄 애. 그래서 재희가 머뭇거리는 것도 흘려 넘기려고 했지만….

지랄맞게, 시팔….

보란 듯이 싫은 기색을 드러내니 기분이 이상했다. 이런 걸 이상하게 여기다니 정말로 이상한 일이다. 조폭 끄나풀 새끼가 어딜 가서 얼마나 융숭한 대접을 받았다고.

잠시 입을 다물었던 재희가 그를 바라보는 시선이 느껴졌다. 동그랗고 맑은 눈동자로 빤히 바라보고 있겠지. 아직 묻고 싶은 게 많다는 듯이.

"아저씨."

"……."

"아저씨이."

그러나 건욱은 애써 무시했다. 무엇이, 얼마나 궁금하든 대답해 줄 마음이 없었다. 재희에게 자신은 한때 동네 백수 삼촌, 지금은 이상한 아저씨쯤으로 남고 싶었다. 어차피 떳떳한 놈도 아니었으니까. 룸살롱 들락거리는 새끼들과 다를 바 없이.

○　●　○

"왕!"

오피스텔의 현관문을 열자마자 팔뚝만 한 개가 재희를 반겼다. 하얀색 털 위에 땅콩버터 색깔의 털이 반점처럼 자라 있는 개였다.

"얘는 뭐예요? 아저씨가 기르는 개예요?"

"응."

"너무 귀엽다아! 너 애교도 엄청 많구나?"

초면인데도 불구하고 개는 재희의 품에 안겨서 몸을 비비적거렸다. 뿐만 아니라 재희의 뺨을 혀로 핥아 대며 사랑스러운 모습을 뽐내고 있었다.

"이름은 뭐예요? 언제 데려왔어요? 어떻게요?"

"하나씩 물어보면 좋겠는데."

"이잉, 궁금하단 말이에요!"

"작년인가. 쓰레기장에서 주웠어. 이름은 딱히 없는데…."

멍멍이라고 하면 충분히 알아들어.

버려진 강아지를 데려와서 이토록 발랄하게 기른 사람치고는 데면데면한 말투였다.

"배변 잘 가리고, 말도 잘 들어. 앉으라면 앉고, 누우라면 눕고. 가끔은 사람인가 착각할 정도로 똑똑한 짓도 해. 식탐이 많은 게 흠이긴 하지만 그거야 내가 조절하면 되는 노릇이고…."

하지만 그 속에 담긴 애정은 감출 수 없는지, 그답지 않게 말이 길어지고 있었다. 재희가 키들거렸다.

"그런데 멍멍이라는 이름은 성의가 없잖아요."

"낯간지러운 게 싫어서 그래. 그렇다고 철수, 영희 같은 걸로 지을 수는 없잖아."

"제가 지어 줘도 돼요?"

"얼마나 오래 있겠다고 이름을 지어 줘?"

또다. 특유의 거리 두기. 진짜 서운하게….

그녀가 다가가면 그는 좁혀진 거리가 무색해질 정도로 멀어졌다.

차에서도 그러더니 지금도 그랬다. 아니, 생각해 보면 처음 만났을 때부터였다. 그는 틈만 나면 그녀를 곁에서 떼어 내려 들었다. 여기까지라는 것처럼. 그 이상 넘어오면 알은척도 하지 않겠다는 듯이….

재희가 시무룩해하자 건욱은 눈에 띄게 당황했다. 그가 괜스레 목을 가다듬었다.

"…마음대로 해. 걔가 알아듣는다면, 뭐."

"정말요? 그럼 우기라고 해야지."

"뭐?"

"멍멍아. 이제부터 네 이름은 우기야. 알겠지!"

"허."

재희가 기다렸다는 듯이 개에게 이름을 붙여 주었다. 그는 기가 차다는 듯 그녀를 바라보았다. 무언가 할 말이 있어 보였지만 재희는 모르는 체했다.

하긴, 그의 이름과 비슷하게 개 이름을 짓다니 황당할 만도 했다. 차 안에서 내비친 호기심을 외면한 것에 대한 사소한 복수였다. 그가됐다는 듯 고개를 저으며 거실 쪽으로 걸음을 옮겼다.

"식사는 주기적으로 방문하시는 아주머니 계시니까 알아서 챙겨 먹으면 되겠고."

"아, 네!"

"잠은 서재 옆에 있는 방 쓰면 되겠네. 청소도 다 되어 있으니까 걱정하지 말고."

"그런데요, 아저씨."

"왜."

"아저씨는 대체 뭐 하는 사람이에요?"

건욱의 뒤를 졸졸 따라다니며 오피스텔 내부를 둘러보던 재희가 물었다. 그가 걸음을 멈추고 천천히 그녀를 돌아보았다.

"처음 만났을 때도 말해 주지 않았잖아요. 차에서도 물어보려고 했는데 일부러 피했으면서."

"이 나이에 쌈박질이나 하는 백수 삼촌 같다며. 그거면 됐지."

"하지만 백수는 이런 곳에서 살지 않아요. 평수가 대체 얼마예요? 혼자 사는 거 맞아요?"

숨겨 둔 애인이나 가족 있는 거 아니에요? 라고 장난스레 물어보자 그는 대답 대신 픽 웃었다.

다행이다. 만나는 사람은 없구나.

가볍게 떠보려는 의도였는데 아저씨는 눈치채지 못한 것 같았다. 재희는 태연한 척 말을 이었다.

"우기 산책시킬 필요도 없겠어요. 집이 이렇게 넓은데."

"너 자꾸… 아니, 됐다."

"엄청 좋은 회사 다니시나 봐요. 막 이름만 대면 다 아는?"

"그런 곳 아니야. 좋은 회사 다니면 룸살롱을 들락거리겠어?"

"아."

우기를 품에 안고 우쭈쭈거리던 재희가 반사적으로 그를 바라보았다. 그는 그녀의 놀란 시선을 피하지 않고 받아 내고 있었다.

왜 변명도 안 해요?

그가 업소로 끌려온 자신을 구해 준 건 정말로 고마운 일이었다. 그러나 아저씨를 만나자마자 의문이 든 건 사실이다. 어떻게 이런 곳에서 만나게 된 걸까. 민감한 부분일 것 같아서 일부러 피했던 주제이기도 했다.

그만큼 떳떳하게 말할 수 있는 곳도 아닌데 아저씨는 그것조차 변명할 생각이 없어 보였다. 저더러 마음대로 생각하라는 것처럼. 그래도 상관없다는 듯이. 하다못해 설명이라도 해 주면 어디 덧나나. 일부러 정 떼려고 구는 것도 아니고….

"쉬고 있어."

그가 그녀를 지나쳤다. 현관 쪽으로 되돌아가는 모습이었다.

"어디 가세요?"

"일하러."

"끝나신 거 아니었어요?"

"근무에 끝이 어딨습니까, 아가씨."

구두를 신은 그가 재희를 돌아보며 픽 웃었다.

"냉장고에 반찬 있으니까 알아서 잘 챙겨 먹고."

"아저씨는요? 같이 안 먹어요?"

"알아서 먹을 테니 본인이나 신경 쓰세요."

"치이…."

"무슨 일 생기면 이쪽으로 연락하고. 휴대폰은?"

"끌려올 때 잃어버렸어요."

"그럼…."

거실에 유선 전화 있는 거 봤지? 그가 지갑에서 명함 한 장을 꺼내어 무심하게 건네주었다.

청운 건설. 대표 이사. 도건욱….

회사명은 생소하지만 대표 이사라는 직급에 눈이 휘둥그레졌다. 거봐. 쌈박질이나 하는 백수 삼촌 아니었잖아. 물론 아저씨는 개의치 않은 모습이었지만….

이제야 아저씨에 대해서 아주 조금 알게 된 기분이었다. 재희는 입술을 삐죽 내밀면서, 그러나 우기를 품에 안은 채 손을 흔들어 보였다.

"잘 다녀오세요."

"오냐."

"우기도 아저씨 가는데 빠빠이 해야지."

"너…."

"왈왈!"

"에휴."

재희가 마중하는 모습을 새삼스럽게 바라보던 그는, 이내 멍멍이를 우기라고 부르는 소리에 한숨을 내쉬었다. 대충 들어가라며 손짓하던 그가 현관을 나섰다.

그의 뒷모습을 바라보던 재희는 문이 닫히고 나서도 발을 떼지 않았다. 미동 없이 서 있는 그녀를 보며 우기가 가만히 짖었다. 왜 그러냐고 묻는 것만 같았다.

"으응, 아니야. 들어가서 언니랑 놀까?"

그러고 보니 우기는 남자앤가? 아니면 여자애? 어디 보자….

"너 여자애구나!"

우기의 배를 뒤집어 보던 재희가 호탕하게 웃었다. 함께 거실에서 공놀이를 하는 것도 잠시, 재희는 여전히 풀리지 않는 의문에 빠졌다.

아저씨는 좋은 사람일까, 아니면 나쁜 사람일까?

제대로 말해 주질 않으니 혼란스러웠다. 자신을 업소에서 구해 준 것도 그렇고, 영업장의 손님을 곤죽이 되도록 패 놓은 걸 보면 딱히 그런 장소를 좋아하는 것 같지는 않은데….

그러나 좋아하고 말고와는 별개로 주 마담과는 가까운 사이처럼 보였다. 눈짓만으로도 의사소통이 가능할 정도면 말 다 했지.

"우기야. 아저씨는 좋은 사람이야, 나쁜 사람이야?"

"왕!"

"뭐라고?"

"왕왕!"

"으응, 모르겠다…."

재희는 우기가 물어 온 공을 다시 한번 멀리 던졌다.

그는 그녀에게 오해를 살 만한 태도로 일관하고 있었다. 그러나 한

가지 간과한 사실이 있었다. 그가 정말로 나쁜 사람이었다면 그녀를 업소에서 데려오지 않았을 거다. 기회로 여겨서 단골이 되었을지언정 으리으리한 오피스텔을 그녀에게 맡기지도 않았을 거고.

재희는 대리석으로 된 거실 바닥에 벌러덩 드러누웠다.

오랜만에 그를 만나게 되어서 무척이나 반가웠다. 하지만 당사자는 아닌 것 같았다. 따지고 보면 냉정하게 굴어야 할 사람은 자신인데 조금 억울하기도 하고. 그러나 시궁창으로 굴러떨어진 제 인생을 단번에 건져 내 준 모습은 핏줄이라도 되는 것처럼 절실해서, 어떤 게 진짜 그의 모습인지 헷갈렸다.

"왕!"

공을 물고 온 우기가 재희의 옆구리에 얌전히 자리 잡았다. 그녀는 처음 보는 사람까지 잘 따르는 우기를 다정하게 쓰다듬었다.

"완전 사랑둥이구나?"

"왈왈!"

"아저씨가 우기 너, 엄청나게 아끼나 보다."

사랑을 듬뿍 받고 자란 게 보이는 반려견이라니. 누가 그랬더라? 반려동물 아끼는 사람치고 못된 사람은 없댔는데. 재희는 그의 정체가 더욱 혼란스러울 수밖에 없었다.

○ ● ○

차석환 비서는 혼란 속에 빠져 있었다.

피곤하다는 말을 습관처럼 하면서도 일정은 칼같이 수행하던 대표님이. 일정이 취소되는 건 극도로 싫어하시고 다음부터는 해당 업체와 상종조차 하지 않던 대표님이. 그 정도로 계획이 어긋나는 걸 용납하지 않았던 그 대표님이….

"오늘 일정 취소해."

"예?"

"오피스텔로 가. 볼일이 있어."

업소에 다녀와서는 갑자기 일정을 취소하라신다. 호스트바 마담과 공사 일정을 조율하느라 늦을 것 같다더니 시간을 보면 그마저도 안 하고 오신 것 같다.

그건 그렇다고 치자.

원숭이도 나무에서 떨어질 때가 있다고. 살다가 한 번쯤 제 신념을 뒤로할 수도 있는 거지. 자신 또한 출근하기 싫어서 몸부림을 치다가 반차를 낸 적이 몇 번 있지 않았던가.

"뒤에 탄 여자분은…."

진정한 문제는 그다음이었다.

여자. 대표님이, 그것도 젊은 여자를 품에 안고 나타나셨다. 그러더니 다짜고짜 본인이 사는 오피스텔로 가자신다.

미치신 건가?

운전하는 내내 석환은 손이 떨리는 걸 참느라 혼쭐이 났다. 그도 그럴 게 대표님을 모시게 된 지 어언 4년 동안, 이성과 필요 이상으로 가까웠던 모습을 본 적 없었기 때문이었다.

정말이지 단 한 번도!

룸살롱을 운영하는 주 마담과도 비즈니스 관계 이상으로 발전하는 모습은 보지 못했다. 그 외에도 마찬가지였다.

석환은 건설사로 이직하기 전부터 직계에서 온갖 군상을 봐 왔다. 사람을 죽기 직전까지 패는 건 물론이고, 손가락을 절단하는 일은 대수로운 일도 아니었다. 연고 없는 이를 소리 소문 없이 묻어 버리는 일도 비일비재했다.

뿐만 아니라 물장사하는 마담은 물론이고 아가씨들을 건드리는 놈들도 많았다. 아니, 이미 일상이나 다름없는 일이었다. 계약을 빌미로 타 업체에다 아가씨들을 내미는 작태는 발에 밟힐 정도로 흔했다.

직계에서는 전무 직급이자, 건설사에서는 대표직을 맡은 도건욱이라는 남자를 제외하고는.

한때는 간부들마저 할 수 있겠느냐며 혀를 내둘렀던 건설사를, 오로지 실력만으로 키워 낸 사람이었다. 그 과정이 얼마나 치열했고, 그러나 정직했는지는 시작을 함께했던 자신이 더 잘 알고 있었다.

폭력이 기반이 되는 조직에서 양지에서나 있을 법한 반듯한 기업이라니. 사회적으로는 환영받을지언정 수면 위로 존재를 드러내는 걸 꺼리는 내부에서는 미운 오리 새끼 취급을 받는 건 당연했다.

그래서인지 항간에는 괴상한 소문마저 돌았다. 짭새한테 뒷배를 보장받은 게 아니냐. 머지않아 배신하고 튈 준비 하는 게 아니냐. 직계에 있을 때 머리가 어떻게 되었나 보다. 그러다가 아랫도리까지 맛이 간게 아니냐. 그러지 않고서야 여자를 돌처럼 대할 수는 없다는 것이 입이 가벼운 작자들의 논리였다.

하지만 다른 건 몰라도 마지막 말만큼은 석환도 동의했다. 그동안 대표님이 이성을 가까이하시는 걸 본 적이 없어서, 정말로 죄송한 말씀이지만 다른 쪽에 취향이 있으신 건지 의심했을 정도였다.

그런 분께서 여자라니!

다음 일정도 취소하고 오피스텔로 급하게 가자는 걸 보면 섹스라도 하실 모양이었다. 대표님도 남자긴 남자셨구나. 석환은 이해하면서도 내심 아쉬워하고 있었다.

말은 무섭게 하셔도, 외적으로나 내적으로나 멋있는 사람이라 남몰래 동경하고 있었다. 그래서일까. 석환이 지켜본 대표님이라면 마음에 둔 이성 외에는 함부로 관계를 맺지 않을 거라고 생각했었다.

얼떨떨한 마음으로 운전을 하면서 두 사람의 대화를 듣기 전까지는 그랬다.

"편의점 아르바이트 가고 있었거든요. 그런데 웬 남자들이 저보고 유상훈 씨 딸이 맞느냐면서. 그렇다고 하니까 바로 차에 태워졌어요. 정신을 차리니 업소였고요."

젊은 여자의 사정을 들었을 때는 생각이 점점 바뀌었다. 세상에 사연 없는 사람이 어딨겠냐마는 적어도 제 발로 업소에 찾아온 여자는 아닌 것 같았다. 무엇보다 두 사람은 구면인 듯했다.

아가씨들은 보통 고객을 자기라거나 오빠 같은 호칭으로 부르지, 딱 까놓고 아저씨라고 부르지는 않으니까.

"아저씨, 그러다 진짜 이 나가요! 할아버지 되기 전에 틀니라도 하면 어떡하려고 그래요?"

고객의 신경을 거스르는 말은 장난이라도 꺼내지 않고.

두 사람의 대화를 라디오처럼 듣고 있던 석환은 웃음이 새어 나오려는 걸 필사적으로 참았다. 힐끗 바라본 룸 미러를 통해서 전해지는 대표님의 따가운 눈초리 때문이었다.

지릴 뻔했다.

아마 제가 저런 말을 뱉었더라면 비서직에서 잘리는 건 물론이고, 다음 날 눈을 떴을 때 목만 덩그러니 내놓고 산속에 파묻혀 있을지도 모른다.

그 정도로 눈치도 없이 해맑기만 한 아가씨였다. 심지어 허락도 없이 대표님의 얼굴을 만지작거리는 걸 봤을 때는 저러다 큰일 한번 나는 거 아닌가 싶었다.

"아저씨."

"……."

"아저씨이."

그러나 하나부터 열까지, 평소와 같은 성질머리를 꾹 참아 내는 대표님을 보고 있자니 의구심이 들고 있었다.

대표님이 저런 행동 하나하나에 관대한 분이 절대로 아니신데….

하물며 업소에서 내로라하는 아가씨라도 정해 둔 선을 넘어오는 즉시 경멸하시던 분이 오늘따라 왜 저러시나 싶었다.

"청운 대출로 가."

오피스텔에 여자를 내려놓고 곧장 돌아오신 대표님이(2차가 목적이 아니셨다니 내심 다행이었다) 향한 곳은 청운 대출이었다.

청운회 내에서도 사업체 규모가 큰 곳이라 건물 자체도 크고 높았는데, 주눅이 든 자신과 달리 대표님은 개의치 않은 태도로 내부에 들어섰다. 그리고 자리를 비운 상태인 대표실을 뻔뻔하게 꿰차시더니, 데스크에 있는 비서를 통해서….

"유상훈 담당하는 새끼들 전부 불러와."

갑작스레 호출하시는 게 아니던가?

직계에 몸담고 있을 때도 그렇고, 건설사에서 일하고 있는 지금도, 대표님께서 애먼 사람을 잡아 와 팼다는 소문은 들은 적이 없었다. 싸우더라도 터무니없는 명령을 내리는 상부와 붙었을지언정, 저보다 후임이 되는 녀석들은 병아리 새끼 보듯 손을 떼셨던 분이었다.

대표실이 순식간에 소란스러워졌다.

몇 분이 지나지 않아서 엘리베이터가 열렸다. 검은 양복을 입은 사내들이 파도처럼 밀려와 대표실에 일렬로 섰다. 그 모습을 덤덤하게 바라보던 대표님이 물었다.

"너희가 유상훈 맡은 놈들이야?"

"그렇습니다!"

"진척은."

"그게, 배 타고 섬으로 들어갔다는 얘기도 있어서, 아직은 찾고 있습니다!"

죄송합니다! 그중에서도 팀장으로 보이는 사내가 허리 숙이며 대답했다. 대표님은 됐다며 가볍게 손짓했다.

"됐으니까 대가리만 딱 붙여서 데려와. 도망치는 데에 이미 도가 튼 새끼 같으니까."

"명심하겠습니다!"

"보증인은 누구 담당이야."

"보증인이라면…."

"유재희. 그 여자 업소까지 친히 모셔 온 애들 누구냐고."

긴장된 분위기 속에서 묘하게 독려하는 듯한 대화가 이어지자 사내들은 긴장이 풀린 것처럼 보였다. 일찍이 보증인을 잡아 두었다고 칭찬이라도 하시려는 걸까. 보증인을 담당하던 사내들이 뿌듯해하며 대답했다.

"제가 데려왔습니다!"

"전략은 제가 짰습니다. 아르바이트 가는 동선을 파악해서 금방 데려올 수 있었습니다!"

"지금쯤 업소에서 이자 정도는 벌고 있을 겁니다. 유상훈을 잡는 것도 좋지만 이쪽이 돈을 받아 내기엔 더 수월…."

뻐억!

그러나 말이 채 끝나기도 전에 한 명의 사내가 바닥에 나동그라졌다. 가만히 대답을 듣고 있던 대표님이 불시에 배를 걷어찬 것이다. 그것만으로는 성이 차지 않는지, 한참 끅끅거리는 사내에게 숨 쉴 틈도 없이 발길질을 쏟아붓는다.

"자랑이다, 응? 자랑이야!"

"대, 대표님! 왜 이러십니까!"

"재현이가 너네 그렇게 가르치냐? 여기가 씨팔, 물장사하는 데야!"

"이러다가 애 죽습니다! 진짜 죽습니다, 대표님!"

석환을 포함해서 그 자리에 있던 사내들이 대표님께 매달렸다. 무차별 폭행의 다음 대상이 될 사내들은 움직이기는커녕 이미 얼어붙은 채였다. 그러나 한때 직계에서 이름을 떨쳤던 대표님을 말릴 수 있는 놈들은 아무도 없었다.

달려들면 나가떨어졌다. 매달리면 그 발길질에 함께 나동그라졌다. 웃기고도 슬픈 장면은 그러고도 여러 차례 반복되었다.

"전략이라고 나불거리던 새끼 누구야. 빠릿하게 안 움직이냐?"

"흐, 흐윽, 예!"

"데려왔다고 호언장담하던 놈도 있었지. 너도 씨팔, 안경 벗고 딱기다려."

"어흐흑…."

두 명, 그리고 세 명까지 쥐어팼을 때는 석환은 물론이고 다른 사내들까지 나가떨어진 상태였다. 무슨 놈의 힘이 이리도 괴물 같은지! 아무리 붙잡고 말려도 애먼 사람만 다칠 뿐이라 석환도 두 손 두 발을 들고 말았다.

그 여자와 함께 있을 때는 어디로 갔나 싶었던 성질머리가 다시 돌아온 모양이었다. 이제야 평소에 모시던 대표님 같았다. 한편으로는 다행스러우면서도….

두 분, 분위기가 어째….

그동안 보증인 관련으로 이렇게까지 분노하신 적이 없었는데. 애초에 대표님께서 타 계열에 개입한 일도 손에 꼽을 정도였다. 더군다나 두 사람이 나누었던 대화도 그렇고, 이성을 멀리하던 대표님이 처음으로 여자를 오피스텔까지 데려가신 것도 그렇고….

석환은 대표님과 그 여자 사이에서 미묘하게 흐르는 분위기를 감지했다. 하지만 팝콘이라도 꺼내고 싶은 심정과 달리 석환은 눈앞에서 벌어지는 참극에 눈살을 찌푸렸다. 둘 사이에 무언가 있다는 건 알겠지만 사람 구실을 못 하게 만들 생각이 아니라면 이쯤에서 그만두셔야 할 것 같은데….

'어떻게 합니까?'

'나도 모릅니다, 씨발….'

석환이 팀장으로 보이는 사내와 곤란하다는 듯 시선을 주고받았다. 넋이 나가서 안색은 하얗게 질린 채였다. 벌컥. 굳게 닫혀 있던 대표실 문이 열린 건 그때였다.

"애들을 아주 작살을 내 놓으셨네."

직계 직책으로는 상무이자, 청운 대출에서 대표직을 맡고 있는 강재현이 모습을 드러냈다.

왁스로 깔끔하게 쓸어 넘긴 머리. 꽃무늬 와이셔츠 위에 걸쳐진 백 슈트. 안 그래도 작은 얼굴을 더욱 작아 보이게 하는 알 큰 선글라스까지. 다른 사람이었다면 괴상해 보였을 착장도 강재현 상무는 곧잘 소화해 내곤 했다.

과연 호스트바에서 지명 1위를 찍어도 무방하다는 소문 속의 주인공다웠다. 언제 봐도 적응이 되지 않을 정도로 수려한 외모였다. 그러나 희고 반질반질한 모양새와 달리 유일하게 상황을 붙잡을 수 있는 사람이기도 했다.

"오랜만에 행차하셨다길래 형제애라도 도모하시는 건가 했더니."

무게감이라곤 손톱만큼도 없어 보일지언정 그 또한 직계에서 실력을 떨쳤던 사람이었으므로.

"뭐가 그리 마음에 안 드십니까? 건욱 형님."

강재현 상무가 여러 명이 달려들어도 막을 수 없었던 대표님을 단번에 저지했다. 순식간에 오른팔이 붙잡힌 대표님이 형형한 눈빛으로 뒤를 돌아보았다. 함께 청운의 절정을 누렸던 두 사람이 오랜만에 대면하고 있었다.

○ ● ○

건욱의 시선을 피하지 않고 받아 내던 재현이 명령했다.

"장 팀장, 애들 데리고 전부 나가세요."

"알겠습니다, 강 대표님."

"차 비서도 자리를 좀 비워 주면 좋겠는데."

"그러도록 해."

건욱까지 승낙하자 상황을 관망하고 있던 차 비서도 대표실을 함께 빠져나갔다. 소란스러웠던 대표실이 고요해졌다. 재현이 건욱의 팔을 놓아준 것도 그쯤이었다.

"등장 한번 요란하시네요, 형님."

"유상훈 나한테 넘겨."

"인사도 안 받아 주시고요?"

"재현아."

"자리를 비운 사이에 애들을 아주 죽사발로 만들어 놓으셨어요."

재현이 웃으면서 말을 이었다. 건욱은 옷매무시를 정돈하며 재현을 가만히 응시했다.

겉으로는 기생오라비처럼 샐쭉거려도 누구보다 인정사정없는 놈이라는 건 직계에서 활동할 때부터 알고 있었다. 머리 하나는 기가 막히게 잘 굴리는 녀석이었지. 물리적으로는 제가 앞설지언정, 사람과 상황을 다루는 일에는 누구보다도 능통한 녀석이었다.

어떻게 해야 사람을 재밌게 가지고 놀 수 있는지 고민하는 게 취미라면 말 다 했지. 그런 놈이니 비교적 젊은 나이에 청운 대출을 계승할 수 있었던 거고. 재현이 건욱에게 다가가 비뚤어진 넥타이를 바로잡아 주었다.

"유치하게 기 싸움 하자는 거 아닙니다. 제가 예전부터 형님 좋아했던 거 잘 아시잖아요?"

"너…."

"그래도 다짜고짜 애들을 쥐 잡듯이 잡아 버리면 제 체면이 뭐가 됩니까? 형님한테는 바퀴벌레처럼 느껴질지라도 제게는 핏줄이나 다름없는 애들인데요."

"……."

"청운 대출 먹기 싫다고 뜬금없이 건설사 차리신 건 형님이셨잖아요?"

그럼 적당히 선은 봐 가면서 날뛰셨어야죠. 왜 이런 식으로 예고도 없이 사달을 내십니까? 궁금해지게.

재현이 흥미롭다는 듯 웃었다. 예상했던 반응에 건욱은 진절머리가 난다는 듯 한숨을 내쉬었다. 청운회에 들어와서 수많은 인간 군상을 목격해 왔지만, 그중에서도 강재현은 속내를 전혀 알 수 없는 놈이었다. 꺼림칙했다. 그래서 되도록 빠르게 해결을 보고 싶은 상대이기도 했다.

"소란을 피운 건 미안하다. 어쨌거나 네가 대표로 있는 공간인데."

"아아."

"그래도 채무자가 멀쩡히 살아 있는데 보증인을 데려다가 업소에 팔아넘기면 안 되지. 순서 지키는 게 뭐가 어려워. 교육 똑바로 안 시키냐?"

"또 잔소리하신다. 조무래기들 하나하나 제가 어떻게 다 관리하라고 그러십니까?"

핏줄 운운하면서 애새끼들 싸고돌았던 게 불과 일 분 전이다, 새끼야.

건욱은 또다시 한숨을 내쉬었다. 이 새끼 앞뒤 다른 거 하루 이틀도 아니고. 그가 제 넥타이를 손보고 있는 재현을 단호하게 떼어 냈다.

"아무튼 유상훈은 나한테 넘겨. 돈은 책임지고 받아 낼 테니까."

"그거야 애들한테 맡기는 것보다 훨씬 낫죠. 형님이 어떤 사람인데."

"그럼…."

"그런데 패턴이 늘 똑같습니다, 형님?"

뭐?

건욱이 짙은 눈썹을 치켜올렸다. 그러나 재현은 대답을 미루고 업무용 책상으로 걸어갔다. 그리고 수화기를 집어 들었다.

"유상훈 고객 자료. 계약서까지 싹 다 가지고 올라와. 아, 맞다."

재현이 싱긋 웃으면서 건욱을 빤히 바라보았다.

"보증인 관련 서류까지 빼먹지 말고."

눈치 한번 더럽게 빠르네.

고작해야 두어 번이었다. 이번에 재희 건까지 합하면 세 번 정도. 손에 꼽을 정도의 횟수로 건욱은, 특히 위험에 처한 보증인들을 빼돌려 왔다.

빚을 진 가족을 대신해 강제로 업소까지 끌려온 사람들이었다. 그럴 때마다 주 마담과 합을 맞추어서 수면 위로 내보내 주었고, 그 과정이 철저했다고 믿었다.

"이거 뭐, 조직폭력배가 아니라 자선 사업가로 활동하셔야 하는 거 아닙니까?"

강재현이 직접적으로 언급하기 전까지는 말이다. 그가 수화기를 천천히 내려놓았다.

"이상하게도 강제로 업소에 끌려온 계집애들이 족족 사라지더라고요? 그, 혜진인가? 걔네 오빠 담당하겠다고 계약서 가져갈 때부터 눈치챘죠. 하물며 두 번째였는데."

"용케도 모른 척했구나."

"재밌잖습니까. 실은 이번에도 찾아오실 줄 알았어요. 패턴이 같잖아요. 도박에 눈이 돌아간 애비가 판돈으로 걸어 버린 딸이라. 보증인 확인하고 나서는 시간문제다 싶었죠."

"빙빙 돌리지 말고 결론만 말해."

이렇게 빠르게 들킬 줄 몰랐다. 제가 안일하게 군 탓이었다. 다섯 번째 건부터 눈치채지 않을까 싶었는데 두 번째 건부터 알았단다. 기가 찰 노릇이었다.

똑똑.

대표실 문이 열리고, 유상훈의 서류 파일을 든 비서가 들어왔다. 서류를 건네받은 재현은 내용을 가볍게 훑었다. 그리고 비서가 대표실을 빠져나갔을 때 나지막이 입을 열었다.

"별거 없어요. 제가 왜 알면서도 내버려 뒀겠습니까? 마음에 안 들었으면 진작 직계에 찔렀겠죠."

"내가 하는 짓이 우스웠나?"

"오히려 그 반대예요. 양지바른 곳에서 자란 애들은 태생부터가 음지에서 자란 애들과는 다르거든요. 우리 같은 새끼들이 가장 잘 알지 않습니까?"

그래서 응원하는 마음이었습니다. 믿으실진 모르겠지만. 재현이 어깨를 으쓱거렸다. 건욱은 정말로 재현의 말을 믿어야 할지, 눈을 가늘게 떴다.

제가 아는 강재현은 무슨 일이든 쉽게 넘어가는 녀석이 아니었다. 약점으로 쥘 수 있는 부분은 끝까지 쥐고 놓아주지 않는 놈이었다. 건욱은 여전히 긴장을 풀지 않았다.

"이번에도 모른 체해 드릴게요. 직계에서 눈치채지 않는 한 앞으로도."

"뭐?"

"대신 조건이 있습니다."

이제야 본모습을 드러내는구나. 건욱은 어디 한번 들어나 보자는 생각으로 팔짱을 꼈다. 직계에 찌르지는 않았다고 했으니 빠져나갈 구석은 있었다. 그러나 가능하면 여기서 해결하고 싶었다. 협상이 길어져 봐야 득이 될 건 하나도 없으니까.

재현이 기다란 손가락으로 업무용 책상을 툭툭 두드렸다.

"한 달에 한 번씩…"

"……."

"스파링 뛰어 주십쇼."

기왕이면 진심으로요, 라고 재현이 말을 덧붙였다.

"뭐?"

그리고 건욱은 뭘 잘못 들었나 싶었다. 저 새끼가 예전부터 약이라도 한 것처럼 굴더니 정말로 미쳐 버렸나?

그렇게 생각할 수밖에 없는 대답이었다. 엄청난 조건이라도 바라는 것처럼 굴더니, 대체 무슨….

"방금 뭐라고 했냐, 스파링?"

"예, 스파링이요."

"…장난칠 기분 아니다."

"어째서 장난이라고 생각하시는 건지 모르겠습니다. 저는 진심인데요."

"어딜 봐서?"

건욱이 진지하게 물었다. 그러자 재현도 웃음기를 지우고 사뭇 진중하게 대답을 해 나갔다.

"형님도 아시겠지만 한때 난다 긴다 하던 놈들 있지 않았습니까? 태형이나, 수민이나, 진혁이처럼 해마다 주목받던 놈들이요."

"그런데?"

"걔들이랑 견주느라 시간 가는 줄 몰랐던 때도 있었는데 말입니다. 10년 정도 지나니 다들 뒤졌거나 유배 가 있지 않습니까?"

"나 참⋯."

생각해 보니 맞는 말이었다. 직계에서 알려졌다 싶었던 녀석 중에서 지금까지 건사한 놈들은 재현을 포함해서 극소수였으니까.

"팔다리 병신 된 새끼들이랑 싸우길 해요, 뭘 해요? 그렇다고 조무래기들 데려다가 훈련이라는 이름 붙일 정도로 약아빠지진 않았습니다."

"진심으로 하는 말이야?"

"진심입니다. 현재 내부에서 저와 겨룰 수 있는 사람은 정말이지 손에 꼽을뿐더러⋯."

재현의 안채가 일순 번뜩였다. 생각만으로도 흥분되는 듯 끓어오르는 시선이 건욱을 향하고 있었다.

"그중에서도 형님을 가장 뛰어넘고 싶었거든요."

"눈 그딴 식으로 뜨지 마라."

"하하."

"너는, 시팔. 예전부터 좀⋯ 이상한 구석이 있었어."

어떤 구석인지 정확하게 꼬집을 수는 없지만, 건욱은 그가 동경인지 투지인지 모를 시선을 내보일 때마다 꺼림칙함을 느꼈다.

이 새끼가, 여자가 취향인 건 확실한데, 왜 나한테 지랄인 건지⋯.

함께 일했을 때부터 느꼈던 의문이었고, 아직도 풀리지 않은 수수께끼였다. 재현이 굳었던 표정을 펴고 다시 웃어 보였다.

"그런 것도 있고, 저는 형님을 오래오래 보고 싶습니다."

"단순한 동료애에서 그치길 바란다."

"장담하진 못하겠습니다."

"너, 이….."

"이 자리를 만들어 주신 분이 아닙니까?"

"……."

"단순한 동료애라니. 그런 표현은 오히려 섭섭하죠."

그러고 보니….

불현듯 떠오르는 기억에 건욱은 미처 잊고 있었다는 듯 재현을 바라보았다. 재현이 어깨를 으쓱거렸다.

"형님의 그런 무심한 모습을 사랑합니다. 제가 청운 대출 삼키도록 만든 장본인인데 그걸 잊으셨다니요."

"놀려 먹으면 재밌냐?"

"이게 또 별미입니다."

"시팔, 진짜….."

힘센 놈, 덩치 큰 놈 등등 몸으로 덤비는 녀석들은 제 선에서 깔끔하게 처리할 수 있었다. 그런데 강재현 같은 놈들은 어떻게 손을 봐야 할지 몰랐다. 이런 놈들은 패면 팰수록 신이 나서 입을 놀려 댔으니까. 강재현은 그중에서도 으뜸이었다.

"그때부터 형님에게 충성할 거라고 다짐했습니다. 그러니 이번 일이 외부에 새어 나갈 걱정은 하지 않으셔도 됩니다."

"그럴 생각이었으면서 굳이 언급한 의도는 뭔데?"

"당연히 형님의 관심 아니겠습니까? 이렇게라도 하지 않으면 인사도 없이 서류만 홀랑 가져가셨을 거면서."

건욱은 헛기침을 했다. 틀린 말은 아니었다. 한시가 급한데 대화를 나눌 여유가 있을 리가. 그러나 충성을 고백하는 재현의 눈빛은 여느 때보다도 올곧았다.

벌써 몇 년은 지난 일을….

어쨌거나 조직 내에서 가장 까다롭다고 여겼던 강재현이 편이 되어 주는 건 다행이었다. 물론 녀석의 속에는 능구렁이가 몇백 마리쯤 살고 있으니 방심해서는 안 되겠지만.

"하지만 더 이상 약점을 보여 주진 마세요, 형님."

"뭐?"

"저, 사람 가지고 노는 거 좋아하는 놈인 거 잘 아시잖아요?"

바로 지금처럼.

재현은 여전히 반질반질한 얼굴로 웃고 있었다. 제가 잘못 본 게 아니었다. 녀석은 아직도 자신을 동경의 대상으로, 그러나 뛰어넘어야 할 대상으로 바라보고 있었다.

"애들이 왜 아가씨들 만나면서 걸레처럼 굴고 다니겠어요. 새파랗게 젊은 놈이면 그렇다 쳐도, 나이 먹을수록 정착하고 싶은 게 인간의 본능인데."

재현이 뱀처럼 유려하게 손을 들어 보였다. 그리고 새끼손가락만을 꺼내어 흔들었다.

"이게 다 약점이 되니까 안 그렇습니까?"

말이 끝나자마자 그가 재현의 손목을 낚아챘다. 서늘한 눈동자가 재현을 노려보고 있었다.

"그딴 거 아니니까 집어치워."

"이런 식으로 예민하게 굴지만 않으셨어도 믿었을 텐데요."

"유상훈만 찾아내면 곧장 돌려보낼 애야. 전에도 그랬듯이."

떠밀리듯 업소로 들어온 여자들을 남모르게 관리해 왔다. 때가 되면 제자리로 돌려보냈고 이번에도 똑같았다. 한 가지 다른 게 있다면 감정적으로 굴었다는 거였다. 그도 그럴 게 재희였으니까. 예전부터 알던 사이였고, 하지만 그게 다였는데….

강재현은 자신에게서 무엇을 본 걸까.

벌써부터 유재희가 제게 약점이라도 된 것처럼 굴고 있었다. 그 모양새가 퍽 마음에 들지 않았다. 도대체 나에 대해서 뭘 안다고. 누구보다도 그 애가 제자리로 돌아가길 바라는 건 난데.

"형님도 아시다시피, 이 판이 원래 가진 게 많을수록 불리한 판 아닙니까?"

조직이라는 게 결국은 다 거기서 거기였다. 이기거나 지거나. 둘 중 하나로 서열이 정해졌다. 한때 충성을 맹세하던 이가 발톱을 드러내고 그 위를 선점하는 건 흔한 일이다.

특히나 지켜야 할 존재가 생기면 서열을 뒤집는 게 훨씬 쉬웠다. 예를 들면 가족부터 시작해서 애인은 물론이고, 친구까지도. 상대의 유일무이한 존재를 인질로 잡아 두면 끝나는 일이니까.

음지에서 자란 놈들이 끼리끼리 어울리는 이유였다.

조직에 몸담은 놈들 중에서 간부는 물론이고 가정을 이룬 이가 없었다. 재현의 말대로 가진 게 많을수록 약점이 될 존재를 만드는 걸 피해야 했으니까. 강재현은 그 사실을 들어 보이며 경각심을 깨워 주고 있었다.

"더 이상 자극하지 마세요. 아시겠죠? 형님이 제가 아닌 다른 사람한테 협박당하는 꼴은 못 봅니다."

"걱정하는 거야, 협박하는 거야, 씨팔. 너야말로 한 가지만 해."

"서열을 뒤집을 기회는 저한테만 주시라고요. 괜한 어중이떠중이들한테 질질 흘리지 마시고."

잘 숨기시란 말이에요, 이거.

강재현이 다시 한번 새끼손가락을 들어 보였다. 건욱은 일순 재현의 얼굴을 때리고 싶은 충동을 억눌렀다. 껍데기는 삶은 달걀처럼 만질만질한 새끼가 순 악질이 따로 없었다.

"이거고 나발이고 아니라니까, 걔는…."

"형님은 자신을 너무 모르시는 것 같습니다."

"무슨 소리야?"

"필요한 일 생기시면 부담 없이 연락해 주세요. 힘닿는 데까지 손 빌려드릴 수 있습니다."

"믿으라고 하는 소리 맞냐?"

"아무렴요."

건욱이 떨떠름한 시선으로 재현을 바라보았다. 그러나 변함없이 웃는 얼굴이라 속내를 알 수 없었다. 재현이 손에 쥐고 있던 서류를 건욱에게 정중하게 건넸다.

"서류도 잘 챙기시고요. 오늘 이후로 유상훈에게는 손 뗄 테니 걱정하지 마세요."

"하."

"살펴 가십시오, 형님."

스파링 약속 잊지 마시고요. 차 비서 편으로 꼭 연락해 주세요. 아시겠죠? 대표실을 빠져나가는 건욱에게 재현이 신신당부했다. 이번 달부터입니다, 라는 말과 함께 문이 닫혔다.

골치 아프구만.

건물을 나오자마자 대기하고 있는 차가 보였다. 그가 뒷좌석에 올라탔을 때 차는 부드럽게 출발했다. 대표실에서 쫓겨났던 차 비서가 넌지시 물었다.

"괜찮으십니까?"

"문제없어."

"다행입니다, 대표님."

"다음 주 주말쯤 복싱장 하나 빌려 두고."

"복싱장이요?"

"달마다 한 번씩 갈 거야."

"알겠습니다."

예약까지 마친 건욱이 시트에 깊이 등을 기대었다. 일단 강재현을 믿어 보는 게 낫겠지. 사람 하나 굴리는 건 일도 아닌 녀석이 그렇게까지 하는 걸 보면 도와주겠다는 말이 빈말은 아닐 테니까.

물론 방심하겠다는 뜻은 아니었다. 녀석이 했던 경고도 일리가 있었으니까. 재희가 제게 의미 있는 존재라는 걸 내부에 들켜 봐야 득이 될 건 아무것도 없었고. 어차피 이른 시일 내에 돌려보낼 생각이었지만….

건욱은 피곤함이 깃든 눈두덩을 마른손으로 문질렀다. 차 비서가 룸 미러를 통해서 그를 바라보았다.

"이제 어디로 가십니까?"

"오피스텔로…."

오늘 일정도 전부 취소했겠다, 오피스텔로 가자고 습관적으로 대답하려던 건욱은 잠시 입을 다물었다. 이제는 멍멍이만 있는 집이 아니라는 걸 깨달았기 때문이었다.

"사무실로 가."

"네, 대표님."

"그러고 나서 차 비서는 퇴근해."

"알겠습니다."

한동안은 오피스텔에 들어가지 않을 생각이었다. 평수야 두 명은 물론이고 한 가족이 모여 살아도 될 정도로 넓었지만, 그것과는 별개로 같이 부대끼고 싶지 않았다. 좋을 게 하나도 없었다. 험한 일까지 당한 애를 겁주고 싶지도 않았고.

무엇보다 강재현은 물론이고 누구에게도 유재희를 새끼손가락쯤으로 오해하도록 내버려 두고 싶지 않았다. 하물며 차 비서일지라도. 그것은 머지않아 제자리로 돌아갈 재희를 위한 최선의 배려였다.

괜히 흙탕물 묻힐 필요는 없지. 건욱은 들어 올린 팔로 이마를 짓눌렸다. 하루 동안 얼마나 많은 일이 일어난 건지 가늠도 할 수 없었다. 그가 천천히 눈을 감았다.

○ ● ○

저녁으로는 인덕션에 놓여 있던 된장찌개와 냉장고에서 반찬을 꺼내어 먹었다. 평소 때라면 편의점에서 도시락이나 사 먹었을 텐데, 아저씨 덕분에 생각지도 못한 호사를 누리고 있었다.

'연락해 볼까?'

거실 소파에 누워 있던 재희가 시계를 확인했다. 벌써 밤 열한 시가 넘어가고 있었다. 우기는 제집으로 들어가서 잠을 청한 지 오래였고, 그러나 그는 아직도 들어오지 않은 채였다.

혹시나 하는 마음에 저녁 식사를 2인분으로 준비했었다. 그러나 현관에서는 인기척 하나 느껴지지 않았고, 결국 그녀는 홀로 식사를 해야 했다. 그의 몫까지 차렸던 식탁은 깨끗하게 치워 둔 지 오래였다.

'해 보자, 연락.'

자정이 되기까지 삼십 분도 남지 않은 시각이었다. 아저씨는 무슨 일이 생기면 연락하라고 하셨지만, 그녀에게는 지금 이 상황이 무슨 일에 해당되었다. 집주인이 집에 오지도 않는다니, 말도 안 되는 일이었으니까.

재희는 그에게 받았던 명함을 꺼내었다. 그리고 수화기를 들어 천천히 번호를 눌렀다. 마지막 번호까지 누르자 신호음이 울렸다. 몇 번 반복되지 않았는데도 긴장하고 있었다.

— …무슨 일이야?

마침내 수화기 너머로 그의 목소리가 들렸다. 그런데 목이 살짝 잠긴 것 같았다. 자다 깬 것 같기도 하고….

"저, 재희인데요."

— 응.

"어, 언제 들어오세요?"

— 응?

"퇴근이요. 언제 하시냐고요."

아, 퇴근….

그가 여전히 잠긴 듯한 목소리로 중얼거렸다.

— 오늘은 못 할 것 같은데.

"야근하시는 거예요?"

— 무슨 야근… 아, 그래.

"네?"

— 그렇게 됐어. 밥은?

"아, 먹었어요."

— 그래, 그럼. 신경 쓰지 말고 자.

뭔가 이상하다. 야근하느냐는 질문에 머뭇거리는 것도 그렇고, 선잠이라기엔 아직까지 깊게 잠겨 있는 목소리도 그렇고….

불안한 예감이 든 건 그때였다. 그녀가 이만 전화를 끊으려는 그를 다급하게 불렀다.

"아저씨!"

— 왜?

"그럼 내일은요?"

— 어?

"내일은 언제 퇴근하시는데요?"

그는 대답이 없었다. 귀찮게 굴어도 대답 하나는 꼬박꼬박 해 주던 사람이었는데 아무 대답이 없다. 이런 질문을 받으리라고는 생각지도 못한 것처럼. 대답 없는 그에게 오기가 생긴 재희가 물었다.

"모레는요?"

— ……

"모레도 안 되면 나흘 뒤는요?"

— 재희야.

"퇴근할 생각은 있으세요?"

수화기를 붙잡은 손에 힘이 들어갔다. 왜 불안한 예감은 틀린 적이 없을까. 그는 바쁜 게 아니었다. 아니, 대표 직책을 가지고 있으니 바쁘긴 하겠지. 그러나 지금은 아니었다. 그는 그저….

"아저씨, 지금 저 피하세요?"

그녀를 피하고 있었다. 선뜻 오피스텔로 데려간다 싶더니, 애초에 그녀를 집에 들인 순간부터 본인이 들어올 생각이 없었던 거다. 그저 내어 준 거였다. 그녀의 아버지를 찾아낼 때까지. 그래서 그녀가 살던 곳으로 다시 돌아갈 때까지….

"이럴까 봐 그냥 제집으로 돌아가면 안 되냐고 한 거예요. 차라리 모텔 하나 잡아 달라고 한 거라고요."

— 거긴 위험해서 안 된다고 했잖아. 그리고 내가 불편해서 안 돼.

"집주인 쫓아낸 제 마음은요? 아니, 사무실에서 먹고 자는 거 아저씨는 편하세요?"

— 유재희.

"아주 야근하는 직원들까지 눈칫밥 먹다가 체하겠어요?"

나, 참. 기가 막혀서.

수화기 너머로 그가 어이없다는 듯 웃는 소리가 들렸다. 그러나 금세 평정을 되찾고서 대답했다.

— 당분간만이라고 했어. 네 아버지 찾을 때까지만이라고.

"말씀 잘하셨네요. 그 당분간만 같이 지내는 게 뭐가 그리 마음에 안 드셔서 저를 피하시냐고요."

— 너 성질 보통 아니구나?

"아저씨도 고집이 보통은 아니신데요?"

어떻게 한마디도 안 져. 한마디를.

덧붙이는 말에 재희는 그가 모르게끔 혀를 살짝 내밀었다. 예전이라면 엄두도 못 낼 행동이었지만 이번만큼은 재희도 물러서지 않았다.

"아저씨, 그거 아세요?"

— 내가 뭘?

"패턴이 똑같다는 거요."

어떤 말이라도 반박할 것처럼 굴던 그가 대답이 없었다. 말문이 막힌 것처럼 희미한 신음만 끊길 듯이 들려올 뿐이었다.

"4년 전에도 그러셨어요. 밥 사 주시고, 문제집이며 운동화며 필요한 거 다 사 주시고, 저 괴롭히는 애들 혼내 주시고…."

— ……

"그렇게 가족이라도 된 것처럼 대해 주시다가, 정말로 다 해 주시다가, 언젠가부터 쌀쌀맞아지시더니…."

— ……

"갑자기 사라지셨잖아요."

재희가 차분하게 숨을 골랐다. 목이 뜨겁게 젖어 가고 있었다.

"버리고 가셨잖아요, 저."

— 그건…

"그때랑 지금이랑 똑같이 굴고 있다는 거, 아저씨는 아세요?"

— 재희야.

"그런데 어떻게 모른 척을 해요? 이러다가 또, 언제 그랬냐는 듯이 멀어질 거 뻔히 아는데, 어떻게 성질이 안 나요?"

재희가 수화기를 세게 움켜쥐고서 참아 왔던 감정을 토해 냈다.

자신의 인생이 밑바닥으로 처박히는 꼴을 가만히 두고 보지 않았던 사람이었다. 장성한 나무처럼 그녀를 든든하게 받쳐 주던 사람이었다. 그러나 단 한 번도 우쭐해하는 모습을 본 적이 없었다. 해야 할 일을 했을 뿐이라는 듯 미련 없이 떠나는 모습은 늘 바람 같다고 생각했다. 이번이라고 다르지는 않을 것이다.

"저, 또 버리실 거죠."

— 그런 말 하지 마.

"아버지 찾는 대로 돌려보내실 거잖아요."

— …….

"그러고 나서는 처음부터 몰랐던 사람인 것처럼 지내실 거예요. 이번에도 아무도 찾지 못하도록 꼭꼭 숨으실 거고요."

그는 여전히 대답이 없었다. 한숨 소리만 간간이 들려올 뿐이었다. 일방적으로 몰아붙이는 바람에 할 말을 잃으신 걸까. 아니면 전부 맞는 말이라 반박할 필요도 못 느낀 걸까.

"미워요."

— 재희야.

"변명조차 안 하셔서 더 밉다고요."

그날 이후로 내가 얼마나 서운했는데. 다시는 안 볼 사람처럼 굴어서, 변명조차 하지 않을 정도로 무심하게 대해서 얼마나 아팠는데. 왜 막상 챙겨 줄 때는 또 그렇게 잘 챙겨 주는지.

"나만 자기 보고 싶었나 봐."

업소에서 구해 준 건 물론이고, 나 때문에 집까지 비워 주고. 이렇게 넓은 집에서 지내다가 사무실에서 생활하는 거 엄청 불편할 텐데….

코끝이 시큰해졌다. 이래서 먼저 좋아하는 사람이 손해인가 보다. 그러고 보니 얼마나 됐더라. 처음 만났을 때부터 줄곧, 힘든 일이 생길 때마다 그를 떠올리며 견뎌 왔으니 그 기간도 제법 오래되었다.

반면에 그는 자신을 이성으로 보는 것 같지도 않았다. 그랬다면 선뜻 오피스텔로 데려오지도 않았겠지. 혹시나 하는 마음에 목욕까지 마치고 긴장하고 있었던 제가 바보 같았다.

— 재희야, 잠깐….

지금보다 더 꼴사나운 모습을 보이기 전에 수화기를 내려놓았다. 그리고 바닥에 힘없이 주저앉았다. 제 감정만 내세운 것 같아 입맛이 썼다.

"배가 불렀지, 아주."

그가 해 주는 걸 눈치도 없이 다 받아 내더니 이제는 관심까지 바라고 있었다. 과분한 마음이었다. 그러나 오랜만에 만났는데도 반가운 기색조차 없는 그에게 서운한 것도 사실이었다.

마주칠 때마다 피투성이였던 그. 지금보다 보잘것없던 열일곱의 자신. 그러나 푸른 파라솔 아래에서 속삭이던 대화는 여전히 선명하게 떠오른다. 그러나 그날을 그리워하는 자신과 달리 그는 대수롭지 않은 것처럼 보였다.

아저씨가 틀렸다는 게 아니었다. 비슷한 마음이 아닐 수도 있지. 오히려 자신이 부담스럽게 느껴졌을지도 몰라. 그러나 다르다는 걸 깨닫는 순간은 이렇게나 따끔하다. 여름날 모기에라도 물린 것처럼 신경이 쓰였다.

제 2 화
때로는 그리움이라는 이름으로 찾아와

"잔액이 부족하다고 뜨는데요."

편의점 직원이 복지 카드를 들어 보였다. 재희의 얼굴이 수치심으로 발갛게 달아올랐다.

한 부모 가정이라는 이유로 발급받은 아동 급식 카드였다. 1일 1식으로 4,000원을 받는데 그만 한도를 초과한 모양이었다. 3,800원인 거 확인했는데 혹시 다른 걸 들고 왔나? 지금이라도 삼각김밥으로 바꿔야 하나? 쪽팔리는데 그냥 먹지 말까….

스마트폰이 없어서 잔액을 확인할 수 없으니 종종 벌어지는 일이었다. 그럴 때마다 재희는 고장이라도 난 것처럼 굴었다.

"던힐 6밀리 두 갑."

그때 다음 손님이 불쑥 끼어들었다. 뒤에서 기다리느라 답답했나 보다. 그냥 제자리에 두고 와야지. 재희가 민망해하며 카드를 돌려받았다. 그리고 가져왔던 도시락을 챙기려는데.

"같이 계산해 주세요."

"네?"

"이것도."

담배 두 갑을 건네받은 남자가 재희가 계산하지 못한 도시락을 무심하게 가리켰다. 어? 하는 사이 편의점 직원이 남자의 카드를 받아 그녀의 것까지 계산했다.

"어…."

그러더니 남자는 별다른 말도 없이 횅하니 가 버린다. 얼떨결에 복지 카드를 쓰지 않고도 음식을 얻게 되었다. 고맙다는 말을 해야 하는데.

재희는 정신을 차리고 계산된 음식을 품에 넣었다. 그리고 남자의 뒤를 졸졸 따라갔다. 다행인 건 남자가 편의점 앞에서 담배를 뜯고 있다는 거였다. 여기서 피울 생각이었는지 막 불을 붙이려는 찰나였다.

"저어."

"……."

"저기이…."

남자의 옆에 바짝 다가선 재희가 입을 열었다. 그리고 저보다 한 뼘 이상은 큰 남자를 가만히 올려다보았다.

처음에는 배우인 줄 알았다. 어깨가 넓어서 그런지 검은색 슈트가 잘 어울렸다. 쭉 뻗은 다리를 보니 모델인가 싶기도 했다. 심지어 무심하게 물고 있는 담배조차도 액세서리처럼 잘 어울렸다. 차분하게 가라앉은 분위기가 남다르기도 했고….

한마디로 잘생긴 남자였다. 그러나 뚜렷한 이목구비 위에는 보기만 해도 쓰라린 상처가 나 있었다. 영화 촬영이라도 하는 건가? 아니면 정말로 어디서 싸우기라도 한 걸까? 궁금한 건 많았지만 그녀가 먼저 해야 할 말은 따로 있었다.

"고, 고맙습니다."

"응."

"연락처 알려 주시면 나중에 돈 돌려드릴게요."

"됐어."

"그냥 먹으라고요?"

그래, 라고 남자가 무심하게 대답했다. 그녀를 쳐다보지도 않는다. 그저 입에 담배 한 개비를 걸치고 서 있을 뿐이었다.

"그리고, 그리고요."

"……."

"엄청나게 잘생기셨어요."

"응?"

먼 곳을 바라보고 있던 남자의 시선이 그제야 그녀에게 똑바로 와서 꽂힌다. 갑자기 무슨 소리를 하는 거냐는 듯 눈동자에는 의문이 가득하다.

재희는 저도 모르게 주먹을 꼭 쥐었다. 일부러 관심을 끌기 위해서 뱉은 말이었다. 말을 걸어도 돌아보질 않으니까. 고맙다는 말에도 관심조차 주질 않으니까. 그래서 부끄러움을 무릅쓰고 뱉은 말이었는데….

용기 내길 잘했다. 자신을 바라보는 눈동자가 너무 예뻤다. 누군가에게 얻어맞은 모습이라는 건 신경도 쓰이지 않을 정도로. 그만큼 선명한 명암을 지닌 외모가 중구난방으로 난 상처까지 압도하고 있었다.

히히.

재희는 저도 모르게 웃음을 흘렸다. 너무 예쁘거나 잘생긴 걸 보면 웃음이 나온다더니 이런 경우를 두고 하는 말이었나 보다. 바보처럼 보일 것 같은데, 어쩌지? 그래서 표정 관리를 해야겠다고 다짐하면서도 입꼬리는 자꾸만 올라가고 있었다.

"하하."

굳은 표정으로 자신을 내려다보던 남자가 웃은 것도 그때였다.

물론 그녀와는 다른 의미를 지닌 웃음이었다. 어이가 없달까. 기가 막히달까. 그런 의문이 담긴 웃음이었다. 그러나 부드럽게 휘어지는 눈매에서 재희는 눈을 뗄 수가 없었다.

"왜 웃어?"

하다못해 남자가 먼저 물었다. 그러나 재희는 어떤 대답도 할 수 없었다. 그러게요. 갑자기 웃음이 나네요. 오빠 얼굴을 구경하니까요. 그렇게 대답할 수도 없는 노릇이고.

그래서 재희는 대답 대신 말갛게 웃어 보였다. 아니, 웃었다기보단 입꼬리를 주체하지 못하는 것에 가까웠다. 그러자 눈웃음만 살살 지었던 남자도, 그 웃음이 전염이라도 된 것처럼 입을 달싹거렸다.

"쓰읍…"

얼굴에 난 상처가 쓰라린지 금방 표정을 일그러트렸지만.

분장한 게 아니라 진짜로 맞은 거였나 봐. 순간 그녀는 제 가방에 든 물건들을 하나씩 떠올렸다. 그리고 남자의 재킷 소매를 덥석 움켜쥐었다. 남자가 놀란 눈으로 자신을 바라보는 게 느껴졌다.

"저기, 잠깐만 있어 봐요."

"응?"

"여기요. 여기 앉아 있어요."

"왜?"

"금방 다녀올게요!"

재희가 남자의 팔을 붙잡고, 푸른 파라솔이 드리운 야외 테이블까지 낑낑거리며 끌고 갔다.

결국 남자는 입에 물었던 담배를 빼내었다. 그리고 고장이라도 난 것처럼 물끄러미 자신을 바라보았다. 뭐 이런 애가 다 있나, 하는 시선이다. 그러나 재희는 주눅 들기는커녕 남자의 시선을 곧이곧대로 받아

내고 있었다.

오히려 계속 봐 줬으면 하는 마음이었다. 이 심정을 어떻게 설명할 수 있을까? 재밌었다. 흥미로웠다. 시큰둥한 고양이에게 좋아하는 간식을 내밀자 그제야 관심을 받게 된 기분이었다. 물론 남자는 고양이보단 우아한 흑표범 한 마리에 가까운 모습이었지만….

재희는 남자를 두고 재빠르게 편의점으로 들어갔다. 잠시 한눈판 사이에 사라지면 안 되는데. 조바심이 나서 시선은 자꾸만 유리문 너머로 향했다. 마음이 달뜨고 있었다. 예고도 없이.

○ ● ○

대체 뭐 하는 애지?

건욱은 제 상처를 소독해 주고 연고를 발라 주는 애를 빤히 바라보았다. 조금 전 대신 계산해 준 것에 별다른 뜻은 없었다. 평소보다 싸움이 길어서 피곤했고, 얼른 담배를 사서 돌아가고 싶었다.

굳이 덧붙이자면 이제 막 교복을 입은 애가 벌써부터 돈 때문에 주눅 든 모습이 보기 싫었다. 그뿐이었는데 오리 새끼처럼 쪼르르 따라와서는 뜬금없는 말이나 해 댄다. 그걸로도 모자라 사람을 뚫어져라 쳐다보더니 헤실헤실 웃는다. 요즘 애들은 원래 이렇게 뻔뻔한가. 아니면 애가 좀 이상한 건가.

"쓰려도 조금만 참으세요."

"안 쓰려."

"이래도요?"

이상한 애가 연고를 바르던 손으로 상처 부위를 꾹 누른다. 순간 욕이 튀어나올 것 같은 통증이 밀어닥쳤다.

진짜 미친 건가?

건욱이 안 그래도 큰 눈을 부릅뜨고 이상한 애를 쏘아보았다. 갑자기 비명을 지르니 애도 놀란 기색이었다. 그는 한숨을 내쉬었다.

그래 봤자 애일 뿐이다. 좋은 뜻으로 치료해 주고 있는데 내가 참아야지. 그래, 어른인 내가 참아야 하는데.

"나랑 장난해?"

"아, 아니요."

"그렇게 눌러 대면 당연히 아프지, 학생?"

"손이 미끄러져서…."

"그런 것치곤 아주 꾹 문지르던데?"

"그, 그러게 왜 허세를 부리고 그러세요?"

눈앞의 애와 대화를 나누면 나눌수록 건욱은 기가 찼다. 이 나이 먹고 애랑 말싸움을 하게 될 줄은 몰랐다.

"허세가 아니라 정말로 안 아팠어."

"에이, 소독하는데 어떻게 안 아파요?"

"네가 살살 해서 안 아팠겠지."

"앗, 그런가?"

"하기 싫으면 관둬. 살다 살다 별…."

"아니에요! 장난친 거예요. 죄송해요!"

이럴 줄 알았지. 손길이 완전히 의도적이었다니까. 건욱은 소독약을 빼앗으려는 걸 멈추고 다시, 얌전히 그 애에게 얼굴을 대 주었다. 그러자 미안한 마음이 든 건지 입김까지 호호 불어 준다.

서른이나 처먹고 유치원생이라도 된 듯한 기분이었다.

건욱은 스스로가 좀 우스운 꼴이 되었다는 걸 부정할 수 없었다. 종잡을 수 없는 행동에 당황해서일까. 저도 모르게 이 애에게 끌려다니고 있었다.

"다 했어요!"

그래서 치료를 마쳤다는 말을 듣자마자 몸을 일으켰다. 이런 존재도 그렇고, 이런 분위기도 마찬가지로 그에게는 낯간지러웠던 탓이다. 이걸로 도시락 건은 퉁치면 되는 거겠지. 그가 재킷 안에서 못다 피운 담배를 다시 꺼내 드는 순간이었다.

주우우욱.

슈트 끝자락이 어딘가에 걸린 것처럼 길게 잡아당겨졌다. 라이터로 불을 붙이려던 그가 낮게 탄식했다. 사납게 날이 선 눈매에 힘이 탁 풀렸다.

"안 돼?"

보나마나 그 애였다.

건욱은 몸을 반쯤 돌려, 예상대로 제 옷자락을 손에 쥐고 있는 애를 가만히 바라보았다. 누가 보면 예전부터 알았던 사이인 줄 알겠네.

조직에서 수직적인 관계는 물론이고, 규율을 지켜야 하는 생활이 익숙했던 건욱에게 이토록 허물없는 태도는 황당할 뿐이었다.

"이름이 뭐예요?"

"말해야 해?"

"나이는요?"

"먹을 만큼 먹었고."

"오빠라고 불러도 돼요?"

"그 정도로 양심 없지는 않아."

"그럼 아저씨?"

"상관없는데, 오늘 이후로 다시 볼 일이 있을까?"

"그러니까요!"

질문을 쏟아 내는 기세도 어찌나 뻔뻔하던지. 그러나 대답할 이유도 없는 대화를 이어 나가는 자신은 또 뭔지.

한 치 앞도 예상할 수 없는 대화에 건욱은 어지럼증을 느꼈다. 그

와중에도 얘는 제 옷자락을 동아줄이라도 되는 것처럼 쥐고 있었다.

"이대로 보내면 후회할 것 같아서요, 제가."

그리고 의미심장한 말을 하면서 눈동자를 반짝인다. 세상에 둘도 없을 꿀단지라도 찾아낸 듯한 눈빛이었다. 작고 흰 얼굴로 헤실거리는 걸 보고 있노라니 기가 막혔다.

웃는 얼굴에 침 못 뱉는다고. 이유조차 알려 주지 않고 웃고 있는 애를 보고 있으니 저도 모르게 입꼬리가 올라갔다. 물론 얘가 왜 이러나 싶은 헛웃음에 가까웠지만.

어쨌거나 제멋대로 구는 행동을 받아 주는 건 여기까지였다.

"아저씨 바쁘니까 놔."

"치이."

"가서 친구들이랑 놀아."

"친구 있으면 여기서 청승 안 떨었죠."

"뭐…."

"없어요, 친구."

별 의미 없이 뱉은 말이었다. 어리광을 부리는 애를 떼어 내기 급급해서. 그런데 본의 아니게 급소를 찌른 모양이다. 그가 눈에 띄게 난감한 기색을 표했다.

한껏 당겨지고 있던 옷자락이 탄성을 잃은 건 그때였다. 아이가 옷자락을 놓아 주고서 태연하게 웃어 보였다.

"어차피 보내 드리려고 했어요. 이제 밥 먹을 거라서."

"아, 그래."

"귀찮게 해서 죄송해요. 그냥 좀 심심했어요."

"……."

"도시락 잘 먹을게요. 감사해요."

그러더니 테이블 위에 있던 도시락을 뜯는다. 그에게는 더 이상 시선도 주지 않은 채로.

도대체 이게….

의식의 흐름을 당최 따라갈 수가 없다. 언제는 절대로 놓지 않을 것처럼 굴더니, 이제는 미련조차 없다는 듯 확 놓아 버린다. 처음부터 제게 파죽지세로 밀고 들어온 애가 맞나 싶다.

왜 이렇게 얼떨떨한 기분이 드는 건지. 건욱은 느리게 걸음을 옮기면서 이따금 뒤를 돌아보았다. 그리고 아까부터 피우려고 했지만, 아이의 방해로 인해 피우지 못했던 담배를 다시 입술에 얹었다.

그래, 가자. 가자고….

마침내 담배에 불을 붙이려던 순간이었다. 편의점에서 점점 멀어지면서, 라이터에 붙은 주황색 불을 바라보는데 불현듯, 도시락 살 돈도 없어서 쩔쩔매던 그 애의 모습이 떠올랐다.

친구가 없다고 덤덤하게 말하던 모습과 그래서 홀로 도시락을 뜨는 게 익숙해 보이던 모습도, 계속 겹치고 겹쳐서….

"아오, 시팔…."

이거, 뭐, 성냥팔이 소녀도 아니고. 내가 왜 애꿎은 라이터를 켰다가….

그러나 욕지거리를 하면서도 건욱은 왔던 길을 다시 돌아가고 있었다. 뭐가 저렇게 사람을 신경 쓰이게 하는 애가 다 있나 싶었다. 가만히 있어도 계속 눈길이 가는 애가.

○ ● ○

타악.

재희가 뒤늦은 저녁을 먹고 있는데, 테이블에 웬 이온 음료 하나가 놓아졌다. 고개를 드니 가 버린 줄 알았던 남자가 시선을 피한 채로 서 있었다. 저도 모르게 실없는 웃음이 새어 나왔다.

"저 주시려고요?"

"어."

"왜요?"

"목 막히니까."

그렇게 갈 줄 알았더니 맞은편 자리에 털썩 앉는다. 여전히 담배 한 개비는 입에 올린 채였다. 일부러 시선을 피하는 건지 자꾸만 옆을 보고 있는데….

'귀가 빨개.'

덕분에 남자의 귀가 발갛게 물들었다는 걸 알 수 있었다. 재희는 호탕하게 터져 나올 뻔한 웃음을 간신히 참았다.

"뭐 해?"

"네?"

"밥 먹어."

남자가 도시락을 가볍게 눈짓했다. 밥 먹는 걸 기다려 주려고 온 거구나!

실은 친구가 없다는 말이 솔직하다 못해 한심하게도 들릴까 봐 걱정했다. 그런데 오히려 밥 먹는 걸 기다리러 와 줄 줄이야.

뒤적. 뒤적.

재희는 젓가락질하면서 남자를 조심스레 훔쳐보았다. 이런 생각을 하면 황당해할지도 모르겠지만… 귀여우셨다. 외모가 그렇다는 건 아니고, 행동이 꼭 그랬다.

성질을 부리는 것 같다가도 제 얘기를 다 들어 주는 것도 그렇고. 어리광 같은 건 통하지 않을 것처럼 굴다가도, 끝내 다가와서 자리를 채워 주는 것도 그렇고….

오래 보고 싶은 마음이 드는 건 왜였을까?

성질머리가 만만찮은 호랑이를 마주한 기분이었다. 못 먹는 감 찔러나 보자고, 그녀가 찌를 때마다 버럭거리는 모습이 재미있다. 성질이 뻗치지 않을 정도로만 놀리면서 그의 반응을 계속해서 지켜보고 싶었다.

잘생긴 얼굴을 만져 보고 싶은 마음에 상처를 눌러 댄 건 미안했지만….

"아까, 그. 친구 얘기 꺼낸 건, 좀…."

"네?"

"내가 생각 없이 뱉은 말이었어."

이거 봐. 딱히 미안해할 일도 아닌데.

그가 곤란해하며 사과를 건넸다. 반찬을 씹고 있던 재희가 눈을 두어 번 깜박였다. 친구 없다는 말이 그에게는 꽤 충격으로 다가간 모양이었다. 정작 제게는 익숙한 일이었는데….

"괜찮아요. 제가 친구가 많아 보였나 보죠."

"그래. 그래 보였다."

"미안하세요?"

"괜한 거 들쑤신 기분이라 좀 그래."

"그럼 이름 알려 주세요."

"응?"

애가 또 무슨 소리를 하느냐는 듯한 시선이 날아든다.

남자의 시원시원한 눈매가 좋다. 그 속에 담긴 짙은 눈동자 색도 마음에 든다. 그게 자신에게 꽂힐 때마다 발가락이 짜릿하게 오므라드는 기분이다. 재희가 웃음을 흘리며 말을 덧붙였다.

"저는 재희예요. 유재희. 여기 명찰 보이시죠?"

"글쎄. 노안이라서 잘…."

"아이, 장난치지 마시고요! 그래서 아저씨는요?"

"…도건욱."

"오!"

"왜?"

"이름도 잘생겼다고 생각했어요."

허.

그가 기가 막힌다는 듯 짧게 숨을 내뱉는다. 그리고 멋쩍은 듯 목덜미를 쓸어내렸다. 흘려들을 법한 말까지 이렇게 꼬박꼬박 반응해 주다니. 외모를 포함해서 하는 짓까지 볼 맛 나는 사람이었다.

"나이는요?"

"호구 조사하러 나왔어?"

"저는 열일곱이에요. 고등학교 1학년."

"하…."

핏덩이구나, 하는 눈빛이었다. 재희가 대답을 재촉했다.

"그래서 나이는요?"

"서른."

"응? 그렇게 안 보이는데? 대학생인 줄 알고 오빠라고 부르려고 했는데?"

"식사나 마저 하세요, 학생."

마지못해 나이를 언급한 남자는, 아니. 아저씨는 그녀의 주접이 도통 익숙하지 않은지 대화를 자꾸만 피하려고 들었다. 낯간지러운 말에는 영 면역이 없는 모양이었다. 하지만 그럴수록 더 놀리고 싶어진다는 걸 아저씨는 알고 있을까?

더군다나 짧은 시간 동안 대화를 나누면서, 재희는 그에게 대답을 끌어내는 방법도 터득했다. 그녀가 선수를 치면 그가 마지못해 시인하는 일이 반복되면서였다.

덕분에 많은 정보를 알게 되었다. 키는 188센티미터. 몸무게는 83킬로그램. 취미는 따로 없지만 여가에는 운동을 즐긴다고 했다. 그러나 직업이 무엇이냐는 질문에는 별다른 대답을 하지 않았는데….

"뭐 하는 사람 같은데?"

"솔직히 말해요?"

"상관없어."

"다 커서 싸움질이나 하고 다니는 백수 삼촌이요."

"너…."

아저씨는 조금 울컥했지만 참아 내는 모양새였다. 하긴 저보다 열 몇 살이나 어린 사람에게 화를 낼 수는 없겠지. 일부러 놀리고 나서 재희는 배시시 웃었다.

"그래, 그런 걸로 하자."

그가 체념하는 어조로 대답했다. 이후로 재희는 직업에 대해서 더 묻지 않았다. 호기심은 여전했지만, 아저씨가 그 주제를 일부러 피하고 있는 것 같았으니까. 괜히 들쑤실 생각은 없었다.

오랜만에 의미 있는 시간을 보냈다. 관심 있는 사람의 정보를 알게 되는 건 늘 그랬다. 아저씨가 떠나려고 했을 때 미안함을 무릅쓰고 옷자락을 붙잡길 잘했다. 안 그랬다면 이토록 길게 대화를 나누지는 못했을 테니까. 즐거운 저녁 식사는 덤이었고.

더군다나 대화가 진행될수록 아저씨도 조금은 편안하게 대답하고 있었다. 여전히 민망해하는 구석은 있고, 어색해하는 모습도 보였지만 처음보다는 거리낌이 없었다.

"저녁은 늘 여기서 먹어?"

아저씨의 질문이 바로 그 증거였다. 처음부터 질문을 퍼부었던 그녀와 달리 아저씨가 직접 질문을 한 건 처음이었으니까. 재희는 기꺼이 대답해 주었다.

"거의 날마다요."

"매일 도시락만 먹는다고?"

"가끔은 삼각김밥일 때도 있고요. 햄버거일 때도 있고 그래요."

"아니, 내 말은."

"한창 자라야 할 때인데 왜 인스턴트만 먹냐고요?"

그녀가 바로 논점을 끌어내자 그가 고개를 끄덕였다. 그리고 재희는 아주 잠시 입을 닫았다가.

"학교에 석식 신청할 돈은 없고, 복지 카드로 하루 한 끼에 사천 원씩 받거든요. 도시락만 겨우 살 수 있는 수준이에요."

"아."

"아빠도 여러모로 정상은 아니시고요. 덕분에 엄마도 집을 나가 버려서, 그나마 제정신 붙잡고 끼니 챙기는 사람은 제가 유일해요."

"그런…."

"그렇다고 경찰 부른다는 말은 하지 마세요. 그랬으면 진작 집에서 나왔겠죠. 경찰이 돌아가고 나서 더 맞지나 않으면 다행이지."

그러니까 이 정도만으로도 감지덕지예요. 요즘은 요령이 늘었다니까요. 재희가 대수롭지 않게 대답했다. 이제 어떻게 반응하실 거예요? 그리고 떠보는 듯이 그를 바라보았다.

제 일상이었다. 그래서 익숙했다. 그러나 타인에게 불행을 전시한 적은 단 한 번도 없었다. 아버지는 매일 술에 전 채로 도박질만 한다는 것. 가끔은 손도 올리시는데 그 모습에 진저리가 나서 어머니는 자신이 어렸을 때 이미 도망쳤다는 것. 저 또한 머리가 크고 나서는 편의점이든 카페에서든 죽치고 있다가 아버지가 주무실 즘에 집으로 돌아간다는 것도….

딱히 자랑할 만한 사연은 아니었다. 평소처럼 숨길 수도 있었다. 물론 학교에서는 소문이 파다했지만 말이다. 그게 재희가 교내에서나 외에서나 홀로 시간을 보내는 이유이기도 했다.

"아."

"……."

"그래."

그런데 아저씨에게는 왜 말하고 싶었을까?

얼떨결에 폭탄을 맞게 된 아저씨는, 그러나 고개만 몇 번 주억거릴 뿐 별다른 반응을 보이지 않았다. 아까까지 보여 주었던 반응에 비하면 상당히 차분한 편이었다.

그는 무슨 생각을 하고 있을까? 재희는 제가 들었던 수군거림 중에서 인상적이었던 것들을 떠올렸다. 그리고 그가 보일 만한 반응을 예상해 보았다.

역시 불쌍하다고 생각하고 있을까? 그 와중에 식사 하나는 꾸준히 챙겨 먹는 모습이 독하다고? 부모가 정신이 나갔으니 자식도 마찬가지일지도 모른다고?

"똑같네."

"네?"

"우리 아버지도 정상은 아니시거든."

그러나 아저씨의 대답은 그동안 들어 보지도 못했고, 예상조차 못 한 것이었다. 이번에야말로 재희가 얼떨떨한 표정으로 그를 바라보았다.

○ ● ○

왜 일찍이 깨닫지 못했을까.

하물며 매일 도시락만 먹는다고, 가끔은 다른 인스턴트일 때도 있다는 대답을 들었을 때부터 눈치챘어야 했던 건데. 아니, 그보다 훨씬 전에. 친구가 없다는 말에 대수롭지 않아 할 때부터….

얼떨결에 그 애, 아니. 재희의 가정 형편을 알게 된 건욱은 자책했다. 제가 대답을 끌어낸 거나 마찬가지니까. 더군다나 구김살이 없어

서 몰랐다. 정말이었다. 자신의 학창 시절은 이토록 당당했었나. 지금
처럼 아버지와 기 싸움을 하느라 한창 날을 세웠던 걸로 기억하는데.

어쨌거나 건욱은 가라앉은 분위기를 해결해야 할 의무가 있었다.
하지만 무슨 말을 어떻게 해야 한단 말인가? 보통은 위로해 주는 걸로
알고 있는데 제대로 해 본 적이 있어야 말이지. 핏덩이 같은 애한테 됐
으니까 술이나 마시자며 등을 두드릴 수도 없는 노릇이고.

그런 의미에서 위로라는 건 더럽게 어려운 일이었다. 그래서 더도
말고 한 가지만 전해졌으면 했다. 단순히 빈말처럼 들리지는 않았으
면. 무겁지는 않아도 그렇게 썩 가볍지도 않았으면….

"우리 아버지도 정상은 아니시거든."

그런 사고 회로를 거쳐서 나온 대답이었다.

생각해 보면 맞불을 놓는 거였다. 그러나 이것 말고는 떠오르는 말
도 없었다. 제가 가진 말 중에선 그나마 위로처럼 느껴질 만한 대답이
었는데.

"아저씨네 아빠도요?"

이번에는 재희가 기가 막힌다는 듯이 웃었다. 전혀 위로 같지 않은
말이었나? 역시 맞불을 놓는 건 이상했는지 고민하던 순간이었다.

"우리 아빠는 맨날 술 마시는데."

재희가 되도 않는 말로 우쭐거리기 시작했다. 건욱은 일순간 대답
을 받아 줘야 하는 건지 망설였다. 그러나 재희는 멈출 생각이 없어 보
였다.

"저번에는 준비물 사려고 모아 두었던 돈으로 술을 사 오셨더라고
요."

"우리 아버지도 만만치는 않아."

"할 줄 아는 거라곤 도박밖에 없어요. 심지어 다 잃어버리지만요."

"다 받고 감금에 협박까지 얹을 수 있어."

"그럼 제가 졌어요. 우리 아빠는 그렇게 간 큰 짓은 못 하거든요. 자기보다 센 사람한테는 엄청 쫄아서요."

"그래서 이런 대화가 무슨 의미가 있는데?"

"있죠, 의미."

도대체 뭘 하고 있는 건가 싶었는데.

골 때리는 대화에 뒤통수가 얼얼해진 그를 재희가 가만히 바라보았다. 선명한 밤색 눈동자였다. 동그란 모양새가 눈웃음으로 반쯤 가려지던 순간이었다.

"덜 외로워졌거든요."

건욱은 그 모습을 잊지 못할 거라고 예감했다.

"나만 겪는 일은 아니구나. 아저씨처럼 되게 멋있는 사람도 겪었던 일이구나."

"너…."

"그런데도 잘 살 수 있구나. 불쌍한 애한테 도시락 하나쯤은 사 줄 수 있는 어른으로."

눈앞에 있는 아이는 전혀 모른다. 자신이 어떤 환경에 발을 딛고, 업으로 삼아 살아가고 있는 사람인지. 사실을 알면 지금처럼 두 눈을 반짝이며, 자신을 괜찮은 어른으로 착각하지도 않았을 것이다.

그러나 입술이 떼어지지 않았다. 자랑도 아닌데 굳이 제가 등신 같은 처지에 놓여 있다는 말을 해야 하나. 어차피 오늘만 보고 말 앤데 이런 것까지 해명할 필요가 있나.

"그런 건 누구든지 할 수 있어. 퍽 거창한 것도 아니고."

"누구든지요?"

"나도 했는데 네가 못 할 리가."

적당히 가능성만 심어 주면 되는 일 아닌가. 저보다는 앞날이 밝을 애니까….

그러나 희망적인 대답과는 달리 재희의 표정은 썩 좋지 않았다. 오히려 이해가 안 간다는 듯 고개를 갸웃거린다.

"그런 얼굴로 말씀하시면 설득력이 전혀 없는데요?"

"그런 얼굴이 어떤 얼굴인데?"

"엄청나게 잘생겨서 부탁할 때마다 남들이 다 들어줄 것 같은 얼굴이요."

기가 막혀서, 진짜. 순진하다고 해야 할지, 이걸….

칭찬인지 욕인지 알 수 없는 대답에 건욱은 괜스레 헛기침을 했다.

"나도 일이 풀리지 않았던 적이 더 많아. 얼굴로 먹고사는 것도 아닌데 당연하지."

"그럴 때는 어떻게 버티셨어요?"

"그냥."

"그냥?"

"이겨야겠다고…."

건욱은 잠시 말문을 멈추었다. 재희의 호기심이라면 분명히 '이겨요?' 라고 되물을 게 뻔했다. 그러면 자연스레 과거 얘기를 꺼내게 될 테고, 그 과정에서 아버지의 이야기를 빼뜨릴 수는 없을 터였다.

그러나 떠올리는 것만으로도 불쾌한 이야기를 뭐 하러 꺼낸단 말인가. 겨우 열일곱 해를 산 녀석에게 제 출신이 밑바닥이라는 말을. 아버지는 폭력 조직에 몸담고 있으며 자신을 후계자로 삼기 위해 벼르고 있다는 말을.

아버지와 같은 인생을 살고 싶지 않아서 할 수 있는 노력은 다 해보았지만, 목줄 달린 개처럼 조직에 발을 들일 수밖에 없었다는 말을. 거기에서 아버지의 무력이 동원되었고, 그 시기에 느꼈던 패배감을 잊지 못해서 지금까지 분노하고 있다는 이야기 같은 걸….

"전부 이겨 먹으려고 했어."

"이겨요?"

"그것 말고는 방도가 없었거든."

그러나 입술은 이미 누구에게도 내비친 적 없었던 과거를 언급하고 있었다.

"가만히 있는다고 해결되는 문제가 아니어서. 몸이라도 움직여야 복수든 뭐든 할 수 있겠다 싶었지."

조직에서 빠르게 적응하려고 노력했다. 선배들에게 맞아 가면서 실력이며 눈치며, 밑바닥 세계에 대해서도 깨우쳤다. 덕분에 남들보다 일찍이 조장이 될 수 있었고, 연차가 쌓일수록 윗물에서 활개를 치고 다닐 수 있었다.

자신의 조에 지원하는 녀석들도 늘어났다. 앞으로도 계속해서 세력을 불려 나갈 것이다. 더 이상 아버지에게 무력으로 짓눌리는 일 따위 없도록. 마음만 먹으면 깔아뭉갤 수 있을 정도로 강해지는 게 자신의 목표였다.

그래서일까. 자신이 후계자 자리를 물려받지 않겠다고 발언한 이후, 최근 들어 아버지는 하이에나 같은 조직원들에게 둘러싸여 서열 싸움이 한창이었다. 예전이었다면 무력으로 자신의 의지를 꺾었을 테지만 이제는 더 이상 통하지 않았다.

"꼭 나처럼 하라는 건 아니고, 네가 할 수 있는 걸 하면 돼."

"할 수 있는 거라면…."

"학교 잘 다니고, 밥 잘 챙겨 먹는 거. 네 나이에 할 수 있는 것들 있잖아."

"고작 그런 걸로요?"

"고작이라니. 어차피 이기는 거라면 잘 이기는 편이 낫지."

자신이야 벌써부터 인생을 말아먹었다고 해도 무방하지만 너는 아니니까. 밑바닥에서 벗어나고 싶어도 벗어날 수 없었던 자신과 달리,

재희는 기회만 온다면 아버지의 그늘 밑에서 벗어날 수 있을 테니까.

"당신들도 이제는 나이가 나이인데, 사고라도 나지 않는 이상 우리가 더 오래 살지 않겠어?"

"네?"

"그러면 손 하나 까딱하지 않고 이기는 거지. 네가 잘 먹고 잘 살기까지 하면 제대로 한 방 먹이는 거고."

"아…"

"……"

"아하하하!"

마침내 재희가 소리 내어 웃었다. 위로가 되었는지는 잘 모르겠다. 그래도 의기소침하게 제 불행을 늘어놓았을 때보다는 나았다. 유쾌한 웃음소리가 귓전을 간지럽게 때리고 있었다.

"그렇구나. 아저씨도 되게 노력하셨던 거구나."

"그랬지."

"벌써부터 진심을 다 쏟아부을 만큼이요?"

"성질머리가 영 별로여서. 빨리 해치워야 직성이 풀리거든."

이런 건 따로 배울 필요가 없긴 한데. 말을 덧붙이자 재희가 키득거렸다. 그 모습이 퍽 보기 좋아서 저도 모르게 입꼬리가 올라갔다.

"나 같은 놈도 살겠다고 발버둥을 치는데 너라고 못 할 게 뭐가 있어."

"아저씨 같은 사람이 어떤 사람인데요?"

"다 커서 싸움질이나 하고 다니는 백수 삼촌이라며."

"아아, 은근히 뒤끝 있으시구나. 가끔 선심도 쓰시는 백수 삼촌이라고 할까요?"

"너도 어디 가서 기죽어 다닐 걱정은 안 해도 되겠다."

"엄청난 칭찬이죠?"

재희가 가지런한 이를 드러내며 해사하게 웃었다. 그러게. 나처럼 밑바닥을 나뒹구는 놈도 꾸역꾸역 목숨을 붙이고 살아가는데 네가 못 할 건 하나도 없지. 하물며 지켜보는 것만으로도 양심에 찔릴 정도로 밝은 애가. 곁에 있는 것만으로도 사람을 덩달아 웃게 만드는 녀석이.

"나 참."

잇새로 듣기 좋은 웃음이 새어 나왔다. 이 애와 대화를 나누다 보면 두 가지 생각이 충돌했다. 누구에게도 한 적 없는 얘기를 왜 하고 있는 건가 하는 게 첫 번째. 그럼에도 불구하고 편안함을 느끼고 있다는 게 두 번째였다.

"아저씨한테 말하길 잘했어요."

그리고 마음은 불시에 따뜻해져 가고 있었다. 재희의 밤색 눈동자가 반달처럼 휘어지는 순간이었다.

"실은요. 일부러 말한 거예요."

"응?"

"아저씨한테는 제가 겪었던 일 다 말해 주고 싶어서요."

"왜?"

"이렇게…."

재희가 장난스럽게 웃으면서 말을 덧붙였다.

"번지르르한 말은 하나도 못 할 것 같고, 위로 같은 것도 잘 해 본 적 없을 것 같고, 엄청 서툴러 보이는데."

"지금 먹이는 거지?"

"아니, 끝까지 들어 봐요. 말마따나 성질 참 급하시네?"

내뱉는 말마다 얼마나 주옥같던지. 사실을 기반으로 한 폭력에 건욱은 정신이 혼미해졌다. 하긴, 사람 패는 걸 직업으로 하는 주제에 위로라니, 모순이 따로 없었다. 그가 멋쩍은 듯 머리카락을 쓸어 넘겼다.

"제가 뭐라고, 또. 열심히는 해 주실 것 같았거든요."

"네가 뭐냐니…."

"저도 알아요. 세상에는 저보다 불쌍한 애들도 많고, 한 끼조차 못 먹는 애들도 많다는 거요."

"……."

"그래서 자기 연민에 빠지는 것도, 실은 사치예요. 제가 제 마음을 돌보기에는 해야 할 일들이 생각보다 많거든요. 단순히 학교생활만 해도요."

그가 고개를 천천히 끄덕였다. 학창 시절 내내 가정 환경만으로 손가락질받았던 건 자신도 마찬가지였으니까. 재희도 더하면 더했지 덜하진 않았을 것이다. 제가 하는 위로에 재희가 부담을 느끼지는 않았을까 하는 생각이 든 것도 그때였다.

"그런데 제가 돌보지 못한 걸 아저씨가 봐 줘서요. 조금이라도 이해해 줘서요."

"……."

"기분이 좋아졌어요."

그러나 걱정도 잠시, 눈앞에 있는 아이는 벌써 다음으로 나아가고 있었다. 그때 알았다. 재희가 구김살이 없어 보였던 이유를.

또래 아이들보다 일찍 철이 들어서였다. 그래서 제가 가진 불행을 숨기는 데에 능숙해서였다. 재희가 아무 말도 하지 않았다면, 자신은 끝까지 재희가 평범한 가정에서 사랑을 듬뿍 받고 자란 아이라고 생각했을 테니까.

이 애는 잘할 것이다. 그런 예감이 들었고, 적어도 열일곱의 자신보다는 똑 부러져 보였다. 눈동자 끝에 맺히는 이채가 야무지기도 하다.

"되게 성의 없어 보이는데, 되게 그럴듯해 보여서 신기하기도 하고."

그런데 역시, 먹이는 것 같기도 하고….

욕인지 칭찬인지 구분이 되지 않는 대답이었다. 그래도 처음 해 본 위로치고는 평이 후한 셈이다.

"다 먹었어요."

식사를 마친 재희가 깨끗하게 비운 도시락을 정리했다. 마시다가 남은 이온 음료는 가방 속에 착실하게 넣는다. 이제 어디로 가는 건지 궁금해지던 찰나였다.

"아저씨."

"응?"

"저, 평소에도 여기서 밥 먹고, 공부도 여기서 해요. 열한 시나 열두 시까지."

"뭐?"

"그런데 오늘은 아저씨가 저녁 사 줬으니까 길 건너편에 있는 카페 가려고요. 거기 24시거든요."

계속 여기서 밥도 먹고 공부도 했었다고? 건욱은 저도 모르게 인상을 찌푸렸다.

초여름이라 날이 더워지고 있었다. 그러나 밤에는 아직도 쌀쌀했다. 감기 걸리기에 십상이었다. 비단 여름만이 문제가 아니었다. 겨울에는 어떻게 버텼을까. 추워서 오랫동안 나와 있지도 못할 테니 영락없이 집으로 돌아가야 했을까. 아버지의 존재로 진절머리가 날 것 같은 집에….

"요즘에도 야자인가 그런 거 하지 않아?"

"야간 자율 학습이요? 해요. 제가 하기 싫은 거죠."

"아무래도…."

"네. 듣기 싫어서요. 시도 때도 없이 수군거리는 거. 선생님이 없으면 더하고요."

그랬겠지. 아이들도 때로는 어른들을 놀라게 하는 일을 태연하게 저지르곤 하니까. 그런 이유로 재희에게 학교는 수업이 끝나는 대로 떠나고만 싶은 공간이었을 거다.

그래도 오늘은 카페에 들어가 있겠다니 다행이었다. 생각해 보면 그가 쓴 돈은 사천 원 정도였다. 그러나 그 정도도 안 되는 호의로, 그 애가 시원한 공간을 보장받을 수 있는 거라면….

"또 오실 거죠?"

"응?"

"오늘 이후로 친구 먹은 거나 다름없잖아요."

"무슨…."

"친구는요. 서로의 비밀을 털어놓다 보면 어느 순간 되어 있는 거래요."

곰곰이 생각에 빠져 있는데, 재희가 말도 안 되는 이야기를 해 댔다. 친구라니. 애초에 띠동갑이 넘는 나이 차이는 물론이고, 아무리 안면을 텄다고 한들 그걸 친구라고 부르지는 않을 텐데.

자그마치 한 시간도 되지 않는 시간이었다. 그럼에도 불구하고 재희는 자신에게 친구라는 호칭을 붙여 주었다. 하지만 건욱은 망설일 수밖에 없었다. 지금까지 제가 만든 거라곤 동료밖에 없었으니까. 선배도, 후배도 전부 동료로만 퉁쳤을 뿐 그 이상이 되었던 적은 없었다.

"그때부터는 나도 모르게 걱정도 하게 되는 거고요."

혹시나 하는 생각이 든 건 그때였다. 도대체가 조그마한 머리로 무슨 생각을 하는 건가 싶었는데 왜인지 위화감이 느껴졌다. 갑자기 제 사정을 털어놓은 것도 그렇고, 일부러 그랬다는 말로 사람을 놀래킨 것도 그렇고….

"제 말이 맞죠?"

그도 그럴 게 재희는 제 불행을 감쪽같이 숨길 수 있는 애였으니까. 굳이 말을 꺼냈다면 이유가 있었을 것이다. 심심했다거나 외로웠다거

나 또는,

제가 신경 써 주기를 바랐다거나….

말도 안 되는 소리라는 걸 안다. 그래서 건욱은 미쳤다는 소리를 들을지언정 제 예상이 틀렸기를 바랐다. 괜한 생각을 하는 거라고. 이 나이 먹고 주책을 부리고 있다고.

"이대로 보내면 후회할 것 같다고 말했잖아요."

그러나 재희가 입꼬리를 씩 올렸을 때, 건욱은 뒤통수를 한 대 얻어맞은 것 같은 충격을 받았다. 일부러 그랬구나. 그리고 제대로 먹혀들었구나. 그때 깨달았다. 어쩌면 재희는 강재현에 버금갈 정도로 똑똑한 애일지도 모른다는 걸.

뭐 이런 애가 다 있을까?

앞뒤 신경 쓰지도 않고, 양옆 분간하지도 않고, 냅다 자신에게 달려오기만 하는 애가. 그가 해 줄 수 있는 건 아무것도 없는데, 자신도 모르는 무언가를 발견하고서 두 눈을 반짝이는 애가….

건욱은 당최 설명할 수 없는 애를 눈앞에 두고 혼란에 빠졌다. 온갖 의문들이 빼곡하게 머릿속을 채우고 있었다. 목울대를 울컥 건드리는 감정은 방향감조차 상실한 지 오래였다.

"…그래."

그러나 어느 순간 자신은 고개를 끄덕이고 있었다. 속셈을 알게 되었음에도 불구하고, 건욱은 그 아이가 하자는 대로 따라가고만 있었다. 아주 속절없이.

○ ● ○

그날 이후로 재희는 저녁을 먹은 후에 24시 카페에서 시간을 보낼 수 있었다.

원래라면 카페 갈 돈도 없어서 편의점에서 시간을 보내거나, 점장 아주머니가 눈치를 주면 울며 겨자 먹기로 집으로 돌아갔을 테지만.

"아저씨!"

하교해서 편의점에 도착하면 그가 담배를 피우고 있었기 때문이다. 도시락과 음료수가 하나씩 든 봉지를 든 채로. 재희가 그게 뭐냐고 물으면 아저씨는 한결같이 대답했다.

"배고파서 샀는데 입맛이 없네."

"……."

"너 먹을래?"

그냥 사 주고 싶어서 샀다고 하면 어디가 덧나나 보다.

재희는 아저씨의 깜찍한 의도를 눈감아 주었다. 그리고 능청스럽게 도시락과 음료수를 해치웠다. 입맛이 없어서 어떡해요? 라며 역할극에 장단도 쳐 주면서.

식사가 끝나면 아저씨는 귀신같이 자리를 떴다. 깨끗하게 비워 낸 도시락을 쓰레기통에 버리고 오면 이미 뒷모습을 보이며 멀어지고 있었다. 이 정도면 됐다는 것처럼….

재희는 아저씨의 그런 점이 마음에 들었다. 그녀에게 무언가를 더 바라지 않는 점이. 자신을 그저 고등학생이자 유재희로만 보고 있다는 점이 좋았다. 그게 생각보다 어려운 일이라는 걸 깨닫고 있는 요즘이니까.

그런 의미에서 사람 보는 눈 하나는 틀리지 않았다고 자부했다. 아저씨가 자신에게 어떤 직업을 가졌는지 말해 주지는 않았지만 그래도 떳떳한 일을 하는 사람일 거다. 그게 아니라면 아저씨가 제게 해 주는 행동들이 설명되지 않았다.

무심하게 구는 듯하면서도 실은 당연하지 않은 일들을 아저씨는 해 주고 있었으니까. 그러니까 그녀에게 있어서 아저씨는 좋은 사람이었다. 친구가 되길 잘했다. 거의 반은 강제적으로 몰아붙인 거지만….

종례를 마친 재희는 들뜬 마음으로 가방을 챙겼다. 아저씨를 볼 생각에 벌써부터 즐거웠다. 근래 그녀가 유일하게 느끼는 재미였다.

오늘은 어떤 변명으로 도시락을 건네주실까? 날렵하고 매끄러운 콧대는 안녕하시겠지? 혹시 직업적으로 일이 잘 안 풀리는 상황이라면 연예계 쪽을 조심스레 추천해 볼까? 시작부터 승승장구하실 것 같은데….

학교에서 편의점까지의 거리는 십 분여 정도밖에 되지 않았다. 재희가 재빠르게 후문을 나섰다. 정문보다는 후문 쪽이 편의점과 더 가까웠기 때문이다. 그녀가 해 질 녘의 오르막길을 한참 걸어 올라가던 와중이었다.

"야, 유재희!"

그녀의 뒤에서 익숙한 목소리가 들렸다.

"저 쌍년, 못 들은 척하는 거 봐."

"야, 야, 유재희! 이 씨발년아!"

"미친 새끼, 동네방네 소문내냐? 존나 웃기네."

학교에서 매번 듣던 목소리였다. 재희는 못 들은 척 태연하게 걸음을 옮겼다. 처음에는 적나라한 욕설에 발끈했지만 그럴수록 좋아할 놈들이라는 걸 안다. 이후로는 어떤 관심도 주지 않고 있었다.

"아!"

그러나 오늘은 자존심이 많이 상했나 보다. 아니면 학교가 아니라서 자신감이 치솟았거나.

평소에도 비아냥거리면서 그녀의 신경을 건드리던 무리였다. 무리 중의 한 명이 자신의 뒤를 바짝 쫓아와 긴 머리카락을 불시에 낚아챘다. 싸리한 통증에 신음이 흘러나왔다.

"왜 사람 말을 무시하냐고, 쌍년아."

머리카락을 움켜쥔 손목을 떼어 내려고 했지만 역부족이었다. 그사이 교내에서 질이 나쁘기로 유명한 무리가 그녀를 둘러쌌다. 어깨를 툭툭 건드리는 손길이 신경질적이다.

"너 요즘 수학한테 대 준다며?"

"어쩐지 학교 폭력이니 뭐니 존나 으름장 놓고 있잖아."

"그래 봤자 유재흰데 뭘 할 수나 있냐? 학폭위 열어 봤자 씨발 좆도 없잖아, 얜."

"존나 가난하고, 애비도 존나 병신이고."

깔깔거리는 웃음소리에 두통이 날 것 같았다. 한동안 선생들 눈치를 보느라 교내에서 괴롭히지 못했던 스트레스를 이제야 풀어내려는 모양이다. 이럴 줄 알았으면 정문으로 천천히 돌아갈 걸 그랬나. 아니, 작정한 모습을 보니 언젠가는 벌어질 일이었을 거다.

재희는 호흡을 가라앉혔다. 그래 봐야 또래 애들이었다. 술 담배는 물론이고 입에는 걸레라도 문 것처럼 굴긴 하지만 여전히 어른들의 눈치를 본다는 점에서 썩 대단한 놈들은 아니었다.

재희를 욕하는 녀석 중에는 그녀 못지않게 가정 형편이 좋지 않은 애들도 있었다. 그런데 분위기에 휩쓸려서 가난을 지적하는 게 우스웠다. 제 머리채를 움켜쥔 녀석도 마찬가지였다. 실은 학기 초부터 그녀에게 관심을 보이던 애였고, 그 외에도 자기 무리로 들어오라며 제안하던 애들도 있었다.

결국은 단순한 문제였다. 자신이 무리에 들어가지 않아서. 그리고는 상종도 하지 않아서 찍힌 거다.

무리를 지은 녀석들은 보란 듯이 그녀를 욕하고 다녔다. 그래서인지 학기 초에는 가까워졌던 친구들도, 제가 질 나쁜 녀석들에게 찍혔다는 사실만으로 떨어져 나갔다. 가정 형편은 또 어떻게 알았는지 그걸 빌미로 그녀를 깔아뭉개려고 들었다. 제대로 된 부모도 없고 가난한 주제에 뭘 얼마나 버티겠냐면서.

"이러다가 선생들한테 한 번씩 다 대 주겠다?"

"나도 한번 대 주면 안 되냐?"

"맞다, 이 새끼 자지 존나 크지!"

"씨발, 떡실신 각 아니냐?"

듣는 것만으로도 토기가 올라오는 대화였다. 재희는 저런 애들을 잘 알았다. 따로 만나면 아무 말도 못 할 거면서 무리를 지으면 없던 자신감도 솟구치는 애들. 한껏 비아냥거리면서도 그녀가 선생에게 찌를까 봐, 그래서 제 부모에게 연락이 갈까 봐 두려운 애들이었다. 그걸 감추기 위해서 더 저급하게 구는 걸 모르지 않았다.

그래서 담임 선생을 찾아간 적도 있었다.

무리가 욕하는 건 아마 그 모습을 보았기 때문일 거다. 교무실은 선생뿐만 아니라 학생들도 드나들 수 있는 공간이니까. 벌점 때문에 학생 주임을 찾아온 애가 우연히 목격한 모양이었다. 칸막이 너머로 담임 선생이 제 팔을 주무르는 걸….

최근 들어 괴롭힘이 심해져서 참다못해 찾아간 거였다. 제 선에서 해결할 수 없는 행동이니 담임 선생을 찾아가면 조금이라도 도움이 되지 않을까 싶었다. 용기 내어 찾아간 재희에게 담임 선생은 얼마나 고생했느냐고, 다른 선생과도 대책을 찾아보겠다고 말했다.

하복 차림이라 매끈하게 드러난 팔뚝을 만지작거리면서.

그때 알았다. 세상에 이유 없는 호의는 없다는 걸. 그건 일종의 거래였다. 선생으로서 학교 폭력을 제재하는 노력을 하는 대신, 재희가 가지고 있는 무언가를 대가로 받아 내는 거래.

수치스럽고 불쾌한 감정이 목 언저리를 맴돌았다. 그리고 깨달았다. 해결되는 건 아무것도 없겠구나. 무리에 있는 녀석들만 짓궂어질 뿐 자신에게 득이 되는 일은 하나도 없겠구나.

그 결과가 바로 지금이었다. 안 그래도 선생이라는 작자에게 그런 취급이나 받게 되어 기분이 더러운데, 무리는 그게 마치 재희의 잘못이라는 듯이 굴고 있었다. 그리고 그들에게도 그런 기회가 오기를 기대하고 있었다.

재희가 이성에게 관심이 없었던 이유였다. 특히 의도가 분명한 이성에게는 관심조차 쏟지 않았다. 틈만 나면 자신에게 손찌검하는 아버지마저도 그 모양인데, 저급하게 구는 녀석들이 좋게 보였을 리가.

"너희 같은 애들은 한 트럭을 줘도 사절이야."

그러나 타개할 상황이 보이지 않아도 굽히고 들어갈 생각은 없다. 그것만은 똑똑히 알려 주고 싶었다.

평소에는 무리를 자극하는 꼴이 될까 봐, 그렇게 되면 피곤해지는 건 자신이었으니 어떻게든 피하려고 했다. 그러나 끝도 없이 뻗어 나가는 저급한 상상은 싹을 뽑아야 할 필요가 있었다.

게다가 학교 밖일지언정 이곳은 주민들이 돌아다니는 길가였다. 계속 건드려 보라지. 까딱하면 비명을 지를 준비도 되어 있었다.

"이 쌍년이 돌았나."

"나만 그럴 것 같니? 우리 학교에서 너희 좋아하는 여자애들 없어. 지나갈 때마다 비위 상한다고 욕이나 해 대지."

"어쩌라고, 걸레 년아. 선생 등에 업고 눈에 뵈는 게 없냐?"

"자꾸 그러면 경찰서도 찾아갈 거야."

재희도 일을 키우고 싶은 마음은 없었다. 그러나 정작 선생들도 믿지 못하게 된 마당에 공권력의 존재라도 상기시키고 싶었다.

"선생들은 학부모며 교장이며 눈치 보느라 더디겠지만 경찰들은 부모님부터 소환하는 거 알고 있지?"

실은 잘 모른다. 그러나 또래 아이들이 가장 싫어하는 건 자신의 학교생활에 부모가 개입되는 거였다. 그거 하나만은 확신할 수 있었다.

"그것뿐인 줄 알아? 마음만 먹으면 너희가 한 짓들 인터넷에 올릴 수도 있어. 그렇게 되면 신상 털려서 욕먹는 건 한순간일 거고."

한창 소셜 미디어며 여러 가지 플랫폼에 노출된 애들이었다. 그 확산성에 불씨가 붙으면 얼마나 거대해질지 모를 리가 없다.

가장 먼저 꼬리를 내린 건 무리 안에서도 어영부영 남을 따라 해 대던 애들이었다. 잘못된 걸 알면서도 책임감이 분산되니 제멋대로 구는 애들. 정말이지 한심하기 짝이 없었다.

재희는 헝클어진 머리카락을 정돈했다. 이 정도로 으름장을 놓았으면 애들도 한동안은 조용할 거다. 귀찮은 상황이 끝날 거라는 보장은 없지만 정말로 한동안은.

"네가 그렇게 똑똑하면 그것도 알겠네?"

재희가 자기들끼리 눈치를 보며 수군거리는 무리를 등지려던 순간이었다.

"어차피 미성년자는 솜방망이 처벌 받는다는 거. 그걸로 대학 가는 데에 문제없고."

"……."

"그리고 프로필? 올릴 테면 올려 봐, 씨발. 나도 명예 훼손으로 싹 다 고소 먹이면 되니까, 미친년아."

무리 중에서 우두머리 격인 남학생이 나섰다. 노골적으로 조소하는 모습은 자신감으로 가득 차 있었다. 아버지가 이름만 대면 아는 기업에서 근무한다고 했다. 직책도 제법 높아서 선생들도 알게 모르게 신경을 쓰고 있다고. 그래서인지 다른 애들보다 저돌적으로 구는 구석이 있었다.

"까불고 있어, 쌍년이."

너네는 뭘 쫄고 있어, 씨발. 그래 봐야 가난뱅이 년한테.

남학생은 자신의 무리를 꾸짖었다. 그녀가 했던 것처럼 겁을 주기 위해 으름장을 놓는 걸 테다. 절대로 물러서지 않겠다는 자존심마저 느껴졌다.

저리도 고집이 세니까 학기 초부터 계속 따라다니는 거겠지. 시시 때때로 훼방을 놓아 대는 건 물론이고. 어쩌면 저 녀석이 바라는 것도 담임 선생이 제게 했던 짓과 다를 바 없다는 걸 재희는 눈치챌 수 있었다.

"왜 갑자기 말이 없어졌을까, 응?"

"……."

"더 깝쳐 봐, 씨발년아. 아까는 뚫리는 대로 지껄여 댔으면서, 왜. 맞고소한다니까 쫄리냐? 그래?"

"……."

"이게, 씨발, 어딜 가려고."

쓸데없이 이어지는 실랑이가 재희는 지겹게도 느껴졌다. 자기 자존심 조금 건드리는 데엔 이렇게 발끈하면서, 왜 상대방도 기분이 나쁠 수 있다는 걸 모를까. 이제는 대꾸할 여력도 없어서 등을 돌리려던 찰나였다.

한창 그녀에게 욕설을 쏟아 내던 남학생이 재희의 팔목을 움켜쥐었다. 무슨 힘이 이렇게나 억센지. 재희는 멍이 들 것 같은 통증에 미간을 찌푸렸다.

"야, 이년 붙잡아."

"현석아, 오늘은 여기까지만 하자. 얘가 진짜로 경찰한테 말하기라도 하면…"

"가만히 내버려 두니까 더 기어오르는 거 안 보이냐?"

"혀, 현석아!"

"뭐 하냐? 안 잡아? 씨발, 잡으라고! 이년 잡아서 정신 차릴 때까지 쥐어패든지 따먹든지…."

그건 순식간에 벌어진 일이었다. 외마디 비명과 함께 제 손목을 움켜쥐고 있던 남학생의 팔목이 누군가에게 단단히 붙잡혔다.

덕분에 풀려난 손목을 재희는 얼떨떨하게 어루만졌다. 무리를 지은 녀석들도 마찬가지였다. 다들 눈 깜박할 사이에 일어난 상황에 갈피를 못 잡고 있었다. 그녀의 뒤로 커다란 그림자가 드리웠다.

"하도 안 오길래 찾으러 왔더니…."

정수리에서 익숙한 목소리가 들렸다. 이번에는 반갑게만 느껴지는 목소리였다.

"요즘 애들은 씨팔, 깡패 새끼보다도 더하네."

그녀가 고개를 돌리자 흰색 와이셔츠를 입은 널따란 가슴팍이 보였다. 단추를 따라서 시선을 천천히 올렸다. 한껏 뛰어온 건지 가쁘게 내쉬는 숨결이 느껴졌다. 옷깃으로 가려진 목 언저리에는 핏대가 솟아 있다. 그리고….

"학교 한번 다니기 참 힘들다, 그렇지?"

분노로 일렁였던 눈동자가 지금은 다정스레 그녀를 향하고 있었다. 마치 괜찮으냐고 묻고 있는 것 같았다. 다친 데는 없느냐고. 혹여 자신이 너무 늦지는 않았느냐고….

눈물이 날 것 같았다. 한 번이라도 그녀를 위해 나서 주던 사람이 있었나? 당당하게 편을 들어 준 사람은 있었던가? 어떤 목적도 없이. 어떤 의도도 없이. 그냥. 그래야 하니까 그렇게 할 뿐인 사람이….

"아저씨…."

결국 재희는 울음을 터트렸다. 그럴수록 그의 눈썹은 곤란하게 일그러졌다. 갑작스레 흐르는 눈물에 당황한 것 같았다.

"시팔, 얼마나 괴롭혔으면 애가…."

그는 눈앞에 있는 애들을 어떻게 혼쭐을 내 주어야 할지 화가 난 모습이었다.

그러나 그게 아니었다. 재희는 눈앞에 있는 애들이 아니라 아저씨 때문에 울고 있었다. 가족도 해 주지 못하는 일을 해 줘서. 그 결정에 거리낌조차 없어 보여서. 그게, 가슴이 아플 정도로 고마워서….

"흐으윽."

재희가 그에게 매달리듯 안겼다. 아저씨의 품은 넓었고, 단단했고, 언젠가 날카로운 눈매처럼 차가울 거라고 생각했던 것과 달리 무척이나 따뜻했다. 그리고 잠시, 무슨 이유에서인지 머뭇거리던 아저씨가 그녀의 어깨를 잡아 왔을 때. 커다란 손바닥으로 등을 쓸어 주는 순간 재희는 깨달았다.

사람에게는 저마다 시간이 지나도 잊히지 않는 순간이 있다는 걸. 그 순간은 때로는 그리움이라는 이름으로 찾아와 마음을 헤집어 놓기도 하고, 때로는 조용한 용기가 되어 주기도 한다는 걸. 자신에게는 이 순간이 그런 역할이 되어 줄 거라는 것도….

재희는 의심할 여지 없이 느낄 수 있었다.

○ ● ○

건욱은 사무실을 나서기 위해 슈트 재킷을 걸쳐 입었다. 재희가 여섯 시 이십 분쯤 편의점에 도착하니 그 전에 가서 도시락을 사 둘 생각이었다.

이런 짓을 하게 된 지도, 딱히 세어 보진 않았지만, 일주일은 훌쩍 넘은 것 같다.

담배도 살 겸 얼마 더 쓰는 게 그리 큰돈도 아니니까. 이 정도의 호의만으로도 재희는 24시 카페에서 집보다 나은 시간을 보낼 수 있을 터였다. 사소한 마음에서부터 시작된 행동이었다. 그런데….

"요즘 들어 어딜 그렇게 가십니까?"

소파에 앉아서 휴대폰 게임을 하고 있던 강재현이 넌지시 묻는다.

"여섯 시만 되면 칼같이 외출하시네요. 돌아오는 시간도 매번 똑같으시고."

"담배 사러 가는 거라니까."

"특별히 현장 나가는 때만 아니면 평소에는 아랫놈들 시키시잖습니까?"

눈치 하나는 기가 막히네.

더 대꾸해 봐야 말꼬리를 붙잡고 파고드는 놈이라 건욱은 입을 다물었다. 저 녀석처럼 머리 굴리는 게 타고난 애들과는 말을 섞는 게 아니다. 저도 모르게 의도가 들통나기 십상이니까.

"수상하십니다, 형님?"

단순히 편의점으로 외출하는 것만으로도 저 지랄인데.

다행인 건 재현을 제외한 다른 조원들은 그의 행동에 의문을 가지는 모양새가 아니었다. 오히려 조직 내에서 떠도는 이야기를 하느라 분위기가 한창 달아올라 있었다. 사무실 한쪽에서 한가하게 화투를 치고 있던 무리가 소란스러워진 것도 그때였다.

"그러고 보니 형님, 그 소식 들으셨습니까?"

"말해."

"장규성 이사님 조에 있는 최태진 아십니까? 장 이사님 옆에서 오른팔 격으로 활동하던 녀석인데."

아아, 걔. 나이는 어린데 유도하던 놈이라서 힘이 장난이 아니었지. 장규성이 곁에 두는 이유가 있는 놈이었다. 건욱은 계속해 보라는 듯 눈짓했다.

"이번에 일어난 서열 싸움에서 졌답니다."

"최태진이?"

"예, 그래서 서열이 영락없이 떨어졌다더라고요. 덕분에 생전 자를 일 없을 것 같았던 손가락까지 잘리고."

"내부 분열이었나?"

"그렇답니다. 태진이 그놈을 아니꼽게 보던 놈들이 많았나 봐요. 들어온 지 얼마 되지도 않았는데 장 이사님 옆자리를 꿰고 있으니…."

"확실히 짬밥보다 실력을 더 중시하는 사람이긴 하지."

직계 안에서도 조마다 분위기는 다른 편이었다. 건욱의 조는 짬밥과 실력을 함께 가져가는 편이었다면 규성의 조는 오로지 실력 위주로만 이루어진 조였다. 그러나 오랫동안 조직에 몸담은 녀석들 자존심이 어디 갈 리가. 어떻게든 어린 녀석을 끌어내리려고 머리를 굴린 모양이었다.

"그렇다고 쉽게 당할 만한 놈은 아닐 텐데."

"의붓누나를 인질로 잡았답니다."

"의붓누나?"

"보통은 의절하고 들어오는 경우가 대부분이니 가족은 건드리지 않는 편인데, 근래에 녀석이 의붓누나를 만나느라 자리를 비운 적이 많았답니다."

"핏줄도 아닌 의붓누나는 왜."

"그게 좀, 아무래도 복잡한가 봅니다. 태진이한테는 의붓누나가 유일하게 자길 받아 준 사람이었다고 하니…."

거기까지 들으니 상황이 어떻게 된 건지 알 만했다. 의붓누나를 인질로 잡고 태진이 놈을 끌어내렸던 거겠지. 애틋한 마음이었을 녀석은 눈 뜨고 코를 베였을 거고.

건욱은 혀를 찼다. 적대 세력의 습격도 아니고 내부 분열이라니.

서열 싸움이야 종종 일어나는 편이었다. 그러나 싸움에서 지는 쪽은 서열이 떨어지는 건 물론이고, 손가락 하나를 절단하는 게 청운회의 전통이었다. 서로가 위험을 감수하는 만큼 감정이 웬만큼 상하지 않고서야 그런 결정은 하지 않는 편인데… 여간 밉보인 게 아니었던 모양이다.

"아까 연락이 왔는데, 다시는 일반인이랑 접촉하지 않겠다는 맹세 하에 장 이사님이 당분간 관리하신다더라고요."

"그 의붓누나를?"

"장 이사님도 어지간해서는 태진이 녀석을 놓치고 싶지 않았던 거 겠죠. 인질 사건만 아니었으면 자기 조도 만들 수 있는 놈이니."

"곁에 두는 게 편할 테고."

"이렇게 된 거 그 녀석도 정신 차려야죠. 애틋하고 뭐고 다 좋은데, 어쨌든 조직으로 들어왔으니 포기할 건 빠르게 포기해야 하지 않습니 까."

"네 말이 맞다."

"여기에 한번 몸담은 놈이 일반인이랑 뭘 어쩌겠다고. 제정신 박힌 놈이면 다신 볼 생각도 하지 않는 게 맞죠. 이런 일 또 겪을 게 아니라 면."

조직원의 이야기를 듣던 건욱은 이유 모를 답답증을 느꼈다. 매번 조직에서 떠도는 소문을 귀신처럼 낚아 와서 주절거리는 놈이었다. 그 는 여느 때처럼 적당히 이야기를 들어 주고 있었다.

그런데 오늘따라 귀에 들어온 이야기가 쉽게 흘려지질 않는다. 평 소였다면 가볍게 듣고 말았을 소문들이 계속해서 머리를 맴돈다. 저만 느끼는 게 아니었는지 조직원들도 '웬일로 이야기를 끝까지 들어 주 시지?' 라며 수군거리고 있었다.

"그래서."

"예?"

"그 의붓누나는 얼마나 다쳤는데?"

소문의 진상까지 물었을 때는 다들 얼떨떨한 반응을 보였다. 한창 소문을 전달하던 조직원이 두 눈을 끔벅거렸다.

"드, 듣기로는 다리를 못 쓰게 됐답니다."

"뭐?"

"제가 알기로는 그 여자가 무용한다던데… 그 발레였나 그랬을 겁니다."

"그래서 다리를 분질렀다고?"

"이 바닥에서 구르는 새끼들 수준이 다 거기서 거기 아닙니까. 그에 비하면 다리 하나 분지른 것 정도는 애교지요. 개중에는 깡촌 업소에다 팔아넘길 생각인 놈도 있었는데요."

　하여간 폭력배 아니랄까 봐, 시팔.

　아무리 일반인이라도 조직과 얽히게 된 이상 크게든 작게든 다칠 수밖에 없었다. 하지만 다리를 못 쓰게 되었다니. 더군다나 깡촌 업소라면 나중에 찾는 것도 더럽게 힘들었다.

　사람 인생 하나 골로 보내는 데에는 아주 도가 튼 놈들이다. 건욱은 어금니를 짓이기며 구두를 고쳐 신었다. 그리고 아까보다 굳어진 안색으로 사무실을 나섰다.

"외출한다. 알아서 퇴근해."

"엇, 예! 오늘도 고생 많으셨습니다, 형님!"

"고생 많으셨습니다!"

"많으셨습다!"

　인사 대신 손짓을 해 보이던 그가 사무실을 빠져나갔다. 조직원들은 생소한 반응을 보이는 건욱에게 의문을 가지는 것도 잠시, 마저 둘러앉아 화투를 치기 시작했다. 오늘따라 형님께서 기분이 좋지 않으신가 보다 하며.

"흐음."

그가 사무실을 나갈 때까지 휴대폰만 바라보던 재현이 고개를 들었다. 그리고 창문 너머로 어디론가 향하고 있는 건욱을 물끄러미 내려다보았다. 마침내 그가 시야에서 사라질 때까지. 아주 오랫동안.

○ ● ○

딱히 이상한 일도 아니었다. 조직에서 일하면서 약점이 될 만한 존재를 곁에 두지 않는 건. 본인뿐만 아니라 양지에서 생활하는 상대를 위해서라도.

최태진은 조직에서 지낸 기간이 짧아서인지 그 사실을 간과한 모양이지만 이번 일은 온전히 녀석의 탓이었다. 목숨처럼 아끼는 존재가 있다면 가까워지는 게 아니라 거리를 두었어야지. 음지에서는 그것만이 누군가를 지킬 수 있는 유일한 방법이었다.

그리고 재희가 떠올랐다.

자신에게 재희는 어떤 존재일까. 잘 모르겠다. 그래도 최태진의 경우와는 다르지 않나. 그도 그럴 게, 친구…라는 호칭이 붙긴 했지만, 과연 이게 친구 사이가 맞나 싶었으니까.

오후 여섯 시가 되면 도시락을 사 주고, 십여 분 정도 대화 아닌 대화를 나누다가 헤어진다. 대화도 별거 없었다. 재희의 일방적인 수다로 끝난 적이 대부분이었다. 그러니 괜찮지 않나. 길고양이에게 밥을 주는 거라고 생각하면 이상한 것도 없다. 아니, 애한테 동물을 갖다 붙이는 건 좀 그런가. 그렇다면 같은 동네에 머무는 학생 정도라고 할까…

가까운 사이라고 하기엔 그만큼 어폐가 있었다. 따지고 보면 아무사이도 아니었다. 당장이라도 편의점으로 가는 발걸음을 끊어 낼 수도 있었다. 그 정도로 미련이 없었다. 아마 없을 것이다. 그러니까 최태진과 같은 일이 일어날 거라는 걱정도 할 필요가 없었다.

"후우…."

그러나 강재현이 같은 시간마다 어딜 가는 거냐고 물었을 때, 벼락이라도 맞은 것처럼 떨리던 마음을 어떻게 설명할 수 있을까.

뜨끔했다. 아무 사이도 아니라면서 마음은 복잡해졌다. 그리고 의문이 들었다. 편의점으로 가는 발걸음을 당장 끊어 낼 수 있다면. 그 애에게 미련조차 두지 않는다면. 지금은 왜 그 애를 보러 가고 있는 거냐고.

신경 쓰여서? 불쌍해서? 씨팔, 누가 누굴….

건욱은 신경질적으로 머리카락을 흐트러뜨렸다. 도대체 누가 누구더러 불쌍하다는 건지. 여러 방면에서 저보다 훨씬 나은 애를 갖다가. 구김살 없는 모습을 보면 뭘 하든 잘할 아이를 내가 무슨 자격으로. 그러니까 제 앞가림이나 잘하면 되었다. 당장 해야 할 복수에나 신경 쓰면 되는 일이다. 그런데도 발걸음은 이미 편의점에 도착해서 그 주변을 서성거리고 있었다.

오늘은 좀 늦네.

평소에는 여섯 시 십 분이 넘어갈 무렵, 오르막길을 열심히 오르는 재희를 볼 수 있었다. 시선이 마주치면 힘들게 숨을 몰아쉬다가도 금세 해사하게 웃고는 했다. 그런데 십 분이 지나도, 하물며 이십 분이 지나도 애가 나타날 생각을 하지 않는다. 낌새가 이상하다는 생각이 든 건 그때였다.

'저, 평소에도 여기서 밥 먹고, 공부도 여기서 해요. 열한 시나 열두 시까지.'

그렇게나 호언장담하던 애가 아직도 올 생각을 하지 않는다니.

건욱은 결국 재희가 매번 오던 길목으로 걸음을 옮겼다. 괜히 학교 쪽으로 갔다가 마주치면, 그래서 애가 쪽팔려 하면 어쩌나 걱정되기도 했는데. 그래도 재희는 언질도 없이 사라지는 애가 아니었다. 오래 본 사이는 아니지만 알 수 있었다. 여태까지 재희만큼 솔직한 애는 본 적이 없으니까.

"더 깝쳐 봐, 씨발년아. 아까는 뚫리는 대로 지껄여 댔으면서, 왜. 맞고소한다니까 쫄리냐? 그래?"

그렇게 재희가 오던 길을 거슬러 가다가 보게 되었다. 웬 남학생들에게 둘러싸여 있는 재희를. 머리채가 붙잡혀서, 온갖 더러운 말을 꿋꿋이 받아 내고 있는 그 애를.

그때 제가 무슨 생각을 했더라. 아니, 그런 걸 생각이라고 할 수 있나.

건욱은 달렸다. 시야 안에 재희가 들어오고, 그 애가 위험에 처했다는 걸 보자마자 곧장 발을 굴렀다. 머릿속이 새하얘졌다. 아무 생각도 나질 않았다. 주먹에는 힘이 들어갔고 목은 핏대가 설 정도로 뜨거워졌다.

씨팔, 내가 진짜, 돌았구나.

그건 감정이었다. 눈이 돌아 버릴 정도로 끓어오르는, 저 새끼들을 죽기 직전까지 패고 싶은 분노. 어쩌면 형태이기도 했다. 해 질 녘의 거리에는 오가는 주민들이 많았다. 눈앞에 있는 애들도 미성년자였다. 건드리면 피곤해진다. 보는 눈이 많은 곳에서 행동한 적도 없었다. 그럼에도 불구하고 몸부터 나가 버리는 걸 자신도 제어할 수 없었다.

건욱은 겁도 없이 재희에게 으름장을 놓던 놈을 파리 잡듯 낚아챘다. 한껏 기를 세웠던 놈이 바람에 날리는 광고풍선처럼 비틀거렸다. 팔목을 움켜쥔 손아귀에 더욱 힘이 실렸다.

"흐으윽, 아저씨…."

재희가 울면서, 아주 서럽게도 울면서 품에 안겨 왔을 때는… 숨이 벅차올랐다. 알밤처럼 동그란 정수리. 울음으로 열기가 오른 몸. 허리에 꼭 매달린 가느다란 팔과 파들거리는 숨결 그 모든 것들이 애처롭게 느껴졌다.

이 아이는 도대체 어떻게 버텨 냈을까. 이런 일을 겪으면서도 어떻게, 태연하게 웃을 수 있었을까.

자신은 이 아이에 대해서 아무 것도 모른다. 어떤 사이라고 말할 수도 없었다. 그럼에도 불구하고 건욱은 알게 되었다. 무심하게 지나치려고 했던, 그러나 마음처럼 잘 되지 않았던 순간들을 차곡차곡 지나오면서….

유재희라는 아이가 소중해졌다고.

신경이 쓰여서, 불쌍해서 찾아간 게 아니라 그냥, 소중해져서. 아끼고 싶은 마음에 매일 매시 편의점으로 걸음을 옮겼던 거라고. 태진이 녀석과 별반 다를 바 없이. 정신을 차렸을 때는 이미….

○ ● ○

박현석이 아는 유재희는 건드려도 뒤탈 없는 계집애였다.

아버지는 알코올 중독에, 형편은 가난해 빠졌다는 걸 동네에서 모르는 사람이 없었다. 비교적 부유한 가정에서 자랐던 현석에게 유재희는 찔러 보는 맛이 있는 놀잇감이었다.

치마를 줄이거나 화장을 한 것도 아닌데 유난히 시선이 가는 애. 피부가 희어서인지 이목구비가 오밀조밀해서인지 동네에서 제일 예쁘다고 소문난 애.

그래서 무리로 데려오려고 했다. 옆에 붙여 두려고 했다. 당연히 고마워할 줄 알았다. 하물며 내가 박현석인데. 학교생활이 편해질 수 있는 기회를 주는 건데.

'너희 무리 들어갈 생각 없으니까 신경 꺼.'

주제도 모르고 튕기는 계집애를 보고 있자니 오기가 생겼다.

처음에는 장난이었다. 가진 건 뭣도 없는 주제에 당당하게 구는 꼴이 같잖아서. 그것도 발톱이라고 드러내는 성질머리가 재밌어서. 그런데 시간이 지날수록 장난은 괴롭힘이 되고, 괴롭힘은 폭력이 되었다. 네까짓 게 버티면 얼마나 버티느냐는 생각이었다.

까놓고 말해서 힘으로 겨루면 저항조차 못 하고 제 밑에 깔릴 계집애가. 험한 일을 당해도 도움조차 구하지 못하고 빌빌거릴 계집애가 두 눈 똑바로 뜨고 자길 밀어내는 꼴이 아니꼬워서.

학기 초부터 시작되었던 괴롭힘은 계절이 바뀌어서도 이어졌다. 그리고 그 계집애가 담임에게 찔렀다는 소식을 들었을 때는… 호기심이고 뭐고, 부모에게 제 행실을 들킬지도 모른다는 생각에 쫄리기도 했다. 그래서 평소보다 험하게 손을 놀렸다. 이수형 그 새끼도 마찬가지였고.

그런데 유재희를 붙잡으라고 했지, 누가 머리채를 잡으라고 했나. 뭐, 이왕 이렇게 된 거 유재희의 기를 확실히 죽여 놓을 작정이었다. 경찰에도 찌를 거라는 말에는 움찔했지만 덩달아 언성을 높이면 되었다. 말수가 줄어든 유재희를 보면서 제 수법이 통하는 건가 싶었는데….

"재희가 학교생활이 힘들다고 말하던데, 너 때문이야?"

"아저씨는 누군데 끼어들어요?"

"삼촌."

"뭐?"

"유재희 삼촌이라고."

유재희를 도와주는 사람이 나타날 줄은 몰랐다. 심지어 그게 유재희의 삼촌일 거라고는….

그를 보자마자 현석은 알 수 있었다. 함부로 덤빌 수 있는 상대가 아니다. 나이뿐만 아니라 신체적인 조건으로도 체급 자체가 다른 사내였다. 뭣보다 풍기는 분위기가 기존에 보아 왔던 어른들과는 확연히 달랐다.

"이거, 쌍, 놔요!"

현석은 힘껏 손목을 뿌리쳤다. 그러나 사내에게 잡힌 손목은 못이라도 박힌 것처럼 꿈쩍도 하지 않았다. 하필이면 제가 이끄는 무리까지 상황을 지켜보고 있어서 쪽이 팔렸다.

"이거 놓으라고! 경찰에 신고하기 전에… 악!"

그리고 눈 깜박할 사이 사내의 어깨에 둘러메졌다. 어안이 벙벙했다. 또래 애들과 고만고만하게 싸운 적은 있지만 압도적으로 밀려난 건 이번이 처음이었다. 하물며 선생들은 비실거려서 한주먹거리도 안 된다며 비아냥거린 적도 있었다.

그러나 사내는 아니었다. 전혀 달랐다. 자신의 힘은 통하지도 않을뿐더러 그래서인지 마냥 폭력을 행사하는 것보다 무서웠다. 자신을 데리고 어디로 가는 건지 두려워지고 있었다.

"조용한 곳에서 얘기 좀 하지."

사내는 현석을 포함한 무리를 이끌고 한적한 골목으로 향했다. 제무리의 녀석들은 빈말 없이 따라왔다. 현석과 마찬가지로 그가 평범한 사람이 아니라는 걸 모름지기 눈치챈 듯했다.

"아, 아저, 아니. 삼촌…."

"편의점 가서 밥 먹고 있어."

"하지만…."

"걱정하지 말고."

뒤에서 유재희가 따라오는 게 보였지만 사내가 저지했다. 금방 돌아오겠다는 대답과 함께였다.

우물쭈물하는 유재희를 뒤로한 채 현석은 사내와 함께 인적이 드문 골목으로 들어왔다. 주변에 사람이 없다는 걸 확인한 그가 현석을 무심하게 내려놓았다. 그러나 다리에 힘이 풀려서인지 현석은 제대로 서 있을 수가 없었다. 붉은 벽돌로 쌓은 담벼락에 기대는 게 최선이었다.

사내가 슈트 안주머니에서 담배를 꺼내어 물었다. 그가 라이터로 불을 붙이면서 중얼거렸다.

"적당히 쥐어패서 입원시킬 생각을 안 해 본 건 아니야."

"무슨…."

"그런데 실수로 죽여 버리면 어쩌나… 싶더라고."

데려오는 내내 몸이 존나게 가볍잖아. 애새끼라서 그런가. 사내가 중얼거리며 담배 연기를 내뱉었다. 희뿌연 연기가 허공을 가로질렀다. 현석은 그가 단순히 겁을 주려고 하는 말이 아니라는 걸 알았다.

오랜 시간 단련 했다는 게 고스란히 드러나는 몸집. 담배를 피우는 손가락은 굳은살투성이였다. 제 추측이 맞는다면 사내는 무언가를 쥐는 데에 익숙한 사람이었다. 이를테면 운동 기구라든가. 야구 배트라든가. 아니면 칼…이라든가.

현석은 사내의 형형한 눈동자를 힐끗거렸다. 별다른 힘을 들이지 않고도 분위기를 압도하는 기세가 대단하다. 또래 녀석들이 부리는 허세와는 비교도 되지 않았다. 가만히 있어도 느껴지는 노련함에 현석과 무리들은 한껏 긴장하고 있었다.

"그래도 입을 잘못 놀린 대가는 치르고 싶거든, 삼촌이."

"제, 제가, 뭘…."

"삼촌 아직 귀 안 먹었어."

"어, 어…."

"길바닥에서 고래고래 소리를 질러 대는데 그걸 못 들었겠니."

제가 유재희에게 걸레라느니 창녀라느니 모욕했던 걸 말하는 것일까. 홧김에 뱉었던 말이었다. 유재희가 불쾌해하는 모습을 보고 있으니 자신감이 치솟아서. 그러나 눈앞에 있는 사내까지 들었다고 생각하니 현석은 아찔해졌다.

좆 됐다….

심장이 불안하게 뛰고 있었다. 사내가 어떤 방식으로 자신을 벌할지 두려웠다. 부모에게도 느끼지 못했던 감정을 생면부지 처음 보는 사내에게 느끼고 있었다. 억울했다. 그래서 현석은 머리를 굴렸다. 압도적인 힘을 모면할 방법. 한껏 위압감을 떨치고 있는 사내를 주춤하게 할 수 있는 방법….

경찰에 신고할까? 차라리 선수를 치는 게 어떨까 싶었다. 사내에게 적당히 비위를 맞추다가 신고하는 것이다. 자신은 아무것도 하지 않았는데 사내가 납치와 협박을 했다고. 어차피 법은 미성년자에게 유리하게 되어 있으니까. 거기에 유재희가 끼면 복잡해지겠지만 전제는 어디 가지 않았다.

자신은 고작해야 정학 처분을 받겠지만 사내는 빨간 줄이 그어질 수도 있다. 재수가 없으면 옥살이를 하게 될지도 모른다. 제 무리를 잘 이용하기만 하면….

"대가리 굴리는 소리가 참 요란도 하다."

그러나 생각이 끝을 맺기도 전에 사내가 어깨를 두드려 왔다.

"내가 학생을 패지 않는 건 기회를 주려는 거지 짭새가 신경 쓰여서가 아니야."

"그, 그게…."

"신나게 두들겨 패도 고작해야 벌금형에 그치겠지. 아니라도 그렇게 되게 하는 게 취미야, 삼촌은."

"아…."

"대가리는 상황 파악부터 똑바로 하고 굴려야지. 어딜 쥐새끼처럼 빠져나갈 생각부터 하고 있어."

우리 애 건드린 게 별거 아닌 것처럼 느껴지나 보네. 벌써부터 요령이나 부리고?

사내의 거친 손가락이 현석의 뺨을 툭툭 건드렸다. 고요하게 가라앉은 분위기에 숨이 막힐 것 같았다. 꿰뚫어 보는 듯한 사내의 시선에 현석은 눈을 내리깔았다. 제가 생각하는 걸 어떻게 알아챈 걸까. 씨발, 그보다 고작해야 벌금형이라니. 안 되면 그렇게 만들 수도 있다니….

감옥이니 뭐니 했던 자신이 등신처럼 느껴졌다. 아니, 사내 앞에서는 누구라도 그렇게 느낄 것이다. 단순히 겁을 주려고 하는 말이 아니었으니까. 권력을 쥐고 있다는 걸 증명하듯 당당한 태도였다. 아무리 제 아버지라도 손대지 못하는 위력이기도 했다.

온몸을 감싸는 무력감에 현석은 입술을 물어뜯었다. 학창 시절 내내 무리 위를 군림해 왔다. 교내에서 자신을 건드릴 수 있는 이는 아무도 없었다. 선생도, 학생도 그냥 좆밥으로만 보였다. 앞으로도 그런 날들만 이어질 거라고 믿었다.

"삼촌이 선택지를 줄게."

유재희의 삼촌이라는 사내가 나타나기 전까지는.

"첫 번째. 깔끔하게 한 대씩 맞고 나서 다시는 유재희를 건드리지 않는다."

"그런…."

"두 번째. 경찰이 출동할 때까지 처맞다가 벌금형이 나오는 걸 두 눈으로 똑똑히 보고 나서야 유재희를 건드리지 않겠다고 다짐한다."

이건 입원까지 덤이겠네. 사내가 나지막하게 말을 덧붙였다.

"세 번째. 그럼에도 불구하고 유재희를 건드리고 싶으니까 어디 한 번 끝까지 가 본다."

"끝까지…."

"밤길 조심하라는 게 무슨 의미인지 겪어 본다. 달마다 식비보다 병원비를 더 내는 바람에 부모님 등골 휘는 게 어떤 건지 확인해 본다. 그런데 범인은 처벌도 제대로 못 받아서 억울해한다."

"무슨!"

"하는 일마다 누군가 훼방을 놓아서 수포로 돌아간다. 인생이 소리 소문 없이 내리막으로 굴러간다. 그런데 도무지 이유를 찾아낼 수도 없고, 찾아내더라도 손쓸 도리가 없다…."

사내가 반쯤 태운 담배를 떨어트렸다. 그리고 구둣발로 가볍게 비벼 껐다.

"그런 날들이 뒤지고 싶다는 생각이 들 정도로 반복된다."

"……."

"뒤에 서 있는 녀석들에게도 똑같이 묻는 거야, 지금."

사내의 싸늘한 시선이 현석과 무리를 천천히 훑어보았다. 현석은 주먹을 움켜쥐었다. 자존심이 상했다. 누군가 자신을 건드리면 그 이상으로 보복해 왔다. 시비는 제가 걸었지만 그런 건 중요하지 않았다. 어떻게든 이기는 게 중요했고, 그렇게 살아도 다그치는 사람은 아무도 없었다. 그래서 괜찮을 줄 알았는데….

사내가 하는 말에는 군더더기가 없었다. 실행력은 물론이고 자신을 바라보는 눈빛에는 용암 같은 분노가 일렁였다. 당장이라도 자신을 찢어발기고 싶은 걸 참고 있다는 게 느껴지는 눈빛이었다. 잘못 건드렸다간 뼈도 못 추리게 된다는 걸 본능이 외치고 있었다. 무리의 녀석들도 마찬가지였는지 눈에 띄게 쭈뼛거리기 시작했다.

"처, 첫 번째로 하겠습니다."

"저도, 저도요."

현석보다 먼저 결정을 내린 녀석들도 있었다. 누군가 입을 떼자 그 다음은 막힘이 없었다. 무리 중에는 한 명도 빠짐없이 첫 번째를 선택했다. 저 사내에게 한번 물어뜯기면 몸이든 마음이든 성한 곳이 없을 거라는 예감이 들어서였을까.

"저, 저도….."

"똑바로 말해."

"저도, 첫 번째로 하겠습니다."

"약속한 거야."

"한 대 맞고, 유재희, 건드리지 않겠습….."

대답이 채 끝나기도 전이었다. 남자의 솥뚜껑만 한 손이 자신의 뺨을 후려갈겼다. 농담이 아니라 폭죽이 터지는 것 같은 소리가 났다. 현석은 눈앞이 핑 돈다는 게 어떤 건지 경험하고 있었다.

"헉, 허억….."

한 대였다. 고작해야 뺨 한 대였다. 그러나 현석은 몸을 지탱할 수 없었다. 귀에서는 이명이 들렸다. 숨도 제대로 쉴 수가 없었다. 정신을 차렸을 때는 몸이 바닥을 기고 있었고, 무리도 뺨을 한 대씩 맞고서 나동그라진 상태였다.

와, 씨발… 개기지 않길 잘했다. 한 대 맞은 걸로도 정신이 아찔한데 객기를 부렸다가 먼지 나게 두들겨 맞을 뻔했다. 아니, 두들겨 맞는 게 중요한 게 아니었다. 이대로 계속 맞았다간 사람이 뒈질 수도 있었다.

"다시는 만나지 말자."

"흐흑….."

"박현석 학생."

옷매무시를 정돈한 사내가 골목을 빠져나갔다. 현석은 사내의 뒷모습을 멀거니 바라보았다.

제 이름을 기억했다는 건 두고 보겠다는 말이겠지. 그런 생각이 들자 온몸에 소름이 끼쳤다. 하마터면 미친개한테 물릴 뻔했구나. 그러나 도리가 없었다. 이제부터 현석이 지켜야 할 건 딱 한 가지였다. 그것만으로도 학교생활이 쾌적해질 텐데 하지 않을 이유도 없다.

오늘 이후로 유재희를 건드리지 않는다. 무리 녀석들도 같은 생각을 했을 것이다. 물론 유재희는 교내에서 모르는 이가 없을 정도로 예뻤고, 그래서 포기하고 싶지도 않았다. 눈요기를 위해서든 놀잇감으로든 옆에 두고 싶었다.

그러나 밑도 끝도 없는 욕망이 가위로 잘라낸 것처럼 뚝 끊겼다. 욕망이 고개를 들기도 전에 다시 바닥으로 처박아 버리는 사내의 존재 때문이었다. 현석은 결국 유재희를 포기할 수밖에 없었다. 여자 하나 때문에 제 안위를 위협받을 수는 없었으니까.

현석은 어느새 뺨을 타고 흐르는 눈물을 닦아 냈다. 씨발, 재수 한 번 더럽게 없는 날이었다.

○　●　○

분이 풀리지 않는다. 마음 같아선 미성년자고 뭐고 냅다 패고 싶었다. 안 그래도 애비 때문에 힘들게 사는 애를 갖다가 조롱까지 해 대고 있으니 화가 안 나고 배기나.

그러나 인내심을 발휘해서 참아 냈다. 말은 뻔뻔하게 했지만, 경찰까지 투입되면 곤란해지는 건 사실이니까. 자신이 아니라 재희가. 자신만의 일이었다면 배 째라는 식으로 쥐 잡듯이 패고 말았을 거다. 아니, 애초에 갓난아이들을 상대하기나 했을까.

그러나 유재희가 끼면 이야기는 달라진다. 도건욱이 성질머리를 못 이기고 일반인을 팼다는 소문과 일반인을 지키려고 경찰서를 뒤집어 놓았다는 소문은 이목이 쏠리는 정도가 다를 것이다.

건욱은 기습이나 패싸움에 자신 있었다. 누가 덤비더라도 지지 않을 테니 서열이 위협받을 일은 없었다. 그러나 그 공격이 재희를 향한다면? 생각하는 것조차 싫었다. 태진이 녀석도 그래서 고생하지 않았던가. 의붓누나라는 사람도 다리를 잃었고.

최대한 재희에게 피해가 가지 않는 쪽으로 해결하고 싶었다. 그러니까 딱 3년만 곁에 있으면 안 되나. 유재희가 성인이 될 때까지만. 아버지 품에서 벗어날 때까지만. 그래서 지금보다는 괜찮게 살 수 있을 때까지만 지켜보면 안 되나. 혹여나 힘든 일이 생기면 뒤에서 손봐 주기도 하면서….

상황을 마무리 짓고 편의점으로 돌아가는 내내 건욱은 착잡한 마음을 숨길 수 없었다. 성미에 맞지 않게 한 대씩만 패느라 오히려 더 신경질이 났다. 화가 풀리지 않아서 속만 끓었다.

여태까지는 편의점에서 삼십 분 내외로 마주하는 게 전부였다. 그러나 이제는 잘 모르겠다. 과연 재희에 대한 신경을 끊어 낼 수 있을까. 오늘만 해도 남학생들에게 둘러싸인 모습을 보자마자 눈부터 돌아갔는데….

조직에 들지 않고 재희를 지킬 수 있는 방법이 있을까. 있다면 무엇부터 준비해야 할까. 태진이 녀석 같은 선례를 남기지 않으려면 어떻게 해야 하나….

"아저씨!"

걱정이 끊이질 않는데 웬 병아리 같은 게 품에 쏙 안겨 온다. 깜짝이야, 시팔! 순간적으로 몸을 방어하려던 건욱은 제 품에, 그것도 허락 없이 안겨 온 사람이 재희라는 걸 깨닫고 숨을 크게 들이마셨다.

"갑자기 왜 그래?"

"갑자기라뇨! 저 때문에 괜히 휘말리신 거 같아서…."

"알겠으니까 좀 떨어져. 남한테 덥석덥석 안기고 그러는 거 아니다."

"아저씨가 어떻게 남이에요? 이제는 삼촌이잖아요!"

"뭐?"

"걔들한테 제 삼촌이라고 하셨잖아요. 그래서 저도 삼촌이라고 부르려고요."

히히, 하고 웃는 재희를 보고 있자니 기가 찼다. 겁먹어서 울고 있을 거라고 생각했는데 아니었나 보다. 다행이었다. 주눅 든 것보다는 훨씬 나았으니까.

"마음대로 하세요. 일단 허리에 손 좀 푸시고."

"싫은데에."

"이제 말이 짧다?"

"앗!"

그가 고집을 부리는 재희의 손을 가볍게 풀어냈다. 그래 봐야 허리춤만 겨우 잡고 있던 터라 떼어 내기도 수월했다. 재희가 투덜거리며 야외 테이블에 자리 잡았다. 댓 발 튀어나온 입술이 귀여워서 건욱은 제가 화가 났다는 사실도 잊고 키득거렸다.

시시때때로 달라지는 재희의 모습은 흘려보내기 아까울 정도였다. 눈빛이며 목소리며 어찌 저리도 다채로울까. 재희가 제 동생이었다면 지독한 팔불출이 되지 않았을까 싶었다. 그가 테이블 맞은편에 앉았을 때였다.

"괜찮으세요?"

재희가 걱정 가득한 시선으로 묻는다.

"뭐가?"

"전부 다요. 걔들이요, 생각하시는 것보다 엄청 영악하거든요. 잔머리도 잘 굴리고요. 그래서 괜히 책잡히시는 거 아닌지 걱정돼서요."

"그럴듯한 걱정이네. 영악한 것도, 잔머리 굴리는 것도 네 말대로였거든."

"그죠? 혹여나 경찰까지 연루되는 건 아닐까 싶어서요. 걔들은 아무리 이상한 짓을 해도 미성년자라서 봐주겠지만 아저씨 같은 성인은 아무래도 법을 피해 가기 힘들잖아요."

"음."

"그래서, 괜히 저 때문에 곤란해지면 어떻게 하나 걱정이 돼서…."

아닌 척 웃고 있어도 이 조그마한 머리로 온갖 걱정이란 걱정은 다 했던 모양이다.

"만약 그런 일이 생기면 제가 어떻게든 변호할게요. 필요하다면 진술도 할 거고요."

"정말?"

"네! 그리고요. 혹시나 일이 잘 풀리면 다행인데, 안 풀리더라도 걱정하지 마세요. 아저씨 억울한 거 세상 사람들이 다 알도록 열심히 뛸 테니까요. 탄원서도 넣을 거고요. 또…."

재희의 열정을 보고 있노라니 절로 웃음이 새어 나왔다. 이러니 도와주지 않을 수가 있나. 건욱은 한창 열변을 토하는 재희를 올곧게 바라보았다. 그리고 차분한 어조로 대답했다.

"앞으로도 녀석들이 괴롭히면 말해. 숨기지 말고."

"하지만…."

"후회하지 않아."

재희의 입술이 꾹 다물렸다. 주변을 감돌고 있던 공기가 내려앉았다. 아득하게 먼 곳에서 매미 소리가 들려오는 것만 같다. 윙윙거리는 소음이 공기 속에 스며들고 있다.

"또다시 그런 일을 겪는다 해도 마찬가지일 거야."

한껏 올라갔던 재희의 입꼬리가 천천히 내려오고 있다.

"너한테 함부로 하는 녀석들을 어떻게 그냥 내버려 둬. 그 전에 화병 나서 쓰러지지만 않으면 다행이지."

"아저씨…."

"그러니까 걱정하지 마. 몇 번이든 도와줄 수 있고, 그래도 아저씨는 괜찮아."

셀 수 없이 많은 가정들이 떠오르겠지. 거리를 두어도 모자란 아이에게 이래도 되는 건가. 제가 하는 짓이 도리어 피해를 주면 어떻게 하나. 그럼에도 불구하고 제 몸은 이미 상황 속으로 뛰어들고 말 것이다. 성질머리 급한 게 어디 가는 것도 아니고….

그러니까 죄책감은 느끼지 않았으면 좋겠다. 재희는 생각이 깊은 아이였다. 저 때문에 손을 더럽혔다는 사실만으로도 괴로워할 아이였고. 그런 아이에게 할 수 있는 말은 당장에는 그것뿐이었다. 너의 불행으로 뛰어들겠다고 결정한 건 오로지 내 선택이었다고. 그러니 지금은 그냥….

"고마워요."

"응."

"정말, 정말로 고마워요…."

그래. 그냥 고맙다는 말 한마디면 된다고. 미안해하지도 말고. 더 생각하지도 말고.

해가 길어져서일까. 일곱 시가 가까워졌는데도 하늘은 여전히 다홍빛으로 가득 차 있었다. 재희의 눈시울이 노을처럼 붉어졌다. 그러나 눈물을 참으려는 듯 어금니를 꽉 깨물고 눈을 부릅뜬다. 약간은 무서워지던 찰나였는데.

"이게 뭐야아…."

눈물을 잘 참고 있던 재희가 별안간 울음을 터트렸다. 왜. 왜 갑자기 참지 못하고….

"손이, 이게 뭐예요, 진짜…."

재희의 울망울망한 시선이 자신의 손을 향하고 있었다. 아까 애들을 한 대씩 패다 보니 살갗이 까진 거였다. 한 대씩이어도 숫자가 제법 되다 보니 피딱지가 앉았는데 건욱에게는 몹시 흔한 일이다.

"허어어엉…."

그런데 이 쥐뿔도 아닌 상처가 재희에게는 칼침이라도 맞은 것처럼 서럽게 느껴졌던 모양이다. 고작 이런 걸 가지고, 라고 말하고 싶었지만 이런 일에는 면역이 없는 재희가 '어떻게 고작이에요!' 라고 열불을 낼 게 눈에 선했다. 첫 만남에도 제 상처를 지나치지 못했던 애인데, 아무렴.

그런데 왜 기분이 좋아지는 건지 모를 일이다. 재희가 우는 게 싫다. 싫은데도 사랑스럽다. 순수하게 자신을 걱정해 주는 사람은 처음이어서 그런가. 마음을 적셔 오는 온기가 건욱으로서는 적응이 되질 않았다.

내가 이런 걱정을 받을 자격이 있나. 떠돌이 개보다도 못한 인생을 걱정해 줄 정도로 착해 빠진 애한테. 그건 좀 과분하지 않나. 생전 겪어 본 적 없는 온도에 이질감을 느끼고, 그 분위기에 위화감을 느끼는 건 그로서는 이상한 일이 아니었다.

"밥은?"

그래도, 다른 건 몰라도 애 밥 한 끼 정도는 사 주고 싶었다. 그 이상으로 파고들면 조직에서도 눈치챌 수 있으니까 밥이라도 제대로 된 걸로….

건욱은 연고를 꺼내어 제 손에 발라 주는 재희를 물끄러미 바라보았다. 그 손이 어찌나 조그만지 닿을 때마다 간지러웠다. 그쯤 하면 됐다고 손을 빼고 싶은데, 그랬다간 눈시울에 고여 있는 눈물이 흘러내릴 것 같아서 일단은 내버려 두었다.

"아직, 안 먹었어요."

재희가 젖은 목소리로 대답했다.

"편의점 도착한 지 삼십 분은 지났을 텐데."

"도착 시간이 문제가 아니거든요? 입맛이 없었어요. 아저씨 같으면 이런 상황에 밥이 꿀떡꿀떡 넘어가겠어요?"

"쯧."

"자기도 그럴 거면서 나한테만 잔소리하고."

재희가 꿍얼거렸다. 틀린 말은 아니었다. 놀라기도 했을 거고, 저역시 식사 시간이 가까워지는데도 입맛이 뚝 떨어진 참이었다. 그렇다고 애를 굶길 수는 없는 일이고. 건욱은 야외 테이블에 놓인 시커먼 봉지를 힐끔 바라보았다.

일찍이 도착해서 사 둔 도시락과 음료수인데 오늘따라 왜 이리도 부실해 보이는지 모르겠다. 무엇보다 한창 자라고 있는 애한테 도시락만으로 영양 공급이 되나. 안 그래도 마른 애한테 좀 제대로 된 걸 먹여야 할 것 같은데. 그렇다고 애비가 뭘 해 줄 것 같지도 않고⋯.

"일어나."

치료를 다 받고 일어선 건욱이 재촉했다. 재희가 영문을 알 수 없는 눈동자로 그를 바라보았다.

"밥 먹으러 가자고."

"바, 밥이요? 간다고요?"

"고기 좀 먹게."

"고기⋯."

"안 가?"

"아저씨가 사 주시는 거예요?"

"아니, 그럼⋯."

기가 막혀서 말문이 막혔다. 그럼 내가 돈도 못 버는 애를 갖다가 털어먹을까 봐. 아무리 네가 돈을 번다 해도 벼룩의 간을 떼어먹을 생각은 없는데.

그러나 당연한 사실도 재희에게는 그저 어색하기만 한 모양이었다. 조그마한 토끼처럼 눈을 댕그랗게 뜨고서 바라보는데, 뭘 고민하고 있는지 안 봐도 뻔했다. 도시락은 사천 원 정도였지만 고기는 몇만 원씩할 테니까 걱정이 되는 거겠지. 그런 걸 얻어먹어도 되는 건가 하고.

"손이 아파서 젓가락도 겨우 들겠어."

"네?"

"누가 대신 고기 구워 주면 좋을 것 같은데 마땅히 아는 사람이 없네."

"아…"

"혹시 주변에 고기 잘 굽는 사람 없어?"

이렇게라도 할 일을 만들어 줘야만 받아 주는 애라는 걸 이제는 안다. 정말로 착해 빠진 애였다. 사소한 일에도 꼬박꼬박 고마워하니 잘해 주지 않을 수가 없었다.

"저요! 제가 잘 구워 드릴 자신 있어요!"

재희가 해사하게 웃었다. 꼭 여름날 돋아나는 풀잎 같았다.

물론 고깃집에서 재희가 고기를 굽는 일은 없었다. 기본적으로 직원들이 구워 주는 구조였고, 그래서 얻어먹기만 해도 괜찮은 건지 재희는 눈치만 보고 있었다. 그러나 잘 익은 고기를 한 점 먹자마자 재희의 경계는 눈 녹듯이 허물어졌다. 혼자서 모둠 3인분을 먹어 치웠고, 찌개와 밥까지 깨끗하게 비워 냈다.

"아저씨, 여기 진짜 맛있어요!"

소고기는 처음 먹어 보는 거라는 대답을 들었을 때 건욱은 앞으로도 도시락이고 나발이고 이런 곳에 자주 데려와야겠다고 생각했다. 이렇게나 잘 먹는 애가 겨우 도시락 하나로 끼니를 때웠다니. 보기만 해도 배부르다는 게 무슨 의미인지 이제는 알 것 같았다.

식사를 마치고는 근처에 있는 쇼핑몰에서 재희에게 필요한 것들을 사 주었다. 참고서나 문제집도 필요할 테고. 공책이나 필기구는 물론이고. 신발도 너덜너덜해서 몇 켤레 사 주는 게 마음이 편했다.

"핑크가 예뻐요, 민트가 예뻐요?"

"둘 다 사든가."

"아니, 그런 뜻이 아니라!"

"노란색도 예쁘네. 귀엽고."

"그죠. 체육복이 노란색이니까 엄청 잘 어울릴 것 같아요. 그런데 교복에는 민트색 운동화가 더 예쁠 거 같기도 하고⋯."

"세 켤레 다 주세요."

"아저씨, 그게 아니라니까요!"

사소한 대화도 대화랍시고 나누다 보니 웃음이 마르질 않았다.

쇼핑에 취미를 붙였던 적은 한 번도 없었다. 필요한 게 있으면 후임에게 대행을 시켰고, 그 정도로 복잡한 곳은 딱 질색이었다. 그런데 막상 애가 입고 먹을 거라니까 귀찮게 느껴질 틈이 없었다. 오히려 더 좋은 걸 해 주고 싶어서 비교하고 따지게 됐다.

심지어 재미까지 있었다. 옷 가게에 들어가서 활동하기 편한 복장을 입히는데 때깔부터 남달랐다. 뭘 입어도 어울려서 사 주는 맛이 있었다. 처음에는 재희도 곤란해했지만 막상 옷을 입었을 때는 기분이 좋아 보였다. 아, 교복 와이셔츠를 몇 벌 더 사 주는 것도 잊지 않았다.

다들 이렇게 시간을 보내는 거겠지.

문득 그런 생각이 들었다. 제가 청운회에 들어가지 않았다면. 평범하게 대학 생활을 보내고 남들처럼 취직을 했다면. 아니, 적어도 부끄럽지 않은 직업을 가졌다면⋯.

지금처럼 소중한 사람과 외식도 하고, 쇼핑도 하고. 그 사람에게 도움이 될 만한 걸 사 주면서 기뻐하는 시간을 보내지 않았을까. 이런 순간을 더 익숙하게 여기지 않았으려나.

재희를 집으로 데려다주면서 깨달았다. 사람답게 산다는 건 이런 거구나. 청운회에 처박혀서 잊고 있었던 감각들이 하나둘씩 떠올랐다.

그래, 숨통이 트인다는 기분은 이런 거였지.

Rrrrr. Rrrrr.

재희가 주었던 온기에 들떠서 돌아오는 길이었다. 불야성을 이루고 있는 도로를 달리는데 휴대폰이 울렸다. 주 마담이었다. 이 시간에 연락이 올 이유가 없는데. 때마침 신호가 바뀌어서 통화 버튼을 눌렀다.

— 건욱아!

수화기 너머로 다급한 목소리가 들려왔다.

— 부회장님께서… 돌아가셨어.

아버지의 부고를 전하면서.

○　●　○

그렇지.

그런 것들은 나에게 허락된 적이 없었지. 이미 스무 살이 되던 해부터 알고 있었는데도….

○　●　○

위암 말기 판정을 받았다고 했다. 입원해야 한다는 주치의의 말에도 이제 와서 병원이 무슨 소용이냐며 고집을 부렸다고. 진통제만 겨우 처방받으면서 지냈지만 여간 고통스러운 날들이 아니었을 거라고 했다. 주 마담을 통해서 이야기를 전해 듣는데, 놀랍게도 전혀 슬프지 않았다. 하지만 썩 기쁘지도 않았던 것 같다.

가장 먼저 든 감정은 허무였다. 사람이 씨팔, 이렇게 한순간에 뒤질 수가 있나. 그러면 안 되는 거 아닌가. 나는 그동안 당신에게 복수할 생각으로, 내가 겪었던 고통을 배로 돌려줄 생각으로 살았는데. 죽지 못해 사는 모습을 보겠다는 목표 하나만으로 발밑으로 꾸역꾸역 시체를 쌓아 왔는데. 그러니까 이렇게나 허무하게 죽으면 안 되는 거였는데. 그건 계획에도 없었던 일이었는데….

건욱은 조직원으로 가득한 장례식장으로 들어갔다. 그리고 빈소에 놓여 있는 당신의 영정 사진을 가만히 바라보았다. 비교적 최근에 찍은 것 같다. 마지막으로 보았을 때와 별반 다르지 않은 모습이었다. 게다가 웃고 있었다. 수염이 길고 주름이 깊어진 얼굴로.

그건 꼭 복수만을 갈고닦으며 살아왔던 자신을 비웃는 것 같았다. 당신에게 지지 않으려고 쌓아 왔던 것들이 산산이 무시당하는 기분이었다. 억울해서 어쩌냐. 네가 뭘 하기도 전에 나는 뒤져 버렸는데. 그렇게 말하고 있는 것 같았다.

"씨팔…."

꼬일 대로 꼬인 마음이라며 손가락질해도 좋았다. 피해 의식이라고 말해도 좋고, 후레자식이라고 욕해도 상관없었다.

저 사진을 깨부수고 싶었다. 그래야만 조금이라도 분이 풀릴 것 같았다. 제 인생을 밑바닥에 처박아 버린 것치곤 너무 쉬운 결말이 아닌가. 그가 빈소 안으로 저벅저벅 걸어가는 순간이었다.

"그러면 안 돼, 건욱아."

한 줌도 되지 않을 것 같은 힘이 팔을 잡아당겼다.

"다른 사람은 몰라도 너는 그러면 안 된다. 부회장님께 그러면 안 돼."

대신 조문객을 맞이하고 있던 주 마담이었다. 그녀가 심상치 않은 분위기를 눈치채고 잰걸음으로 달려왔다.

당신이 뭔데. 건욱은 말없이 주 마담을 노려보았다. 괜한 사람에게 힘쓰고 싶지 않았다. 그러니 시간줄 때 잠자코 놓으라는 의미였다. 그러나 주 마담은 물러서긴커녕 옷소매를 세게 움켜쥐었다.

"조직 생활을 그렇게 오래 했으면서 부회장님 뜻을 아직도 모르니?"

"쓸데없는 말씀 하실 거면…."

"너 살리려고 그런 거잖아. 너 하나 살리겠다고 엄하게 구셨던 거잖아. 그걸 왜 아직도 몰라, 건욱아!"

"헛소리 그만하시라고요!"

"어차피 이렇게 될 거였어!"

도대체 뭐가. 뭐가 이렇게 될 일이었는데. 뻔뻔할 정도로 확신하는 주 마담을 보고 있자니 어이가 없었다. 당신이 뭘 알아. 얼마나 잘 알아서 그렇게 자신만만해.

"부회장님은 그냥, 네가 살아 있기만을 바랐던 분이야. 그 방식이 너를 다치게 했다는 건 알아. 네가 얼마나 아파했는지 나도 알고 있어."

"뭔…."

"고등학교를 막 졸업한 아이를 때리고 감금했었지. 조직원이 되는 것 말고는 어떤 것도 못 하도록 만들었어. 하물며 자식인데도 봐주는 법이 없었고, 그래서 네가 어린 나이에 조직으로 개처럼 끌려왔다는 것도 알아."

"하고 싶은 말이 뭡니까."

"그런데 그것 말고는 방법이 없었어, 건욱아."

주 마담이 무슨 소리를 하는 건지 이해할 수 없었다. 제가 살아 있기만을 바랐다는 건 뭐고, 아직까지 선명하게 떠오르는 폭력들이 하나의 방법이었다는 건 무슨 소리인지. 아버지가 죽고 나니 이 사람도 미친 건가 싶었다.

"이 바닥에서 벗어날 수 있을 거라고 생각했니?"

"……."

"남들처럼 평범하게 살 수 있을 거라고 생각했었어?"

그러나 주 마담이 물었을 때, 건욱은 아무 대답도 할 수 없었다. 알고 있었기 때문이다. 그럴 수는 없다는 걸. 어쩌면 평생을, 아버지의

125

그늘 밑에서 벗어나지 못할지도 모른다고….

기억이 시작되는 순간부터 불안은 시선이 닿는 곳마다 놓여 있었다. 피가 마를 날이 없었던 당신. 업소를 집처럼 들락거렸던 유년 시절. 그리고 밑바닥이 익숙해진 이들을 보면서 느꼈던 생각. 저런 인생은 살지 말아야지. 당신 같은 사람은 되지 않겠다며 다짐했던 날들.

그러나 다짐할수록 제 인생은 밑도 끝도 없이 굴러떨어졌다. 누군가 제 발목을 붙잡고 끌어 내리는 것 같았다. 한순간도 불안에서 벗어나 본 적이 없었다. 조직에 들어오기 전까지는 늘 그랬다. 무언가에 삼켜지지 않으려고 발버둥 쳤던 기억뿐이다.

조직에 들어와서 알게 되었다. 누구보다 빠르게 적응하면서, 실력이 월등하게 앞서는 걸 느끼면서, 폭력을 쓰는 게 점점 익숙해지면서… 어쩌면 나는 바닥이 어울리는 사람일지도 모른다고. 당신을 원망하며 악을 썼던 날들이 무색하게도. 제 인생이 밑바닥으로 처박히는 걸 똑똑히 지켜보면서도.

"네가 할 수 있는 건 두 가지였어."

이곳이 편해지고 있다고. 그런 날이 늘어 간다고. 아이러니하게도, 제 처지를 받아들이고 나서는 새벽녘까지 자신을 괴롭히던 불안마저도 모습을 감추었다고.

"조직에 들어와서 목숨이라도 붙이고 있거나."

"……."

"아니면 어릴 때부터 인질로 쓰이다가 죽어 버리거나."

처음부터 제 인생은 밑바닥을 구르게 되어 있었다는 것처럼. 꼭 제자리를 찾은 듯이.

제 3 화
그 저 너 의 안 녕 을 바 라 고 있 다

　너는 아버지를 닮지 않았어. 생긴 것도, 하는 짓도, 하물며 내게 보이는 사소한 말버릇마저도 네 아비는 물론이고 어미와도 딴판이었다. 그래도 어떡하겠니. 네 어미가 가게를 방문한 아비에게 자그마한 아이를 대뜸 내보이는데. 다짜고짜 너를 품에 덥석 안겨 주더니….

　'대표님 아이예요.'
　'뭐?'
　'대표님 아이라고요.'

　다음 날 쥐도 새도 모르게 사라져 버렸는데.
　아무도 모른다. 네가 어디에서 태어나 어디에서 왔는지. 네 어미가 어미가 맞긴 한 건지. 가게에서 일하는 내내 배가 부른 모습을 본 적이 없었거든. 마찬가지로 네 아비가 아비인 건지도 잘 몰라. 알다시피 조직에 들어오면 대부분 정관 수술을 하니까.

그런데 네가 나타난 거다. 청운회가 금융업으로 크게 명성을 얻고 있을 때. 이름만 대면 다 아는 기업과 제휴를 진행하고 있을 때, 그토록 호황이던 무렵에. 네 아버지에게 약점 아닌 약점이 되어서.

○ ● ○

자식을 가지게 된 조직원들은 한 가지를 선택하게 되지. 아이를 지키기 위해서 조직을 나가거나. 자리를 굳히기 위해서 아이를 버리거나. 선택지는 두 가지뿐이었다.

조직은 서열 관계가 분명한 곳이야. 가족과 연까지 끊어서 조직에 들어온 이유가 뭐겠니. 위아래로 책잡히지 않으려는 거겠지. 할 줄 아는 건 주먹질밖에 없는 녀석들. 저마다의 사정으로 밑바닥으로 굴러 들어온 녀석들. 대화의 수단은 피와 돈이 전부인 곳에서, 적어도 가까운 사람에게는 피 묻히고 싶지 않아서.

그런 주제에 또 가족이라니. 이걸 다행이라고 해야 할지 아니면 멍청하다고 해야 할지. 치고 올라갈 기회만 엿보는 녀석에게는 절호의 기회가 되겠지. 아이를 인질로 잡으면 못 할 것도 없으니까.

그래서인지 자식이 생긴 조직원들은 하나도 빠짐없이 조직을 탈퇴했어. 새로운 출발이라는 시점으로 보면 잘된 일이지. 볕 들 날 없던 인생에 살아갈 만한 이유가 한 줌이라도 생긴 거니까. 조직에서 버티고 있어 봤자 기껏 얻어 낸 자식이 종말에는 개죽음밖에 더 당하겠느냐고. 당연한 선택이었지.

○ ● ○

너는 궁금해했어. 가족과 연을 끊고 들어오는 조직원들 속에서, 새로운 가족이 생겨 조직을 나가는 녀석들을 보면서. 약점이라고 불리는 것들을 떼어 내려고 급급한 곳에서 자신은 어떻게 서 있을 수 있는 거냐고, 언젠가 술에 취해 물은 적이 있었지.

당연한 의문이었다. 조직 내에서 혈연관계인 사람은 그분과 너뿐이었으니까. 하지만 대답한 적은 없었어. 아니, 못 했어. 나는 한낱 업소를 운영하는 여자였고, 네 가족이 아니었으니까. 대답할 권한은 내가 아니라 네 아버지에게 있었어. 내가 아는 거라곤 당시에는 대표님이었던 그가 당연하지 않은 결정을 내렸다는 것뿐이다.

○ ● ○

자리도 굳히고 아이도 지키겠다는 결정을.

○ ● ○

무슨 생각으로 너를 거둔 건지 누구도 알 수 없었다. 단순한 책임감이었는지. 증발했다고 생각했던 부성애였는지. 아니면 남들은 모르는 무언가를 떠올린 건지….

썩 좋은 유년 시절이었다고 말할 수는 없겠구나. 너를 맡길 데가 없어서 맡긴 이가 나였고, 내가 일하는 곳은 업소였으니까. 본의 아니게 못 볼 꼴은 다 보고 자란 셈이지. 웃기는 건 그곳이 네가 숨을 수 있었던 유일한 장소였다는 거야. 어린이집이든 어디든 양지바른 곳에 맡겼다간 오히려 인질로 잡히기 쉬웠을 테니까.

유흥업소는 청운회가 소유하고 있는 부지 안에 있었고 감시도 이루어진다. 내부 싸움은 말릴 수 없겠지만 적대 세력은 확실하게 막아 낼 수 있었지. 매번 그런 식이었어. 어릴 때는 업소 근처를 어슬렁거리는 잔챙이들도 많았고(보나 마나 너를 인질 삼아 한탕 해 보려는 작정이었겠지), 학교에 다닐 때는 누군가 한두 명씩 따라붙는다고 조직원들이 알려 주더구나.

하지만 조직원들의 충성심도 완전히 믿을 수는 없지. 여기는 조직이야. 위로 올라갈 수 있다면 뒤통수 치는 일이야 만연하지. 오히려 당하는 쪽이 병신이라며 손가락질당하는 곳이다.

누군가의 탄생이란 축복받아야 마땅해. 하지만 나는 너를 시한폭탄으로 부를 수밖에 없었어. 마찬가지로 그는 시한폭탄을 지닌 무모한 사내였지.

○ ● ○

네 아버지는 내부에서도 외부에서도 견제받는 사람이었다. 조직 내에서도 처음 겪는 일이니 어디 한번 두고 보자는 마음이었을 거야. 다들 눈치 싸움만 하는 거지. 네가 먼저 찌를래. 아니면 내가 먼저 찌를까. 그래도 우리 계열에서 탑인데 건드려도 되는 건가. 궁금하면 한번 해 보든가 새끼야. 네가 먼저 해 보라니까.

업소에 들른 조직원들이 너에 대해 왈가왈부하는 날이 수백 수천 번. 아마 그는 귀에 딱지가 앉을 정도로 들었던 이야기였을 거다. 그러나 출장을 가는 날을 제외하고 그는 꼬박꼬박 너를 데리러 왔어. 어린이집에 맡긴 애를 데려가는 부모처럼 말이다.

그 모습에서 지친 기색은 찾아볼 수 없었다. 오히려 드물게도 웃는 모습이었지. 어차피 살리기로 했으니 끝까지 책임질 생각이었던 걸까. 하긴 이제 와서 버리는 것도 우습지. 제 아들이라는 소문이 퍼진 마당에 다시 죽으라고 절벽에서 떠미는 것도 아니고.

결론은 하나였다. 너를 조직으로 데려오는 것. 그래서 힘을 키워 주는 것. 누구도 인질로 삼지 못하도록 강하게 만들어 주는 것. 너를 죽일 수 있는 곳도, 그러나 살릴 수 있는 곳도, 결국은 조직뿐이었으니까.

○ ● ○

한 번 생각해 본 적 있니? 아무 힘도, 준비도 되지 않은 상태에서 밖으로 내쳐졌을 때 어떤 꼴을 당하게 되었을지. 해가 바뀌고 성인이 되는 날, 네가 조직에 들어오지 않았더라면. 그 방식이 강압적이었을지언정 조직원이라는 신원 아래에 보호받지 않았더라면 너는 무엇을, 얼마나 할 수 있었을까?

경험해 봐서 알겠지만 밑바닥에서 구른 녀석들은 수단과 방법을 가리지 않는다. 특히 그 남자의 자식이라는 소문이 적대 세력까지 퍼진 상태였어. 청운회 소속이라면, 적어도 네 아버지의 위치 때문에 서열 싸움을 하고 싶어도 눈치를 보게 되는 법이다. 하지만 외부에서는 다르지. 어떻게 해서든 네 아버지를 무너뜨리는 게 목표였고, 그게 곧 제 세력의 승리를 의미하는 거니까.

그들에게 너는 늑대 소굴에 버려진 호랑이 새끼밖에 더 되었을까. 일찍이 목을 물어야 했을 새끼. 그래서 네 아버지를 끌어내리는 데에 쓰여야 했을, 아주 작은 새끼 호랑이. 그러나 그 호랑이는 하루가 다르게 컸고, 이제는 제 목숨은 물론이고 아래 녀석들까지 지킬 수 있을 정도로 몸집이 거대해졌다.

네 아버지는 그걸로 됐다고 생각하는 사람이었어. 충동적이었는지 뭔지는 아직도 몰라. 그러나 손바닥만 한 아기를 데려온 대가를 그제야 다 치렀다고 생각했어. 네가 살아남았으니까. 처음부터 마지막까지, 그 이유 하나만으로 너를 데려온 거였으니까 말이야.

131

○ ● ○

왜 그렇게까지 해야 했을까?

가끔은 궁금해졌어. 그 남자의 당연하지 않은 선택에 대해서. 핏줄인지 아닌지도 모르는 너를 살리겠다고 함께 지뢰밭을 걸어온 사람이 아니니. 그도 그럴 게, 건욱아. 유년 시절을 포함해서, 아니. 제외하고서라도. 성인이 되고 난 후의 인생은 어땠니.

좆같았겠지. 쉴 새 없이.

맞아, 우리는 하나도 거창하지 않은 생을 사는 중이지. 어쩌면 그날. 네 아버지가 너를 품에 안지 않았더라면. 어미인지 아닌지도 모를 여자에게서 받아 낸 아이를 버렸더라면. 어쩌면 너는 썩 괜찮은 인생을 살았을지도 모른다. 운이 좋게 좋은 집안에 입양이 되거나 아니면 개천에서 용 나듯 높은 궤도에 오르거나.

하지만 어쩌면, 지금보다도 비루먹으며 살았을지도 모른다. 기본적인 의식주조차 챙기지 못해 절도를 일삼거나. 폭력 이상의 범죄를 저지르거나. 그래서 소리 소문도 없이 죽어 버리거나. 어느 쪽이 더 나은 선택이었는지 누구도 알 수 없었어. 시간이 지나야만, 살아 봐야만 알게 되는 것들이 있거든.

나였다면 어땠을까. 미안하지만 버렸을 게 분명하구나. 그 선택을 후회하진 않겠지. 내 입에 밥을 밀어 넣는 것만으로도 지치는 생이다. 가끔은 내 자식을 챙기는 것도 힘들 때가 있어. 하물며 내 자식인지 아닌지도 모르는 애를? 순서로 따지자면 내 인생부터 구제해야 마땅한데 내가 왜 남의 인생에 관여하겠니.

나는 네 아버지의 선택을 이해할 수 없었어. 그리고 여전히 의문이 든다. 그가 너를 데려온 게 과연 좋은 선택이었을까. 이토록 고약한 냄새가 나고, 햇빛 한 줌 들지 않는 곳에서, 지지부진하게 목숨을 고집하는 일이 과연 의미가 있는 것일까.

여기는 죽음과 맞닿아 있는 곳이다. 죽고 싶어서 발버둥 치는 녀석들이 쥐 떼처럼 모여들고, 나조차도 그런 생각을 밥 먹듯이 하고 있어. 하물며 너조차도. 그가 어떻게든 살려 내려고 애를 썼던 너조차도 네가 사는 생에 의문을 가지는데. 이토록 악에 받쳐서 사는데….

네 아버지는 대체 뭘 보고 너를 데려온 걸까. 너를 기어코 살려 낸 이유가 뭘까? 누구도 탐내지 않을 밑바닥에서조차….

○ ● ○

주 마담의 초점 없는 시선이 건욱을 향하고 있었다. 너는 그 대답을 알고 있느냐고 묻는 것 같았다.

"제가…."

건욱은 대꾸하고 싶었다. 제가 그걸 어떻게 아느냐고. 저도 모른다고. 여사님이 이야기를 꺼내기 전까지 자신은 아무것도 몰랐다고.

그런데 목이 턱 막혔다. 모르는데. 분명히 모르는데도, 빌어먹게도 알 것도 같았다. 도대체 뭘 안다는 건지. 스스로를 다그치면서도 다 알 것만 같았다.

주 마담이 말했던 당신의 모습은 꼭, 제가 보였던 모습과 닮아 있어서. 덧대기라도 한 것처럼 선명하게 겹쳐서였다.

○ ● ○

별다른 생각을 한 건 아닐 것이다. 말보다 행동이 먼저 나가던 사람이었다. 그러니 머리를 굴려서 자신을 데려온 건 아닐 것이다.

처음에는 얼떨결에 그랬겠지. 버려야겠다는 생각을 안 해 본 것도 아닐 거고. 그런데 자꾸 신경이 쓰였을 거다. 밥은 먹었는지. 잠은 자는지. 안전한 곳에서 머무르고 있는지. 그런 사소한 것부터 시작해서, 나아가서는 걱정도 되었을 거다. 제대로 된 걸 먹었는지. 밤새 뒤척이지는 않는지. 혹여 위험에 처하면 제가 해야 할 일들을 머릿속에 그리면서….

내가 이래도 되는 건가. 그런 생각도 했을 거다. 함께 있으면 더 위험해지는 게 아닌가. 곁에 두었다가 후회하면 어쩌나. 나보다는 얘가. 내가 그렇게 떳떳한 사람은 아니니까. 지금이라도 거리를 두어야 하나. 그게 낫겠지. 표적이 되면 곤란하니까. 그런데도 자꾸만 품에 넣게 되는 걸 어떡하나….

어쩌면 당신은 선택한 게 아니었을 거다. 나를 거두었던 건 그냥, 그렇게 해야 하니까 했을 것이다. 그래야 후회하지 않을 것 같아서. 자기도 모르는 사이에 소중한 존재가 생겨서. 아니라고 부정해도 온종일 생각나서. 이미 몸부터 움직이고 있어서. 단순히 그런 마음으로….

그건 꼭, 제가 재희를 바라보는 마음과도 닮아 있었다. 그래서 알았다. 경험한 적 있었으니까. 선택하고 말고를 떠나서 그저 불가항력의 상황이 있다는 걸. 어쩔 도리 없이 끌려가고 마는 마음도 세상에는 있다는 걸.

○　●　○

늘 분했었다. 당신에게 받았던 고통을 돌려주고 싶었다. 당신의 이기심이 나의 생을 밑바닥에 처박아 넣었다고 생각했고, 그래서 복수하고만 싶었다. 조직에 들어오자마자 힘을 키우고 세력을 넓힌 것도 그래서였다. 그랬는데….

그것마저도 나를 위해서였다면 이제는 어떻게 반응해야 하나.

끓어오르는 감정에 갇혀서 시야가 좁아진 것도 사실이다. 가족인데도 어째서 서로가 약점이 되지 않는 건지 궁금했던 날도 있었다. 그러나 그런 의문마저도 당신을 이기겠다는 집념에 파묻혔다. 사사로운 것에 휘둘리고 싶지 않았다. 주 마담에게 모든 이야기를 들은 지금도 마찬가지였다.

나는 여전히 잊지 못한다. 당신이 나를 살리겠다는 이유만으로 퍼부었던 폭력과 협박들. 어두운 터널을 지나는 것 같았던 시간과 너덜너덜해진 몸과 마음이 결코 없던 것이 되리라고 생각하지 않는다. 그래서 슬프지 않다. 미안하게도, 당신의 부고를 접했을 때 가장 먼저 든 생각은, 내가 이겼다는 사실이었다. 그리고 다음은….

좆같았다. 확인 사살을 당한 기분이다. 생각해 보면 바로 오늘이었다. 오늘. 동급생에게 괴롭힘을 당하는 재희를 보면서, 그리고 함께 식사하고 쇼핑을 하면서 생각했었다. 조직에서 자리를 굳히고, 그 애까지 지킬 방법이 있을까 하고….

그러나 당신의 이야기를 듣고 알았다. 그런 방법은 없다. 있었다면 당신과 나부터 틀어지지 말아야 했다. 당신은 나에게 상처 주지 않아야 했고, 나 또한 복수하겠다는 마음만으로 살아가지 않아야 했다. 시작부터 단단히 꼬이고 말았다. 그리고 그건 당신이 욕심을 부렸기 때문이다.

두 가지를 전부 충족할 방법은 없는데. 결국은 둘 중 하나가 어그러지게 되어 있는데. 차라리 그게 내가 되면 상관없지만, 그 애가 되지 않으리라는 법도 없는데.

처음부터 결정해야 했다. 주 마담은 말했다. 당신은 당연하지 않은 결정을 내렸다고. 그러나 아니었다. 그건 그냥 내버려 둔 거다. 어느 쪽이라도 선택한다면 결과는 두 가지였다. 맞거나 틀리거나. 그러나 선택하지 않는다면 결과는 하나였다. 틀린 거였다.

당신은 틀렸다. 그래서 살아생전 개고생을 다 했다. 살리려고 안간힘을 썼던 내게조차 이해받지 못하고, 그렇게 애매모호한 태도로 굴다가. 자식으로 여겼던 존재에게 원망이나 듣다가, 종내에는 도움도 받지 못하고 서열 싸움이나 죽어라 하면서. 위암이라는, 정말이지 손쓸 도리 없는 병으로 허무하게 죽어 버렸다.

나도 그랬을지도 모른다. 당신의 이야기를 듣지 않았다면. 처음부터 방법이라곤 없는 문제를 맞히려고 애를 썼다면. 몸이 먼저 나간다는 이유로 당신과 똑같이 굴었더라면. 그래서 어떤 것도 선택하지 못하고, 무책임하게 상황이 흘러가는 걸 지켜봤다면….

앞으로도 그 애가 무사할 거라고 확신할 수 있을까. 결국 위험해질 거라는 걸 어떻게 모를 수 있나. 안일하게 굴다간 지켜 주기는커녕 상처만 주겠지. 처음부터 만나지 말 걸 그랬다고 원망하는 소리나 들을 것이다. 당신에게 내가 그랬던 것처럼. 그 애라고 내게 못 하리라는 법은 없으니.

○ ● ○

희뿌연 연기가 허공을 가로질렀다. 주 마담과 긴 담소를 마친 후였다. 건욱은 착잡한 심정으로 장례식장을 나와서 줄담배를 피우고 있었다.

악에 받친 감정들은 갈 곳을 잃었다. 복수를 위해 갈고닦았던 것들도 의미를 잃어버렸다. 살아가는 이유 또한 마찬가지였다. 참 아이러니하다. 당신을 이기기 위해서 살았는데, 지금은 그 기분을 즐기긴커녕….

건욱은 한숨을 깊게 내쉬었다. 누군가에게 위협을 가해야만 올라설 수 있는 구조에는 이미 넌덜머리가 나 있었다. 그럼에도 직계에서 몸 담고 있었던 이유는 딱 하나였다. 복수하려면 강해져야 하니까. 세력 을 넓혀야만 대등하게 싸울 수 있었기 때문에.

그러나 제게 남아 있는 것들은 더 이상 쓸모가 없었다. 예상보다 일 찍 그렇게 됐다. 그래서일까. 당신을 이기고 난 후에는 뭘 해야 할지 생각해 본 적이 없었다. 10년이 다 되도록 조직 밑에서 할 만큼 했고, 원하던 복수도 예상치 못한 방법이었지만 해 냈고, 그러니 더는 욕심 나는 것도 없었다. 그런데….

"잘…."

잘 자고 있나, 그 애는.

손목시계를 확인해 보니 새벽 세 시가 넘은 시각이었다. 어린 게 잘 먹고 잘 자야 키도 쑥쑥 클 텐데.

그래, 다른 건 모르겠고 재희의 모습만 눈에 선했다. 이렇게 되었으 니 이제라도 손을 털까. 손가락 하나 내어 주고 조직에서 완전히 나올 수 있다면 못 할 것도 없다. 제 몸조차 지키지 못했던 이십 대와 달리 여유가 생긴 것도 사실이니까. 당신까지 죽은 마당에 나를 인질로 삼 을 간 큰 놈이 어디 있다고.

조직에서 자리를 굳힐지, 그 애를 지킬지. 둘 중의 하나를 선택해야 한다면 고민할 것도 없이 후자를 택할 것이다. 조직에는 더 이상 미련 이 없으니까. 당신처럼 높은 자리에 올라가서 권력을 누리고 싶은 마 음도 없고….

"여기 계셨습니까?"

한 번 정도는 양지바른 곳에서, 편히 살아가는 것도 나쁘지 않겠다 고 생각하던 찰나였다. 담배를 비벼 끄는데 재현이 녀석이 말을 걸어 왔다. 마찬가지로 담배를 피우러 온 모양이었다.

"옆에서 피워도 되겠습니까?"

"어."

"감사합니다, 형님."

강재현은 보기 좋게 웃었고, 잠시 침묵이 이어졌다.

재현이 녀석을 조에 들인 지 꽤 오래되었다고 생각했는데, 막상 둘이 남게 되면 할 말이 없었다. 다른 애들처럼 단순하게 구는 녀석이 아니어서 그런가. 가끔 어색하게 느껴질 때가 있었다. 자신도 머리보단 몸을 쓰는 게 익숙한 부류였으니까….

"요즘 원조하십니까?"

"쿨럭!"

뭐, 이, 씨팔….

그가 죽일 듯이 재현을 노려보았다. 도대체 어디서 나온 발상인지 가늠도 되지 않는다.

그래, 자신이 강재현을 어색하게 느끼는 이유엔 이런 면모도 포함되어 있었다. 직급이고 나발이고 말 한마디로 사람 명치를 갈기니까. 헛바닥 놀리는 걸 당최 따라갈 수가 없다.

"사무실 근처에 고등학교 하나 있잖습니까. 거기 교복 입었던데."

"뭐…."

"저녁 여섯 시마다 자리를 비우시잖습니까. 무슨 일인가 싶어서 따라갔더니 금방 알겠던데요."

편의점 데이트라니. 나 참, 형님 단순하신 건 알아줘야 합니다.

재현이 어깨를 으쓱거렸다. 그러나 여유로운 재현과 달리 건욱은 석고상처럼 굳은 채로 가만히 서 있었다. 그리고 까딱하면 태워 죽일 기세로 재현을 쏘아보았다.

"룸이나 어딜 가도 아가씨들은 본 체도 안 하시더니 그런 취향인 줄은 몰랐습니다."

"……."

"한동안 그 학생이랑 재미라도 보셨나 봐요. 인상이 제법 피셨습니다. 이래서 다들 영계를…."

"재현아."

"……."

"뒤질래?"

저걸, 시팔, 진짜….

그가 신경질적으로 마른세수를 했다. 저 새끼 일부러 더 지랄하는 거지. 내가 꼴받는 거 보고 싶어서, 어?

사근거리면서 다가올 때부터 불안하다 싶었다. 저 녀석은 제가 생각해도 확실한 것만을 걸고넘어졌으니까. 더군다나 그 애의 존재를 들켰을 때는 아차, 싶었다.

조직을 나가기로 결정했다면 끝까지 조심해야 했다. 결심만 했을지 언정, 아직은 조직에 머무르고 있었으니 신경을 곤두세워야 했다.

"무서워서 농담도 못 하겠습니다."

약점이 잡힌 거니까. 그것도 아주 성가신 녀석에게.

"원하는 게 뭐야."

"형님."

"좆같은 도발 더 듣고 싶지 않으니까 본론만 말해."

건욱은 단단히 으름장을 놓았다. 이것보다 선을 넘으면 가만두지 않겠다는 경고이기도 했다.

그러자 재현은 반쯤 태운 담배를 화단 벽돌에 비벼 껐다. 취향이니 뭐니 지껄이며 빙글거리던 표정은 싹 지운 채였다. 말도 안 되는 수작질로 사람을 떠볼 때보다는 나았다.

"놔주셔야죠, 형님."

재현이 평소보다 가라앉은 목소리로 말했다.

"그 학생이 잘되길 바라신다면 말입니다."

○ ● ○

장담컨대 형님은 조직에 어울리는 사람이 아니었다.

신체적인 힘이나 능력을 말하는 게 아니다. 타고나길 정이 많은 성격을 두고 하는 말이었다. 다른 조였다면 아랫놈들을 굴리고 말았을 임무도, 오히려 요행이 없으니 늦게 끝날 거라며 대신 나서 주는 사람이었다.

보스보다는 리더라는 호칭이 더 어울리는 사람이었다. 그래서인지 정치라든지 선동에도 영 소질이 없었다. 말 한마디를 더 얹느니 차라리 발로 뛰고 말겠다는 그 단순한 성정을 재현은 오랫동안 지켜봐 왔다. 그러니 형님이 이성에게는 관심조차 두지 않는 것도 모를 리가 있나.

비에 젖은 강아지를 못 두고 가는 성정이 그 학생에게도 발휘된 거겠지. 그 이상 그 이하도 아니라는 건 도시락만 사 주고 돌아오는 게 시시할 정도로 반복되는 걸 보고 알았다. 오히려 정해진 선을 넘자마자 자신을 탓할 사람이다. 제가 알고 있는 형님은 그랬다.

"요즘 원조하십니까?"

그래서 더욱 흔들었다. 지나친 감은 있지만 이렇게까지 하지 않으면 무턱대고 조직을 나갈지도 모르니까.

재현은 상황이 어떻게 돌아가고 있는지 파악한 상태였다. 형님이 부회장님의 아들이라는 건 진작 알았고. 조직에 들어온 과정이 강압적이었던 탓에 부회장님을 원망하고 있다는 것도 눈치채고 있었고.

그래서 형님이 부회장직을 꿰찬다면 자신도 지긋지긋한 직계에서는 나올 생각이었다. 일적으로나 금전적으로나 금융 계열이 더 체계적이니까. 더군다나 다른 간부보다는 형님 밑에서 일하고 싶었다. 조직

내에서 저렇게나 우직한 사람도 드물었고, 견줄 바 없이 높은 서열은 충성하기에도 만족스러웠으니까.

형님에게 부족한 지략이나 계획적인 면모는 제가 채워 주면 되니 누이 좋고 매부 좋은 격이 아닌가. 무엇보다 놀려 먹는 재미도 있는 사람이고.

'한 대 쳐도 모자랄 판에, 그래도 부하랍시고 경고부터 하시는 걸 보면…'

재현은 속으로 고개를 내저었다. 정말이지 이놈의 정 때문에 발목이 잡힐 줄은 알고 계셨으려나. 그것도 성질이 아주 더러운 놈한테.

"단순히 약점 때문에 꺼낸 말은 아닙니다. 부회장님도 그렇게 되신 마당에 조직에 미련이 없으시다는 것도 알고요."

"그런데."

"그런데 조직을 나가시는 건 둘째 치더라도, 그 이유가 도시락 몇 번 사 준 학생 때문이라면 저로서도 서운하게 들리지 않겠습니까?"

"무슨…"

"밑에 있는 애들 싹 다 낙동강 오리알 신세로 만드시려고요?"

재현의 목표는 단순했다. 형님이 복수하든 말든 상관없었다. 조직을 나가는 것도 썩 문제 되지 않았다. 조직에 어울리는 사람도 아니었으니 이제라도 성격에 맞는 일을 찾는 것도 괜찮겠다고 생각했었다.

자리만 제대로 만들어 놓는다면. 자신이 홀로 설 수 있을 만한 자리가 준비되어 있다면 말이다.

"10년에 가까운 시간 동안 한솥밥 먹으면서 지냈던 놈들입니다. 다른 계열로 갈 수 있는데도 형님 밑에 있고 싶다고 버틴 애들이고요."

"…그래."

"저도 마찬가집니다. 형님이 부회장님에게 개인적인 감정 있는 거

알고 있었고, 훗날 도움이 필요하시면 기꺼이 팔을 걷어붙일 생각도
했습니다. 형님이라면 지금보다 더 높은 자리에 올라갈 수 있으니까
요."

"그런…."

"다른 녀석들도 마찬가지였을 겁니다. 그러려고 형님 라인 탔던 거
고요."

우리가 직계에서 뼈가 빠지게 구른 이유가 뭡니까. 형님에게 힘이
되어 드리려고, 그러다 보면 승승장구할 거라고 믿어서 그런 거 아닙
니까?

그때까지 형님은 조직을 나가서는 안 되었다. 자신이 허락할 수 없
었다. 형님을 목이 빠지게 바라보는 애들이 벌써 백 명을 넘는다. 아직
자리도 잡지 못한 애들이 수두룩한데 홀로 조직을 나가겠다니. 적어도
새로운 라인이라도 만들어 두어야 할 것 아닌가.

"형님에게 지키고 싶은 사람이 생겼다는 건 압니다. 그런데 사람
마음이라는 게 참 재밌지 않습니까? 오랜 시간 함께했던 이들을 한순
간에 뒤로할 수 있다니요. 그것도 만난 지 일주일은 될까 싶은 학생 때
문에 말입니다."

"재현아."

"그러려면 조직을 나가야 하는 게 필수이긴 합니다. 태진이 같은
꼴 안 나려면 어쩔 수 없죠. 두 가지를 다 잡는 방법은 없으니까요. 알
고는 있습니다만…."

재현은 목표를 위해서 저보다 열몇 살은 어린 학생을 이용할 수도
있었다.

"부회장님이나 태진이처럼, 차라리 가족이었다면 형님을 이해했을
지도 모릅니다. 어쩌겠습니까. 핏줄이라서 그렇다는데."

"그건…."

"그런데 뭐, 아무 사이도 아니잖습니까?"

재현의 입꼬리가 조용하게 올라갔다.

"그게 원조가 아니면 뭡니까, 형님?"

그것이 제가 살아온 방식이자 딛고 서 있는 바닥이었다.

형님이 흔해 빠진 남자 중 하나였다면 별로 타격이 되지 않는 말이었다. 오히려 그 학생을 내세워서 정력을 과시하기 바빴겠지.

"그딴 식으로 생각한 적 한 번도 없어."

그런 면에서 자신은 운이 좋은 편이었다. 머리보다 몸을 쓰는 게 익숙한 사람이라서 그런가. 형님은 사람을 대하는 데에 있어서 순진한 편이었으니까.

재현은 어금니를 으득거리는 형님에게, 기가 막힌다는 듯 웃어 보였다.

"다른 사람들도 그렇게 생각할까요? 나이 차이는 물론이고 핏줄도 아닌 애를 데려다가 도와주겠다는데, 그걸 곧이곧대로 받아들이는 사람이 세상에 어디 있습니까?"

형님은 그 학생과 거리를 두어야 한다. 그리고 계속해서 조직에 머물러야 한다. 자신이 자리를 잡을 때까지.

그 학생에게 진심일수록 제 말은 효과가 있을 것이다. 제가 아는 형님이라면 옆에 있는 것만으로도 피해를 준다는 사실을 깨닫자마자 죄책감에 허우적거릴 테니까.

"이런, 씹…."

도대체 그놈의 정이 뭐라고 싶지만 결국, 그런 사람이기에 붙잡아두기에도 수월한 편이었다. 형님에게는 죄송한 일이지만 자신도 살아야 하니 어쩔 수 없었다.

"불행하게 만들려고 작정하신 게 아니고서야."

계획대로 화룡점정을 찍을 수밖에는.

○ ● ○

강재현 이 새끼는 입을 털어 대는 솜씨가 수준급이었다. 한마디씩 뱉을 때마다 사람을 돌게 만드는데, 그게 또 맞는 말이어서 반박할 수도 없었다.

"이런, 씹…."

어떤 의도로 뱉은 말인지는 알고 있다. 녀석들이 자리를 잡고 안정을 찾을 때까지 있어 달라는 거겠지. 그러려고 재희까지 들먹였던 거고. 알고 있는데….

다른 사람에게서 제 이야기가 나오는 걸 듣고 있자니, 조금 안일하게 굴었다는 걸 깨달았다. 조직에 들어온 지 자그마치 10년이었다. 쌓아 온 것도 그만큼 많았다. 권력을 내려놓는 덴 미련이 없었지만 애들은 다르다. 이제라도 기존에 있던 애들을 하나하나 정착시켜야 할 때였다.

저 하나 믿고 오랜 시간 밑에서 굴렀던 녀석들이다. 자리 하나는 꿰찰 수 있도록 도와주어야 했다. 조직에서 나가더라도 뒤끝이 남을 만한 일들은 없도록. 혼자서 발을 빼기에는 너무나도 오래 달려왔으니까. 이제는 그런 위치에 있었다.

재현이 녀석이 기민하게 구는 것도 이해가 됐다. 더군다나 여기서 끝내리라는 보장도 없다. 지금도 사람을 존나게 떠보고 있는데, 씨발. 크게든 작게든 움직이지 않을 리가. 말로는 아니라지만 치명적인 약점이 잡혔다는 걸 건욱은 알고 있었다.

"걱정하시는 마음은 잘 압니다. 그런데 그거 아십니까? 그 학생은 형님이 내버려 둘수록 잘 살 겁니다."

도발하려는 말이라는 건 눈치채고 있었다.

"지금 당장은 먹을 거 사 주고, 필요한 것도 챙겨 주니까 괜찮아 보이겠죠. 안 그래도 힘든 애 밥 한 끼 사 주는 게 뭐가 어렵다고, 안 그렇습니까?"

자신을 조직에 굳히기 위해서 내뱉는 말이라고.

"그런데 남들은 그렇게 생각하지 않을 겁니다. 하물며 그 학생에게 제대로 된 부모가 있었다면 오히려 형님을 우습게 보지 않겠습니까?"

"뭐…."

"흙탕물에서 구른 놈이 뭐가 그리 떳떳해서 남의 인생을 닦아 주고 있냐고 말입니다."

그러나 전부 맞는 말이었다. 재현이 녀석 말마따나 자신은 떳떳한 사람이 아니었다. 언젠가 직업이 뭐냐는 그 애의 질문도 피하지 않았던가. 사람 패면서 먹고사는 게 쪽팔려서.

그런 주제에. 온몸이 흙투성이인 주제에 누가 누굴 걱정한다는 건지. 겉으로는 도와주는 모양새를 하고 있지만, 자세히 들여다보면 결코 아니었다.

"띠동갑 이상 차이 나는 남자가 밥도 사 주고 대화 상대도 해 준다. 그런 소문이 돌았을 때 불리한 쪽이 누구인지 형님도 잘 아시지 않습니까?"

건욱은 주먹을 꽉 쥐었다. 알고 있다. 그런 의도로 접근한 게 아니라고 한들 이목은 그 애에게 쏠린다는 걸. 안 그래도 학교생활이 고단한 애였는데 그런데 자신까지 거들어 소문을 얹는다면 더욱 힘들어질 것이다.

한창 주변의 시선에 예민할 시기였다. 아니, 다 커서도 마찬가지다. 제가 곁에 버티고 있으면 그것만으로도 피해를 볼 게 분명하다. 손가락질받거나 이도 저도 못 한 자신 때문에 다치게 되거나….

자신은 그 애의 인생을, 그것도 깨끗하게 닦아 줄 수 있는 사람이 아니었다. 그런데 그럴 수 있는 것처럼 행세했다. 무슨 자신감이었을까. 그리 대단한 걸 해 준 것도 아니면서. 그 애가 조금 치켜세워 줬다고 우쭐해져서, 지켜 주니 마니 아주 지랄을….

"하…."

그가 피곤하다는 듯 가만히 이마를 짚었다. 쪽팔린 줄 알아야지. 깡패 짓이나 하고 다닌 주제에 같잖은 위선에 빠져서는.

구역질 나는 일상에서 숨 좀 트겠다고 조그마한 애한테 기댔던 게 자랑도 아니고. 자기가 짊어진 불행만으로도 버거운 애한테 웃어 주기를 바라는 게 씨팔, 원조하는 새끼들이랑 뭐가 다르냐고….

"아니면 혹시 기다리시는 겁니까? 그 학생이 밑바닥까지 굴러떨어지기를."

"뭐?"

"업소에서 일할 정도로 불행해지기를 말입니다. 그럼 눈치 보지 않고 만날 수 있을 테니까…."

말이 끝나기도 전에 그가 재현의 멱살을 움켜쥐었다. 순식간에 뒤로 밀려난 재현이 낮게 신음했다. 그러나 건욱은 놔 주긴커녕 멱살을 쥔 손에 더욱 힘을 실었다. 그가 씹어뱉듯이 입을 열었다.

"선 넘지 말라고 했지."

"크, 윽…."

"작정하고 안 굴어도, 씨발. 무슨 말 하는지 다 알아들었다고."

"죄, 죄송함…."

"그런 건 내가 제일 잘 안다고!"

기다리긴 뭘 기다려. 굴러떨어지긴 대체 누가!

씨팔, 진짜. 개씨팔이었다. 강재현 이 새끼는 다 아는 것처럼 굴지만 결국은 아무것도 모른다.

잘 살았으면 좋겠다. 자신과는 다른 궤도를 걷는다면 좋겠다. 지긋지긋한 집을 벗어나서 썩 괜찮은 인생을 살았으면 좋겠다. 좋은 대학에 가면 좋겠고, 번듯한 직업을 가졌으면 좋겠다. 똑똑하니까 충분히 할 수 있을 것이다.

그러고 나서 한 번 정도는 제대로 된 놈을 만났으면 좋겠다. 말끔하게 생긴 데다 화목한 가정에서 자란 놈. 언제든지 편이 되어 줄 수 있는 놈을 만나서 연애도 곧잘 했으면 좋겠다. 그렇게 남부럽지 않게 살았으면 좋겠다. 행복해질 수 있는 방법을 전부 끌어안고 산다면 더할 나위 없겠다….

그냥 그런 걸 보고 싶었다. 남들은 다 하는 걸 못 하는 애니까. 알게 모르게 사람들의 눈치를 먹고 자라난 애였으니까. 그 애를 볼 때마다 자신의 유년 시절이 떠오르는 건 이상하지 않은 일이다. 동정심이 들었다. 동질감도 느꼈다. 그래서 도와주고 싶었고, 필요하다면 지켜 주고도 싶었다.

그 애가 떠안고 있는 불행은 그 애의 것이 아니니까. 잠시 이탈한 궤도를 제자리로 돌려놓고 싶었다. 딱 거기까지만 손을 대려고 했을 뿐이다. 그 애가 수많은 인파 속으로 스며들 때까지만. 이후에는 손을 놓더라도 잘 달려 나갈 테니까….

불현듯 그 아이의 목소리가 머릿속을 맴돌았다.

'쓰려도 조금만 참으세요.'

'안 쓰려.'

'이래도요?'

겁도 없이 제 상처를 치료해 주던 손길.

'제가 제 마음을 돌보기에는 해야 할 일들이 생각보다 많거든요. 단순히 학교생활만 해도요.'

'……'

'그런데 제가 돌보지 못한 걸 아저씨가 봐 줬어요. 조금이라도 이해해 줘서요. 기분이 좋아졌어요.'

같잖은 위로에도 고마워하던 마음씨.

'또 오실 거죠?'

'뭐?'

'오늘 이후로 친구 먹은 거나 다름없잖아요.'

'무슨…'

'친구는요. 서로의 비밀을 털어놓다 보면 어느 순간 되어 있는 거래요.'

생각할수록 기가 막힌 사교성과,

'저 때문에 곤란해지면 어떻게 하나 걱정이 돼서요. 만약 그런 일이 생기면 제가 어떻게든 변호할게요. 필요하다면 진술도 할 거고요.'

'진짜?'

'네! 그리고요. 혹시나 일이 잘 풀리면 다행인데, 안 풀리더라도 걱정하지 마세요. 아저씨 억울한 거 세상 사람들이 다 알도록 열심히 뛸 테니까요. 탄원서도 넣을 거고요. 또…'

듣는 것만으로도 미소가 지어지는 용기를 가진 유재희가… 소중해졌다. 저도 모르는 사이에, 그렇게.

네 아버지가 아니었다면 우리가 만날 일은 없었겠지. 차라리 그랬다면 어떨까 싶었다. 네 몫이 아닌 불행에 끌려다니기엔 네가 너무나도 아까워서. 거기에 내 몫까지 더하는 건 사람이 할 짓이 아닌 것 같아서….

그 애가 저처럼 살지 않기를 바랐다. 그러나 제가 하는 짓은 그보다 더한 불행 속으로 뛰어들라며 흙탕물을 튀기는 것과 같았다. 결국 조직에서 나오든 나오지 않든, 할 수 있는 건 한 가지밖에 없었다.

"쿨럭, 쿨럭!"

건욱은 손에 쥐고 있던 멱살을 던지듯이 놓았다. 그리고 답답한 마음에 넥타이를 끌어 내렸다. 바닥에 나동그라진 재현이 숨을 급하게 몰아쉬고 있었다.

평소보다 오버한다 싶더니. 쯧. 그가 담배 한 개비를 꺼내어 입에 물었다.

"쿨럭! 형님, 제 말은…."

"알아."

"형님."

"알고 있다고, 새끼야."

뒤늦게 호흡을 추스른 재현이 말을 붙여 왔다. 그러나 단호하게 쳐 냈다. 제가 무엇을 해야 하고, 우선순위에 두어야 하는지 이제는 안다. 그러니까 신경을 긁어 대는 말은 더 듣고 싶지 않았다.

잠시 침묵이 이어졌다. 건욱이 담배에 불을 붙이려고 고개를 기울였다.

"너무 많이 돌아왔어."

"형님…."

"이 바닥에서 구를 만큼 굴러 놓고 아닌 척 손 터는 거, 누가 봐도 추한 짓이야. 내가 했던 일들이 어디 가는 것도 아니고."

"저는…."

"순서는 지킬 거야."

칙, 하는 소리와 함께 담배 연기가 피어올랐다.

"너도 그렇고 다른 녀석들도 마찬가지야. 갈 때 가더라도 자리 하나씩은 만들어 둘 테니까 걱정하지 마."

"…감사합니다."

"그리고 재현아."

먼발치를 응시하던 건욱의 시선이 이윽고 재현을 향했다. 어둠이 내려앉은 새벽인데도 불구하고 검은 눈동자는 형형하게 일렁이고 있었다. 그 시선을 마주하던 재현은 흠칫하며 고개를 숙였다.

"오늘은 그냥 넘어갈 거다. 내가 안일하게 군 탓도 있으니까."

"……."

"그래도 다음부터는 선 넘지 마라."

"죄송합니다."

"두 번은 없으니까."

"명심하겠습니다, 형님."

그것 말고는 더 할 말도 없었다. 그 애를 들먹이는 것만 제외하면 재현이 녀석 입장에서는 옳은 소리를 한 거니까. 진흙탕을 구르는 게 일상인 녀석들을 위해서도, 그 애를 위해서도 자신은 자리를 지키고 있어야 한다. 그게 정답이었다.

"생각해 둔 곳 있어?"

그가 담배를 태우다 말고 물었다. 침묵을 지키고 있던 재현이 두 눈을 깜박였다.

"직계 말고. 특별히 가고 싶었던 계열 있냐고."

"처, 청운 대출에서 근무하고 싶습니다."

"그럼 그쪽으로 갈 애들 모아서 나한테 보고해. 팀 만들어서 보내 줄 테니."

"알겠습니다. 부회장님 장례식이 끝나는 대로…."

"그런 건 됐고."

건욱은 귀찮다는 듯 손을 휘저었다.

"명진이한테도 그렇게 전해. 예전부터 업소로 가고 싶어 하던데, 그쪽으로 빠지고 싶은 애들도 명단 만들어 두라고."

"알겠습니다."

"그리고 나머지는…."

다른 길을 찾아봐야겠지. 자신을 포함해서.

직계에서는 완전히 손을 털어 낼 작정이었다. 당신이 살아 있을 때나 욕심내던 자리였다. 복수하겠다는 마음만으로 힘을 불려 왔지만 이제는 갈 곳마저 잃어버렸다. 당신의 뒤를 따를 생각도 물론 없었다.

어떤 것도 선택하지 않았던 생. 누군가를 짓밟아야만 살 수 있었던 생. 그로 인해 손쓸 틈도 없이 망가진 것들을 떠올리면서 결심했다. 당신과 같은 절차는 밟지 않겠다고. 빠져나올 수 있는 곳에서는 빠져나와서, 이 바닥에서도 제가 할 수 있는 걸 해 나가겠다고.

"나머지는 그냥 나 따라오라고 해."

"직계, 나오실 겁니까?"

"응."

"금융이나 업소 쪽으로도 가지 않으실 거고요?"

"그러겠지."

"그럼 어떻게…."

"일단은 거기까지만 전해."

예전부터 생각해 둔 방안이 있으니까. 구체화하는 데까지는 시간이 제법 걸리겠지만 아무것도 안 하고 손가락 빠는 것보단 나았다. 무엇보다 이제는 제가 가진 것들을 조금 더 제대로 된 방향으로 써 보고 싶었다.

"의미 없이 주먹질만 해 대는 것도 지치니까."

"10년이 넘도록 직계에 계셨으니 이해합니다."

"그래도 너희에게 피해 끼칠 일은 없을 거야. 무엇보다 재현이 너는 정신 똑바로 차려야 할 거다."

"무슨…."

"낙하산 소리 듣지 않으려면 지금보다 존나게 굴러야 한다고."

공석이 된 부회장 직책을 두고 이미 서열 싸움은 시작되었다. 그러나 재현이 녀석이 그 자리를 차지하는 건 아직은 이르다. 기껏해야 전무나 상무 격일 텐데 그 자리 또한 노리는 녀석들이 많았다. 이쪽에서 움직이는 걸 주변에서 가만히 놔둘 리도 없고.

"염려 마십시오, 형님. 저 강재현 아닙니까?"

"염병…."

"후회하시지 않도록 열심히 하겠습니다."

"할 말 다 했으면 가."

"믿어 주셔서 감사합니다, 형님."

건욱은 재현을 바라보고 있던 시선을 거두었다. 고작 몇십 분인데도 몇 시간은 대화한 것처럼 머리가 지끈거렸다. 그러나 실타래처럼 복잡하게 엉켜 있던 생각이 조금은 풀린 것 같았다.

선택을 했기 때문이겠지.

확신하건대 그 애는 잘 살 거다. 그 아이가 가진 불행을 대수롭지 않게 여기는 게 아니다. 그저 알고 있을 뿐이다. 사람을 돈으로 사고파는 곳에서, 또 죽도록 패대기치는 인생이… 앞으로 그 애가 살아갈 날보다 나을 리 없다는 걸.

당신처럼 이도 저도 못 하고 끼어들지만 않는다면. 그래서 제가 딛고 있는 바닥으로 끌어내리지만 않는다면. 저로서는 걱정할 자격도 없는 생이었다.

○ ● ○

담배 한 갑을 전부 태우고 나서 건욱은 다시 빈소를 찾았다.

삼일장이니 못 버틸 것도 없었고, 무엇보다 장례식 이후로 당신을 떠올릴 일은 없을 테니까. 마지막 호의라고 생각하며 건욱은 상주를 자처했다. 타고나기를 밑바닥 팔자라는 소리를 듣고 나니 허탈해진 것도 사실이고.

"돌아왔니?"

빈소를 지키고 있던 주 마담이 넌지시 묻는다. 건욱은 차분해진 안색으로 고개를 끄덕였다.

"…고맙습니다."

"뭘. 그동안 부회장님에겐 신세 진 게 많았으니까."

"피곤하실 텐데 들어가세요. 제가 보겠습니다."

"아니야. 건욱이 너도 이번 주 내내 바빴다면서."

사소하게 실랑이를 벌이다가 결국 주 마담과 함께 빈소를 지키기로 했다.

건욱은 그제야 절을 올리고 향을 피웠다. 새벽인데도 찾아오는 조문객들은 많았다. 주로 밤에들 활동해서 그런가. 술을 마시고 화투를 치는 조직원들을 지켜보는데 문득 의문이 들었다.

"여사님."

"응?"

"조직에서 나간 녀석들 말입니다. 결혼 때문이든 자식 때문이든."

"걔들은 왜?"

"어떻게들 산답니까."

"뭐…."

"잘 산답니까?"

새로운 출발이라는 시점으로 보면 잘된 일이지. 별 들 날 없던 인생에 살아갈 만한 이유가 한 줌이라도 생긴 거니까.

건욱은 주 마담이 했던 말을 곱씹었다. 그동안 몇몇 놈들이 조직을 나간다는 소식은 들었어도, 그 이후에 어떻게 되었는지는 관심을 가진 적이 없었다. 그런데 왜일까. 잘 살고 있는지 궁금해졌다. 기왕이면 그랬으면 좋겠다는 마음도 들었다.

"아니."

"……."

"죽지 못해 살더라."

주 마담은 타인의 불행을 고요하게 입에 올렸다.

"기껏 양지로 나가는 건가 싶더니, 적응도 못하고 결국 도박이나 한다더라."

"……."

"자식 때문에 나간 놈은 자식을 패고, 여자 때문에 나간 놈은 여자 패면서 살고."

"……."

"예전이나 다를 바 없이 산다더구나."

딱히 놀라운 일도 아니지? 라고 주 마담은 말을 덧붙였다. 흔해 빠진 일이라고도 했다.

"밑바닥에서 구르던 팔자가 어딜 가겠니. 다른 사람한테 피해나 안 끼치면 다행이지."

주 마담은 말하면 입만 아프다는 듯 손을 내저었다. 건욱은 고개를 끄덕였다. 제가 기대하는 일은 일어나지 않았다. 시작은 별 볼 일 없을지언정 마무리는 괜찮을지도 모른다는 기대 같은 건.

"…그러게 말입니다."

그건 처음부터 답이 정해져 있다고 말하는 것 같았다. 아무리 발버둥을 쳐도 조직에 들어올 수밖에 없는 인생이 있는 것처럼. 기껏 조직을 나가서도 밑바닥을 기는 인생도 있는 거라고.

내가 아니라고 확신할 수 있나.

그가 힘없이 웃었다. 그리고 더 묻지 않았다. 그저 받아들였다. 자신이 맡은 일에 대해서. 할 수 있는 일과 할 수 없는 일. 그리고 어쩌면 손도 대지 말아야 할 일에 대해서. 누군가를 지키고 싶다면 선부터 그어야 하는 배경에 대해서… 건욱은 몇 번이고 되새겨 보았다.

주 마담이 잠시 눈을 붙이려고 방으로 들어갈 때까지. 술판을 벌이던 녀석들이 곯아떨어질 때까지. 그렇게 동이 트고 다시, 매미가 힘차게 울어 젖히는 소리가 들릴 때까지. 아주, 아주 오랜 시간 동안.

○　●　○

아저씨를 못 만난 지 벌써 사흘째였다. 그날 이후로 안 좋은 일이라도 생긴 걸까? 하지만 그랬다면 박현석 무리가 기가 팍 죽어서 지내지는 않았을 거다.

덕분에 학교생활이 한결 편해졌다. 쉬는 시간이고 점심시간이고 틈날 때마다 조롱을 일삼던 박현석 무리가 자신을 피해 다니기 시작했다. 가난한 형편 때문인지 자신을 무시하던 담임도(제 팔뚝을 주물러 댔던 그 선생이 맞다) 슬금슬금 제 눈치를 봤다. 자신에게 무서운 삼촌이 버티고 서 있다는 소문이 돌아서였다. 키도 크고 힘도 세서 어쩌면 조폭일지도 모른다는 소문이.

소문이 사실인지 아닌지는 재희도 몰랐다. 그가 직업을 말해 준 적은 한 번도 없으니까. 그러나 조폭이라고 해도 달라지는 건 없다. 오히려 해결할 수 없을 것 같던 괴롭힘에 종지부를 찍어 주어서 고마울 따름이었다.

'오늘은 만날 수 있을까?'

무엇보다 소고기도 그렇고, 교복 와이셔츠와 문제집. 그리고 색색의 운동화까지 사 주셔서 고맙다는 말을 전해야 하는데, 도통 모습을 보이질 않으니 걱정이 됐다.

이럴 줄 알았으면 휴대폰 번호라도 알려 달라고 할걸. 다시 만나면 꼭 알아내야겠다. 앞으로는 어긋나는 일이 없도록….

"모의고사라고 가볍게 생각하지 말고. 집에 가서 오답 노트도 정리하고 그래라. 1학년 때 성적이 수능 때까지 가는 거다, 알고들 있지?"

모의고사를 치는 날이어서 평소보다 일찍 하교했다. 그리고 날이 더워지기 전에 야간 자율 학습을 신청할 생각이었다. 아저씨 덕분에 뒤에서 수군거리는 애들이 눈에 띄게 줄었으니까. 이 정도면 오후 자습은 물론이고, 야간 자습까지 할 수 있을 것 같았다.

그래도 편의점에서 저녁을 먹는 건 포기할 수 없었다. 그와 보내는 저녁 시간은 그녀에게 소중한 시간이 되었으니까. 편의점으로 향하는 발걸음이 언젠가부터 가벼워지는 이유였다. 지겨운 제육 도시락도 먹을 만하다고 느낄 정도였다.

함께 시간을 보낼 사람이 있다는 게 이토록 즐거운 일인지 몰랐다. 생각만으로도 웃음 짓게 하는 사람이 있다는 것도. 좋은 사람이라는 건 그런 사람을 두고 하는 말이 아닐까 싶었다.

"어?"

재희가 편의점에 다다랐을 무렵이었다. 출입구에서 익숙한 외형의 남자가 나오고 있었다. 멀리서 봐도 눈에 띄는 커다란 키. 맞춘 것처럼 잘 어울리는 슈트. 그리고 습관처럼 입에 물고 있는 담배까지.

"아저씨!"

그토록 기다리던 아저씨였다. 재희가 함박웃음을 지으며 그에게 달려갔다. 오랜만에 만나서인지 반가워 죽을 지경이었다. 이렇게 인사를 건넬 때마다 그는 못 이기겠다는 듯 픽 웃어 보이곤 했었다.

"어⋯."

낭패라는 듯한 표정을 짓는 게 아니라.

한껏 올라간 입꼬리가 어색하게 굳어졌다. 이제 막 담뱃불을 붙이려던 그가 행동을 멈추었다. 인상을 눈에 띄게 찌푸리면서.

처음에는 잘못 봤다고 생각했다. 멀리 있어서 표정을 제대로 보지 못한 거라고. 그러나 거리가 가까워질수록 재희는 알 수 있었다. 그가 무척 곤란해하고 있다는 걸⋯.

"아, 아저씨! 진짜 오랜만이죠!"

왜일까. 분위기가 이상했다. 인사를 받아 주지도 않고, 자꾸만 시선을 피한다. 그래도 할 말은 해야겠다 싶어서 꾸역꾸역 말을 잇는데.

"오늘 모의고사라서 일찍 마쳤어요. 그런데 아저씨는 그동안 어떻게 지내셨어요?"

"⋯⋯."

"이번 주처럼 서로 어긋나면 안 되니까 연락처 알려 주세요. 제가 그날 이후로 계속 아저씨만 기다렸던 거 아세요? 도시락 같은 거 사 줘서 그런 게 아니고요. 그냥 같이 있으면 덜 심심하고 그러니까⋯."

"⋯⋯."

"그리고요. 저, 이제 괴롭힘 안 당해요. 아저씨 덕분에요. 박현석 무리도 저 피해 다니고, 선생님도 저 무시 안 해요. 다른 애들도요. 아저씨가 아니었으면 이렇게 편하게 학교 다니지도 못했을 거예요."

그러나 그는 무안하리만큼 반응이 없었다. 오히려 말이 길어질수록 난감하다는 듯 눈썹만 꿈틀거렸다. 답답한 마음에 재희가 그의 옷자락을 살며시 움켜쥐는 순간이었다.

"아저⋯."

장승처럼 서 있던 그가 이번에는 단호하리만치 그녀를 밀어냈다. 탁, 소리와 함께 제 손이 허공으로 밀려났다. 아무것도 담기지 않은 시선에 마음이 지끈거렸다. 무심하기 짝이 없는 눈동자가 그녀를 주눅 들게 만든다.

심장이 바닥으로 굴러떨어진 것 같았다. 왜? 왜 갑자기, 처음 본 사람처럼, 아니. 남보다도 못한 사이처럼 구는 건지 알 수 없었다.

"아저씨, 왜…."

무서웠다. 제가 알던 사람이 아닌 것 같았다. 눈시울이 붉어졌다. 입꼬리는 점차 내려가고, 목구멍은 물기를 머금고 있었다. 딱딱하게 굳은 그의 인상에 금이 간 건 그때였다.

아저씨는 당황한 것처럼 보였다. 눈물을 닦아 줘야 하나 고민하는 건지 손을 올렸다 내리기도 했다. 그러나 그뿐이었다. 아저씨의 따뜻한 손길이 뺨에 닿는 일은 없었다. 대신 착잡한 한숨만 머리 위로 내려앉았다.

"한동안…."

"……."

"한동안 안 올 거야, 여기."

"언제까지요?"

"……."

"그럼 연락처는…."

"미안해."

미안하다는 대답과 달리 아저씨는 예전부터 준비했던 말을 하듯 차분해 보였다. 다시 만나면 연락처를 받아 낼 거라고, 그러면 앞으로 어긋날 일은 없을 거라고 자부했던 스스로가 바보처럼 느껴졌다.

언제부터였을까? 언제부터 아저씨는 자신과 헤어질 준비를 했던 걸까? 그렇지 않고서야 이토록 담담하게 굴 수는 없었다.

우리는 서로의 비밀도 털어놓았고, 그래서 짧은 시간이었지만 충분히 가까워졌다고 생각했는데. 그런 사이가 되면 이별을 말하는 게 더 힘들어지지 않나. 가슴이 아플 정도로 무심하게 굴면 안 되는 거 아닌가….

"왜, 못 오시는데요?"

"조금 바빠졌어."

"일 때문에요?"

"응."

"단순히 일 때문이라면 그냥, 연락 정도는 주고받을 수 있는 거잖아요."

재희가 고집을 부렸다. 젖은 시야 너머로 그가 난처해하는 모습이 보였다. 그러나 이도 저도 아닌 마음으로 놓아줄 수는 없었다. 무슨 이유인지 확인해야만 조금이나마 속이 풀릴 것 같다.

"아저씨 귀찮게 하려는 거 아니에요. 바쁘다는데 어쩌겠어요. 그런데 가끔, 아주 가끔 생각날 때 메시지 하나 정도는 보낼 수 있는 거잖아요."

"재희야."

"밥은 잘 챙겨 먹었는지, 아직도 일이 바쁜지. 그래도 저는 계속해서 편의점에 있을 건데, 담배는 언제 사러 오실 건지. 그 정도는 알려줄 수 있는 거잖아요."

"……."

"그러다가 얼굴 한번 볼 수는 있는 거잖아요. 따로 시간 내서 오는 것도 아니고 지나가다가, 그렇게 어쩌다가…."

"……."

"그거 되게, 별거 아니잖아요."

아저씨는 대답이 없었다. 그건 꼭, 제가 별거 아니라고 한 것마저도 별것이라고 대답하는 것 같았다.

재희는 그제야 깨달았다. 그날 이후로 그에게 무슨 일이 생겼다는 걸. 그 이유가 어쩌면 자신 때문일지도 모른다는 걸. 그러지 않고서야 그가 이토록 완고하게 자신을 밀어낼 이유가 없었다.

"혹시 저 때문에 그러세요?"

"뭐?"

"제가 쓸데없는 걸 부탁하는 바람에 박현석이 보복한 거죠? 그래서 아저씨에게 곤란한 일이 생긴 거죠?"

"그런 거 아니야."

"경찰이 찾아온 거라면 제가 따라갈게요. 처음부터 끝까지 다 설명해 드릴 수 있어요. 아저씨가 억울한 누명 썼다는 거 전부 해명할 수 있으니까…."

"그런 거 아니라니까!"

"그럼 아까부터 왜 그러시는데요!"

　참았던 감정이 터져 나왔다. 상기된 뺨이 뜨거웠다. 눈물은 소리 없이 흘러내렸다. 그러나 재희는 아랑곳없이 젖은 뺨을 거칠게 닦아 냈다.

"왜, 인사해도 안 받아 주시는데요. 제가 하는 질문에 대답도 안 하시고, 시선은 또 왜 피하시는데요!"

"……."

"지금도요. 지금도 아무 말 안 하시잖아요. 아까까지는 아니라면서요. 이렇게 재수 없게 구는 거, 제 탓 아니라면서요!"

"너…."

"그런데 왜 대답을 못 하세요? 자꾸만 숨기시는 거예요? 왜…."

"……."

"제가 싫어진 것처럼 구시는데요?"

　말하라고 했으면서. 앞으로도 힘든 일이 생기면 언제든지 말하라고 했으면서! 이런 식으로 멀어지면 연락할 방법도 없잖아요. 그런데 어떻게 말하라는 거예요?

거짓말쟁이….

뱉고 싶은 말은 수두룩했지만 목이 메어서 할 수가 없었다. 서럽게 흐르는 눈물만 닦아 낼 뿐이었다. 손등으로 하도 문지르는 바람에 눈가가 따끔거렸다.

"흐윽!"

눈물을 닦아 내던 손이 붙잡힌 건 그때였다. 어찌나 완강하던지 딸꾹질이 나올 정도였다. 놀란 마음에 고개를 드니 그가 아플 정도로 얼굴을 일그러뜨리고 있었다. 걱정스러운 시선이 그녀를 향했다.

"그렇게 문지르면 상처 나잖아!"

아저씨, 지금 사람 놀리세요?

고작 이런 걸로 걱정하실 거면 뭐 하러 쌀쌀맞게 구시는데요? 왜 밀어내려고 애를 쓰시는 거냐고요! 그럴 거면 그냥, 그냥 안 가시면 되잖아요….

"재희야, 나는."

"……"

"내가…."

열렬히 다그치고 싶었지만 손목을 옭아맨 그의 손끝이 떨리고 있었다.

다부진 턱의 근육이 몇 번이나 풀어졌다 조여졌다. 무언가를 간신히 억누르고 있는 것처럼, 숨을 내쉴 때마다 가슴이 들썩거린다. 그 모습을 지켜보는 것만으로도 덩달아 호흡이 가빠졌다.

오늘은 아저씨의 새로운 모습들을 많이 보게 되는 것 같다. 차가울 정도로 자신을 외면하는 것도 그렇고, 화가 난 건지 아니면 울고 싶은 건지 헤아릴 수 없는 모습도 그렇고….

그래서일까. 백 미터 달리기라도 한 것처럼 가슴이 뛰고 있었다. 두근거리는 박동이 귓전을 울린다. 하고 싶은 말이 있어 보였다. 그리고 재희는 기다리고 싶었다. 그가 이유를 말해 줄 때까지….

"미안하다."

그러나 그에게 붙들린 손목이 힘없이 놓아졌다.

아닌데. 분명히 무언가를 말해 줄 것 같았는데. 조금만 더 매달리면 들려줄 것도 같은데. 그가 제게 숨기고 있는 걸….

"아, 아저씨. 어디 가요?"

그러니까 가 버리면 안 되는데.

"어디 가냐고요. 가지 마요. 나한테 방금, 할 말 있었잖아요. 그러려고 붙잡은 거잖아요."

뒤도 돌아보지 않고, 그렇게나 빠른 걸음으로.

"왜, 왜 얘기 안 해 줘요. 아니잖아요. 내가 싫어서 그러는 거 아니잖아요. 그럼 말해 줄 수 있는 거잖아요, 네?"

이대로 보내면 안 되는데. 다리에 힘이 풀려서 도통 움직이질 않는다. 반면에 그는 길쭉한 다리로 점점 멀어지고만 있었다.

말도 안 돼. 금방이라도 울 것처럼 굴어 놓고, 그렇게나 떨리는 목소리로 제 이름을 불렀으면서. 정말로 싫어진 거라면 그런 눈빛으로 볼 수는 없는 거잖아….

"아, 흐윽, 아저씨!"

그럼에도 불구하고 그는 끝까지 아무 말도 해 주지 않았다. 눈물이 참을 수 없이 흘러내렸다. 좋은 사람이라고 했던 말 전부 취소다. 좋기는 개뿔, 아저씨는 엄청나게 못된 사람이었다.

"흐으윽…."

혼자서만 간절했나 보다. 함께 보내는 시간이, 나누었던 대화가 그녀에게만 의미 있었나 보다. 그렇지 않고서야 이렇게 제멋대로 헤어질 수는 없었다.

억울했다. 그는 자신이 미덥지 않았던 걸까. 분명히 말하지 못하는
게 있는데, 그걸 솔직하게 털어놓을 법도 한데, 아저씨는 끝까지 아
무것도 말해 주지 않았다. 그렇게 떠나갔다. 모든 걸 혼자 떠안은 채
로⋯.

초여름의 습한 기운이 종아리에 들러붙었다. 가만히 서 있는 것만
으로도 땀이 흐르는 계절이다. 매미는 진절머리가 날 정도로 울고, 이
마에는 땀이 미적거리며 흘러내렸다. 숨이 막힐 듯한 감각은 무더위
탓인지 아니면 그치질 않는 울음 탓인지 알 길이 없다.

재희는 주저앉고 싶었다. 무력하게 몸을 감싸 오는 열기에 모든 걸
다 내려놓고만 싶었다.

○ ● ○

그날, 재희는 편의점도 들르지 않고 학교로 돌아왔다. 그리고 소각
장에 가서 그에게 받았던 운동화와 와이셔츠를 내다 버렸다. 체육복으
로 갈아입고 나서는 필기도구와 문제집도 전부 소각장에 털어 넣었다.
남자를 떠올릴 수 있는 것들은 이제 꼴도 보기 싫었다.

그날 이후로 그를 본 적은 한 번도 없었다. 재희도 편의점 근처에는
얼씬도 하지 않았다. 발길을 돌려서 다른 블록에 있는 편의점을 가거
나 했다. 자기만 싫은 줄 아나 본데, 저도 책임감 없이 구는 사람은 싫
거든요? 마음만 먹으면 처음부터 모른 척할 수 있었다고요⋯.

처음에는 미워하는 마음뿐이었다. 함께했던 순간이 떠올라서 웃음
이 새어 나오는 것도 잠시, 아무 말도 해 주지 않고 떠나가던 모습이
동시에 떠올라서 괴로웠다. 지치지도 않고 원망하기만 했다.

그가 나쁜 사람이라고 생각해야만 그날 겪었던 일이 이해될 것 같

았다. 그가 제멋대로 굴어서. 이기적인 사람이라서 자신을 떠난 거라고. 함께했던 시간이 무색할 정도로 자기중심적인 사람이라서 그랬던 거라고….

그러나 그에게 나쁘다는 낙인을 찍을수록 마음은 후련하긴커녕 답답해지기만 했다.

'그렇게 문지르면 상처 나잖아!'

그날. 그가 제 손목을 잡고 말문을 열기 위해 애를 쓰던 날. 울먹이는 목소리와 애틋한 시선이 동시에 제 마음을 흔들어 댄 탓이다. 그 모습은 꼭 어제 있었던 일처럼 선명하게 뇌리에 박혀 있었다.

재희는 그 순간이 거짓이라고 생각하지 않았다. 그래서일까. 헤어진 지 일주일이 지나고서는 불필요한 감정을 쓰는 것도 그만두었다. 어쩌면 제가 문제였던 건 아닐까, 하는 생각이 든 것도 그쯤이었다.

그는 박현석 때문에 밀어내는 건 아니라고 했다. 그건 사실인 것 같았다. 박현석은 무언가를 작당하긴커녕 여전히 제 눈치를 보며 숨어다니기 바빴으니까. 그런 주제에 그 남자에게 대들 수 있을 리가.

그렇다면 역시, 제가 귀찮게 구는 바람에 떠난 걸까? 저도 모르는 사이에 그에게 부담을 줘서? 처음 만났을 때 이대로 그를 보내면 후회할 것 같아서 제 불행을 늘어놓았기 때문이라든가. 아니면 나이 차이가 그렇게 나는데도 공경하긴커녕 너무 놀려 먹어서 짜증이 났다든가….

아, 그런 거라면 이해가 된다. 처음 보는 애가 다짜고짜 나 불행하다고 달려들면 저였어도 부담스러울 것 같으니까. 무엇보다 저보다 한두 살 어린 애가 까부는 것도 짜증이 나는데, 열 살은 족히 어린 애가 시도 때도 없이 놀려 먹어 봐라. 얼마나 약이 오를지 상상도 안 되었다.

그리고 또 뭘 잘못했더라. 어떤 모습이 그를 질리게 했을까. 차라리 말해 준다면 좋았을 텐데. 마음만 먹으면 고치려고 노력도 했을 텐데. 그렇게 보기 싫었나 싶기도 하고. 하긴 그 정도로 멋있는 사람이면 회사에서 인기도 엄청 많을 것이다. 나 같은 애는 신경도 쓰이지 않을 만큼….

"여긴…."

밑도 끝도 없이 떨어지는 기분 탓에 울적해진 찰나였다. 정신을 차리니 그날 이후로 한 번도 방문하지 않았던 편의점 앞에 도착해 있었다. 무의식적으로 걸음을 옮겼던 모양이다. 그러나 주위를 둘러봐도 그의 흔적은 코빼기도 찾을 수 없었다. 그가 자주 피우던 담배 냄새마저도….

이렇게 된 거 도시락이나 사 먹을 생각이었다. 생각해 보면 그녀로서는 눈치 볼 필요도 없는 공간이었다. 미련 없는 사람이 먼저 떠났을 뿐이니까. 재희는 터덜거리며 제육 도시락을 손에 쥐었다. 복지 카드 금액에 맞는다는 이유로 자주 구매하는 제품이었다. 그녀가 계산대 위에 제육 도시락을 올려놓는 순간이었다.

"가져가세요."

점원이 그녀가 내민 복지 카드를 받지도 않고 대답했다. 순간 제 명찰을 빤히 바라본 것 같은데, 착각일까?

"저, 계산 안 하셨는데…."

"했어요. 가져가세요."

"아니…."

"다음 손님 받을게요."

점원과 제대로 된 대화를 나누기도 전에 재희는 다음 손님에게 밀려났다. 제가 모르는 이벤트라도 하는 건가? 재희는 얼떨떨하게 도시

165

락을 들고 나왔다. 덕분에 카페 갈 돈은 굳었지만, 당최 이해할 수 없는 상황이었다.

"저기, 계산해 주세요."

"했어요, 계산."

"아니, 분명히…."

"가져가세요."

이해할 수 없는 상황은 다음 날도, 그다음 날도 계속되었다.

이번에는 계산을 안 하는 걸로 끝나지 않았다. 점원은 제가 오는 걸 예상이라도 한 건지, 제육 도시락을 내려놓는 자신에게 따로 준비해 두었던 음료수와 빵 그리고 과자 같은 걸 함께 건네주었다.

"이거, 제가 고른 거 아니에요."

"고르셨어요."

"아니, 저번부터 계속…."

"안녕히 가세요."

그러나 이유를 물어보려고 하면 점원은 칼같이 다음 손님을 받거나 휴대폰을 만지작거릴 뿐이었다. 제 궁금증을 풀어 줄 생각이 없어 보였다.

그래서 언젠가는 해당 점원이 없는 시간대에 편의점을 찾았다. 토요일 오전이었다. 이제는 편의점에 죽치고 앉아 있거나 하루에 한 끼 먹는 걸로 빌빌거리지 않아도 되었다. 도시락을 사면서 받은 음료수와 간식이 냉장고에 쌓여 있는 탓이었다.

아버지의 눈치를 보며 집에 있을 필요도 없었다. 복지 카드에 여유가 생겨 24시 카페에서 시간을 보낼 수 있었으니까. 어디까지나 편의점 점원의 이유를 알 수 없는 행동 덕분이었다.

하지만 본인이 알려 주지 않겠다면 다른 사람을 통해서 알아낼 생각이었다. 그간 한 번도 받은 적 없었던 호의를 눈 감고 넘어가고 싶지는 않았다.

"아, 안녕하세요."

마침 편의점에는 점장님이 계셨다. 휴대폰으로 화투를 치고 있던 점장님은 그녀를 보자마자 반색을 했다.

"어어, 맨날 제육 사 가던 학생이네. 왔어?"

"네에, 저기…."

"오늘은 전주비빔밥 들어온 거 있는데 한번 먹어 봐. 인스턴트라도 채소가 골고루 들어 있는 게 낫잖아. 한창 자랄 시기에."

"그렇긴 한데…."

"고등학생이면 공부하느라 바쁠 텐데 간식거리도 가져오고 그래. 요즘 신상으로 나온 과자도 또래 사이에서 인기 좋아."

"가, 감사합니다. 그런데 저…."

"오빠가 다정해서 참 좋겠어, 학생."

며칠간 어떻게 된 일이냐고 물어보려던 찰나였다. 그런데 점장님이 먼저 말문을 열었다.

"우리 집 애들은 연년생이라서 그런가? 틈만 나면 머리 쥐어뜯고 싸우는 게 일상이거든. 이럴 줄 알았으면 학생처럼 나이 차 두고 낳을 걸 싶기도 하고."

"아…."

"오빠가 직장인이라서 바빠 보이던데. 동생 끼니 거를까 봐 걱정할 정도면 사이가 각별한가 봐. 실은 비밀로 해 달라고 했는데 좋은 일을 숨겨서 뭐 해. 생색낼 대로 내는 게 낫지."

"그…."

"생긴 것도 훤칠해서는 부모님이 뿌듯해하시겠어. 집에 가면 오빠 고생했다고 안마도 해 주고 그래. 인스턴트라고 해도 달마다 나가는 게 한두 푼도 아니고. 동생이 응원이라도 해 주면 기운 날 거야."

그럼 맛있게 먹어. 학생 오빠 덕분에 요즘 매출이… 호호, 아무것도 아니야. 다음에 또 와.

점장님이 더운 날씨에도 아랑곳없이 웃으면서 그녀를 배웅했다. 그이야기를 들었을 때 떠오르는 사람은 한 명밖에 없었다. 더 이상 물어볼 것도 없었다. 그러나 편의점을 나가기 전에 마지막으로 확인하고 싶은 게 있었다.

"언제…."

"응?"

"언제부터였어요?"

"글쎄. 어디 보자, 달력이…."

"……."

"그래, 저번 주 수요일부터네."

점장님이 영수증을 확인하고서 대답했다. 저번 주 수요일이라면 모의고사를 쳤던 날이었다. 오랜만에 그를 만났던 날이었고, 결국은 그녀가 언성을 높였던 날이기도 했다.

그럼 그날 편의점에서 나왔던 건…. 재희는 품에 안고 있던 물건을 꼭 쥐었다. 뜨거운 무언가가 목에 박힌 듯한 기분이다.

"감사합니다."

재희가 인사를 건네고 편의점을 빠져나왔다. 여름 햇볕이 따가울 정도로 시야를 찔렀다. 아스팔트에서 피어오르는 열기가 횟횟하다. 그러나 견디지 못할 더위는 아직 아니었다. 재희는 그늘진 파라솔 밑에 자리를 잡았다. 깔고 앉은 플라스틱 의자가 뜨끈하다. 더워서 그런지 입맛도 없었다.

그러나 공부를 하려면 배를 채워 두어야 했다. 카페에서는 외부 음식을 먹을 수 없었다. 그래서 재희는 평소처럼 편의점에서 먹기로 했다. 도시락은 거창하니 나중에 먹기로 하고 빵부터 뜯어냈다. 빵을 조금 떼어 먹고, 핫바도 꺼내서 한 입 베어 물었다. 새로 나온 과자도 괜히 뜯어서 맛보고, 젤리도 한 알 입에 넣었다.

달고 짜고 맛있었다. 그러나 모래알을 씹는 것 같은 식감은 어쩔 수 없었다. 입안에 넣은 것들이 차마 목구멍으로 넘어가질 않는다. 먹어야 배가 차는데. 배가 차야 공부도 할 텐데….

타악. 순간 음료수 하나가 테이블에 놓였다. 파란색 로고로 유명한 이온 음료였다.

'저 주시려고요?'

'어.'

'왜요?'

'목 막히니까.'

언젠가 들었던 목소리가 떠오른 것도 그때였다. 멍하니 허공을 바라보고 있던 재희가 몸을 벌떡 일으켰다.

"날도 더운데 마실 것도 안 가져가면 어떡해, 학생?"

아.

"이건 서비스로 주는 거야. 대신 자주 와야 해."

"가, 감사합니다."

"아이고, 더위 먹을라. 밖에 너무 오래 있지 말고."

점장님은 그녀의 어깨를 두드리더니 편의점 안으로 들어갔다. 재희는 다시 혼자 남게 되었다. 그리고 멋쩍은 듯 자리에 앉았다. 이온 음료에서 시선을 떼지 않은 채였다.

'시원하다.'

막 냉장고에서 꺼낸 듯한 음료수를 손에 쥐었다. 차가운 기운이 손바닥에 고스란히 느껴졌다. 온도 차 때문인지 표면에는 벌써 물방울이 맺히고 있었다.

'엄청 시원해.'

마침 입에 넣은 걸 삼킬 수가 없었는데 잘됐다. 뭐라도 마시면 입안에 맴도는 깔깔함이 나아지지 않을까 싶었다.

'엄청….'

재희는 희미하게 웃으며 뚜껑을 열었다.

'엄청 보고 싶어.'

그리고 눈물이 쏟아졌다. 점장님에게 그의 소식을 접했을 때도. 그가 사 준 것들로 입안을 가득 채울 때도 계속해서 참았던 눈물이.

"흐으윽…."

갑자기 테이블에 음료수가 놓이는 바람에. 하필이면 그게 파란색 이온 음료여서. 아저씨의 목소리가 자꾸만 떠오르는 바람에….

아무리 생각해도 반칙이었다.

남보다 못한 사이처럼 굴었으면서. 아무 말도 해 주지 않고, 제가 떼를 쓸 때도 뒤돌아보지 않았으면서. 이런 식으로 챙겨 주는 건 말도 안 된다. 누가 봐도 불법이었다. 저더러 착각할 여지를 내어 준 거나 다름없었다.

"흐어어엉…."

그런 의도였다면. 제가 멋대로 착각해도 되는 거라면….

그건 꼭 위로하는 것처럼 들렸다. 내 잘못이 아니라고, 내가 싫어서 떠난 게 아니라고, 그렇게 말해 주는 것 같았다. 그러니까 서운해하지 말고, 밥 잘 챙겨 먹으라고. 그럴 리가 없는데. 그런 마음이었다면 자신을 밀어내면 안 되는 거였는데….

그는 좋은 사람이었을까 아니면 그녀에게 못된 사람으로만 남게 될까. 재희는 도무지 알 수 없었다. 아니, 이제 와서 그런 게 무슨 소용인가 싶다. 분명한 건 시간이 흘러도 잊을 수 없는 사람이 있다는 거였다. 재희에게는 그가 그런 사람이었다.

목덜미가 습해질 정도로 미적지근한 바람이 불어오면 생각날 사람. 매미 우는 소리가 들리면 가장 먼저 떠오를 사람. 편의점을 들를 때마다 담배 냄새가 나면, 혹시나 하는 마음에 뒤돌아보게 할 사람. 그러나 다시는 만나지 못할, 그런 예감이 드는 사람. 그래서 더 눈물짓게 되는 사람….

재희는 이온 음료를 동아줄처럼 붙잡고 엉엉 울었다. 보고 싶었다. 일주일이 겨우 지났는데도 그리웠다. 그를 만난 곳에서, 그가 사 준 것들을 먹고 있으니 서러움이 밀려들었다.

'다시 만나게 되면….'

재희는 뺨을 흥건하게 적시는 눈물을 닦아 내었다. 그 와중에도 눈가가 짓무를까 손목을 잡아 줬던 그가 떠올라서 눈물은 멈출 기미가 없었다.

다시 만나면 아저씨야말로 밥 잘 챙겨 먹으라고 해야지. 어디 가서 막 다쳐 오지 말라고 해야지. 아니, 그건 좀 부담스러워하려나. 그럼 치료가 필요할 때는 편의점으로 오라고 해야지. 그때는 아무것도 묻지 않을 테니까. 귀찮게 굴지도 않고, 그냥 상처만 치료해 줄 테니까 걱정하지 말라고 해야지.

그리고 고마웠다고 말해 줘야지. 아저씨가 해 준 것들이 말로 표현할 수 없을 만큼 고마웠다고. 그건 돈으로 바꿀 수도 없고, 앞으로도 제 마음에 오래도록 남아 있을 거라고. 누구도 해 주지 못했던 선물을, 기꺼이 제게 주어서 고마웠다고.

그럼에도 불구하고 떼를 쓰는 바람에 미안했다고 말해 줘야지. 곤란하게 만들어서, 안 그래도 그날 힘들어 보였는데, 이해해 주지 못해서 미안했다고. 그때는 울지도 말고, 다그치지도 말고, 미워하지도 말고….

"흐어어엉…."

그냥, 너무나도 고마웠다고만 말해 줘야지….

그날이 마지막일 줄 알았다면. 정말로 그럴 줄 알았다면 해야 했을 말들을 해 줘야지. 우리가 다시 만날 수 있다면. 한 번이라도 그럴 수 있다면….

○ ● ○

장례식을 마치자마자 인수인계는 시작되었다. 금융 계열로 가고 싶은 녀석들은 청운 대출로, 유흥 계열로 가고 싶은 녀석들은 곳곳에 배치된 업소로 빠져나갔다.

문제는 자신을 포함한 어디에도 소속되지 않은 놈들이었다. 직계로는 돌아가고 싶지 않은 녀석들을 데려다가, 건욱은 건설이 주가 되는 사업을 시작했다. 간부들을 설득하는 건 생각보다 간단했다.

그가 직계에서 불렸던 자본으로 진행하는 일이라 영감들은 지갑을 열지 않아도 된다는 게 첫 번째 이유였고, 그들에게 해를 끼치지 않는 한 조직의 폭을 넓히는 시도는 얼마든지 환영이라는 게 두 번째 이유였는데. 그렇다고 낙관적으로만 진행되었던 사업은 아니었다.

한마디로 판은 네가 벌이고 쓸고 닦으라는 소리였다. 영감들은 아쉬울 것 하나 없으니까. 그러거나 말거나 새로운 계열을, 큰 힘 들이지 않고 넓히게 된 건 다행이었다. 뭐, 영감들 입장에선 고위 직책을 노리지 않겠다는 대답을 직접적으로 확인한 거니 옳다구나 싶었을 거고.

이후로는 쉴 틈 없이 바빴던 걸로 기억한다. 자본은 둘째 치고 회사 하나를 제대로 굴리려면 수요가 필요하지 않던가. 그러나 수요 또한 기술이 바탕이 되어야 얻을 수 있었다.

그래서 밑바닥부터 시작했다. 쓸 줄 아는 게 몸뿐인 녀석들을 데려다가 막일을 시키는 건 기본이고, 다른 기업을 찾아가 후원을 가장해서 기술을 배우기도 했다. 다른 지역으로 출장을 오가는 건 당연한 일이었고, 실력이 어느 정도 쌓였을 때는 외주도 오는 대로 다 받았다.

그런 경험을 다시 실력으로 치환시키고, 마침내 번듯한 건설 회사하나를 차릴 때까지가… 3년. 지금까지 딱 3년이 걸렸다.

한때는 조직 내에서도 언제까지 할 수 있겠냐는 시선이 팽배했지만, 이제는 내부적으로도 건수가 물밀듯이 들어오고 있었다. 업소 리모델링이며, 오피스텔 건축이며, 사무실 인테리어 견적까지. 덕분에건욱은 한시도 발을 늦출 수가 없었다.

물론 아직도 부족한 것투성이였다. 그러나 눈코 뜰 새 없이 바쁜 날들에 보람을 느끼는 이유는, 더 이상 통장에 들어오는 돈이 부끄럽지않아서였다. 상대를 짓밟은 대가로 받은 게 아니라 만족시키는 대가로받은 돈이라는 점에서, 건욱은 자신의 생이 아주 조금은 다른 궤도로굴러가고 있다는 걸 알 수 있었다. 조금이나마 떳떳한 방향으로 나아가고 있다는 걸 느낄 수 있었다.

○　●　○

그렇다고 개천에서 용 나겠다는 생각을 하는 건 아니고.

어차피 양지로 갈 수 있는 자격은 처음부터 없었으니까. 다만 이제는 안 되는 걸 가지려고 애쓰기보다, 오랜 시간 발 딛고 있는 곳을 받아들이기로 결정했을 뿐이다. 자신에게 허락된 선은 거기까지라는 걸건욱은 잘 알고 있었으니까.

"저기."

"……."

"선금으로 달아 두신 돈, 그대로 있는데요."

그러니까 너도 딱 거기까지는 받아 주면 안 되나….

저번 달부터였다. 편의점에 미리 내 둔 선금이 일절 깎이지 않는다. 건욱은 안타까운 마음을 숨기지 못하고 한숨을 내쉬었다.

그 애와 헤어진 날부터 지금까지, 건욱은 한 달에 한 번씩 편의점에 와서 미리 돈을 지불하고 갔다. 당시에도 그게 최선이었다. 걱정된다는 이유로 곁에 머물렀다가 별의별 꼴을 겪게 하고 싶지는 않았으니까.

어쨌든 선금과 관련해서 편의점 점장과는 말을 끝낸 뒤였고, 점원에게는 따로 부탁해 둔 것도 있었다.

"편의점에 오시긴 하는데, 자꾸 현금을 두고 가세요."

"현금을?"

"받지 않겠다고 해도 계산대에 현금을 두고 가세요. 그래서 선금도 그대로인 거고요."

"…그 외에 다른 일은 없습니까?"

"없어요. 이제는 다른 학생들이 괴롭힐 걱정도 안 하셔도 될 것 같아요."

혹여 그 애가 괴롭힘을 당하는 걸 목격한다면 알려 달라고 했다. 다행히도 지난 시간 박현석 무리를 포함해서 그 애를 건드리는 녀석들은 없었단다. 그런데….

"그걸 어떻게 확신합니까?"

"졸업했으니까요."

"아."

"……."

"졸업?"

뜬금없이 밀고 들어온 단어에 건욱은 눈을 크게 떴다. 그러고 보니 수능이 끝난 지 이제 두 달 정도 됐나. 아직 눈은 내리지 않았지만 겨울이었고, 해가 바뀐 지는 한 달이 막 지나가고 있었다. 건욱은 기가 막힌다는 듯 머리카락을 쓸어 넘겼다.

그 조그마한 몸으로 병아리처럼 삐약거리던 때가 엊그제 같은데 졸업이라니. 그러니까, 성인이 되었다니….

뭐가 이리도 어색하게 느껴지는지. 제가 떠올리기에 그 애는 여전히 애 같기만 한데. 아니, 걔가 지금보다 열 살은 더 먹어도 자신에겐 마냥 애처럼 보일 것 같은데. 어느새 현금을 턱턱 내놓을 줄도 안다니. 복지 카드를 쥐고 벌벌 떠는 모습을 봤던 게 엊그제 같은데 그렇게나 당차게 자랐다니.

"듣기로는 공장에서 근무하는 것 같아요."

"공장이라면…."

"그러니까 이제는 선금으로 물건 살 일은 없을 거라고 말하더라고요. 자기 돈으로 살 수 있다고."

"……."

"그러니까 선금 받지 말라고. 앞으로도 그 돈은 쓰지 않을 거라고, 계산할 때마다 말씀하셔서…."

아마 그분도 알고 있는 것 같아요. 달마다 누가 돈을 지불하시는지를. 점원이 덧붙이는 말에 건욱은 고개를 끄덕였다. 달마다 편의점에 찾아온 것도 어언 3년째였다. 되도록 숨겨 달라고 했지만, 눈치가 빠른 그 애라면 일찍이 알았을 것이다.

그래서 재희가 점원에게 했다는 말이, 꼭 제게 하는 것처럼 들렸다. 더 이상 편의점에 돈 대 주지 말라고. 이제 성인도 되었고, 스스로 일할 수 있다고. 그렇게 번 돈으로 살 테니까 이제는 도와주지 않아도 된다고….

"하…."

뜨거운 것이 목울대를 치고 지나갔다. 어떤 감정이었는지는 설명할 수 없었다. 그저 이상하고, 낯설었다.

달아 둔 돈이 줄어들지도 않고 그대로라길래 혹여 끼니를 거르는 건가 싶었다. 그런데 그게 아니라니 다행이다 싶으면서도, 한편으로는 조그마한 몸으로 공장에서 일하는 게 너무나도 걱정이 됐다.

물론 일을 해서 자기 돈으로 뭐든 한다는 건 기특하다. 알고는 있는데….

"돈은 그대로 달아 두라고 점장님에게 전해 주세요."

"네."

"이건 택시 타고 집에 가시고."

"액수가 너무 큰데…."

"다음에 오겠습니다."

건욱은 선금으로 내려고 했던 수표를 점원에게 건네주었다. 그간 신경 써 줘서 고맙다는 의미이기도 했다.

착잡한 마음으로 편의점을 빠져나왔다. 겨울바람이 날카롭게 살갗을 스쳤다. 코트 속으로 파고드는 기세가 심상치 않다. 날이 흐려서 그런가. 햇빛이라고는 찾아볼 수 없는 날씨였다. 건욱은 담배 한 개비를 꺼내 물었다. 불을 붙이자 입김인지 뭔지 구분이 되지 않는 하얀 연기가 피어올랐다. 그 모습을 말없이 바라보다가….

아까부터 속상해진 마음을 접었다 펴 댔다. 그도 그럴 게, 아무리 법적으로 성인이라고 해도 스무 살은 여전히 어리지 않나. 제대로 된 부모가 있었다면 돈이고 뭐고, 그냥 놀고먹을 시기가 아닌가.

그런데 그 애에게는 허락되지 않는 시간이라고 생각하니까. 고등학교를 졸업하자마자 한다는 게 공장에 들어가서 돈을 버는 거라고 하니까… 그냥 시작점부터가 다른 것 같아서. 그게 못 견디게 속상해서 건욱은 줄담배를 멈출 수 없었다.

네가 열심히 번 돈인데 따로 넣어 두지. 식비로 나갈 돈은 아껴 두었다가 정말로 하고 싶은 일이 생기면 그때 쓰지. 그때까지 충분히 기다릴 수 있으니까 밀어내지는 말지. 그러려고 번 돈인데, 재희야. 더이상 부끄러운 돈도 아닌데, 그거….

건욱은 서운한 마음을 감추지 못하고 연기를 내뱉었다. 아무리 애가 타는 마음으로 빌어 봐야 자신은 재희에게 뭐라 할 자격이 없었다. 말도 없이 그 애를 떠났던 건 자신이니까. 그 애의 인생에 더 이상 끼어들지 않겠다고 거리를 둔 건 제가 먼저였으니까.

그런 주제에 그 애가 거리를 두기 시작하니 전전긍긍하고 있었다. 아주 등신이 따로 없다.

'지금도요. 지금도 아무 말 안 하시잖아요. 아까까지는 아니라면서요. 이렇게 재수 없게 구는 거, 제 탓 아니라면서요!'

'너…'

'그런데 왜 대답을 못 하세요? 자꾸만 숨기시는 거예요? 왜 제가 싫어진 것처럼 구시는데요?'

그날. 건욱은 말하고 싶었다. 내 곁에 있으면 네가 위험해진다고. 내가 떳떳하지 못한 사람이라서 너까지 부끄러운 인생을 살게 될 거라고. 너도 그런 건 싫지 않으냐고. 그러니까 제발 울지 말라고….

건욱은 그때 알았다. 칼에 찔리는 것과 버금가는 통증이 세상에는 있다는 걸. 그게 꼭 물리적인 것이 아닐지라도. 누군가의 울음 섞인 목소리만으로도 이렇게 아파할 수가 있다는 걸….

가슴이 미어질 정도로 서럽게 우는 애를 끌어안고, 눈물이 그칠 때까지 다독여 주고 싶었다. 그렇게 울음이 그칠 때까지 몇 번이고 말해주고 싶었다. 네가 싫어서 떠나는 게 아니라고. 한 번도 네가 귀찮게 느껴졌던 적은 없었다고. 오히려 수면 위로 올라온 것처럼 숨통이 트여서, 그 자그마한 등에 기대어 울고 싶었던 날이 있었노라고.

처음부터 끝까지 네가 잘못한 건 하나도 없다고….

그러나 그 애의 눈물로 흔들리기 시작한 마음은 당최 가라앉지 않았다. 입을 여는 순간 그 애를 위로하는 말이 아니라 힘들다는 말만 쏟아 낼 것 같았다. 그때부터는 감정이 주체가 안 되어서 모든 걸 털어낼 것만 같았다. 그 조그마한 아이에게, 제가 가진 불행에 대하여 정말로 모든 것들을….

하지만 도대체 무슨 말을, 어떻게 한단 말인가. 아버지라는 작자가 돌아가셨다는 이야기? 타고나기를 밑바닥에서 굴렀다는 말을? 아니면 애를 상대로 조직 얘기라도 해야 하나? 씨팔, 그렇게 자기 연민으로 똘똘 말린 얘기를 꺼내서 뭘 할 건데. 꼴에 위로라도 받고 싶어서?

저보다 열몇 살은 어린 애에게 기대는 것만큼 꼴불견이 없었다. 제가 봐도 존나게 우스운데 그 애라고 괜찮을 리가. 그래서 도망쳤다. 그 애를 만나면서 떳떳했던 적은 한 번도 없었는데, 그런 주제에 구질구질하게 구는 것도 싫었다. 스스로도 외면하고 싶은 찌꺼기를 드러낼 생각은 앞으로도 없다. 그러니까….

"씹…."

재희가 자신을 밀어내도, 거리를 둔다 해도 할 수 있는 건 아무것도 없다는 걸 아는데.

생각해 보면 재희는 잘하고 있었다. 그 애의 인생에서 물러나겠다고 결정한 이후, 재희는 자기가 할 수 있는 걸 일찍이 실천하고 있었다. 안타깝게 여기는 건 그 애의 인생에 오지랖을 부리던 작자들과 다를 게 없었다.

도대체 누가 누굴 불쌍하다고 여긴단 말인가. 누구보다도 자신은 그래선 안 되었다. 시간이 지나면 자연스럽게 지니게 될 자본과 여유를 두고 그 애의 인생을 판단해서는 안 되는 거였다.

"대표님, 이제 출발하셔야 합니다."

그때 건욱에게 누군가 다가섰다. 건설 사업을 진행하면서 함께 일하게 된 차석환 비서였다. 그는 운전석에서 내려서 다음 일정에 늦지 않으려면 지금이라도 출발해야 한다는 말을 전했다.

안 그래도 편의점을 방문한 터라 상당히 시간이 지체된 상태였다. 건욱은 네 개비째 피우던 담배를 그만 비벼 껐다.

"출발하지."

차 비서가 가볍게 묵례하며 뒷좌석 문을 열어 주었다. 그러나 차에 올라타기 전 건욱은 주변을 넓게 둘러보았다. 그는 인적이 드물어진 길목을, 특히 그 애가 자주 오고 가던 길을 오랫동안 시야에 담았다.

마침내 차에 몸을 실었을 때는 다짐했다. 이번 주 안에 편의점 점장을 만나서, 점원을 더 구할 생각이 없느냐고 물어봐야겠다고. 아니, 이참에 해당 지점을 인수할까 싶은데….

"출발하겠습니다."

건욱은 차창 밖으로 지나가는 풍경을 고요하게 바라보았다.

그 애를 감히, 불쌍하게 여길 생각은 없다. 그 애가 가진 불행에 위선을 부리려는 것도 아니다. 하지만 걱정이 되는 걸 어떡하나. 어릴 때부터 고생만 하는 것 같아서 신경이 쓰인다. 제대로 된 걸 해 주지도 못한 것 같아서 속상하기만 하다.

그러니까 간식이라도 좀 사 먹어 주면 좋겠는데. 가끔은 지갑을 두고 와서, 어쩔 수 없는 마음이어도 괜찮으니 아저씨가 낸 돈 좀 써 주었으면 좋겠는데. 네가 열심히 일해서 번 돈은 아끼고 아껴서, 나중에 정말 하고 싶었던 일에 쓰면 좋겠는데. 그럼 나도 한시름 덜 것 같아서….

'그러니까 이제는 선금으로 물건 살 일은 없을 거라고 말하더라고요. 자기

돈으로 살 수 있다고.'

그런데 그것마저도 밀어내면 아저씨가 서 있을 곳이 없거든, 재희야.

누구보다도 너에게 피해를 주고 싶지 않았어. 하지만 누구보다도 너에게 도움이 되고 싶었어. 밑바닥에서 굴러먹던 놈에게 사람 취급을 해 주던 너였으니까. 한순간이나마 숨 쉴 틈을 만들어 준 사람도 네가 유일했고.

과분하기 짝이 없는 그 마음이 고마워서. 그래서 뭐든 다 해 주고 싶은데 여기까지가 최선이라서. 너를 위험에 빠뜨리지 않고 도와줄 수 있는 선이, 내게 허락된 선이 딱 여기까지라서 그런 거니까… 조금만 더 기대어 주면 안 될까. 그냥, 밥 한 끼는 잘 챙겨 먹고 있다는 소식 만 알려 주면 안 되나.

이것마저도 욕심을 부리는 거라면… 그냥 꿋꿋하게 살아갔으면 좋겠다. 그렇게 살아만 간다면 더할 나위가 없겠어.

언젠가 네가 물었지. 힘들 때는 어떻게 버티면 되느냐고. 그때 나는 대답했다. 이기겠다는 생각으로 버텼다고. 아버지든 뭐든 인생을 방해 하는 사람이라면 누구든지. 하지만 이제는 잘 모르겠다. 어쩌다 보니 아버지를 이겨 먹었는데, 그러고 나선 뭘 해야 할지 방향을 잡을 수 없 었어. 살아가야 할 이유가 하루아침에 사라졌으니까.

그런데 재희야. 이제는 네가 이유가 됐다. 이런 얘기를 하면 부담스 러울 텐데, 네가 살아가는 모습을 보는 게 마찬가지로 내가 살아갈 이 유가 됐어. 퍽 징그럽게 느껴질 수도 있으니 결국 나만 아는 이야기가 될 텐데….

나는 네가, 어떤 이유로든 살아 나갔으면 좋겠다.

정말 어떤 것이어도 괜찮아. 나처럼 아버지에게 복수하고 싶어서여도 좋고, 한 번쯤은 돈을 왕창 벌고 싶은 마음이어서도 괜찮지. 그것보다 더 사소해도 좋겠다. 올해 겨울에는 눈이 내릴지 궁금해하거나, 추운 게 싫으면 봄이 오는 풍경을 보고 싶어서 기다리거나.

특별히 좋아하는 예능이나 드라마가 생겨도 좋겠고, 잘생기고 예쁜 연예인에게 관심이 생겨서 시간 가는 줄 모르고 지내는 것도 괜찮겠다. 그러다가 아주 가끔은. 버거워서, 겨울이라 날씨마저도 흐린 바람에, 문득 이쯤 하면 됐다는 생각이 드는 날에는.

그냥 어떤 것도 생각하지 않고 푹 잤으면 좋겠다. 머리가 멍해질 정도로 자고 나서는 배가 고프다는 생각이 가장 먼저 들었으면 좋겠다. 그래서 그날은 네가 제일 좋아하는 음식을 먹었으면 좋겠다.

그렇게 하나의 감정이 지나가면 기다렸다는 듯 너를 기쁘게 해 줄 것들이 찾아왔으면 좋겠다. 발밑이 꺼질 것 같은 아래가 있다면 뭘 해도 괜찮을 것 같은 위가 있다는 것도 알게 되면 좋겠어. 그래서 괜찮다는 것도. 다들 자신에게 다가오는 감정들을 시시때때로 보내 주며 살아가고 있으니까….

그러니까 재희야. 나는 너에게 언제나 내일이라는 시간이 있었으면 좋겠다. 너를 내일까지 붙잡아 둘 것들이 셀 수 없이 많았으면 좋겠다. 사소하게든 거창하게든 네가 행복했으면 좋겠고, 결국에는 내가 걱정할 필요도 없을 정도로 안녕할 수 있다면 좋겠다.

그러다가. 힘겹게든 지치게든 살아가다가 한 번. 우리가 한 번이라도 만날 수 있다면. 그때는 모든 게 네 잘못이 아니었다고 말하고 싶다. 언제나 사과하고 싶었다. 나로 인해 네가 작아지는 순간이 있었다면 미안하다고. 늦어지더라도 괜찮다면 네 마음이 풀어질 때까지 갚고 싶다고. 돈으로든 뭐든….

그러니까 그때까지만 버텨 주면 좋겠다. 밑바닥 출신이라는 딱지는 여전하겠지만 그래도 부끄러운 돈을 내미는 게 아니니까 받아 주면 좋겠다. 어렸던, 그리고 지금도 여전히 어리기만 한 너에게 생채기를 낸 대가라고 생각하고. 아주 기꺼이….

○　●　○

"재희, 오늘은 비번이지?"

"네, 편의점 갈 건데 부탁하실 거 있으세요?"

"그럼 에쎄 멘솔로 한 보루 사다 줘. 도통 나갈 시간이 있어야지."

"알겠어요."

공장에서 일하는 이모님들과 점심을 먹고, 재희는 반지하에 있는 이불 공장에서 빠져나왔다. 고등학교를 졸업하자마자 들어간 곳이었다. 집 근처에 있어서 접근성이 좋은 건 둘째 치고, 숙식이 제공된다는 점에서 들어가지 않을 이유가 없었다.

작업이 생각 이상으로 고되긴 했지만 아버지의 눈치를 보며 생활하던 것보다는 훨씬 나았다. 가끔 비번인 날에는 이모님들의 커피나 담배 심부름을 하기도 했다. 그리고 그녀가 가는 편의점은 늘 정해져 있었다.

"아으, 추워."

재희는 두꺼운 외투의 지퍼를 끝까지 올렸다. 겨울이라서 날도 흐린 데다 욕이 나올 정도로 시린 바람이 불고 있었다. 그래 봐야 칠 분 거리의 편의점인데도 멀게만 느껴지는 건 분명히 날씨 탓이겠지. 재희는 시린 손을 주머니에 밀어 넣고 발을 동동 굴렀다. 입에서는 하얀 입김이 새어 나오고 있었다.

벌써 3년이나 지났나?

편의점이 가까워질 때마다 떠오르는 사람이 있다. 학교 다닐 때도 그랬고, 졸업하고 일을 하고 있는 지금도 마찬가지다. 시간이 지나도 잊을 수 없는 사람이 있다더니. 그게 사실이라는 걸 그 사람이 증명하고 있었다. 제 마음속에서….

"콜록!"

잔기침을 한 재희가 코끝을 문질렀다. 감기 걸리면 안 되는데. 어쨌든 자신의 학창 시절을 버티게 해 준 사람인데 잊을 수 있을 리가 없었다.

편의점을 들를 때마다 그 사람이 떠오르는 건, 끼니마다 식사를 챙겨 먹는 것만큼이나 당연한 일이 되었다. 그래서 지난 3년간은 제가 예상하던 것보다 훨씬 편하게 지낼 수 있었다.

한때 자신의 학창 시절은 내내 볼품없었다. 학교에서는 선생이며 또래의 눈치를 보는 나날. 집에서는 술을 마시는 아버지에게 겁을 먹는 나날. 그래서 어디에도 자리 잡지 못하고 부유하는 날들이 징검다리처럼 놓여 있었다.

그것들은 차라리 다 그만두는 게 낫지 않느냐고 말하는 것처럼 느껴졌다. 그래서 고등학교만 졸업하는 대로, 아니. 어쩌면 집으로 들어갈 수밖에 없는 계절이 오는 대로, 제게 주어진 시간을 마무리 지어야겠다고 생각했다.

그 사람이 나타나기 전까지는 그랬다.

제가 아저씨라고 부르며 따라다녔던 그 사람이 인생에 끼어들고 나서, 그녀의 지난 3년은 눈에 띄게 바뀌었다. 일단 1학년 때부터 교내를 뒤집어 놓았던 소문(친척 중에 조폭이 있다던 그 소문 말이다)으로 인해 자신을 괴롭히는 학생들은 더 이상 없어졌다.

가난하다는 이유만으로 학생들을 무시하던 몇몇 선생들도 제게는 눈치를 살폈다. 덕분에 그녀는 학교에서도 무탈하게 생활할 수 있었다. 그리고 어떻게 된 일인지는 모르겠지만 석식도 먹을 수 있었다. 석식은 비용을 내야만 먹을 수 있었는데 어느 순간부터는 그녀도 명단에 올라 있어서 번거롭게 편의점을 들락거릴 필요가 없었다.

물론 주말에는 학교에 갈 수 없어서 편의점을 이용하곤 했다. 수중에는 돈이 없으니 그 사람이 맡기고 간 선금을 썼다. 그러나 정작 남의 돈을 쓰는 일이 껄끄러워서 눈치를 보고 있으면, 점장님이든 점원이든 총대를 메고서 이것저것을 챙겨 넣어 주었다. 덕분에 주말에도 배를 채울 수 있었다.

그런 나날이 오랫동안 이어지니 알 수 있었다. 그가 알게 모르게 제 곁을 지키고 있다는 걸. 비록 모습을 보여 주진 않아도 헤어진 이후로도 계속 제 편이 되어 주고 있다는 걸. 그 사람이 전해 주었을 게 분명한 일들이 하나하나 모여서, 제게는 살아갈 이유가 되어 주고 있다는 걸….

그래서 재희는 그날 이후로 울지 않았다. 꿋꿋이 살아가려고 애를 썼다. 여전히, 자신의 삶은 더 이상 나아지는 것 같질 않고, 다른 친구들을 보면 피어오르는 열등감에 때로는 작아지는 순간이 있고, 그래서 앞으로도 괜찮아질 수 있을지 의문이 드는 순간이 훨씬 많지만….

그를 다시 만나고 싶었다. 다시 만나서 해 주고 싶은 말이 있었다. 그래서 버텨 왔는데….

"헉!"

이렇게 빨리 만나게 될 줄은 몰랐다.

편의점에 거의 다다랐을 무렵이었다. 학교 근처에 있어서 학생들이 주를 이루었던 편의점 에 검은색 세단 한 대가 멀끔하게 서 있었다. 편의점 입구에서는 누군가가 담배를 피우고 있었다.

휜칠하니 큰 키와 석고로 조각한 것처럼 뚜렷한 외모. 맞춘 듯이 어울리는 슈트 차림의 남자는… 제가 알기로는 단 한 사람밖에 없었다.

'아, 아저씨?'

아저씨였다. 하지만 왜였을까. 재희는 갓길에 주차된 차 뒤로 모습을 숨겼다. 그리고 고개를 빼꼼히 내밀어서 줄담배를 피우고 있는 남자를 훔쳐보았다.

'진짜 배우 해도 되겠다니까…'

담배는 싫지만 이상하게도 그가 피우는 건 멋있어 보였다. 게다가 3년이나 지났는데도 그는 여전히 번듯한 모습을 유지하고 있었다. 오히려 예전보다 더 세련되어 보였는데 이유는 알 수 없었다.

눈에 보이는 비싼 차나 매끈한 시계, 그리고 구두와 같은 액세서리 때문인지. 아니면 풍기는 분위기가 달라졌기 때문인지. 피곤한 기색은 역력하지만 예전처럼 무심해 보이지는 않았다. 오히려 목표가 생긴 것처럼 이채를 띤 눈동자가 인상적이었다.

그래서일까. 재희는 선뜻 그에게 다가갈 수 없었다. 언젠가 다짐했다. 그를 만나게 되면 떨어진 시간이 무색할 정도로 다가가겠다고. 다시 인연을 이어 갈 거라고 그렇게….

'지금은…'

그러나 발걸음이 떨어지질 않는다. 오히려 부끄러워졌다.

재희는 제가 입고 있는 옷을 내려다보았다. 동네에서 싸게 주고 산 점퍼와 자주 입은 탓에 무릎이 튀어나온 바지. 신고 있던 운동화도 선명했던 색깔은 어디 갔는지 낡아 빠진 채였다. 무엇보다 숨어 있는 차의 유리를 통해서 바라본 제 모습은 너무나도 초라해 보였다.

이상하다. 학교 다닐 때는 외모에 대해서 별생각이 없었는데. 그래서 머리카락 하나만 질끈 동여매도 괜찮다고 생각했는데. 하나도 정돈되지 않은 머리라든지, 의기소침해진 인상이라든지 전부 제가 봐도 매력적으로 느껴지지 않았다. 저도 모르는 사이 아저씨와 자신 사이에 결코 가까워질 수 없는 벽 하나가 생긴 것 같았다.

어쩌면 기분 탓일지도 모른다. 괜한 열등감일지도 몰라. 그러나 분명한 건 지금은 그에게 다가갈 수 없다는 거였다.

'얏!'

남몰래 그를 지켜보고 있던 그녀가 재빠르게 고개를 숙였다. 갑자기 그가 제가 있는 길목을 빤히 바라본 탓이다.

들켰나? 들켰으면 어떡하지? 아씨, 이렇게 만나게 될 줄은 몰랐는데….

그러나 그녀의 고민이 무색하게도, 그는 비서로 보이는 사람이 열어 준 차를 타고 편의점을 떠났다. 고급 세단이 제가 사는 동네의 길목을 완전히 벗어났을 때에야 그녀는 모습을 드러냈다.

"하아…."

공장에 들어간 이후로는 그가 편의점에 맡겨 두었던 돈을 쓰지 않았다. 받기만 해서 미안한 마음도 있었고, 이제는 돈을 벌 수 있는 나이가 되었으니까. 그동안 얻어먹은 것만 해도 얼마인지 셀 수도 없었다.

이제는 돌려드리고 싶었다. 아저씨를 귀찮게 하고 싶지도 않았고, 그래서 급여를 받는 대로 착실히 저축하고 있었다. 그리고 오늘 그를 보고 나니 생각이 굳혀졌다. 가끔은 흔들리는 순간도 있었는데, 그럼에도 불구하고 아저씨가 내 준 돈을 쓰지 않길 잘했다고.

언젠가 그에게 물었던 적이 있었다. 힘들 때는 어떻게 버티면 되느냐고. 그때 아저씨는 말했다. 이겨 먹겠다는 생각으로 버텼다고. 그래서 살아가는 거라고 했다. 틀린 말은 아니었다. 당시에는 그녀도 그렇게 생각했다. 한창 아버지에 대한 분노로 가득 했던 때였고, 한 번쯤은 그 작자를 이기겠다는 결심도 했으니까.

그런데 이제는 잘 모르겠다. 살아갈 이유를 잃어버린 게 아니었다. 그것보다 더 중요한 게 있지 않나 싶었다. 그녀를 힘들게 한 사람을 이기는 것도 중요하지만… 조금은 다른 방향으로 나아가고 싶었다.

더 번듯하게 살고 싶었다. 잘 살고 싶었다. 지금처럼 자신을 부끄럽게 여기고 싶지 않았다. 누군가에게 기대야만 하는 게 아니라 혼자여도 괜찮아지고 싶었다. 그러려면 그보다 더 멋있는 사람이 되어야 했다.

늦더라도 대학에는 꼭 들어갈 생각이었다. 올해부터 바짝 일해서 돈을 벌고, 다시 공부해서, 괜찮은 회사에 들어가고 싶었다. 그렇게 남들처럼 떳떳한 어른이 되면, 그때 제 마음에 담아 왔던 모든 걸 말해 주고 싶었다.

재희는 겨울바람에 차가워진 두 손을 꼭 움켜쥐었다. 다시 만날 수 있을 것이다. 오늘만이 기회는 아닐 거야. 그러니까 아쉬워하지 말자. 울지도 말고….

재희가 다시 편의점을 향해서 걸음을 옮겼다. 저도 모르는 사이 눈물이 뺨을 적시고 있었다. 하지만 정말로 괜찮았다. 그는 여전히 편의점의 선금을 거두지 않은 채였으니까. 오늘처럼 여전히, 제 곁에 머무르고 있을 테니까.

그에게 받았던 마음을 돌려줄 기회는 충분하다. 그 마음을 표현할 시간은 아직도 많다. 그러니까 열심히 살아 보겠다고 재희는 다짐하고 또 다짐했다.

○ ● ○

그런데 참 이상한 일이지. 그날 이후로 재희는 이상한 꿈을 꾸게 되었다. 호르몬이 요동치는 날이면 더 심했는데, 말로 표현해도 될까 싶지만 그날 보았던 아저씨가 자꾸만 꿈에서 나타났다.

단순하게 나타나기만 하는 거면 괜찮았다. 그런데 그게 아니라서 문제였다. 그러니까 아저씨가, 슈트 차림이 누구보다도 잘 어울리던 아저씨가… 먼저 넥타이를 무심하게 풀어 헤쳤다.

다음에는 왁스를 바른 머리카락을 흐트러뜨렸고, 그다음에는 슈트 재킷이며 흰 와이셔츠를 툭툭 벗어젖혔다. 그리고 그리스 로마 신들의 몸매처럼 탄탄할 게 분명한 몸으로 다가와서⋯ 처음에는 가볍게 입을 맞추다가, 몸을 어루만지다가, 결국 상상 이상의 행위를 벌여 댔다.

'내, 내가 미쳤나 봐.'

온몸이 달아오를 정도로 낯 뜨거운 꿈을 꾸고 일어나면 팬티가 젖어 있었다. 당황스러웠다. 이런 욕망이라니. 들어 본 적도 없었다. 분명히 제 몸의 어딘가가 잘못되었다고 생각했다.

그러나 똑같은 일이 달마다 일어나고, 이따금 이모님들이 하는 잠자리 이야기를 듣고서는 자연스레 받아들였다. 제가 경험한 일들이 이상한 게 아니라는 걸. 그리고 그날 이후로 아저씨에게 욕망하고 있다는 걸⋯.

왜인지는 따로 생각할 필요도 없었다. 결이 좋고 풍성한 머리카락도. 저도 모르게 손을 뻗고 싶을 정도로 날렵한 콧대도. 깨끗하고 선명한 이목구비는 물론이고, 언제나 그녀를 이끌어 주고 또 진정시켜 주던 투박한 손도.

무엇보다 침을 삼킬 정도로 널따란 어깨와 탄탄한 가슴팍은 안기고 싶다는 생각이 들 정도로 근사했다. 예전에는 마냥 내 편이 되어 준 게 고마워서 안겼지만, 지금은 그런 꿈을 꾸고 나선지 흑심이 전혀 없다고 말하기는 어려웠다.

게다가 이후로는 이상하리만치 일이 착착 진행되었다. 한 달 정도 지났을 때였을까. 그녀가 자주 가던 편의점의 점장님이 바뀌었다. 누군가 비싼 값에 가게를 인수했다나. 거기까지는 그러려니 했는데⋯.

'혹시 여기서 근무해 볼 생각 없습니까?'

언젠가 방문한 편의점에서, 새로운 점장으로 보이는 남자가 그녀에게 점원직을 제안했다. 그것도 정오부터 오후 여섯 시까지라는 황금 시간대에, 월급은 여느 사무직과도 다를 바 없었다.

처음에는 사기라도 치는 줄 알았다. 그러나 공장에서의 생활에 지칠 대로 지친 터라, 재희는 속는 셈치고 제안을 받아들였다. 그리고 의심할 일은 눈곱만큼도 일어나지 않았다. 오히려 공장에서 온종일 박혀 있을 때보다 쾌적한 생활을 하게 되었다.

가장 먼저 한 일은 원룸을 마련하는 거였다. 비좁은 공간에서 이모님들과 부대끼며 생활하던 것도 나쁘지 않았지만 개인적인 공간은 역시 필요했다. 덕분에 개인적인 시간도 생겼다. 공장에서는 눈을 뜨고 감는 시간까지 전부 일이었지만 이제는 달랐다. 적당히 일할 수 있었고 적당히 쉴 수도 있었다.

조금은 과분한 월급으로 월세며 식비 걱정도 덜 수 있었고, 그래서 재희는 다시 수능을 준비하고 있었다. 이따금 점장님에게 이렇게까지 챙겨 주셔도 괜찮은지 물어본 적도 있었는데.

'우리 편의점이 워낙 크고 넓지 않습니까? 제품 종류도 많고, 학생들 등하교 시간에는 또 바쁘고. 그래서 더 드리는 거니까 신경 쓰지 마세요.'

점장님은 형식적으로 대답할 뿐이었다. 그래서 그녀도 더 자세하게 묻지는 않았다.

그렇게 살아오고 있었다. 남들보다 못했던 삶이 남들과도 비슷해지기 시작했다. 조금 더 운이 좋았다고 느껴지는 순간도 있었다. 거창하게 사는 건 아니지만 예전에 비하면 그랬다. 이런 게 살맛 난다는 거구나, 하는 생각이 들 정도로.

그래서인지 아주 가끔은, 더 이상 눈치 볼 사람도 없는 집에서 자위를 하기도 했다. 그를 떠올리면서….

○ ● ○

"아으, 진짜!"

아저씨에게 서운한 기색을 비친 지 얼마나 지났을까. 유선 전화를 내려놓고, 문득 아저씨와의 첫 만남을 떠올리던 재희는 민망해서 목덜미를 쓸어내렸다.

혼자만의 경험이 하나둘씩 쌓이고 나서는 자연스럽게 알게 되었다. 자신이 그를 욕망하는 걸 넘어서 이성으로, 남자로 생각하고 있다는 걸. 그가 아닌 다른 남자를 마음에 담아 본 적도 없고, 그 마음을 표현할 수 있는 단어가 명확하게 존재한다는 것도. 물론 그는 관심조차 없는 것 같지만….

재희는 씁쓸하게 웃었다. 실은 기대하는 것조차 우스운 일이다. 아저씨가 뭐가 부족해서 나를. 불쌍해서 거두어 준 것뿐인데 쓸데없이 의미 부여나 해 대고 말이야.

"씨이…."

게다가 애틋한 마음이야 둘째 치더라도, 바보 같은 제 모습에 화가 났다. 다시 만나면 이해해 줄 거라고. 그날처럼 몰아세우지 않을 거라고 다짐했으면서. 집에 들어오지 않는다고, 그게 서운하다는 이유로 또 신경질을 내고 말았다.

아저씨는 배려해 준 건데. 아는 사이라도 외간 남자의 집에 머무르는 건 긴장되는 일이니까. 오히려 고마워하기에도 모자랐다. 저로 인해 불편한 사무실에서 눈을 붙이고 있는 거니까. 그런데 제 마음만 앞서서 성질을 부리는 바람에….

"으휴."

책망하던 재희가 무릎을 끌어안았다. 감정은 끓는데 밤은 깊어만 갔다. 그런데 우기는 코까지 골면서 자고 있었다. 그 모습을 보고 있으니 이상하게도 마음이 차분해졌다. 재희는 제게 엉덩이를 딱 붙인 채로 곯아떨어진 우기를 조심스레 쓰다듬었다. 눈꺼풀이 서서히 감기고 있었다.

제 4 화
좋은 사람, 나쁜 사람, 그리고 잊히지 않을 사람

— 버리고 가셨잖아요, 저.

그 말을 듣는데 왜 그리도 마음이 따끔하던지, 재희야.

건욱은 소파에 기대었던 몸을 천천히 일으켰다. 버리다니. 내가
널? 어떻게 그런 생각을 할 수가 있어. 오히려 그 반대여야 마땅한 일
을….

— 저, 또 버리실 거죠?

재희가 내뱉는 말 한마디가 송곳처럼 가슴을 후벼 팠다. 울먹이는
목소리를 들었을 때는 숨이 막혀서 말도 제대로 나오지 않았다. 아니
라고. 잘못 알고 있는 거라고 위로해야 하는데, 예전에도 그랬지만 그
런 걸 해 봤어야 알지….

— 미워요….

그래서 전화가 끊겼을 때 발걸음은 이미 사무실을 급하게 빠져나가
고 있었다. 넥타이나 재킷 같은 걸 제대로 걸쳐야 한다는 생각도 없었
다. 그냥 돌아가야 한다는 생각뿐이었다. 그 애가 머무르고 있는 오피

스텔로.

"하, 씨팔…."

머리로는 알았다. 가면 안 된다는 걸. 가 봤자 해결할 수 있는 건 아무것도 없고, 오히려 미움받는 게 그 애를 돌려보낼 때도 편하다는 걸. 하지만 예전부터 전하고 싶은 말이 있었다. 그건 그 애가 하는 오해와도 겹쳐 있었다. 그런데 어떻게 외면할 수 있단 말인가.

건욱은 초조한 마음으로 핸들을 움켜쥐었다. 새벽이라 도로가 한적해서 다행이었다. 그가 액셀을 더 세게 밟았다. 잘 모르겠다. 앞뒤 사정을 떠나서 그냥… 지금은 그 애를 혼자 두어서는 안 된다는 생각뿐이었다. 적어도 자신이 재희를 버렸다는, 그런 말도 안 되는 오해를 하도록 내버려 두고 싶지 않았다.

그가 거친 숨을 몰아쉬며 마침내 현관 앞에 다다랐다. 와중에도 애가 놀랄까 조심스레 문을 열었다. 그러나 움직이는 발걸음은 여전히 다급했다. 손님방을 두 개 정도 둘러보고 나서 거실을 막 가로지르던 순간이었다.

"하아…."

긴장으로 굳어진 어깨에 힘이 탁 풀렸다. 소파에 누워 있는 조그마한 몸을 발견하고서였다. 게다가 옆에서 엉덩이를 딱 붙이고 있는 멍멍이까지….

침대 놔두고 왜 여기서 자고 있어, 둘 다.

혹시나 방에 틀어박혀서 서럽게 울고 있으면 어쩌나 싶었는데. 코까지 골 정도로 자는 모습을 보니 다행이라고 해야 할지. 건욱은 그제야 한숨 같은 웃음을 내뱉었다. 그리고 소파에서 웅크린 채로 자고 있는 재희에게 천천히 다가섰다.

'울었구나.'

재희의 하얀 뺨이 눈물 자국으로 젖어 있었다. 가지런한 속눈썹도 마찬가지였다. 그걸 보고 있으니 가슴이 아플 정도로 욱신거렸다.

불행하게 만들고 싶지 않았다. 그런데 시팔, 결국은 또 제가 울리고 말았다. 그러니까 이 애의 눈물을 닦아 줄 자격은 예전에도 지금도 없었다. 제가 할 수 있는 거라곤 한시라도 빨리 재희를 양지로 돌려보내는 것뿐이었다.

지금은… 조금이라도 편하게 잘 수 있도록 침실로 옮겨 주는 거였고.

건욱은 아기라도 다루듯 조심스럽게 재희를 안아 들었다. 뭘 먹기는 하는 건지 걱정스러울 정도로 가벼웠다. 속이 타는 와중에 건욱은 방으로 재희를 데려갔다. 그리고 침대 위에 천천히 내려놓으려는데.

"아저씨…."

그 애가 희고 가는 팔을 제 목에 둘러 왔다. 바짝 가까워진 재희에게서 따끈한 젖내가 났다. 건욱은 대답 대신 시선을 내렸다. 어느새 눈을 뜬 재희가, 그러나 졸린 기색이 가시지 않은 눈으로 자신을 바라보고 있었다.

"더 자."

그런데 애가 잠결에 감은 팔을 풀어낼 생각을 않는다. 심지어 고양이처럼 제 품에서 비비적거리는 바람에 건욱은 당황하고 있었다. 재희가 헤실거리며 말문을 연 건 그때였다.

"죄송해요."

재희를 안아 든 손에 힘이 들어갔다. 잠결이라도 웃고 있는 재희와 달리 건욱의 표정은 굳어 가고 있었다.

왜. 네가 왜 미안한데. 묻고 싶었지만 목이 잠긴 것처럼 소리가 나오지 않았다. 그저 인상을 구긴 채로 그 애를 바라보았다.

"아까, 전화할 때…."

"……."

"화내서. 막, 뭐라 해서…."

"그건."

품에서 웅얼거리는 재희를 그가 고쳐 안았다. 충분히 그럴 만했잖아. 누가 봐도 내가 비겁했잖아. 그때나 지금이나 떳떳하지 못한 건 나였고, 네가 미안해할 일이 아니잖아, 재희야.

말을 바로잡고 싶었지만 한창 잠결을 헤매는 애였다. 잠결에도 제게 미안할 일이 대체 뭐가 있는지. 고작 투정 부린 것 때문이라면 그저 귀엽기만 했는데. 오히려 내가, 걱정시켜서 미안하다고 사과해야 했는데….

"서운해서…."

"……."

"서운해서, 그랬어요."

심장이 둔탁한 소리를 내며 내려앉았다.

"나만, 보고 싶었다고 생각해서…."

"하."

"그래서 아저씨, 힘들게 하는 거 같아서."

"……."

"죄송해서…."

아무 말도 할 수가 없었다. 어떤 대답도 사치스럽게만 느껴졌다.

그리웠다고. 한시도 네 생각이 나지 않았던 적이 없다고. 그게 보고 싶다는 마음이라면 자신의 마음은 이미 넝마가 되어 닳고 닳은 상태일 거라고. 그러니까 너는 나를, 한 번도 힘들게 한 적이 없었다고. 오히려 숨쉬게 해 주었을지언정….

그러나 제가 뱉기에는 과분한 대답이었다. 쓸데없이 정만 부풀리는 말이고, 책임질 수도 없는 대답이었다.

"버렸던 적 없어."

그저 한 가지.

"감히, 그랬던 적은…."

나는 너를 버리지 않았다는 말.

"속상하게 해서 미안하다."

그래서 미안하다는 말밖에는….

이보다 더 나아갈 수 없는 관계를 두고 할 수 있는 최선의 대답이었다. 더군다나 미안하다는 말은 몇 번이고 더 할 수 있었다. 내가 저지른 행동이 너를 앓게 했구나. 안 그래도 조그마한 너를 더 작게 만들었구나. 어쩌면 나는, 오랜 시간을 너에게 미안해하며 살아가야겠구나.

"히…."

그런데 너는, 뭐가 좋아서 웃고 있어. 내가 한 거라곤 고작해야 사과밖에 없는데. 왜 그것만으로도 충분한 것처럼 웃느냐고.

이런 식으로 무방비하게 풀어지는 모습을 볼 때마다… 이 아이가 자신에게는 과분하다는 걸 느끼고 있었다. 멀리서 봐도 한눈에 알아볼 정도로 희고, 눈망울은 별이라도 갖다 박은 것처럼 반짝거린다. 밑바닥으로 굴러떨어진 지금도 그랬다.

"가지 마요…."

그러니까 네 손을 놓을 수밖에, 재희야.

건욱은 제게 매달려 오는 재희를 정중하게 떼어 냈다. 잠결이라도 버둥거리며 옷자락을 쥐어 왔지만 그뿐이었다. 힘없이 하늘거리는 손짓을 밀어내지 못할 리가. 그 손길이 주는 따스함에 취해서 목에 핏대가 섰지만 잠시였다.

건욱은 이불로 재희를 꽁꽁 싸매고 나서 방을 빠져나왔다. 피곤했다. 몸보다는 마음이 그랬다. 그 애를 업소에서 마주친 순간부터 지금까지 긴장이라는 녀석을 제대로 풀어 본 적이 없었다.

오늘만 자고 가자. 오늘만….

그 아이와 한집에서 머무를 생각이 없었다. 그런데 우는 애를 달래야 한다는 생각에 머리가 돌아서 그만 집까지 찾아왔다. 건욱은 흐트러진 머리카락을 쓸어 넘기며 욕실로 들어갔다.

해가 뜨자마자 출근하면 된다. 오해도 풀린 것 같으니 내일부터 다시 거리를 두면 된다. 그렇게 정 같은 건 쌓일 틈도 없이 지내다가 때가 되면 보내 줄 것이다. 그러고 나면 제 생활도 다시 돌아오겠지. 예전처럼. 재희가 곁에 없어도 괜찮던 날처럼. 그렇게….

○ ● ○

오전 여섯 시를 알리는 알람이 울렸다. 건욱은 알람을 끄고 커다란 베개를 끌어안았다. 무언가를 끌어안아야만 잘 수 있는 습관 탓이었다. 대부분은 베개였지만 때때로는 멍멍이일 때도 있었다.

"멍멍이 이 자식, 또 침대에 올라오지…."

멍멍이의 부드러운 털이 가슴팍에 비벼지고 있었다. 종종 심심하다는 이유로 알람처럼 자신을 깨우던 멍멍이였다. 아니, 이제는 우기라고 해야 하나. 건욱은 픽 웃으며 제 품에 안겨 있는 우기를 쓰다듬었다. 그런데….

'뭐지?'

이상하다. 최근에 우기를 미용시킨 적은 없는데. 무엇보다 털을 밀었더라도 이렇게까지 부드러울 수는 없는데.

건욱은 제 손에 착 감기는 살결을 힘주어 만져 보았다. 역시 이상했다. 우기는 중형견인데 손끝에 닿는 피부며 뼈대 같은 게, 마치 사람의 것처럼 느껴져서….

'사람?'

내 집에 사람이 있었나? 그럴 리가 없는데. 아니, 그러고 보니 어제

재희를 오피스텔로 데려왔었지. 그렇다면 제 품에 안겨 있는 건 베개도, 멍멍이 우기도 아니라….

그가 잠결에 감았던 눈을 떴다. 그리고 시선을 천천히 내리자.

"히히."

말간 얼굴로 배시시 웃고 있는 재희가 보였다.

"악!"

건욱은 귀신이라도 본 것처럼 까무러치게 놀랐다. 얼마나 놀랐는지 침대에서 굴러떨어질 정도였다. 쿠당탕, 하는 요란한 소리와 함께 건욱이 바닥을 굴렀다. 그러자 그 원인인 재희가 침대 밖으로 고개를 빼꼼 내밀었다.

"헉, 아저씨! 괜찮아요?"

"괜찮고 나발이고 여기서 뭐 하는 거야?"

"뭐 하긴요! 아저씨 도망갈까 봐 감시하고 있었는데요?"

"아니, 내 말은… 누가 함부로 방에 들어오랬냐고."

건욱은 차마 재희를 마주할 생각도 하지 못하고 황급히 고개를 돌렸다. 제정신일 때는 손댈 엄두조차 내지 못하는 애를 함부로 만지고 말았다. 어디였는지는 모르지만 어쨌거나 제 손으로, 멍멍이를 만지는 것처럼 막 비비고 문지르면서….

젠장. 제기랄. 빌어먹을! 막냇동생뻘이나 다름없는 애를 갖다가 무슨 짓을 한 건지. 뭐 그리 잘했다고 머릿속에서는 그 감촉을 되뇌고 있는 거고! 건욱은 일어나자마자 핵폭탄을 맞은 듯한 상황에 머리가 지끈거렸다.

"우와."

"……."

"아저씨 몸 되게 좋으시네요."

그러거나 말거나 이 녀석은 하고 싶은 말이나 뱉을 뿐이었다. 기가 막혔다. 누구는 아침부터 머리가 뜨겁다 못해 터질 것 같은데, 원인을 제공한 녀석은 한가하게 남의 몸이나 감상하고 있다니.

도대체가 위기감을 느끼기는 하는 건지… 아니, 아니다. 위기감이고 나발이고 제 머릿속부터 비우는 게 우선이었다. 아침에 일어났는데도 말간 얼굴하며, 손바닥에 착 감길 정도로 보드라웠던 살결이며, 잠기운에 따끈해진 몸 냄새가….

도건욱, 씨팔 진짜 돌았냐?

음란 마귀는 다름 아닌 자신에게 있었다. 누가 누구더러 위기감을 운운하는 건지. 더군다나 밑에 달린 새끼는 아침부터 가라앉을 생각도 하질 않는다. 오히려 눈치도 없이 몸집을 키우는 바람에 어이가 없을 지경이다.

"있잖아요, 아저씨. 아까 아저씨가 제 엉덩이 엄청 만지셨는데."

"뭐?"

"저도 만져 봐도 돼요? 저는 아저씨 가슴이요."

"하!"

"저보다 훨씬 큰 것 같아서… 그럼 쌤쌤인 걸로 칠게요."

제발 그만해. 그만 놀리라고, 제발. 건욱은 대답 대신 두 손에 얼굴을 묻었다. 한숨인지 울음인지 모를 신음이 새어 나왔다.

이래서 같이 지내지 않으려고 했는데. 조금이라도 곁을 내어 주지 않으려고 했는데! 첫 만남부터 기가 막힌 사교성을 지닌 애라는 걸 알았으니까. 이 애가 손쓸 도리 없이 제게 밀고 들어오는 걸 경험했으니까. 그래서 주제에 맞지 않는 욕심을 부린 적도….

그는 재희의 제안에 아무 대답도 하지 않았다. 대신 몸을 일으켜서 욕실로 걸음을 옮겼다. 뒤에서 재희가 아저씨, 아저씨 하며 쨱쨱거리는 소리가 들려왔지만 흔들리지 않았다. 욕실로 들어온 그가 다짜고짜 찬물을 틀었다. 그리고 세수를 하면서 정신을 다잡았다.

아직 늦지 않았다고. 재희가 제 영역 안으로 더 들어오기 전에 자리를 떠야 한다고. 아직 기회는 있으니까 어떻게든 해야겠다고. 그 애가 더 이상 선을 넘지 못하도록….

○ ● ○

이렇게나 면역이 없으신 줄은 몰랐는데….

재희도 당황스러웠다. 그도 그럴 게 업소를 오고 간다는 말씀도 하셨고, 그 정도 외모와 능력으로 주변에 이성이 없지도 않았을 테니까. 그러니 침대에 잠시 누워 있는 것쯤이야 대수롭지 않게 여기실 것 같았다. 티셔츠와 바지도 꽁꽁 입고 있었고.

그런데 생각 이상으로… 귀여운 반응이었다. 충격으로 굳어진 안색이며, 벌겋게 달아오른 귓불이며, 또….

'허벅지 쪽이 들릴 정도면 거기는 얼마나….'

헐렁한 운동복 바지 위로 드러난 윤곽이 장난 아니었다. 이모님들이 장난식으로 다리가 세 개인 남자가 있다는 말씀을 했던 적이 있었다. 그때는 우스갯소리로 넘겼는데 실제로 접하니 감탄만 나왔다.

'왠지….'

목덜미가 홧홧하니 달아올랐다. 너무 눈치가 없었던 건가. 오히려 그가 자신을 이성으로 보지 않는다고 생각하니 더 허물없이 굴게 되는 것 같았다. 어느 정도 거리를 두는 게 나을까 싶었는데….

"아저씨, 어디 가세요?"

저거 봐. 조금만 방심하면 또 도망치려고 한다니까.

재희는 방에서 나오자마자 외출 준비를 하는 그를 발견했다. 운동복을 입은 걸 보니 출근하는 건 아닌 것 같은데. 그래도 첫날부터 가출한 전적이 있는 사람이라 일단은 붙잡아 두어야 했다. 재희가 그를 쪼르르 따랐다.

"어디 가세요?"

"……."

"새벽 일찍부터 어디 가시냐니까요?"

"…운동."

"그럼 출근하기 전에는 집으로 돌아오시는 거죠?"

"……."

"운동 끝나자마자 바로 사무실로 출근해서 옷 갈아입고… 뭐, 그럴 생각은 아니시죠?"

현관 앞에서 운동화를 신던 그가 멈칫했다. 그럴 생각이었던 모양이다.

아주 딱 걸렸구나? 재희는 옳다구나 싶은 마음에 그의 셔츠 자락을 움켜쥐었다. 그냥 쥐는 게 아니라 한 번 비틀기까지 해서 꽈악.

"…옷 구겨진다."

그의 턱 근육이 크게 일렁였다. 놓으라는 무언의 압박이었지만 재희는 아랑곳하지 않고 대답했다.

"그게 중요할까요?"

"……."

"저한테 하실 말씀은 더 없으시고요?"

"그…."

"네."

"어, 엉덩… 하."

"잠결에 제 엉덩이 주무르신 거요?"

그가 말을 다 잇기도 전에 난감하다는 듯 마른세수를 했다.

"잠결이었다 해도, 생각해 보니까, 좀."

"좀?"

201

"세게 만진 것 같아서…"

"손아귀 힘이 굉장하시더라고요."

"진짜. 재희야, 나는…"

"괜찮아요. 살면서 아저씨한테 엉덩이 한번 만져지는 날도 있는 거고…"

그녀가 대담하게 대답할수록 그의 귓불이 점점 달아오르고 있었다. 아. 놀리는 맛이 있는 사람이다. 처음 만났을 때도 느꼈던 감정이 다시 한번 찌릿하게 그녀의 신경을 건드리고 있었다.

"그래서 사과하시는 거예요?"

"그래, 미안하다."

"맨입으로요?"

"뭐?"

"단지 말로만?"

"그럼 대체 뭘… 너!"

언뜻 머릿속에 스쳐 지나간 말이 있었는지 그는 제 가슴팍을 두 팔로 가렸다. 몸집은 저보다 두 배는 될 것 같은 사람이 내외하는 모습이 이렇게나 귀여울 줄이야. 호탕하게 웃던 재희가 고개를 저었다.

"장난이었어요. 멋대로 들어간 제 탓도 있는걸요."

"아저씨 머리 아프다, 재희야."

"머리 안 아프게 해 드릴게요."

"어떻게."

"복잡하지 않게 생각하시면 돼요."

재희가 그의 단정한 눈매를 바라보았다. 그 안에 담긴 눈동자가 오롯이 자신을 향하는 순간이었다.

"퇴근하면 재깍 집으로 들어오시는 거죠."

"뭐…"

"거리 두려고 애쓰시지 말고. 괜히 힘 빼지도 마시고요."

"그건…."

"방금도요. 눈뜨자마자 일찍 출근해야지. 오늘부터는 집에 들어오지 말아야지. 뭐, 그런 결심 하신 거 아니죠?"

"너 독심술도 하니?"

그가 버티지 못하고 시인했다. 재희가 키들거렸다.

"아저씨가 되게 단순하신 거예요."

"기분이 썩 좋지만은 않다."

"저는 엄청 즐거운걸요?"

"하…."

"어차피 아버지 찾을 때까지 얼마 걸리지도 않는다면서요."

짧아도 일주일, 길어 봐야 이 주일이라고 하셨잖아요. 기억나는 대로 말을 덧붙이자 그는 맥없이 고개를 끄덕였다.

"고작 며칠도 안 되는 시간 동안 내외하지 마시고요. 그냥 받아들이세요."

"…나는 잘 모르겠다, 재희야."

이래도 되는 건지, 라고 그가 중얼거렸다. 그 짧은 시간마저도 용납하기 힘든 것처럼.

왜일까? 아저씨는 왜 이리도 자신을 밀어내려고 안달인 걸까. 그동안 못다 한 이야기도 하고 추억도 쌓으면 뭐 어때서. 그럴 리는 없겠지만 혹….

"있잖아요, 아저씨. 제가 여자로 보이세요?"

"응?"

"이성적으로 의식되고 그러시는 거예요?"

"뭐?"

"그게 아니면요. 제가 여자 사람 정도로만 느껴지는 거라면 굳이 피해야 할 이유가 있나 싶어서요."

"그건….."

"저는 상관없거든요. 아저씨랑 같이 지내도. 오히려 저 때문에 밖에서 생활하시면 더 불편할 것 같아요."

어제처럼요, 라고 말을 덧붙였다.

그러자 그는 조금 놀란 듯이 그녀를 바라보았다. 그리고 희미하게 웃으면서 그녀의 정수리를 손으로 덮었다.

"그런 건 아니고."

예상한 대답이지만 담담한 목소리에 마음이 시큰거렸다. 그에게는 제가 여전히 어린애로만 보이는구나. 하지만 재희는 태연한 척 그를 올려다보았다.

"예전에 네가 물어본 적 있었지."

"……."

"나더러 뭐 하는 사람이냐고. 직업적으로든 뭐든."

4년 전에도, 어제도. 그가 뭐 하는 사람인지 궁금했었다. 좋은 사람인지 나쁜 사람인지 알고 싶어서….

"건설 회사 다니시는 거 아니에요? 명함에 적혀 있었잖아요."

"그렇긴 하지."

"그거면 됐잖아요. 이제는 안 궁금해요. 중요하지도 않고요."

한때는 그랬다. 그가 좋은 사람인지 나쁜 사람인지 알아내는 게 중요했다. 하지만 이제는 아니다. 그녀에게는 이미 다른 의미로 자리 잡은 지 오래였으니까….

"미안하지만 내게는 중요한 일이야. 건설 회사는 눈속임일 뿐이거든."

"네?"

"네가 생각하는 것처럼 괜찮은 사람도 아니고."

204

그런데 그는 계속해서 날을 세우고 대답했다. 무슨 소리를 하는 거냐고 묻고 싶었지만 마주치는 시선에 입이 다물렸다. 그가 한층 가라앉은 눈빛으로 그녀를 바라보고 있었다.

"그때부터 지금까지 몇 명이나 사람을 패고 다녔는지 모르겠어. 개중에는 아무 잘못 없는 일반인도 있었겠지."

"무, 무슨…."

"그래도 어쩌겠어. 성질머리가 지랄맞아서 손부터 나가는 걸. 그러니까 건설 회사는 돈세탁하려고 만든 계열사일 뿐이야. 그렇게 번듯한 사람이 아니라고."

"아저씨."

"본부가 폭력 조직이거든. 청운 대출이라고 광고에서 본 적 있지? 일반인들 사이에서도 알음알음 유명하잖아, 조폭이 운영하고 있다고. 거기에서 일했었어."

"뭐…."

"그래, 내가 너를 처음 만났을 때."

"……."

"그때부터 계속 밑바닥에서 구르고 있었다고."

건조하게 이어지는 이야기에 재희는 아무 말도 할 수 없었다. 그저 멍하니 그를 응시할 뿐이었다. 거짓말일 거라고 생각하면서. 그가 거짓말을 하면 서투르다 못해 귀까지 붉어진다는 사실을 떠올리면서.

그녀와 시선을 맞추던 그가 눈동자를 비스듬히 내리깔았다. 다분히 피곤해 보이는 기색이었다.

"어디까지 말해야 할까. 그때는 너도 미성년자라서 아무 말도 못 했지만 이제는 괜찮겠지. 스물한 살이면 웬만한 건 다 알고 있을 테니까…."

"그만해요."

"아니어도 이제는 알아야지. 세상에는 벌레만도 못한 것들도 인간이랍시고 살아가고 있다는 걸. 그중에서 하나가 네 앞에 있는 사람이라는 것도."

"그만하라고 했어요."

"너 납치한 녀석들 있지. 네가 몸서리칠 정도로 싫어하는 놈들. 그 새끼들이랑 나랑 별반 다를 게 없어. 널 데리고 있는 것도 단순히 돈 때문이니까. 옛날 일이고 뭐고, 미안하지만 나는 네 아버지 찾아내서 돈이나 받아 내면 그만이거든."

"아저씨."

"그리고 어제도 말했지만… 룸살롱 들락거리는 건 대수롭지도 않아. 말 그대로야. 계약 따려고 여자 팔아서 장사도 했었고, 끼고 놀았던 적은 셀 수도 없을…."

그건 아주 충동적인 행동이었다. 그러나 일부러 못된 말만 하는 아저씨의 입이 미운 탓이었다.

시선도 제대로 마주하지 못하면서. 그것조차 피곤한 걸 내세워서 숨기고 있으면서. 거짓말 할 때마다 귀가 달아오르는 걸 모르나 봐. 머리 굴리는 것도 전혀 안 어울리는데 본인만 모르고 있나 봐.

그래서 그의 멱살을 움켜쥐고 입을 맞추었다. 정확히 말하자면 벌 주듯 깨문 거였지만….

그동안 나쁜 사람 아니라고 변명하는 사람만 봤지, 나쁘게 봐 달라고 애를 쓰는 사람은 또 처음 봤다. 그 입술을 혼내 주지 않고서는 견딜 수 없었다. 그래서 재희는 무작정 입술을 들이박았다.

뒷일을 생각해서 벌인 일은 아니었다. 그냥, 더는 듣고 싶지 않았다. 도망치고 싶은 마음이든 뭐든 상관없었다. 아저씨가 스스로를 망치는 걸 내버려 두고 싶지 않았다. 그녀의 마음속에 있는 아저씨는 그조차도 해칠 수 없는 거니까. 그 정도로 소중했으니까….

서로의 입술이 맞물렸을 때, 재희는 그의 도톰하고 부드러운 입술을 쪽, 소리가 날 정도로 빨았다. 아직 상황을 파악하지 못한 그가 움찔거렸다. 눈을 지그시 내리깐 그녀와 다르게 그는 눈꺼풀만 깜박이고 있었다.

그의 눈동자가 갈피를 잡지 못하고 방황했다. 너른 품에 겨우 매달려 있는 그녀를, 일단은 넘어질까 봐 붙잡아 주고는 있었다. 허리를 단단하게 감싼 손길에 그녀는 숨을 가쁘게 몰아쉬었다. 그리고 용기를 내어 박하 향이 나는 그의 입안으로 혀를 밀어 넣었다.

매끄러운 치아를 지나서 순식간에 말랑한 혀가 맞닿았다. 충격적일 정도로 간지럽고 따뜻한 감촉에 다리가 후들거렸다. 재희가 그에게 몸을 더 기대어 오는 순간이었다.

"악!"

철퍼덕. 그야말로 철퍼덕 소리를 내며 재희가 거실 바닥에 나가떨어졌다. 정신을 차렸을 때는 그녀의 시야가 온통 하얀 대리석으로 차 있었다. 세상에. 뒷일을 생각하고 달려든 건 아니었지만 그렇다고 이런 식으로 내동댕이쳐질 줄이야….

"헉."

"……."

"재, 재희야. 괜찮아?"

그러나 예상치 못한 행동에 놀란 건 그도 마찬가지였다.

호기롭게 밀어 내던 기세는 어디 갔는지 그는 널브러진 그녀에게 한달음에 달려왔다. 그러더니 어쩔 줄을 모르는 모습이었다. 혹여 생채기가 난 곳은 없는지 그녀의 몸을 딱지치기라도 하는 것처럼 획획 돌려 보는데….

"미, 미안하다. 갑자기 입을, 맞추는 바람에 놀라시…. 어니, 어니 다친 덴 없고? 병원 가야 하는 거 아니야?"

"씨이…."

"그러니까 이놈의 손이… 나도 모르게 힘 조절을 못 해서. 너한테 이러면 안 되는 건데. 아니, 아무리 그래도 갑자기, 입술을 문대니까, 씨팔. 나도 모르게, 너무 놀라서…."

"뭐? 씨팔?"

"어? 내가 무슨 욕을? 아니, 방금은 너한테 한 게 아니라. 내가 원체 말버릇이 고약해서. 미안하다, 이게 습관처럼 나오는 거라…."

"거짓말쟁이."

따지고 보면 고작 넘어진 것뿐인데. 혼날 짓을 한 것도 맞는데 왜 아저씨가 더 미안해하냐고요. 못된 말만 하려고 작정했을 때랑 앞뒤가 하나도 안 맞잖아.

재희는 눈시울이 붉어진 채로, 그러나 울음을 터트리지 않기 위해 눈에 힘을 주었다. 그리고 끊임없이 제 상태를 살피고 있는 그의 멱살을 두 손으로 움켜쥐었다. 다행히도 그는 그녀가 당기는 대로 따라왔다. 제 미래보다도 선명한 이목구비가 코앞까지 도달해 있었다.

"아저씨는 거짓말쟁이예요."

"뭐?"

"그렇게 잘나셨으면 고작해야 키스 정도에 놀라시면 안 되는 거였어요."

"허!"

"룸살롱 오고 가는 게 일상이었다면서, 제가 혀 좀 밀어 넣었다고 까무러치시면 어떡해요?"

"재희야, 그건!"

"그것도 엄청 못해요. 아세요? 저만큼이나 떨고 계셨다고요. 아니, 키스한 적이 있기나 하세요?"

"너 무슨 말을 그렇게…!"

"시끄러워요!"

얼마나 소리를 높인 건지 숨이 차올랐다. 멱살을 움켜쥔 손에 힘이 들어갔다. 그래 봐야 그의 손짓 한 번에 떨어져 나갈 힘이었지만… 그는 그녀의 무모한 행동을 제지하지 않았다. 그저 걱정스러운 시선으로 바라볼 뿐이었다.

밀어내려고 작정한 사람처럼 굴었으면서 왜 그런 눈빛으로 바라보는 거예요? 참았던 감정이 울컥 치솟은 것도 그때였다.

"말도 안 되는 소리 하실 거면 차라리 제가 나갈게요. 더 듣고 있으니까 사람 만만하게 보시는 것 같아서 못 견디겠어요."

"만만하게 본 적 없어."

"그게 아니면 뭔데요? 제대로 된 말씀을 하시는 것도 아니잖아요. 그냥 쓰레기처럼 보이고 싶어서 안달 난 것처럼 굴고 계시잖아요!"

"안달 난 게 아니라 사실이야. 있는 그대로를 말한 것뿐이고."

"그런 주제에 왜 눈을 못 마주치시는데요?"

그가 숨을 크게 들이마시는 소리가 났다. 목울대가 울렁이는 것도 보였다. 붙잡힌 옷자락 아래로 드러나는 움직임이 그렇게 솔직할 수가 없다. 아저씨는 알기 쉬웠다. 그래서 화가 났다. 거짓말이라곤 하나도 못 하는 주제에 뭘 얼마나 속여 먹겠다고 노력까지 하는 건지!

"아저씨가… 그래요. 조폭일지도 모른다는 건 알겠어요. 거기까진 맞는 것도 같아요. 저 학교 다닐 때도 그런 소문은 돌았으니까."

"소문이…."

"그런데 뒷말은요. 그냥 못 들은 걸로 할게요. 또다시 입술 뜯기고 싶으시면, 그때는 제 눈 똑바로 보고 말씀해 보세요. 그러면 믿어 드리는 시늉이라도 해 드릴 테니까."

"재희야."

"저는, 아저씨가 저를 왜 밀어내는 건지 정말로 모르겠어요."

"말했잖아. 네가 관심 쏟을 정도로 괜찮은 사람 아니라고. 사람 패는 게 직업인 사람이라고. 그런 건 전혀 떳떳한 일도 아니고…."

"그러니까요. 그런 게 이유라면 더더욱 모르겠다고요."

재희가 같은 말을 반복하는 그를 단호하게 잘라 냈다.

"나랑 아주 다른 삶을 살고 있어서. 그게 아저씨에게도 떳떳하지 못한 일이라서. 평범한 사람들은 얼씬도 못 하는 곳에서 일하고, 그게 부끄러워서라면…."

그리고 똑똑히 들으라는 듯 대답했다.

"저한테는 통하지 않을 거예요."

"그걸 어떻게 확신하는데?"

"이미 결론을 내린 이야기거든요."

"뭐?"

"그거 하나는 장담할 수 있어요. 아저씨가 무슨 일을 하든, 예전에 무슨 일을 얼마나 했든…."

그의 짙은 눈동자가 차분하게 그녀를 향하고 있었다. 그래도 무슨 말을 하려는 건지 들어는 주려나 보다. 그것만으로도 충분했다.

"아저씨는요. 제게 있어서 좋은 사람도 나쁜 사람도 아니에요. 그냥요. 무슨 짓을 하셔도 잊히지 않을 사람이에요."

"재희야."

"그런 거 있잖아요. 떠올리는 것만으로도 힘이 되어 주는 사람. 무엇이든지 시도할 수 있도록 용기가 되어 주는 사람…."

"……."

"저한테는 아저씨가 그래요. 아저씨가 꼭 그런 사람이에요."

그가 과거에 무슨 일을 했는지는 잘 모른다. 무고한 이의 눈물 콧물 그리고 핏물을 얼마나 쥐어짜 냈는지도. 그걸 잘했다고 여기는 건 아니다. 하지만 재희에게는 이미 살아갈 이유가 되어 주는 사람이었다.

인사불성인 아버지에게 얻어맞을 때도. 박현석 무리에게 괴롭힘을 당할 때도. 마침내 업소까지 끌려왔을 때도 자신의 인생은 불행으로만 가득 차 있었다. 차라리 다 내려놓는 게 낫겠다는 생각이 들 정도로, 인생은 얄궂은 모습으로 그녀를 밀어내기만 했었다.

그러나 돌부리에 걸려 넘어질 때마다 그가 나타났다. 힘없이 늘어진 인생을 단단하게 받쳐 주었다. 우쭐거리긴커녕 여상한 모습으로….

그러니까 아저씨는 알아야 했다. 어쩌면 그가, 스스로도 부끄러워하는 곳에 발을 딛고 있어서 우리는 만날 수 있었던 거라고. 그래서 자신에게는 잘잘못을 따지는 게 크게 의미가 없다고. 자신은 아저씨에게 내일을, 그다음을 계속해서 빚지고만 있다고. 그걸 갚으려면 아주 오랜 시간이 걸릴지도 모른다고….

"별거 아니라고 말씀하시지만요. 아저씨가 제게 준 것들은 그렇게나 많아요. 가끔은 가슴이 벅찰 정도로요."

"……."

"그러니까 그런 말까지 하면서 밀어내셔도 소용없어요. 피곤하게 머리 굴리지도 마시고요."

"재희야."

"진짜, 하나도 안 어울리거든요."

멱살을 움켜잡은 손에 힘이 풀렸다. 재희는 죄송하다는 듯 구겨진 옷자락을 살살 펴 주었다.

"어차피 아버지 찾으시는 대로 나갈 생각이었어요. 귀찮게 할 마음도 없었고요. 그냥…."

"……."

"그때까지라도, 옆에 있고 싶어서…."

한바탕 고백을 퍼부어서인지 쑥스러운 마음이 들었다. 그래서 자신을 쳐다보고 있는 아저씨의 시선을 피했다. 옷자락인지 가슴팍인지만 꾹꾹 눌러 댔다.

"돈이라든지 그런 걸 바라는 게 아니에요. 예전부터 그랬어요. 비싼 음식이라든지 옷이라든지 그런 게 아니라…."

"……."

"조금만 덜 외로웠으면 하는 거예요."

그렇게 많은 거 바라는 거 아니잖아요. 저는요. 그냥 아저씨랑 얘기하는 것만으로도 반갑고 좋거든요. 그것조차 욕심이라면 할 말은 없지만….

계속해서 말을 이어 가는 자신과 달리 아저씨는 아까부터 아무 말이 없었다. 그래서 모름지기 예상했는지도 모른다. 그것조차 힘들겠구나. 아저씨는 내게 조그마한 곁도 내어 주지 않겠구나.

시무룩해진 재희가 시선을 내리깔았다. 구겨진 옷도 그만 괴롭혀야겠다. 그녀가 손을 내리려던 찰나였다.

"허락 없이 함부로 나가면 안 된다."

그의 단단한 손이 재희의 손목을 조심스레 움켜쥐었다.

"아저씨?"

"답답해도 어쩔 수 없어. 그건 꼭 지켜 주면…."

"그리고요?"

"어?"

"집에서 함부로 나가면 안 되고, 또 제가 지켜야 할 건요?"

아저씨가 허락해 주자 저도 모르게 들뜨고 말았다. 암요, 암요. 집 주인이 나가지 말라는데 얼마든지요!

그녀가 태세를 바꾸자 그는 당황한 기색이었다. 그러나 이미 내린 결정을 물릴 수는 없다고 생각했는지 말을 잇는다.

"그러니까 필요한 게 있으면 나한테 연락을 해. 퇴근할 때 사 올 테니까."

"필요한 거 없어요. 아저씨만 제때제때 집에 들어오시면 돼요."

"아니…."

"그리고 또 뭐가 있는데요?"

"없어. 그게 다야."

"뭐야, 쉽잖아요. 알겠어요. 아저씨가 말씀해 주신 건 꼭 지킬게요!"

그러자 그는 조금 앓는 듯한 소리를 냈다. 이래도 되는 건지 여전히 고민되는 듯한 모습이었다. 재희는 그가 혹시나 결정을 바꿀지도 모른다는 생각에 등을 떠밀었다.

"출근 시간 늦겠어요. 얼른 운동 다녀오세요."

"아니, 그건…."

"퇴근하실 때 연락하시고요. 가능하면 저녁도 같이 먹었으면 좋겠어요."

"그래, 알겠는데…."

"빨리요!"

이번에는 그가 쫓겨나듯 현관 밖으로 밀려났다. 다른 말을 하기 전에 마무리 지을 생각이었다. 현관문이 닫히기 직전 재희가 손을 흔드는데, 어안이 벙벙했던 그가 마침내 픽 웃는다. 덩달아 재희도 활짝 웃어 보였다. 그걸로 다 됐다는 생각이 들었다.

다행이었다. 조금이라도 더 같이 있게 되어서. 자세한 사정을 듣지는 못했지만 이 정도면 선방이었다. 그녀는 감히 바랐다. 이른 시일 내에 아버지를 찾아내야겠지만, 그래야 제게도 도움이 되겠지만, 아주 조금은 그 시일이 늦추어지면 좋겠다고.

아저씨와 헤어지는 순간이, 조금이라도 더 느려지도록….

○ ● ○

'조금만 덜 외로웠으면 하는 거예요.'

그 말을 듣고 어떻게 안 된다고 할 수 있을까. 네가 외롭다고 말할
때마다… 그래, 우리가 처음 만났을 때도 너는 고백했었지. 나로 인해
덜 외로워졌다고.

저마다 잊을 수 없는 기억을 가지고 살아간다. 그리고 그날. 해 질
무렵의 네 모습을 보고 알 수 있었어. 어쩌면 나는 이 순간을 잊지 못
할 거라고. 그러니까 그 말은 좀 반칙이었다. 너의 존재만으로도 불가
항력을 느끼는 내게는 결코 밀어낼 수 없는 말이었어.

나는 또 너에게 정이 들겠지. 아주 짧은 시간에, 속절없이 너에게
빠져들었던 때가 한 번 있었다. 한 번이었는데도 지독할 정도로 마음
고생을 했고. 이번에도 다르지 않겠지. 아니, 처음보다 더 고생할지도
모른다. 또다시 그런 날을 지나와야 한다고 생각하니 벌써부터 눈앞이
캄캄해졌어.

조직이니 뭐니 그런 것도 중요하지만 어쨌거나 너를 기억하는 사람
은 나일 테니까. 시간이 지나고 흐려지긴커녕 선명해지기만 하는 너를
앓게 되는 사람도 결국은 나일 테니까, 재희야. 잊고 싶은데도 잊을 수
없다는 건 때로는 고통이야. 지워 내려고 노력한들 흔적 하나 남지 않
을 거라는 기대는 하지 말아야 한다는 걸 너를 떼어 내면서 알았다.

왜 그렇게 안간힘을 썼겠어. 노력으로는 해결할 수 없는 일들에.

더 이상 흔들리고 싶지 않았다. 밑바닥 인생이라는 게 어디 가겠느
냐고. 조직에 머무르겠다며 결정한 지가 벌써 4년째야. 그리 짧지도,
너무 길지도 않은 시간 동안 다짐하면서도, 유난히 흔들리던 때가 있

었다면 그건 너를 떠올릴 때였다. 사소한 일상에서든, 꿈에서든 네가 떠오를 때….

얼마나 자주 그랬는지 셀 수가 없었다. 사소하게라도 빛나는 것들을 볼 때마다 네 눈동자가 떠올랐고. 아저씨, 아저씨 하며 쨋쨋거리는 소리가 고막에 박힌 것처럼 울릴 때도 있었어. 그래서 뜬금없이 뒤를 돌아본 적도 있었다. 해사한 웃음은 인이라도 찍힌 것처럼 머릿속에 맴돌았는데, 그 기억이 카세트테이프였다면 지금쯤 볼품없이 주욱 늘어졌을 거야.

너를 너무나도 자주 떠올리는 바람에. 시도 때도 없이 들여다보았던 바람에. 그래서 이제는 그 색깔도 바래지는 건가 싶었는데. 그런 생각이 들기까지 너를 보내고 나서 딱 4년이라는 시간이 걸렸는데….

'아저씨는요. 제게 있어서 좋은 사람도 나쁜 사람도 아니에요. 그냥요. 무슨 짓을 하셔도 잊히지 않을 사람이에요.'

그런데 그런 말을 하면 도대체 나더러 어떡하라고.

겨우 바래졌다고 생각했는데. 이제야 완전히 보내 주었다고 느꼈는데. 너를 닮아서인지 예쁜 말들로 사람을 흔들어 대면. 나조차도 부끄럽게 여긴 것들을 눈이 부실 정도로 닦아 내면… 나는 또, 얼마나 오랜 시간을 등신처럼 살아갈지 아득해진다.

틀림없이 비틀거리겠지. 처음보다 더 오랜 시간을 힘들어할지도 몰라. 아주 가끔은, 너를 만나지 말아야 했다며 괴로워하겠지. 알면서. 그걸 다 알면서도, 네가 뱉은 말에 왜 이리도 심장이 뛰는 건지 모르겠어.

상냥하게 건네는 말에 제법 괜찮은 놈이 된 것 같다는 착각이 느는 것도. 그렇게 되고 싶다는 욕심이 생기는 것도. 네 어리광을 외면하지 못한 내가, 이래도 되나 싶은 관심을 받는 것도….

새벽 운동을 다녀와서도 마찬가지야. 평소에는 먹지도 않았던 아침을 함께 먹고, 넥타이를 매 주겠다며 고집을 부리는 바람에 네 손길을 빌린 것도. 언제나 혼자였던 출근길에 귀여운 배웅을 받게 되는 것도, 어째서 행복하다고 느끼는 건지 이해할 수가 없다.

나에게는 사치와도 같은 순간이니까. 속이 얹힐 정도로 단내가 나는 일상이니까, 재희야. 제때제때 집으로 돌아오겠다고 약속하고서도 난감했던 건 그래서였어. 나에게 전해 주는 너의 모든 것들이 과분해서. 처음 겪어 보는 것투성인 데다 나에게는 썩 어울리지도 않아서. 그런 주제에 감히, 익숙해지고 싶어서….

하지만 그러면 안 되는 거잖아. 그걸 누구보다도 잘 아는 주제에 그런 생각을 하면 안 되는 거잖아. 그런데 왜….

"하, 씨팔…."

건욱은 서류를 넘기던 손으로 제 눈두덩을 깊게 쓸었다.

출근할 때부터 점심시간이 가까워지는 지금까지. 집무실에서 근무하고 있는 그의 머릿속은 유재희로만 가득 차 있었다. 서류를 검토하는 것도 명목상일 뿐이다. 애초에 글자가 눈에 들어오지도 않았다. 제 시야에서 아른거리는 건 그저 재희였다. 아니, 더 정확하게 말하자면….

입술. 재희의 작고 말랑한 입술이었다. 제 입술을 야무지게도 머금어 왔던 예쁜 입술이 자꾸만 머릿속을 헤집고 있었다.

건욱은 마침내 의미 없이 뒤적거리던 서류를 내려놓았다. 그리고 신경질적으로 머리카락을 흐트러렸다. 이런 적은 맹세코 처음이었다. 업소에서 유년 시절을 보낸 탓일까. 외양이든 뭐든 꾸며 내는 것에 탁월한 여성들을 보는 데에 무심했다. 그들을 물건처럼 갖고 노는 남성들에게는 자극제가 된 모양이지만 제게는 어렸을 때부터 보살핌을 받은 곳이라는 생각뿐이었다.

그래서일까. 시각적으로 두드러지는 것에 휩쓸렸던 적은 없었다. 오히려 몸짓이나 목소리를 지어내면서까지 손님의 취향을 맞추려는 여자들의 모습은 보기가 힘들 정도였다. 조직 내부에서도 자신의 성적 취향을 두고 분분하게 소문이 돌 정도였다지만 영 관심이 가지 않는 걸 어떡하란 말인가.

그런데 왜. 제가 생각해도 고자 소리 들을 정도로 살아와 놓고. 오랜 시간 복수에 매몰되어 이성에는 눈길도 주지 않아 놓고.

"씨팔, 그만 좀⋯."

도대체 그 조그마한 입술이 뭐라고 이렇게까지 평정을 찾지 못하는 건지 알 수 없었다. 더군다나 슈트 바지를 찢을 것처럼 발기한 건 또 뭐고.

건욱은 팽팽하게 늘어난 제 허벅지 부근을 한 손으로 짓눌렀다. 늦바람이 무섭다던데 씨팔, 이제 와서 못다 한 욕망이라도 풀고 싶은 건지 뭔지. 그렇다고 이 나이에 음란물 같은 걸 보면서 얼굴 붉히고 싶지도 않을뿐더러, 본다 한들 해소는커녕 거북해서 짜증만 날 게 분명했다.

그런 주제에 도대체 왜. 입맞춤이라고 부르기에도 애매한, 그 아이의 서툴기 짝이 없는 행위를 계속해서 떠올리고만 있는 건지. 그럴수록 아랫도리는 왜 사그라지긴커녕 눈치도 없이 부피만 키우고 있는 건지.

백 번 천 번을 양보해서 그야말로 처음 있는 일이니까. 이 욕망이 아직은 저조차도 주체가 안 된다고 해도⋯ 가족이나 다름없는 애였다. 막냇동생뻘이라고 여겨 왔다. 그 애를 만났던 날부터 줄곧. 그런데 씨팔, 하루아침에 그 조그마한 애를 갖다가 여자로 인식하는 게 말이 되나.

그 말도 안 되는 걸 하고 있어서 건욱은 돌아 버릴 지경이었다.

이럴 때일수록 정신을 똑바로 차려야 했다. 그러지 않으면 씨팔, 제가 그토록 경멸하던 새끼들과 다를 바 없어지는 거였다. 그 아이를 위해서 지켜 오던 걸 제 손으로 망가뜨리게 되는 거라고.

마음 같아선 집에도 들어가고 싶지 않았다. 그러나 이미 그 아이와 약속까지 한 뒤였다. 퇴근하면 제때제때 귀가하겠다고. 그야말로 진퇴양난이었다.

"눈치껏 굴어라, 제발. 어?"

건욱은 애꿎은 아랫도리를 노려보며 허벅지 근육을 아플 정도로 움켜쥐었다. 그러나 자신도 알고 있었다. 이 새끼가 무슨 잘못이겠나. 등신 같은 생각이나 해 대는 제가 문제지. 적어도 퇴근하기 전까지는 마음을 추슬러야 하는데 가능할지 모르겠다. 귀가할 때 자신을 반겨 주는 그 애를 보고 심장이 제자리를 지킬 수나 있을지….

건욱은 깊은 한숨을 내쉬었다. 그 애를 마주하지 않는 지금도 머릿속은 아주 지랄이 났다.

타고나기를 사랑스러운 유재희. 마음이 따뜻하고 정도 많은 유재희. 그 애가 제 품에 안겨 왔던 순간은 떠올릴 때마다 목에 핏대가 서는 기분이다. 잠기운에 뜨끈해진 살결. 달큼하게만 느껴지던 젖내는 그 애의 목덜미에 얼굴을 처박고 싶을 정도였다.

더군다나 감질이 날 정도로 보드랍던 피부와 뭘 제대로 먹긴 하는 건지 걱정될 정도로 가벼운 몸이며, 다시 빨아 보고 싶을 정도로 말랑한 입술이라든지 귀여운 혀도 계속해서 떠올랐다. 서툴지만 온 힘을 다해서 제 입술을 젖병처럼 쪽쪽 빨아 대던 것도 겹쳐서….

"아오, 씨팔, 진짜!"

"무, 무슨 일이십니까. 대표님!"

미칠 것 같았다. 끊임없이 지속되는 열기가 제 것인지 의문이 들 정도였다. 건욱은 한창 끓어오르는 속을 욕지거리로 간신히 표출해 댔다.

그러자 집무실 밖에 있던 차 비서가 무슨 일이냐는 듯 급하게 들어왔다. 쿠당탕거리는 소리가 영 볼품없었다. 건욱은 터져 나오는 화를 억누르려는 노력도 없이 입을 열었다.

"차 비서, 나 좀 때려 보지."

"예, 예?"

"내가 지금, 씨팔. 제정신이 아닌 것 같으니까 머리라도 좀 쳐 보라고."

"제, 제가 말입니까? 대표님의 머리를요?"

"직계에 있었을 때 차 비서도 한 주먹 했다면서."

"그렇긴 하지만… 그런 짓을 해도 괜찮겠습니까?"

"그래."

"아니, 대표님께서가 아니라… 제가 말입니다."

"……"

"제가 때리고 나면 대표님이야 괜찮으시겠죠. 그런데 저는, 제 자리는 무사할 수 있는 겁니까?"

누가 제 머리를 정신 차릴 때까지 쥐어패 준다면 좋겠다. 이놈의 열기가 사그라질 정도로 찬물이라도 끼얹으면 좋겠다.

"아니."

"……"

"그건 장담 못 해."

정말로 그딴 짓을 한다면 그 새끼를 골로 보내겠지만….

차 비서가 '저놈의 성질머리….' 라는 듯한 시선으로 바라보고 있지만 오늘만큼은 넘어가 주기로 했다. 자신은 그만큼 간절했으니까. 더 이상 선 좀 넘지 말자고. 마지막까지 욕쟁이 아저씨쯤으로 남아 있자고. 제발….

○ ● ○

그런 건 아니라면서….

재희는 며칠 전에 그가 했던 말을 곱씹었다. 제가 여자로 보이냐는 질문에 아저씨는 가당치도 않다는 듯 단호하게 굴었다. 그럴 수도 있겠다 싶었다. 함께 시간을 보냈다 한들 마음의 크기가 같으리라는 법은 없으니까.

더군다나 그에게도 취향이라는 게 있겠지. 자신처럼 너무 어린 사람 말고, 적당히 성숙한 사람이 이상형일 수도 있는 거지. 아쉬운 마음이 들지 않는다면 거짓말이지만 그렇다고 주눅들 일은 아니었다.

어쨌거나 아저씨는 제게 소중한 사람이고, 그에게도 제가 정답게 느껴지기 때문에 곁에 두는 거라고 생각했으니까. 그래, 그 정도면 짝사랑도 제법 할 만하다고 여겼는데….

"아저씨, 아저씨."

"응."

"고기가 너무 많아요."

"응?"

"챙겨 주시는 건 좋은데… 접시에 있는 걸 다 주시면 어떡해요?"

퇴근하자마자 재깍재깍 집으로 들어오는 아저씨와 이제는 저녁 식사도 함께하게 되었다. 아버지를 찾기 전까지 곁에 있어 달라는 부탁을 들어주어서 고마웠다.

그런데 뭘 자꾸 챙겨 주려고 하신다. 밥도 산처럼 쌓아서 주질 않나. 지금처럼 아저씨 몫의 고기까지 떠넘기질 않나….

"못 먹겠어?"

"당연하죠. 평소에 먹던 것보다 두 배, 아니. 세 배는 많은걸요."

"더 먹어야 할 것 같은데…."

"아저씨야말로 더 드셔야 하는 거 아니에요? 저보다 몸이 몇 배는 더 크신데요."

"괜찮아. 먹는 것만 봐도 배불러서."

"누구… 저요?"

"어."

"혹시 저 꼬시는 거예요?"

"푸웁!"

아저씨가 마시고 있던 물을 뿜었다. 아, 진짜. 아무리 짝사랑 상대라 해도 이건 좀. 물론 아저씨의 타액이 묻은 음식을 먹을 수 있냐고 묻는다면 거리낌 없이 그렇고말고요! 라고 외치겠지만.

"미안하다. 그런 식으로도 들릴 줄은…."

그러니까요. 누가 생판 남한테 그런 말을 해요? 애초에 그런 생각이 든다는 것 자체가 말이 안 되는 거라고요.

그러나 굳이 짚고 넘어가지는 않았다. 은연중에 드러내는 아저씨의 마음에 기분이 들떴던 탓이다. 아저씨는 자각하지 못하는 것 같지만….

그러니까 알게 모르게 신경 쓰고는 있다는 거지? 재희는 속으로 키득거렸다. 그리고 괜히 옷자락을 들추어 보였다.

"그럼 제 배가 얼마나 나왔는지 한번 보실래요?"

"너 옷 안 내려?"

"왜요? 뱃살은 보기 싫으세요?"

"네가 뱃살 같은 게 어딨다고… 아니, 있다고 해도 그게 중요한 게 아니잖아!"

"그럼 배 좀 보시라니까요? 고기도 좀 그만 주시고요."

"옷 내리라니까, 좀!"

고작 배 좀 드러내는 건데도 펄쩍거리며 뛰어 대는 아저씨가 귀여웠다. 예나 지금이나 놀리는 맛이 있는 사람이었다. 이후에도 그가 고기며 생선이며 그릇에 얹어 주는 행위는 끝나질 않았다. 잊어버린 건지 아니면 들은 체도 안 하는 건지 모르겠지만….

씻고 나와서도 아저씨의 사랑스러운 반응은 계속해서 이어졌다.

재희는 그가 빌려준 옷을 위아래로 꼭꼭 갖추어 입었다. 배를 드러내는 것만으로도 실신할 것처럼 구는 아저씨를 배려해서였다. 그러나 선풍기 바람에 머리를 말리기 위해서 거실로 갔을 때, 제 모습을 발견한 아저씨는 몸을 크게 들썩였다.

"너, 뭐야?"

"네?"

"머리, 머리 왜 안 말리고 나와?"

"선풍기 바람으로 말리려고요."

"그런데…."

"그런데 왜 굳이 아저씨가 앉아 있는 소파 쪽으로 오냐고요?"

재희가 선풍기를 소파 쪽으로 질질 끌고 오며 되물었다. 대답이 없는 걸 보니 그게 궁금했나 보다. 재희가 수건으로 머리카락의 물기를 꾹꾹 짜내었다.

"그게 뭐 어때서요?"

그러자 어이가 없다는 듯 허망한 표정을 짓는다. 아저씨가 보고 있던 텔레비전을 끄고 몸을 일으키던 것도 그때였다. 재희는 재빠르게 그의 옷자락을 손에 움켜쥐었다.

"그런 거 아니라면서요?"

"뭐?"

"제가 여자로 보이냐고. 의식되냐고 물었을 때요."

"……."

"아니라면서요?"

그런데 왜 당황하세요? 제가 뭘 했다고?

보시다시피 저 위아래로 옷도 제대로 입었어요. 비록 어깨는 흘러 내리고 허리춤도 계속 붙잡아야 해서 엄청 불편하지만요. 그래도요.

연속으로 질문을 퍼부어 대자 아저씨는 못 당해 내겠다는 듯 곤란한 표정을 지었다. 한껏 찌푸려진 미간이 오늘따라 귀엽기만 하다. 새빨갛게 달아오른 귓불이나 목덜미는 직접 만져 보고 싶을 정도였다.

"냄새…."

"네?"

"냄새가, 너무…."

아니야, 됐다. 아저씨는 말을 끝맺지도 않고 멋쩍은 듯 고개를 돌렸다. 냄새라니? 방금 씻고 나왔는데 이상한 냄새라도 나는 건가?

결국 그는 끄으응, 하는 신음을 내며 소파에 다시 앉았다. 그리고 재희는 제 몸에서 나는 냄새를 킁킁거리며 맡기 시작했다.

"저한테 안 좋은 냄새 나요? 발 냄샌가? 나 무좀 있었나?"

"됐으니까 머리나 제대로 말려."

"제대로 말씀해 주세요. 다시 씻든가 할게요. 이상한 냄새 나요?"

"아니라니까? 아니, 좀. 저리 가. 물 튄다!"

"아니면 정수리 냄새인가? 샴푸질 다시 할…."

자신을 밀어 내던 아저씨의 안색이 딱딱하게 굳었다. 장난스레 그에게 머리를 들이밀던 재희도 사뭇 놀란 표정으로 그를 바라보았다.

한사코 그녀를 밀어 내던 그가, 그만 팔뚝으로 재희의 가슴을 짓눌러 댄 탓이었다. 분위기는 순식간에 가라앉았다. 아니, 가라앉다 못해 뜨거워서 터질 것 같았다. 그녀보다는 그의 얼굴이….

"나 브래지어 안 했는데."

그리고 석고상이 된 것처럼 굳어 버린 그에게 재희는 결정타를 날려 주었다.

"만져 봤으니 아시겠지만요."

"…아저씨 경찰서 보내고 싶어?"

"왜요? 실수하신 거잖아요."

"하…."

"의도적이었다고 해도, 아저씨라면 눈감아 드릴 수 있긴 해요."

"……."

"조금 짜릿했달까?"

팔뚝이 아니라 손바닥이었으면 더 좋았을 텐데, 그죠. 재희는 솔직
하게 말을 이었다. 그도 그럴 게, 아저씨의 크고 단단한 손이 제 가슴
을 그러쥔다면 그것만큼 짜릿한 일도 없을 것 같으니까.

팔뚝이 살짝 닿은 것만으로도 심장이 콩콩거리며 뛰는데. 데인 것
처럼 뜨겁게 달아오르는데. 가끔 꿈에서나 겪었던 일을 실제로도 겪는
다면….

쓰읍. 침 좀 삼키자, 유재희. 아저씨 엄청 놀라셨잖아, 지금.

"…주말에 이것저것 사 오라고 할게."

"치수는 아시고요?"

"치수, 는 종이에 적어 주면 좋고."

"그럼 팬티도요."

"응?"

활화산처럼 타오르는 아저씨의 얼굴이, 누군가에게 뒤통수라도 얻
어맞은 것처럼 멍해졌다.

"속옷을 이틀 동안 입는 사람이 어딨어요?"

"어…."

"당연히 안 입죠. 브래지어든 팬티든."

"……."

"지금도요."

한번 보실래요? 까지 말하려다가 아저씨가 나이도 있으신데, 혈압이 올라서 목덜미라도 잡으시면 어쩌나 걱정이 됐다. 그래서 뒷말은 삼켰는데, 이런 장난에도 면역이 없으신 줄 알았더라면 처음부터 모르는 체 넘길 걸 그랬다.

"아저씨, 어디 가세요?"

"……."

"어디 가시냐니까요? 네?"

"……."

"지금 방에 들어가시면 마음대로 오해할 거예요? 엄청 의식하고 있다고 생각할 거라고요?"

"……."

"아저씨? 아저씨!"

목덜미와 귓불은 물론이고 몸 전체가 새빨개진 아저씨가 방으로 냅다 도망치셨다. 아무리 불러도 대답도 없고, 제멋대로 오해하든 말든 그녀를 내버려 둔 채로.

혹시나 하는 마음에 그가 머무르고 있는 방의 문고리를 돌리니 돌려지지도 않았다. 문까지 잠근 거였다. 언제는 밤의 황제라도 되는 것처럼 굴어 놓곤 브래지어며 팬티 얘기에 이렇게나 숨어 버릴 일인가. 진짜 서른네 살 맞아?

"은근히 순진하시다니까."

그리고 그날은 잠이 들 때까지 아저씨를 보지 못했다.

원래는 잠투정을 부리는 그녀 때문에 거실에서 다큐멘터리든 영화든 틀어 놓고 자리를 지켜 주던 그였다. 그러나 그날은 아무리 문을 두드려도, 제가 장난이 심했다며 사과를 해도 아저씨가 문밖으로 나오는 일은 없었다.

"하아…."

그저 아주 희미하게.

열병이라도 앓는 듯한 신음만 간간이 들려올 뿐이었다. 그리고 재희는, 그 소리의 정체가 제가 욕망이 끓을 때 저지르는 행동과 다르지 않다는 걸 감히 짐작할 수 있었다. 그래서 아주 조금은… 그에게 이성으로 보일 수도 있겠구나, 하고 기대하게 되었다. 아저씨의 곤란해진 아랫도리 사정이 그 이유였으니까.

○　●　○

"…문 잠갔는데."

"어쩌라고요."

"기가 막혀서…."

해가 막 쏟아지는 정오였다. 방문을 잠그고 낮잠을 청하던 건욱은, 자신을 뚫어질 듯이 바라보는 듯한 시선에 눈을 떴다.

영락없이 그 애였다. 더군다나 허락도 없이 방문을 열쇠로 따고 들어온 주제에(열쇠를 어떻게 찾아냈는지도 의문이다) 어이가 없을 정도로 **뻔뻔**했다.

"소용없다니까요. 아무리 문을 잠그셔도 계속 들어올 거라고요."

그러니까 여긴 내 집이라니까, 재희야. 왜 문을 잠근 건지도 모르면서, 응?

매번 이런 식이다. 걱정돼서 거리를 두면 그 노력이 무색해질 정도로 거리를 좁혀 온다. 타들어 가는 제 속도 모르고 나란히 누워 있다. 예쁘게 웃고나 있다. 요즘 들어 건욱은 눈을 뜰 때마다 보이는 재희의 모습에 심장이 치솟았다 내려앉기를 반복했다.

"아저씨."

"왜."

"날씨 되게 좋죠."

재희가 나지막하게 속삭였다. 말 그대로였다. 머리 위에서 쏟아지는 햇볕이 따사롭다. 나른해지다 못해 살갗이 따끈해지는 온도였다. 그러나 에어컨을 틀어서인지 적당히 시원하게 느껴지기도 했다.

"그래."

고개를 끄덕였을 뿐인데 재희가 환하게 웃는다. 덩달아 입꼬리가 올라가는 건 어쩔 수 없었다.

이토록 마음이 편안해지는 주말은, 그래. 처음이었다. 그래서일까. 제 침대를 점령한 재희를 내보내야 마땅한데도 그저 괜찮을 것 같은 기분이었다. 이 애의 어이없는 사교성과 해맑은 웃음이 그렇게 만들었다.

그간 사소하게라도 신경 쓰였던 것들. 짐처럼 떠안고 있었던 생각들이 이 순간만큼은 다… 이상하리만치 괜찮게만 느껴졌다. 자신을 방심시키고 있었다.

"아저씨, 아저씨."

"또 왜."

"점심 뭐 먹을까요?"

"너 먹고 싶은 거."

"그럼 짜파게티 끓여 주세요."

"짜파게티?"

"혹시 기억나세요? 예전에 그런 광고도 있었는데."

"뭐…."

"일요일은 아빠가 짜파게티 요리사라고."

"……."

"아저씨가 아빠는 아니니까 오빠라고 해 드릴까요?"

그런 호칭은 낯간지러워서 쓰지 말라고 했는데도.

시답잖은 대화인데도 등신처럼 웃음이 새어 나왔다. 재희도 그거면 됐는지 킥킥거리며 웃는다. 한순간도 자신을 피하지 않는 눈동자가 예뻤다.

애는 알고 있을까. 자기가 얼마나 사랑스러운 앤지. 가끔은 존재만으로도 숨이 막힐 때가 있다는 걸. 밥은 제대로 먹고 있는지 신경 쓰이고, 잘 먹고 있으면 그 모습을 보는 것만으로도 배가 불렀던 순간이 제게는 있었다는 걸.

씻고 나왔을 때는⋯ 향긋한 냄새가 사람을 미치게 만든다는 걸. 안 그래도 뽀송뽀송한 애가 깨끗하게 씻고서 한껏 상기된 얼굴로 나오면, 발그레한 뺨을 베어 물고 싶은 충동이 든다는 걸.

그리고 그날. 웃기지도 않는 일로 실랑이를 벌이다가 재희의 가슴에 팔이 닿았던 날.

그 순간 봉긋한 가슴을 움켜쥐고, 아니. 얇은 옷자락을 들추어서 예쁘고 소중할 그 가슴을 한참 빨고 싶었다는 걸. 그 충동을 참아 내느라 잠도 제대로 자지 못했다는 걸. 머릿속에 계속해서, 마시멜로보다 보드라운 감촉이 맴돌아서 딱 죽을 것 같았다는 걸. 그래서 그만, 너를 떠올리면서 하지 말았어야 할 행동을 저질렀다는 것도⋯.

"아저씨?"

건욱은 머릿속을 스쳐 지나가는 기억에 시선을 내리깔았다. 자위했다. 재희를 떠올리면서. 그날 이후로 재희를 마주할 엄두가 나질 않았다. 문을 잠근 것도 그래서였다. 미안해서. 그리고 재희는 너무나도 순진해서⋯.

"더 주무시면 눈썹 밀어 버릴 거예요."

재희야. 내가 널 떠올리며 무슨 생각을 했는지 알아? 무슨 짓을 벌였는지도?

228

알고 있다면 네가 지금 내 옆에 나란히 누워 있었을까. 그 예쁜 눈을 동그랗게 뜨고서 내 안색을 살펴 주었을까. 더럽고 역겹다며 방은 물론이고 집 밖으로 뛰쳐나가진 않을까.

그도 그럴 게 너는 장난이었을 테니까. 수위 있는 말을 뱉는다고 해도 거기까지. 그냥 어려서, 똥 방귀 좋아하는 애들처럼 한창 성에 대해서 장난치는 게 재미있을 나이니까. 그걸 나 같은 새끼가 가진 마음이랑 같다고 생각하면 안 되지. 그걸 좋을 대로 받아들이는 게 너를 탐하려고 했던 새끼들이랑 뭐가 다른지….

그러나 썩 다른 것 같지도 않다는 생각이 드는 요즘이었다. 단순히 욕망이 쌓여서가 아니라고 해도. 그걸 함께 지내는 날 동안 뼈저리게 깨닫고 있어도. 너를 보는 것만으로도, 가끔은 선을 조금만 넘어와도 눈이 돌아 버릴 것 같은 때가 있는데.

지금도 나를 보며 반짝이는 눈동자며, 그 귀여운 속눈썹을 빨고 싶다고 생각하는데. 무방비하게 제 품으로 뛰어든, 그러나 특별한 의도가 있는 건 아닐 게 분명한 너를. 머리부터 발끝까지, 네 몸이 흥건해지도록 핥고 싶다는 생각을. 그토록 대책 없는 생각을 하고 있는데, 재희야.

"아저씨, 있잖아요. 저, 아저씨를 만나면 꼭 하고 싶었던 말이 있었는데요."

너는 또다시 웃으면서.

"고마워요."

내 속도 모르고.

"처음 만났을 때부터 지금까지요. 늘 제 편이 되어 주셔서요."

오늘도 여전히, 마음을 흔들어 대는 말이나 하고.

"아닌 척해도 매번 챙겨 주시고, 아껴 주셔서요."

"……."

"계속, 살아갈 수 있게 해 주셔서요."
사랑스러운 말을 내뱉고, 재희야.

○　●　○

기억나세요? 저 고등학교 다닐 때요. 아저씨가 처음으로 고깃집 데려가 주셨는데, 그때 소고기를 처음 먹어 봤거든요. 엄청 맛있더라고요. 다 먹고 나서 교복 와이셔츠랑 문제집이랑 운동화 사 주신 것도 정말 좋았어요. 살면서 그렇게 많은 선물을 받아 본 건 처음이었거든요.

그리고요. 저 알고 있었어요. 아저씨가 편의점에 선금 달아 두신 거요. 덕분에 굶고 다닌 적은 없었어요. 점장님께서도 잘 챙겨 주셨고요. 집에는 간식거리가 넘쳐 났고, 아빠 눈치 볼 필요도 없이 카페에서 머무를 수 있었고요.

그래도 졸업하고 나서요. 그 돈, 안 쓰려고 노력했어요. 네? 왜 그랬냐고요? 왜긴요. 이미 많은 걸 받았잖아요. 셀 수도 없이 많은 걸. 이제는 아저씨가 도와주지 않아도 돈을 벌 수 있는 나이도 되었고, 그러니까 전부 다 돌려드리고 싶은 마음뿐이었어요.

아저씨가 제게 준 것들에 비하면 턱없이 모자라겠지만요. 열심히 돈을 벌어서 아저씨에게 도움이 되고 싶었어요. 멋있어지고 싶었어요. 당당해져서 아저씨 옆에 있어도 부끄럽지 않은 사람이 되고 싶었어요. 이렇게 또, 도움만 받게 될 줄은 몰랐지만….

그곳에서 아저씨를 만나게 될 줄 어떻게 알았을까요? 처음에는 무서웠지만 아저씨도 한번 생각해 보세요. 그날, 제가 아빠 때문에 업소로 팔려 온 날이요. 만약에 아저씨가 조폭 같은 게 아니었다면요. 그래서 그런 곳과는 연이 없을 정도로 떳떳한 인생을 살고 계셨다면요.

우리는 다시 만날 수 있었을까요?

그 순간만큼은요. 아저씨가 스스로도 부끄러워하는 직업을 가지고 있어서. 말하기도 쪽팔리는 곳을 오고 가야 했기 때문에. 그 덕분에 저는 살 수 있었어요. 그 순간만큼은 다른 걸 다 내려놓고서요. 정말로 그 순간만큼은요.

그리고 저 위험해진다고 아저씨가 사는 오피스텔에 데려다주신 것도. 얼떨결에 집주인을 쫓아내는 꼴이 되었는데, 그걸 당연하게 여겨주신 것도. 그러다 보니 배가 불러서 아저씨한테 정말, 버릇없이 고집만 부렸는데. 그런 거 하나하나 다 들어주신 것도.

지금도요. 문까지 따고 들어왔는데 화내시긴커녕 제가 하는 말 다 들어 주시잖아요. 밀어내지 않으시잖아요. 아저씨, 그렇게 웃으실 때 엄청 예쁜 거 아세요? 남자한테 무슨 예쁘단 말이냐고요? 놀리는 거 아니고 칭찬이니까 좋게 좀 받아들이세요.

그러니까요. 결국 제가 정말로 하고 싶었던 말은요. 아저씨랑 헤어진 순간부터 지금까지 꼭꼭 전하고 싶었던 말은….

○　●　○

고마워요, 아저씨.
정말 고마워요.

○　●　○

별스럽지 않은 생일지라도. 거창한 이유가 아니더라도. 그냥. 살아볼 만하다는 생각만으로도 이어지는 생이 있어요. 제게는 그 이유가 아저씨였거든요. 그 마음을 어떻게 고맙다는 말만으로 표현할 수 있을까요?

231

잠시 손 좀 빌려주세요. 아니, 당황하지 마시고요…. 어때요? 심장이 엄청 뛰지 않아요? 아저씨를 떠올릴 때마다 이러는데, 가끔은 저조차도 감당이 안 돼요. 그래서요. 오늘은 계속 고맙다는 말만 하고 싶은데 아저씨는 어떻게 생각하세요? 그래야만 진정이 될 것 같거든요.

부담스러우세요? 아니면 고맙다는 말 대신 다른 걸로 할까요? 뽀뽀라든가. 저번처럼 깨무는 거라든가. 아, 까불지 말라고요? 부끄러워하시긴. 그럼 귀에 딱지가 앉을 정도로 말씀드릴게요. 몇 번이고, 몇 번이고요….

○ ● ○

실없는 웃음이 새어 나왔다. 재희가 고맙다고 말할 때마다. 무엇이 얼마나 고마웠는지를 하나하나, 세세하리만치 설명해 줄 때마다….

물론 제 손을 가져가더니 가슴 위에 얹어 놓았을 때는 숨이 멎는 것 같았지만. 어쨌거나 저로서는 전혀 알 길이 없었던 마음을 확인받을 때마다.

"고마워요, 아저씨."

이러려고 쉴 새 없이 달려왔나 싶었다. 재희에게 이토록 정직하고도 사랑스러운 고백을 들으려고, 오랜 시간을 지나온 건가 싶었다.

주책이 따로 없지. 그 한마디에 목울대가 젖어 들다니.

"하하…."

아무래도 나이가 들긴 든 모양이었다. 건욱은 벅차오르는 감정에 어이없어하는 와중에도 웃음이 새어 나오는 걸 막을 수 없었다.

생각해 보면 처음부터 지금까지… 그 애에 대한 건 온통 걱정뿐이었다. 더 해 주지 못해서 미안했고, 아무리 애를 써도 수많은 인파 속에 끼지 못하는 그 애를 보면서 불안했었다.

잘해 주고 싶어서 벌였던 일들이 너를 밑도 끝도 없이 끌어내리는 선택이었으면 어떡하나. 혹은 여기까지만 해도 되는 건가. 그도 그럴 게 자신에 비하면 한참이나 어린 애니까. 조금 더 제대로 된 걸 해 줘야 하는 게 아닌가….

네가 다른 애들보다 조금 더 힘든 길을 걷는다는 게. 그 사실이 때로는, 모든 걸 놓아 버려도 괜찮을 이유가 될 수도 있다는 게 두려워서. 끊임없이 신경이 곤두섰고 때때로 엄습하던 불안은 습관처럼 달라붙어 있었는데….

"정말. 정말로 고마워요."

오랜 시간 자신을 괴롭히던 것들이 다 녹아내리는 것 같았다. 고맙다는 말에. 살아갈 수 있었다는 말에. 그 이유가 과분하게도 자신이었다는 말에….

"재희야."

여전히 상황은 나아진 게 없고. 해야 할 것들은 무수하게 많고. 그 것마저도 잘 매듭지을 수 있을지 모르겠지만 그래도 재희야.

그럼에도 불구하고 너는 유일하게 나를 안정시킬 수 있는 사람이었다. 참 이상하지. 네가 괜찮다고 하면 정말로 다 괜찮아진 듯한 기분이 드니까 말이야. 고맙다는 말에는 어째서인지 해방감마저 느끼고 있었고.

왜였을까. 네가 확신을 주었기 때문일 거야. 내가 네 인생에 끼어드는 게 귀찮지 않았다는 거니까. 오히려 필요로 했다는 말을 들은 거니까… 전전긍긍했던 마음이 이제야 보상을 받는 기분이었어.

그러니까 고맙다는 말은 네가 아니라 내가 해야 해. 네가 용기 내어 모든 걸 말해 주었듯이 나도, 너를 만나면 하고 싶었던 말들을 이제라도.

"그렇게 말해 줘서 고마워."

고맙다고.

"늦었지만… 말도 없이 떠나서 미안했다."

미안하다고.

"네가 잘못해서 떠난 게 아니었어. 그러니까 더 이상 자책하지 마."

"아저씨…."

"나 때문에 고생 많았다, 재희야."

그 어떤 것도 네가 잘못한 건 없었다고….

건욱은 재희의 가슴을 덮고 있는 제 손을 물끄러미 바라보았다. 아무리 재희가 두 손으로 꼭 쥐고 있다 한들 그로서는 충분히 떼어 낼 수 있었지만 그러지 않았다. 재희의 떨리는 심장 박동을 느끼는 게 좋았다. 손바닥 너머로 아주 작은 무언가가 콩콩, 뛰고 있다는 게 신기하기도 하고 또….

"흑…."

어떻게 사람이 심장 소리마저도 사랑스러울 수 있나 싶었다. 이제는 우는 모습까지도. 재희는 못내 억울하다는 듯 울음을 터트렸다.

"아씨…."

"왜?"

"반칙이에요."

"뭐가."

웃으면 안 되는데. 병아리처럼 입술을 쭉 내밀고 투정을 부리는 재희가 귀여웠다. 그래서 오늘은, 정말로 오늘만큼은 손을 뻗어서 재희의 눈물을 닦아 주었다.

원래는 저조차도 허락하지 않았을 손길이지만… 아까도 말했듯이 이 순간만큼은 다 괜찮을 것 같은 기분이 들었다. 더군다나 제 품에서 울음을 터트린 애를 외면하는 것도 힘든 일이라는 걸 깨닫고 있었으니까.

"제가 울리려고 했는데."

"나를?"

"되게 멋있게 고백했잖아요. 할 말 안 할 말 구분해 가면서 잘했다고 생각했는데."

"그랬지."

"그래서 아저씨가 감동받아서 울었으면 좋겠다고. 꼭 그렇게 만들 거라고 다짐했는데…."

"그러게. 네가 왜 우냐."

"씨이…."

하하. 건욱은 처음으로 호탕하게 웃었다. 품속으로 토끼 새끼처럼 파고든 재희가 예쁘다.

이 순간이 꿈인지 현실인지 몽롱한 상태에서도 이 애의 존재는 선명하게 떠오른다. 유리구슬처럼 단정한 눈동자는 제 속내를 까발릴 것처럼 깨끗했고, 한순간도 먼저 피한 적이 없었던 시선은 올곧기만 하다.

오히려 호수처럼 맑은 눈동자를 피했던 쪽은 자신이었다. 떳떳하게 봤던 적이 있었는지 손에 꼽을 정도다. 그나마 오래도록 들여다보았을 때는 이 애가 잠이 들었던 순간이었던 것 같다.

"아저씨, 이젠 부끄러워하지 마세요."

"어떤 걸?"

"다요."

"……."

"전부 다."

그 눈동자를 있는 그대로 마주하는 순간. 그 속에 담겨 있는, 너의 과분한 애정을 발견한 그 찰나에.

"제가 아저씨를 밝히는 것도 그렇고."

"너…."

"아저씨가 가진 직업이나 배경도 마찬가지예요. 적어도 저한테는 그러실 필요 없다고요."

"……."

"히히."

해사한 웃음까지 더해지면… 결국 인정할 수밖에 없을 테니까.

내가 너를, 재희야. 때로는 **뻔뻔**할 정도로 나에게 네 이름을 새겨 놓는 너를. 그러다 보니 어느새, 정말로 네 것이 되어 버린 이 마음을.

"하하…."

기어코 받아들이고 말 테니까. 정말이지 기어코….

무모한 감정이라는 걸 알아. 그래서 오랜 시간 벽을 쌓아 왔다. 무너지면 안 된다고 빌고 또 빌어서 버텨 왔어. 그런데 그걸 네가 단숨에 무너뜨렸다. 그 꼴은 강압적이긴커녕 제법 상냥하기까지 했어. 무너진 벽돌 위로는 꼼짝없이 급류가 밀려들고, 눈 깜짝할 사이에 강을 이루었지.

단언컨대 나는 손쓸 도리 없이 무너진 마음 위로 어떤 이름이 붙는지 알아. 아마 너도 알겠지. 다름 아닌 너니까. 나를 제멋대로 부수고, 헤집고. 그러나 처음부터 시작할 수 있도록 새로운 이름을 붙여 준 사람은 너였으니까. 그런 모습을 보고, 어떻게 너에게 빠지지 않을 수가 있을까. 어떻게 내가, 너에게….

"하아…."

마침내 제 마음을 인정하게 된 건욱은, 그러나 괴로운 듯 손바닥으로 두 눈을 가렸다.

언제부터 시작된 마음인지 알 수 없었다. 마음의 형태가 달라진 게 도대체 어느 시점이었는지. 아주 오래전부터였다고 하면 그 애와 함께 했던 것들이 전부 틀려먹은 것처럼 느껴질 것 같았다.

그도 그럴 게, 네가 열일곱이었을 때부터라고 하면 그건 너무 추할 테니까. 스무 살이 넘었다고 해도 열몇 살 차이가 나는 애를 갖다가 그런 마음을 품는 게 떳떳한 일도 아니고. 그렇다고 며칠 되지 않았다고 하면 지나치게 가볍게 느껴질 것 같아서 그건 그거대로 싫었다.

그러니까 내 말은….

내가, 열일곱의 너를 보면서 느꼈던 감정들이 틀렸다고 생각하지 않는다. 그 시절로 돌아간다고 해도 나는 너를 도우려고 애를 썼을 거고, 원조를 운운하는 강재현의 멱살을 움켜쥐는 데에 한 치의 거리낌도 없었을 거야.

하지만 스물하나의 너를 보면서 느끼는, 이 열기가 틀렸다고도 생각하지 않는다. 그래, 알고 있어. 미친놈처럼 보이겠지. 뭐 이런 이기적인 새끼가 다 있느냐고. 하지만 나는 그래. 이런 식으로 마음을 설명할 수밖에 없어서 그런 거니까….

하지만 이 마음을 입 밖으로 내뱉을 수는 없었다. 생각하는 것만으로도 죄스러웠다. 더 이상 내 것이 아니게 된 마음을 받아들인다 한들, 이 관계를 이어 갈 거라는 생각은 하지 않았으니까. 그건 엄두도 내지 못할 일이다. 이 순간마저도 내게는 과분하다 못해 흘러넘치니까….

"아저씨."

"……."

"섹스하고 싶어요."

그러니까 제발, 말도 안 되는 소리 좀 하지 마….

재희가 두 눈을 가렸던 제 손바닥을 천천히 내렸다. 깨끗한 눈동자가 고스란히 그를 담아내고 있었다. 그와 동시에 건욱은 어디로든 숨고 싶어졌다.

견딜 수가 없어서였다. 그 애가 문까지 따고 제 방으로 들어온 순간부터. 아니, 침대 위에 나란히 누운 순간부터. 아니면 눈을 뜨자마자 보이는 사람이 이 애라는 걸 깨달았던 순간부터. 그것도 아니라면 너를 이성으로 여기고 방황하던 순간부터 줄곧….

너를 머리부터 발끝까지, 특히나 예쁜 말만을 내뱉는 그 입술을 먹어 치우고 싶다는 욕망에서 허우적거리고 있었다. 네가 생각하는 것보다 훨씬 구제 불능이나 다름없는 생각을 떠올리고 있었는데….

"저, 아저씨 생각하면서 자위한 적도 있어요."

"뭐…."

"예전에 공장에서 일하다가 아저씨 본 적 있었거든요. 그때부터 그랬어요. 계속…."

그런 눈으로, 그런 말을 해 버리면 재희야. 사람 무서운 줄도 모르고 그토록 겁도 없이 다가오면, 도대체가 어쩌려고 그래, 응? 내가 정말로 머리가 돌아서 네게 입이라도 맞추면 어쩌려고. 입만 맞추면 다행이지. 어쩌면 너조차도 자세히 들여다본 적 없는 곳까지 엉망으로 만들어 버리면 어쩌려고 그래?

나 같은 새끼한테 함부로 너를 허락하지 말라고. 그러면 진짜로 씨팔, 주제도 모르고 기어오르는 게 자지 달린 새끼들이니까. 네가 아무리 섹스라거나 자위라는 말을 입에 올려도 그런 새끼들이 하는 짓에 비하면 순진해 빠졌으니까….

"그만해."

그러니까 나는 할 수 없어.

"왜요?"

"……."

"아저씨도 섰잖아요."

네 말대로, 정말로 네 말대로 내가 아무리 욕망이 끓어도. 알고 보니 너 또한 나와 같은 마음이었다 해도.

"후회할 것 같아서."

지금 내가 너를 안아 버리면. 아무것도 해결이 되지 않은 상태에서 너를 안아 버리면… 너에게 미안할 일밖에 남지 않을 것 같아서.

"후회요?"

"……."

"저를 안으면, 후회하실 것 같다고요?"

"그래."

재희가 상처받은 기색이 다분한 얼굴로 물었다. 고운 눈썹이 찌푸려지자 저도 모르게 마음이 욱신거렸다. 하지만 내가 너를 마음에 담아 둔 것과 별개로. 너를 안고 싶다는 욕망이 끓는 것과도 별개로… 아깝지 않으냐고, 재희야.

내가 너였다면. 정말로 너였다면 나는, 내가 가진 처음을 나 같은 새끼랑 보낼 생각은 하지도 않을 거다. 네 또래 애 중에서 잘생기고 썩 괜찮은 놈들을 만나서, 조금은 서툴러도 그런 식으로 경험을 했을지언정 나처럼 미래도 뭣도 없는 새끼랑 뒹굴어 먹겠다는 생각은 추호도 하지 않았을 거야.

네가 너무나도 다정한 탓이다. 타고나기를 상냥한 성정 탓에 나 같은 놈을 남자랍시고 욕망할 수 있는 거야. 확신하건대 시간이 지나면 너도 다행이었다고 생각할 거다. 그 순간에 그렇게 휩쓸리지 않아서 천만다행이었다고 생각할 테니까….

"같은 마음 아니신 거 알아요."

"재희야."

"그래도 저는, 정말로 아저씨를 좋아하거든요. 그러니까 인간적으로 말고요. 남들처럼 만나고 싶다거나 연애하고 싶다는 마음으로 좋아하는데…."

나도 그래. 감히 그런 마음을 가졌어. 결코 다르지 않았다. 오히려 깊으면 깊었지, 다른 마음이 아니라고.

"그러니까 지금밖에 없단 말이에요. 어차피 아버지를 찾는 대로 나가야 하니까…."

"……"

"그때까지만이라도 아저씨랑 가까이 있고 싶었어요. 분위기를 틈타서 이런저런 짓도 해 보고 싶었고요. 그게…."

"재희야."

"그 시간이 저한테는 기회였단 말이에요. 그러니까, 조금 쪽팔려도 말했던 건데…."

재희는 수치스러웠는지 고개를 파묻었다. 목소리가 떨리는 걸 보니 밀려드는 부끄러움을 감당하지 못하는 모양이었다.

어쩐지 어울리지 않게 객기를 부린다 싶었다. 고작해야 스물하나 먹은 애가 적극적이면 얼마나 적극적이려고. 제게 건넨 고백만으로도 숨이 벅찬지 헉헉거리는 애를 갖다가….

"섰잖아요. 지금도요. 잔뜩 서셨잖아요. 그런데 왜 안 돼요? 저, 그래서 말한 건데. 아저씨도 저랑 다르지 않을 거라고 생각해서, 그래서 말한 건데…."

손까지 바들거리며 떠는 애를 갖다가 건욱은, 이러면 안 되는 걸 알면서도 재희를 품에 넣었다. 그리고 여리게 떨리는 등허리를 천천히 쓸어내려 주었다.

"저, 그날도 들었단 말이에요…."

"뭘…."

"어젯밤에 아저씨가, 문 잠그고 하신 일이요. 자위하셨던 거요."

"그걸…."

"저 때문에 하셨던 거잖아요. 맞죠? 제 생각 하면서 그러신 거잖아요."

정신이 아득해지는 것 같았다. 나름대로 참아 낸다고 생각했는데 소리가 흘러 나간 모양이었다. 건욱은 곤란하다는 듯 신음했다. 그래,

그렇긴 한데. 네 말이 다 맞는데….

"그런 건 나중에. 정말로 소중한 사람이 생기면 하는 거야."

"말씀드렸잖아요. 저한테는 아저씨가 가장 소중하다고요."

"나 말고 다른 사람이 생기면, 재희야."

"다른 사람 같은 건 없어요. 아저씨 말고는 이런 마음 가져 본 사람 없었다고요."

"너 이제 스물하나야. 사람 일 어떻게 될지는 아무도 모르는 거고…."

"이 정도면 다 큰 거 아니에요? 똑같은 성인이잖아요. 떳떳한 거잖아요."

"기가 막혀서, 진짜…."

뭘 어떻게 해야 잘 설명할 수 있을까. 떠오르는 말이라고는 정말이지 꼰대 같은 말밖에 없었다.

아무리 성인이라도 이십 대랑 삼십 대가 같냐. 네가 내 나이 되어 봐라. 아무리 속이 끓는다고 한들 이제 막 성인이 된 녀석을 안는 게 얼마나 터무니없이 느껴지는지. 그 당치도 않은 걸 겪고 있어서 아주 죽을 맛이란 것도….

"그런데 왜 달래 주시냐고요. 왜 다정하게 구시는 거냔 말이에요…."

그러니까 제발, 나한테도 방법을 알려 주면 좋겠는데. 네가 우는 걸 외면할 방법 같은 걸. 네가 웃을 때마다 머리가 돌지 않을 방법이라든가….

너는 이미 나에게 불가항력이다, 재희야. 그래서 나도 미칠 지경이라고. 알고 있는데. 나도, 네 눈물을 닦아 주면서 품에 넣고 달래 주는 일은 하면 안 되는 거 누구보다도 더 잘 아는데.

"시도 때도 없이 눈에 밟히니까 그러는 거잖아."

"히끅."

"기껏 고백하더니 섹스니, 자위니 그런 말이나 해서 사람 놀래기나 하고."

"흑."

"다음부터는 그러지 마라. 아저씨 간 떨어지는 줄 알았어."

오늘만 달래 주는 거다, 오늘만. 응?

그러자 재희는 고개를 끄덕거리면서 제 가슴팍에 얼굴을 비벼 댔다. 낮잠에서 깨어나자마자 아주 머리가 어질어질하다. 온몸에 열이 올랐다가 애가 우는 걸 보고는 차갑게 가라앉았다가, 다시 품에 안기는 걸 보니 달아올랐다가….

아주 시팔, 사우나를 차려도 되겠다, 사우나를.

건욱은 재희를 다독여 주면서 어금니를 세게 물었다. 이 조그마한 녀석의 답답한 마음을 모르는 게 아니었다. 자기는 최선을 다해서 다가오고 있는데 상대가 이 모양이면. 어떠한 대답도 없이 피하려고만 한다면, 어떻게 서운하지 않겠냐고….

오죽하면 그런 말까지 하도록 만들었나 싶다. 그러나 자신은 재희에게 확신을 줄 수 있는 사람이 아니었다. 현재에도 미래에도 이 애에게 뚜렷한 무언가를 전해 줄 수 있는 배경을 가지고 있지도 않았다.

오히려 쓰레기 같았겠지. 뭣도 없는 새끼가 뭐든 다 해 주겠다며 제 몸 반만 한 애를 빨아 먹으려고 든다면. 지금도 뭐, 별반 다른 거 같진 않다만….

Rrrrr. Rrrrr.

휴대폰이 요란하게 울렸다. 정오를 막 지나가고 있는 일요일이었다. 주말에는 일적으로도 쉬는 편이라 연락이 올 곳이 없는데….

건욱은 훌쩍이는 재희를 토닥거리면서 한쪽 팔을 뻗었다. 그리고 침대 헤드에 놓여 있는 휴대폰을 손에 쥐었다. 차석환 비서였다. 그가 바로 연락을 받았다.

"무슨 일이야? 차 비서가 주말에 연락을 다 하고."

— 대표님, 그게….

"말해."

— 유상훈 말입니다. 대표님께서 찾아내라고 지시하셨던 그 채무자 말입니다.

"그래, 찾았나?"

— 그, 결과적으로는 그렇습니다. 찾아냈습니다만….

"무슨 서론이 그렇게 길어, 시팔. 본론부터 빨리빨리 말 안 하냐? 이…."

평소처럼 대화를 이어 가던 건욱은, 순간 품에서 고개를 쏙 들어 올리는 재희를 보며 입을 틀어막았다.

시팔, 애 듣는 데서 욕 좀 하지 말라니까. 안 그래도 우는 애 놀래키기나 하고, 등신 새끼가. 건욱은 잠시 휴대폰 마이크를 가렸다. 그리고 촉촉하게 젖은 눈망울로 저를 올려다보는 재희에게 말을 건넸다.

"미안하다."

"왜요?"

"욕해서…."

"저한테 하신 거 아니잖아요."

"그래도 어렸을 때부터 그런 말은 안 듣는 게 좋은 거니까…."

"이럴 때는 진짜 팔불출 같아요. 그리고 말씀드렸잖아요. 저 안 어리다니까요."

그러나 제 걱정과는 달리 재희는 웃긴다는 듯 귀엽게도 키득거렸다. 아무리 알 건 다 안다고 대답했지만 지킬 수 있는 건 지키고 싶었다. 건욱은 재희에게 양해를 구하고 다시 통화를 이어 나갔다.

"그래서 차 비서, 뭐라고?"

— 유상훈 말입니다. 찾아내긴 했지만 도망치는 과정에서 머리를 크게 다쳤는지….

"머리를?"

— 의식 불명 상태입니다.

"뭐, 씨팔?"

그러나 그 순간만큼은 건욱도 언성을 높일 수밖에 없었다. 그리고….

"아, 아빠가 왜요?"

바로 옆에서 흘러나오는 통화 내용을 듣고 있던 재희가 반신반의하며 묻는다. 건욱은 더 이상 재희가 통화 내용을 듣지 못하도록 품 안으로 꼭 밀어 넣었다. 자기도 듣고 싶다고 바둥거렸지만 처음으로 놓아주질 않았다. 그리고 통화 소리를 조용하게 낮추었다.

"대가리만 제대로 붙여 오라고 했지. 그런데 그거 하나를 제대로 못 해?"

— 그게, 방파제로 뛰어들 줄은 몰랐답니다. 아직 숨은 붙어 있는데 언제 눈을 뜰지 모르는 상황이라….

"이런 개…."

— 그래서 이제는 보증인만 찾아내면 되는 거냐고 녀석들이 묻고 있는데 말입니다.

"뭐?"

— 괜찮으시겠습니까?

괜찮으냐고? 도대체 뭘 묻고 싶은 거야, 씨팔. 네가 보기엔 이 상황이 지금 괜찮게 생겼어?

한껏 목청을 높이고 싶었지만 참아야 했다. 옆에 재희가 있다는 걸 잊어선 안 되었다. 건욱은 끓어오르는 화를 필사적으로 억눌렀다.

— 일단 애들은 돌려보내는 게 낫지 않겠습니까? 그 아가씨 말입니

다. 이대로면 꼼짝없이 업소로 넘어가야 할 판인데….

"하!"

― 대표님께서는 어떻게 하실 겁니까?

급격하게 두통이 밀려오는 것 같았다. 안 그래도 과분한 고백에 지끈거렸던 머리가 어질어질하다. 씨팔, 제 인생은 왜 이따위로 생겨 먹었는지 도통 알 길이 없다. 그 와중에도 걱정스러운 눈길로 저를 바라보는 재희는 예쁘기만 하다. 차 비서가 함부로 입에 올려 댄 업소라는 말에 눈살이 찌푸려질 정도로….

'아저씨, 왜요? 무슨 일이래요?'

통화에 방해가 될까 입 모양만 벙긋거리는 재희가 사랑스럽다. 그 사랑스러움에 가끔은 숨이 막힐 것 같은 기분이 들 때가 있었다. 어쩌면 그 순간이 지금일지도 모르겠다고, 건욱은 생각했다.

그러나 차 비서에게 온 전화를, 이미 보고가 다 끝난 연락을 그는 차마 끊을 수가 없었다. 이 말을 어떻게 전해야 하나 싶어서. 네 아버지가 의식 불명 상태인 것뿐만 아니라, 그로 인해 네가 감당해야 할 것들을 어떻게 설명해야 하나 싶어서였다.

어떻게 이렇게까지 굴러떨어질 수 있을까. 자신이야 타고나기를 밑바닥 출신이라지만 너는 아닌데. 결코 그럴 수가 없는 건데… 그 사실이 안타까워서 건욱은 쉽사리 입을 뗄 수가 없었다. 무슨 말부터 꺼내야 할지 엄두가 나질 않았다.

제 5 화
그런 마음도 있다는 걸

    아버지가 의식 불명이라고 했다. 조직원에게 발견되어 도망치다가 방파제로 뛰어들었다고. 그 과정에서 머리를 크게 부딪히는 바람에 의사조차도 고개를 내젓고 있다고 했다. 예기치 않게 듣게 된 소식이 차라리 죽음이었다면 나았을까. 의식 불명이라니 그야말로 엎친 데 덮친 격이었다.

    의식이라도 붙어 있었다면 아저씨는 그 값을 분명히 치르게 했을 거고, 자신은 아버지가 진 거액의 빚에서 벗어날 수 있었을 터였다. 혹여 부고 소식을 듣게 되었다면 곧장 상속 포기 절차를 밟으면 될 테니 마찬가지로 감당하지 못할 빚에서 빠져나올 수 있었을 것이다.

    그러나 언제 깨어날지는 의사도 모른다고 했다. 살아남은 게 용할 정도의 사고였다고. 제가 평범한 가정에서 자랐다면 아버지의 숨이 붙어 있다는 사실만으로도 가슴을 쓸어내렸겠지만 재희는 아니었다. 아버지라는 사람은 끝까지 제 발목을 붙잡는구나 싶었다. 어렸을 때부터 볼 꼴 못 볼 꼴을 다 보고 자랐기 때문일까. 아버지가 사경을 헤매고 있다는 소식을 들었을 때도 별생각이 없었던 이유였다.

오히려 도박 빚을 떠넘기고 도망쳤다는 말을 들었을 때부터 예상했는지도 모른다. 돈을 벌 능력도, 갚을 능력도 없는 사람이었으니까. 숨이 붙은 채로 붙잡혔다 해도 못 갚는다며 죽는시늉을 했을 사람이라고. 그래서 예상과 다를 바 없이 그 몫은 고스란히 자신에게 전해졌을 거라고….

"재희야, 지금 놀랐을 거 알아. 그래도 마음 추스르고, 응급실 가서 놀라지 말고…."

그런데 아저씨가 더 야단법석이다. 오히려 제가 해야 할 걱정까지 빼앗겼다는 생각이 들 정도로 아저씨는 전전긍긍하고 있었다. 자동차 핸들을 붙잡고 있는 손이 떨리고 있다. 초조한 마음에 턱 근육은 연신 꿈틀거리고, 자신을 달래 주려고 안달이었다.

나는 정말 괜찮은데….

차라리 잘됐다고 생각했다. 아버지에게서 벗어날 수 있을 거라는 헛된 기대를 품느니, 이렇다 할 희망도 없이 거꾸로 처박히는 게 자신과도 잘 어울린다고. 그러니까 재희는 괜찮았다. 오히려 그녀가 신경 쓰였던 건….

'후회할 것 같아서.'

자신을 안으면 후회할 것 같다던 그의 대답이었다. 그 말이 아버지가 의식 불명이라는 소식보다 더 충격적으로 다가왔다.

도대체 왜? 어째서 후회할 것 같다는 건지 그녀로서는 이해할 수 없었다. 자신도 그에게 마음이 있고, 그 또한 마찬가지인 것 같은데. 심지어 자길 떠올리면서 자위까지 했으면서. 고백했을 내노, 거기가 엄청 서 있었으면서….

재희는 답답했다. 그도 그럴 게, 마음속에 있는 이야기를 모조리 꺼내 든 자신과 달리 아저씨는 자꾸만 숨기기에 급급했기 때문이다. 그래서인지 대화는 곁가지에만 맴돌았다.

그가 속상하게 해서 미안하다며 사과해 준 건 고마웠다. 그날 일이 오해였다는 것도 이제는 안다. 그 이유가 그의 직업적인 환경에 있다는 것도. 그런데 그게 다였다. 앞뒤 사정은 다 잘라먹고 미안하다고만 한다. 정작 듣고 싶었던 말은 따로 있었는데. 어쩌면 같은 마음인데도 불구하고 함께할 수 없는 이유가 궁금한 거였는데….

심지어 과거 조폭이었던 직업이며, 나이 차이 같은 것도 다 괜찮다고 말하지 않았던가. 제가 괜찮다는데. 그래서 다가가겠다는데 왜 아저씨는 아플 정도로 거리를 두는 건지. 그걸 왜 말해 주지 않고, 계속해서 숨기고만 있는 건지 재희는 신경질이 났다.

이래서야 저만 애를 쓰는 것 같았다. 자신만 애가 닳고, 매달리고 있었다. 거기에다 아저씨의 미적지근한 반응까지 더해지니 그녀의 속은 곪아 가고 있었다.

"유상훈 환자분 보호자 되십니까?"

병원에 도착해서도 의료진에게 자세한 상황을 전달받는 그와 달리, 재희는 누워 있는 아버지에게 시선조차 주지 않았다. 그저 이 상황이 빠르게 지나가길 바랐다. 있어도 없어도 존재감 한번 느낀 적 없었던 아버지의 생사는 그녀에게 있어서 중요한 게 아니었으니까.

결국 달라지는 건 아무것도 없었다. 제자리를 찾아가는 것뿐이다. 오히려 너무 늦게 돌아오는 바람에 덤터기까지 쓰게 됐다. 아버지가 남긴 빚은 고사하고 이제는 병원비까지 내야 할 판이었으니까. 생각만으로 아득해지는 와중에도 아버지는 자신의 불행을 다른 사람에게 모조리 떠넘기고서 태평하게 누워 있었다.

나는 이제 어떻게 되는 걸까.

차를 타고 돌아오는 길이었다. 눈을 뜬 순간부터 지금까지 정신없는 하루였다. 재희는 창문을 열고 불어오는 바람 냄새를 맡았다. 후덥지근한 밤공기가 차 안으로 밀려 들어오고 있었다. 그리고 이 순간이 아주 느리게 지나가길 바랐다. 약속한 게 있었으니까. 아버지를 찾는 대로 오피스텔을 나가겠다던 약속을 지켜야 했으므로….

잠시 신호를 기다리던 순간이었다.

재희의 시야에 대학생처럼 보이는 무리가 들어왔다. 창문을 열고 있어서인지 대화 소리도 드문드문 들렸다. 이번 수업 조별 과제가 어떻다느니, 같이 하는 조원 중에 괜찮은 사람이 있다느니…. 건널목을 건너가는 또래 학생들을 보면서 재희는 이제 저 너머의 것이 되어 버린 소망을 곱씹었다.

깔끔한 옷을 입고, 별스럽지 않은 얘기에도 웃음을 터트리는 애들이 부러웠던 때가 있었다. 그게 열등감으로 발현되지 않았던 건 제게도 기회가 있을 거라고 생각했기 때문이다. 나도 딱 1년만 고생하면. 길어도 2년만 고생하면 등록금 정도는 마련할 수 있겠지. 다시 수능을 쳐서 대학교에 들어갈 수 있겠지. 아르바이트와 병행하느라 힘은 들겠지만 나도, 남들 다 하는 경험을 한 번쯤은 할 수 있을 거야.

그런 생각을 했었다. 조금만 더 버티면 그렇게 될 수 있을 거라고도. 이제는 다 틀려먹은 일이지만….

이제부터 제 인생은 손쓸 도리 없이 밑바닥으로 굴러갈 게 분명했다. 아등바등 산다고 해서 벗어날 수는 있을까. 하루가 다르게 늘어나는 이자를 갚기에만 급급해서 업소에 인생을 저당 잡히진 않을까. 생각해 보면 늘 그런 식이었다. 뭘 하려고 마음먹어도 잘 안 되고. 잘되고 있다 싶으면 매번 넘어지거나 망가지고는 했다. 그게 사물이든 사람이든 전부….

그래서 침착하게 굴고 있는 건지도 모른다. 이렇게 될 줄 알았다고.

매번 그랬으니까. 뭐 하나 마음대로 되었던 적은 없었으니까. 화목한 가정을 바라면 보란 듯이 술에 취한 아버지가 손찌검을 했고, 조용한 학교생활을 바라면 우습다는 듯이 이상한 소문이 퍼졌으니까.

이제 좀 살 만하다 싶었을 때는 업소로 끌려갔고, 아저씨와도 겨우 닿았다고 생각했는데 정작 아저씨는 서운할 정도로 거리를 두고 있었으니까. 처음부터 내 것이 아니었다는 것처럼. 엄두조차 내지 말았어야 했다는 것처럼….

"아저씨."

"……."

"저, 괜찮아요."

그러니까 이번 일도 재희는 심각하게 여기지 않았다. 그녀가 겪는 아쉬움 중의 하나였을 뿐이다. 살다 보면 아무리 애를 써도 갖지 못하는 게 있으니까. 그걸 인정하는 건 아주 쉬웠으니까….

"그러니까 표정 좀 푸세요."

"……."

"업소에서 일하는 건 전데 왜 아저씨가 죽을상이세요?"

"누가 업소에서 일하라고 했어?"

아까부터 아저씨는 저보다 더 착잡한 표정을 짓고 있었다. 어떤 농담을 던져도 말이 없길래 말수를 줄였는데 이제야 대답을 해 준다. 대답보다는 성질을 못 이겨서 발끈하는 것에 가까웠지만….

"저도 알아요. 제 능력으로는 아버지가 진 빚의 손톱만큼도 갚지 못한다는 거요."

"……."

"그럼 뭐겠어요. 그날처럼 업소로 끌려가는 것밖에 더 없잖아요. 그날도 사실 운이 좋았어요. 아저씨가 아니었으면 도망이 뭐야, 일찍이 거기서 일하고 있었을걸요?"

"너…"

"아저씨한테 더 쪽팔린 모습 보여 주기 전에 만나서 그나마 다행이었어요."

거기서 접대라도 하던 상태에서 그를 마주쳤다면 끔찍할 뻔했다. 안 그래도 고등학생 때부터 지금까지 그녀의 부끄러운 모습을 전부 지켜봐 왔던 그였다. 수치심에 정도가 있겠냐마는 적어도 그따위 밑천이 다 드러나는 일을 하는 상태에서는 만나고 싶지는 않았다.

"저요. 적응력 좋아서 금방 잘할 거예요. 신입 주제에 벌써 매출 1위 찍으면 어떡하죠? 거긴 지명도가 높을수록 좋다면서요?"

"그만해."

"그때 만났던 직원도 말하더라고요. 저 같은 애를 선호하는 경우도 있다고. 엄청 쭉쭉빵빵하고 그러지 않아도 돈은 벌 수 있나 봐요."

"그만하라고 했어."

"그런데 아저씨는 안 오셨으면 좋겠어요. 그런 모습 보여 주기 싫거든요. 아니면 오시기 전에 연락이라도 해 주세요. 마음의 준비만 하고 나면 제대로 접대할 테니까…"

끼이이익!

도로를 유유하게 통행하던 차가 신경질적으로 갓길에 세워졌다. 어찌나 거칠던지 그녀의 몸이 크게 들썩거릴 정도였다. 사고라도 난 줄 알았네. 재희가 놀란 마음에 숨을 들이마시는 순간이었다.

"너…"

"……"

"뭐가 그렇게 즐거워?"

그의 싸늘한 시선이 제 뺨에 똑똑히 닿았다. 팔목에 소름이 돋아났다. 처음 보는 아저씨의 모습이었다. 꼭 입길 직진의 들개를 보는 섯 같아서 재희는 더럭 겁이 났다.

"지금 이 상황이 장난처럼 느껴져?"

"장난이라고 생각해 본 적 없어요."

"그런데 왜 자꾸 이상한 소릴 해서 사람 돌게 만들어."

"제가 언제…."

"안 그래도 뭘, 어디서부터 어떻게 처리해야 할지 생각하는 것만으로도 머리가 터질 것 같은데, 왜 그딴 말로 사람 속을 뒤집어 놓느냐고!"

아저씨가 이토록 적나라한 말을 내뱉는 것도 처음이었다. 그러나 그가 내뱉는 분노에 그녀도 덩달아 숨이 차올랐다. 재희가 마찬가지로 인상을 확 찌푸렸다.

"제가… 제가 누구 때문에 이러는데요? 업소로 팔려 갈 생각에 어이가 없는 사람은 저예요. 그런데 아저씨 기분이 너무 안 좋아 보이니까. 아저씨까지 걱정시키고 싶지 않으니까 제 나름대로 애썼던 거라고요!"

"유재희."

"도대체 누가 그런 곳에서 일하고 싶겠어요? 정신이 나간 게 아니고서야 도대체 누가요? 그런데 아저씨는 아까부터 계속 화만 내고, 나는 그냥 위로나 받고 싶었던 건데, 무섭게 몰아세우기나 하고! 자기가 먼저 그래 놓곤 도대체 누구 탓을 하는 거냐고요!"

제가 이렇게까지 달려들 거라고는 생각하지 못했는지, 그는 기가 막힌다는 듯 숨을 들이켰다. 그러나 끓고 있는 속을 견디지 못하겠는지 기어코 말문을 연다.

"그럼, 어? 당장이라도 업소에 팔려 가도 이상할 거 없는 애한테 응원이라도 할까? 네 말대로 매출 1위 찍으면, 지명도 높아지면 그놈의 빌어먹을 빚 갚을 수 있을 테니까 열심히 하라고? 매출 당겨 주러 갈 테니까 잠자코 기다리라고 말해? 그딴 곳에서 굴러먹는 새끼들처럼 저급하게 굴어야 네 속이 편하겠어!"

"차라리 그게 낫겠어요."

"뭐?"

"도대체가 무슨 생각을 하는 건지 종잡을 수조차 없는 것보다 차라리 그딴 식으로 저급하게 구시는 게 더 낫겠다고요! 그나마 마음이 편할 것 같다고요, 제가!"

재희가 거의 악을 지르듯 대답했다. 그러자 그는 말문이 막힌 듯 가만히 그녀를 바라보고만 있었다. 기다렸다는 듯이 찾아온 침묵 끝에 천천히 숨을 고르던 재희가 먼저 입을 열었다.

"그냥, 평소처럼 하시면 되잖아요."

얼마나 악을 쓴 건지 목소리는 이미 갈라져 있었다.

"아저씨가 제일 잘하시는 거요. 밑도 끝도 없이 피하거나 도망치는 거."

"……."

"다시는 볼 일 없을 것처럼, 거리 두는 거…."

그가 힘없이 픽 웃는다. 누가 목을 찢어 놓기라도 한 것처럼 따끔거렸다.

"그럼 머리 아플 일도 없을 거 아니에요. 그거 아저씨 전문이니까. 대답도 피하고, 물어보려고 하면 도망부터 치고. 가까워졌다 싶으면 다시 멀어지고…."

"……."

"이번에도 그러면 되는 건데 뭐가 그렇게 머리가 아프신데요? 따지고 보면 남이잖아요. 남의 일이잖아요. 그럼 모르는 척하기 더 쉬울 거 아니에요. 어차피 그러실 거면서 이렇게 화내시는 것도 웃긴다고요!"

"재희야."

"이제는 저도 모르겠어요. 둘도 없는 사이처럼 노와수다가도 어느 순간부터는 모르는 척하시는 것도 지겹고, 그래서 정작 다가가면 왜 그러냐는 듯 밀어내는 거에도 지쳤고, 저만 안달복달하는 것도 진짜 지긋지긋해요."

재희는 어느새 뺨을 적시고 있는 눈물을 손등으로 닦아 냈다.

"저야말로 아저씨가 무슨 생각을 하시는 건지 모르겠어요. 말이랑 행동이랑 다르다고 느꼈던 적이 한두 번이 아닌데 아저씨는 그걸 인정한 적이 없고. 그래서 답답해 죽겠는데 저는 아무것도 바랄 수가 없어요. 아저씨가 짜증이 날 정도로 선을 그으시니까요. 조금만 넘으려고 해도 도망치시니까요. 안 된다고 화를 내시니까요! 그냥, 저 같은 애는 딱 거기까지라는 것처럼요. 귀찮아 죽겠다는 것처럼…."

"인정하면 뭐가 달라지는데?"

낮게 가라앉은 목소리가 재희의 귀를 후벼 팠다. 그녀는 잠시 숨을 멈추고 그를 바라보았다. 그는 여느 때처럼 평온하게 말문을 열었다.

"내가 너를 좋아하고, 좋아하다 못해 사랑 따위를 하고."

"……."

"온종일 너만 떠올리면서 욕구가 생긴다는 걸 인정하면, 그걸 받아들이고 나면 뭐가 달라지느냐고."

"무슨…."

"거기엔 아무것도 없어."

전방을 주시하던 그의 시선이 천천히 그녀를 향하고 있었다. 재희는 시간이 아주 느리게 흘러가고 있다는 착각이 들었다.

"재희야, 거기엔… 정말로 아무것도 없어."

밤그림자가 내려앉은 눈동자는 공허함을 띠고 있었다. 예상치 못한 고백 끝에서, 결국은 아무것도 없다고 대답하는 그가 쓴웃음을 지었다. 머리를 한 대 얻어맞은 것 같았다. 그는 인기척조차 느껴지지 않는 어느 새벽을 닮아 있었다. 그토록 적막하고도 위태로워 보이는 모습을 재희는 말없이 바라보고만 있었다.

○ ● ○

예전에 말이다. 아주 예전에….

최태진이라는 녀석이 있었어. 지금 네 나이 정도였을까. 어린 나이에 조직에 들어온 녀석이었지. 그런 것치고는 맷집이 있는 놈이었어. 학교 다닐 적에 유도를 했다던가. 아마 그랬을 거야.

녀석은 금방 위로 치고 올라갔어. 간부들 사이에서도 차기 조장이 될 거라며 혀를 내두를 정도였는데, 당시 내가 근무하고 있던 계열에서는 녀석의 이름을 모르는 놈들이 없었지. 그 정도로 실력 있는 녀석이었어.

그런데 조직 내에서도 자주 입방아에 오르내리던 녀석이 언젠가부터 밖으로 나돌기 시작했어. 현장에 투입되고 나서도 조금이나마 짬이 생길 때마다 자리를 비우곤 했지. 선임들이 어디 가는 거냐고 물으면 대답조차 얼버무리면서.

처음에는 다른 조직에서 스카우트라도 들어온 건가 싶었다. 처음부터 분탕을 치려고 들어온 게 아니냐는 말도 있었고. 그런데 그런 짓을 하기에는 애가 좀, 단순했어. 명령하는 건 전부 책임감 있게 해내는 데다 머리 굴리는 데에는 영 소질이 없어 보였으니까.

분명히 다른 이유가 있는데 그걸 모르겠더란 말이지. 그래도 근무하는 데에 피해 끼친 적은 한 번도 없었으니까 흐린 눈으로 넘어갔다더라. 밑바닥으로 들어와서 도박이라든지 유흥에 빠지는 녀석들이야 한두 번 본 게 아니었으니까….

태진이가 손가락이 잘렸다는 소식을 들은 건 그로부터 얼마 되지 않아서였어.

손가락, 그러니까 조직 내에서 이루어지는 관례 같은 거야. 내부에서 분열이 일어났을 때 지는 쪽이 잘라 내는 거지. 조직 분위기를 흐트러뜨린 대가를 누군가는 치러야 한다는 거야. 우습게도 들리겠지만 뭐, 오랜 전통이라고 하니 나도 크게 할 말은 없어.

그런데 아까도 말했었지. 태진이는 간만에 물건이 들어왔다고 할 정도로 실력이 괜찮은 놈이었다고. 몸집은 물론이고 쌈박질엔 서툴지언정 힘 하나는 보장하는 놈이었다고. 그런데 그랬던 놈이 하루아침에 곤두박질을 친 거야.

다들 이게 무슨 일이냐고 놀랐었다. 대체 누구냐고. 누가 태진이 놈을 이겨 먹었느냐고 말들이 무성했어. 그래서 알아봤더니 태진이가 몸 담은 조에서 가장 말단이었던 놈이 원인이었지. 태진이 녀석에 비하면 몸이며 실력이며, 솔직히 형편없는 수준의 녀석이었다. 4년 정도 먹은 짬밥이 전부였던 녀석이었지.

그런 녀석이 어떻게 태진이를 이길 수 있었느냐고? 4년 동안 짬밥을 축내면서 한 가지는 제대로 배웠기 때문이야. 그걸 아는 녀석과 모르는 녀석이 붙었던 거지. 사정을 알아봤더니 결국은 태진이가 질 수밖에 없었던 싸움이었어. 다른 녀석들도 그건 태진이가 한참 잘못한 거라며 혀를 찼고.

그 녀석이 의붓누나를 끊어 내질 못했으니까. 그래서 스스로 약점을 만들어 낸 거나 다름없었으니까….

단순한 이야기야. 조직에 들어오면 반드시 해야 하는 일들이 있거든. 그중 하나가 혈연이든 뭐든 약점이 잡힐 만한 것들은 전부 떼어 내야 한다는 거였어. 그런 일들은 생각보다 빈번하게 일어나니까. 조직원들의 서열이 내려가는 건 물론이고, 결국 목숨까지 버리게 되는 건 대부분 그런 이유였어.

소중한 사람을 잃어버리는 거니까. 다른 사람도 아니고 자신 때문에. 그리고 그 사실이 사람을 아주 미치게 만들었으니까.

태진이가 시간이 뜰 때마다 자리를 비운다고 했었지. 맞아, 의붓누
나를 만나느라 그랬던 거였어. 조직에서 번 돈을 제 누나에게 고스란
히 갖다 바치고, 때로는 한 지붕 아래에서 몸을 부대끼기도 하면서.

　녀석은 그렇게 제 누나의 곁을 지켰던 거야. 그러면 될 줄 알고. 조
직에서도 제법 알아주는 추세였고, 힘이든 뭐든 누구에게도 뒤지지 않
았으니 이 정도면 될 줄 알고. 자신은 물론이고 제 누나도 괜찮을 줄
알고….

　그래, 태진이는 방심했던 거야. 밑바닥을 뒹구는 새끼들이 얼마나
저급한지. 그래서 상황이 어디까지 치달을 수 있는지 가늠하질 못했던
거야. 말했잖아. 그 녀석은 머리 굴리는 데에 영 소질이 없는 놈이었다
고. 밑바닥에서 먹고사는 녀석더러 순진하다고 하면 누구든지 비웃겠
지만 정말로 그랬으니까.

　몰랐던 거지. 높은 서열을 꿰찼다는 사실만으로도 자신을 아니꼽게
보는 놈들이 생길 수 있다는 걸. 힘으로 도저히 안 될 것 같으면 의붓
누나를 인질로 삼을 수도 있고, 그런 짓을 하는 데에 거리낌 없는 놈들
이 이 바닥에는 널리고 널렸다는 걸.

　그래도 자기가 곁에서 지키고 있으니 괜찮을 거라고 생각했다는데
어이가 없지. 근무 시간에는 그럼 누가 제 누나를 지켜 줄 건데. 어느
정신 나간 놈이 선행을 베풀겠냐고, 시궁창에 발을 딛고 있는 주제에.
그럼 주변에 있는 놈들도 시궁창이나 다름없다는 걸 알았어야지.

　결국 태진이 누나라는 사람은 다리를 영영 못 쓰게 됐다. 얼마나 분
질러 놓았는지 봉합조차 시도할 수 없을 정도였어. 발레를 하던 사람
이었는데. 어렸을 때부터 태진이 그 녀석이, 자기가 하던 유도는 포기
해도 누나가 하던 발레는 놓지 말라고 제 돈으로 학비까지 댔을 정도
였다는데….

　태진이는 어떻게 되었느냐고? 그래, 제 누나가 그렇게 되었다는 걸

알고 나서 태진이는 그놈을 죽여 버렸어. 인질을 잡거나 그런 것도 없이 냅다 칼로 난도질을 해서 죽였다. 지금은 당연히 수감된 상태고, 앞으로 5년은 더 있어야 나올 수 있을 거야.

다시는 조직에 발도 들이지 않겠지. 그제야 결심한 거다. 없는 채로 살더라도, 저 때문에 망가진 누나의 다리를 마주하더라도, 그래서 매일 비참해지더라도, 그냥, 곁에라도 있고 싶다고. 차라리 그게 마음은 편할 테니까. 조직으로 들어가면 그런 단순한 일조차 해 낼 수 없다는 걸 알게 되었으니까….

○ ● ○

실은 그 녀석의 사정에는 전혀 관심이 없었어.

다른 조직원들의 사정도 마찬가지야. 남의 일에 불과했고 아주 가끔은, 감정에 휘둘려서 멍청한 선택을 하는 조직원들을 보면서 코웃음 치기도 했다. 그래 봤자 눈에 보이지도 않는 것에 왜들 그리 목을 매는지. 믿을 수 있는 건 오직 눈에 보이는 것뿐이고, 그것만이 힘이 되고 권력이 되는 바닥에서 살았으면서. 티끌만 한 감정에 휩쓸리는 걸 나로서는 당최 이해할 수가 없었지.

그런데 도저히 이해할 수 없는 걸, 어느 순간부터는 내가 하고 있어.

끼니는 잘 챙기고 있는지. 잠은 잘 자는지. 학교에서 별일은 없는지. 아버지라는 작자에게 화풀이나 당하고 있진 않을지. 이상한 녀석들이 껄떡대는 건 아닌지. 워낙 예쁜 아이라서 별의별 놈이 다 꼬일 텐데, 그런 놈들은 제가 가볍게 손봐 줄 수 있는 거 아니냐고 합리화까지 해 가면서… 그토록 등신 같다고 여겼던 행동들을 내가 하고 있었어.

그때 깨달았지. 이런 마음이었겠구나. 태진이 녀석은, 그리고 내가 비웃었던 녀석들은 이런 마음으로 밖으로 나돌았던 거구나. 이토록 애가 타고, 눈에 보이지 않으면 걱정부터 되고, 일조차 손에 잡히지 않을 정도로 불안한 감정을 느끼면서. 결국 자신을 좀먹기만 하는 마음을 끌어안고서 버텼던 거구나. 이거 참, 힘든 일이구나 하고….

○ ● ○

도저히 자신이 없었어. 태진이 녀석과 같은 절차를 밟을 자신이. 어쭙잖게 두 가지를 가지려다가 전부 놓쳐 버리는 짓을 나까지 하고 싶지는 않았어.

온종일 신경을 곤두세우면서 너를 지킬 수 있을 것 같지도 않았고, 혹시라도 네가 다치기라도 하는 날에는. 그것도 나 때문에 그 여자와 같은 꼴을 겪는다면 미쳐 버릴 것 같았거든.

죽고 싶어질 것 같았거든.

생각만으로도 견딜 수 없는 일들이 있어. 내게는 너의 안녕이 그랬다. 조금이라도 시무룩한 표정을 보이면 심장이 내려앉았고, 조그마한 입술이 삐죽 튀어나오면 무엇이든 들어주고만 싶었어.

그것뿐일까. 너에게 말하지는 않았지만 그날. 박현석 무리가 너에게 딴죽을 걸었던 날. 나는 정말로, 머리가 돌아 버리는 게 어떤 건지 깨달았어. 급기야 그 녀석들이 학생이건 뭐건 그냥 죽여 버리고 싶다는 생각만 했어.

그마저도 참았던 이유는 딱 하나였다. 네가 걱정됐어. 너라는 존재가 내부에 알려지면 곤란하니까. 꼬리라도 밟히는 날에는, 그래서 네가 위험해지는 날에는 내가 나를 견딜 수 없을 것 같았어.

그러니 거리를 두는 건 당연한 일이지. 욕심을 내려놓는 것도 마찬가지야.

눈을 감고 뜨는 순간까지 네가 머릿속에서 아른거려도. 아저씨, 아저씨 하며 재잘대는 목소리가 환청처럼 달라붙어도. 그날 들었던 네 울음소리가 나를 떠나간 적이 없고, 그래서 여기가….

그래, 심장이 그렇게나 아팠는데도.

그래서 이까짓 거 전부 내려놓자고, 한 번 정도는 양지에서 살아 보는 것도 괜찮지 않겠냐고 스스로를 다독여 봐도… 아무것도 할 수 없었다. 아니, 노력조차도 무색해지는 상황뿐이었어. 내가 그랬고, 내 주변이 그랬고, 둘러싸고 있는 배경이 그랬다.

그것들은 나에게 소리 없이 알려 주었어. 나는 바닥이 어울리는 사람이라고. 이미 많은 시간을 이곳에서 지냈고, 그러니 운이 좋아서 위로 올라간다고 해도 돌아올 수밖에 없을 거라고.

철새들이 돌고 돌아서 고향으로 돌아오듯. 연어들이 물길을 거슬러 회귀하듯, 그렇게. 결국은 나도 있어야 할 곳으로 돌아오게 될 거라고. 손에 묻힌 피가 얼마인데. 발밑에 쌓여 있는 산송장이 몇 구인데. 누군가의 불행으로 먹고산 지가 벌써 10년이 훌쩍 넘는데….

잘 살 수 있을 것 같냐고. 그러면 안 되는 거 아니냐고. 사람으로 태어나서 양심까지는 없더라도, 이제는. 소중한 사람이 생긴다는 게 어떤 건지 알게 되었으면, 안 되는 것도 있다는 걸 받아들여야지. 제 욕심만 고집하면 안 되는 거지. 그랬다간 어떻게 되는지 잊은 것도 아니면서.

그 사람이 유재희가 될 수도 있는 건데. 손쓸 도리 없이 망가지고 나면 그때는 늦을지도 모르는데.

견딜 수 없다면. 끝까지 지킬 자신도 없다면… 그래, 놓아주어야지. 등을 밀어 주어야지. 점조차 보이지 않을 정도로 아주 멀리 도망치라고 해야지. 그게 내가 할 수 있는 최선이니까….

○ ● ○

차 안에는 적막이 내려앉았다.

그가 들려준 이야기가 머릿속을 맴돈다. 그중에서도 태진이라는 조직원의 이야기가, 그 언니를 지키려다가 도리어 화를 불러일으켰다는 말이….

재희는 참고 있던 숨을 한꺼번에 몰아쉬었다. 무서웠다. 사람의 인생이 한순간에 망가질 수 있다는 게. 발레를 하던 사람에게 다리의 존재는 목숨과도 같았을 텐데, 그걸 빼앗아 갔다는 게. 그 사람이 자신이 될 수도 있었다는 게.

그녀가 그의 곁에 있으면, 계속 고집을 부리면서 놓아주질 않는다면….

"어떻게…."

듣는 것만으로도 소름이 끼치는 이야기였다. 심지어 다리뿐일까. 그런 곳이라면, 그런 사람들이 즐비한 곳이라면 그 이상의 것도 저지를 수 있는 거 아닐까.

그런 위험에 처할 수도 있다고 생각하면 하루하루가 지옥일 것만 같다. 자신을 둘러싸고 있는 세계가 두려워지고, 그 불안감에 잠조차 제대로 이루지 못할 것 같다. 목숨을 잃는 것보다도 못한 생을 살게 될까 봐. 차라리 죽는 게 나을지도 모르는 생을 살게 될까 봐. 그런데 그걸, 사람을 좀먹기만 하는 그 마음을 도대체….

"어떻게 견디셨어요?"

"……."

"아저씨는 그걸, 어떻게 견디셨던 거예요?"

그는 어떤 마음으로 견뎌 냈을까. 어깨를 짓누르는 중압감을 어떻

261

게 버텨 낸 걸까.

헤어진 이후에도 그녀를 알게 모르게 도와주면서. 철없이 어리광이나 부리는 자신에게 화 한번 제대로 내지 않고. 그 와중에도 조직에 들킬세라 전전긍긍하면서, 그렇게나 속을 앓으면서도 내색조차 하질 않고. 우쭐거리지도 않고….

그런 사람에게 자신은 무슨 짓을 한 걸까. 할 줄 아는 게 도망치는 것밖에 없느냐며 비아냥거렸다. 지금까지 그랬던 것처럼 모르는 척이나 하지 그랬냐며 그 마음에다 생채기를 냈다. 고백을 받아 주지 않았다고. 자신을 안아 주지 않았다고. 그저 부끄럽게 만들었다는 이유만으로….

"죄송, 죄송해요."

"재희야."

"그런 줄도 모르고. 아저씨가, 그렇게 아픈 줄도 모르고…."

오랜 시간 홀로 긴 터널을 지나왔을 사람을. 그래서 속이 말이 아니었을 아저씨를, 그가 했던 노력까지 아무것도 아닌 것으로 치부하고 말았다.

눈물이 툭 떨어졌다. 손등으로 닦아 내도 눈물은 소리 없이 흘러내렸다. 유치하게 굴었던 게 창피해서였다. 4년 전과 다를 바 없이 화부터 냈던 제가 부끄러워서였다.

"울지 마."

그녀의 눈물을 닦아 주는 것조차 고민하던 그가 손을 뻗어 왔다. 길고 단단한 손가락이 젖은 눈가에 닿는다. 조심스럽게 문지르는 손길이 퍽 다정스럽다. 괜찮아, 괜찮아 하며 다독여 주는 목소리가 눈물이 날 정도로 따뜻하다.

"좋아해서 그랬지."

"아저씨…."

"그런 마음으로는 못 할 것도 없었어."

그가 가지고 있는 마음이 너무나도 커서. 그녀조차도 가늠할 수 없는 마음이라서. 어떻게 그런 기다림이, 그런 침묵이 존재하는 건지 모르겠어서….

재희는 젖은 뺨을 어루만지는 그의 손바닥에 얼굴을 묻었다. 아저씨의 손바닥은 컸고, 따스했고, 제 눈물로 젖어 있었다. 그걸 두 손으로 붙잡고 재희는 끙끙거리며 울었다.

그가 하는 말이 맞았다. 헤아릴 수도 없는 마음을 마주했지만 그 끝에는 아무것도 없었다. 고백을 하고 고백을 받고, 연애를 하고 결혼을 하는… 당연하고도 평범한 것들을 그녀는 떠올릴 수 없었다. 고집조차 부릴 수가 없다.

그가 어떤 마음으로 자신을 바라봤는지 떠올릴 때마다 가슴이 미어졌다. 그가 저 때문에 다친다고 생각하면 벌써부터 눈물이 나는데. 박현석 때도, 혹시나 경찰까지 투입되어 곤란해질까 봐 수천 번을 마음 졸였는데.

아저씨는 그걸 매일 겪었다고 하니까. 제가 그에게 소중한 존재로 자리 잡고 나서는, 계속 불안에 시달려 왔다고 하니까….

그 마음을 담담하게 풀어내기까지 얼마나 오랜 시간이 걸려야 했을까. 제 입으로 소중한 사람의 인생이 망가질 수도 있다는 말을 하기까지. 그걸 울지도 않고 말할 수 있기까지, 제 마음을 몇 번이나 도려내고 또 도려내야 했을까….

"나는 여기가 편해. 벗어나기에는 너무 늦었고, 이제는 조직을 나와도 양지로 갈 수 있는 몸도 아니야."

그가 식은땀으로 젖은 머리카락을 귀 뒤로 넘겨 주었다.

"그러니까 업소에 가겠다는 말은 장난으로도 하지 마. 거긴 너 같은 애가 가는 곳이 아니야. 그따위 짓이나 하라고 어릴 때부터 도와준 것도 아니었고."

재희는 대답 대신 고개를 끄덕였다. 홧김에 뱉은 말이었는데 아저씨는 엄청 놀란 모양이었다. 그리고 이제는 홧김으로도 뱉지 않을 말이었다. 그러자 그는 한층 누그러진 눈빛으로 그녀의 정수리를 쓰다듬었다.

"너한테 떠넘겨진 빚은 내가 갚을 수 있어. 병원비도 마찬가지야. 그다음에는 네가 하고 싶은 대로 하면 돼. 대학에 가고 싶으면 공부하면 되고. 학비는 걱정할 필요 없어. 충분히 내 줄 수 있으니까."

"흐윽…."

"취업하고 싶은 거면 그렇게 해. 자리 하나 정도는 만들어 줄 수 있어. 고졸이라고 무시하는 회사도 아니고. 다들 열심히 하고 있고 월급도 꼬박꼬박 잘만 받아 가고 그러니까…."

"흑…."

"그렇게 네 생활이 만들어지면. 더는 내가 도와주지 않아도 잘 나아갈 수 있게 되면."

"……."

"그때는 네가, 아저씨 좀 놓아줘."

나지막한 부탁이 귓가에 내려앉았다. 그리고 재희는 제가 무슨 말을 들은 건지 잠시 동안 이해할 수 없었다. 놓아 달라니. 그게 무슨…. 영문을 모르겠다는 표정으로 올려다보자 그가 차분하게 시선을 마주쳐 온다.

"보고 싶다는 이유로 불시에 너를 찾아가는 날에도."

"아."

"술에 취해서 좋아한다는 말을, 주제도 모르고 뱉는 밤에도."

"아, 아…."

"안 된다고…."

"……."

"그러면 안 되는 거라고, 화 좀 내 주라, 네가."

아저씨, 아저씨….

재희는 무너져 내리듯 그의 품에 안겼다. 끙끙거리며 참았던 울음이 서럽게도 터져 나왔다. 용암이라도 집어삼킨 것처럼 목구멍이 뜨거웠다.

그가 처음이자 마지막으로 그녀에게 건네는 부탁이었다. 그녀에게 어떤 것도 바라지 않았던 남자가, 유일하게 바라고 있는 자신의 안녕이었다.

"고작 조폭 따까리 짓이나 하려고 살아온 인생 아니라고."

"흐윽…."

"나이도 많으면서 정신 좀 차리라고. 멀쩡한 애 원조 교제 한다는 소리 듣게 하고 싶은 거 아니면. 빚 때문에 팔려 왔다고 손가락질받게 하고 싶은 게 아니라면…."

"아저씨, 흑…."

"그만하고 좀 가 달라고 해 줘."

그보다 더한 말을 해도 상관없어. 꼴도 보기 싫다고, 꺼지라며 욕을 해도 괜찮아. 다 괜찮으니까, 재희야.

그가 젖은 목소리로 말을 이어 나갔다. 서럽게도 우는 그녀를 품에 안으면서, 등을 토닥여 주면서, 그렇게 자신도 숨죽여 울면서 고백했다.

"나는 못 하겠어서…."

자신은 도저히 못 할 것 같다고.

"놓을 수가 없어서, 재희야."

4년이라는 시간을 지나오면서 그런 일은, 그녀를 놓는 일은 한 번도 해 낸 적이 없었노라고….

"어려운 부탁을 해서 미안해."

그래서 미안한 마음뿐이라고 아저씨는 계속해서 사과했다. 그녀를 품에 안은 채로, 숨이 넘어갈 것처럼 우는 그녀를 그 와중에도 달래 주면서. 모진 일을 하게 해서 미안하다고. 처음부터 제가 할 일이었는데 떠넘겨서 미안하다고. 그런데 혼자서는 도저히 할 수 없어서 그랬다고….

끝까지 제 마음부터 헤아려 주는 남자를 마주하면서, 재희는 그럴 수 없다는 말을 할 수 없었다.

붙잡고만 싶었다. 그런 말들은, 그리고 시선들은 신경 쓰지 않는다고. 조직원들이 무슨 짓을 할지 몰라서 무섭기는 하지만 그래도, 함께 있을 방법이 있다면 그러고 싶다고. 곁에 있을 수 있다면 무슨 일이든, 어떻게든 해 낼 거라고.

그 정도로 좋아하고 있다고. 그 마음이, 아저씨가 가지고 있는 것보다 클 거라는 확신은 할 수 없지만, 평생을 걸쳐서 보답하고 싶을 정도로 깊어지는 마음이 있었다고. 그러니까 아저씨가 부탁하는 일은 하고 싶지 않다고 말하고 싶었다.

"그렇게 할게요."

"재희야."

"밀어낼게요, 그러니까…."

그러나 입술은 제 심정과는 다른 말을 뱉어 내고 있었다. 힘들어 보였다. 금방이라도 무너질 것만 같았다. 언제나 견고한 성벽처럼 굳건하게만 느껴지던 그가. 어떤 상황에서도 무너지긴커녕 단단하게만 느껴지던 사람이….

그녀가 하고 싶지 않다고 대답하면, 곁에 있고 싶다고 고집을 부리면 그는 분명히 힘들어할 것이다. 자신이 무사하지 못했을 때 누구보다도 아파할 사람이 아저씨라는 걸 이제는 알고 있으니까. 이미 내려놓을 대로 내려놓은 사람을 고되게 할 게 아니라면, 지금보다 더 망가뜨리고 싶은 게 아니라면….

"울지 마세요, 아저씨…."

여기까지가 최선이었다. 재희가 할 수 있는 전부였다.

속이 상했다. 아저씨도 이런 마음이었을까. 해 주고 싶은 건 많은데. 도와주고 싶은 마음은 굴뚝같은데 하지 못한다는 건. 아무런 도움도 되지 못하는데, 그걸 누구보다도 절실하게 알고 있다는 건….

이렇게나 속이 문드러지는 일이었을까.

한 번의 결심에도 눈물이 마르질 않는데. 가슴이 울렁거려서 목소리도 제대로 나오지 않을 정도인데. 뒷걸음질이 습관이 된 마음이라면. 고통조차 익숙해진 마음이라면. 그 와중에도 오직, 그 사람이 잘 살았으면 좋겠다는 마음만으로 가득 차 있을 뿐이라면….

거기에다 사랑이라는 이름을 붙여 줘야 하는 게 아닐까.

빗물에조차 다칠세라 걱정하는 마음. 그러나 내색하는 것조차 상처가 될까 조심하는 마음. 피부로 느껴지진 않지만 섬세하게 들여다봐야 아는 것, 그래야만 볼 수 있는 것들이. 그래서 소중하게 느껴지는 마음이….

"아저씨는 잘못한 거 없어요."

재희가 간신히 울음을 삼켜 냈다.

"저도 마찬가지예요. 그냥, 저는요. 그런 일도 있는 거라고 생각할래요."

"……."

"그렇게 이별하는 사람들도 있는 거고요."

"……."

"그래야만 편해지는 마음도, 세상에는 있는 거라고요."

그렇게 믿을 거라고 재희는 대답했다. 가끔은. 아주 가끔은 설명할 수 없는 마음도, 감정도. 그런 상황도 있는 거라고.

"그러니까 이제 사과하지 마세요. 저를 좋아한다는 이유로요. 그런 걸로는 질내도 미안해하지 마세요."

"그래."

"저는 좋았거든요. 아저씨가 화를 냈든 아니든 고백해 주셔서요. 혼자만의 마음이 아니었다는 걸 알려 줘서요. 그것만으로도…."

"응."

"그것만으로도 고마웠으니까…."

재희가 우는 듯 웃는 듯한 표정을 지었다. 그리고 그의 따뜻한 가슴팍에 얼굴을 묻었다.

그는 더도 말고 그녀를 마주 안아 주었다. 매끈한 정수리를 쓰다듬었고, 들썩거리는 등을 어루만져 주었다. 그러다가도 문득, 터져 나오는 흐느낌에 재희의 어깨에 얼굴을 묻어 왔다.

"그래…."

그녀의 어깨가 차츰 젖어 가고 있었다. 더운 숨결이 맴돌았다. 그가 처음으로 제게 기댄 순간이었다. 단단하게 두르고 있던 허물을 내려놓고 안겨 오는 순간이었다.

잊을 수 없겠지. 재희는 그를 끌어안은 손에 힘을 주었다. 제가 사랑하는 사람이었다. 앞으로도 사랑하게 될 예정이라 잊지 못할 사람이었다.

이별을 약속한 순간에도 재희는 심장이 두근거리는 걸 멈출 수 없었다. 이러다 심장이 터져 버리는 건 아닐까 걱정이 될 정도였다. 아마 그도 같은 고민을 하고 있을 것이다. 이제는 알 수 있었다. 마침내 알게 되었는데….

세상에는 어쩔 수 없는 일이라는 것도 있었다. 하필이면 그게 먼저여서 우리는 헤어지는 거였다. 서로를 놓아주는 거였다. 오늘은 물론이고, 내일도 잘 살아가기를 바라면서.

그다음 날도. 그 다음다음 날도. 그렇게 안녕하기만을 바라면서. 그렇게 사랑하면서….

○ ● ○

돌아오는 길에는 아무 대화도 나누지 않았다.

그러나 재희는 더 이상 불안하지 않았다. 그가 어떤 심정으로 침묵을 지키는지, 어떤 마음으로 핸들을 움직이는지 알 것 같았기 때문이었다. 말하지 않아도, 모든 걸 표현해 주지 않더라도….

오피스텔에 도착해서 각자의 방으로 들어가서 씻고, 잘 준비를 마쳤을 때도 그에게는 어떤 말도 걸지 않았는데.

"풋."

"푸흡."

그러나 우연히, 거실에서 마주친 순간에는 웃음이 터져 나왔다. 아저씨의 눈가가 부어 있었기 때문이다. 그 모습이 미치도록 사랑스러워 보였던 탓이다.

"아저씨, 눈이 부었어요. 붕어처럼요."

"너도 그래."

"처음으로 못생겨지셨어요."

"그런가."

"히히."

"넌 여전히 예쁘기만 한데."

아마 그에게도 제가 사랑스러워 보였을 것이다.

"아저씨."

"응."

"아저씨 방에 놀러 가도 돼요?"

"그래."

"아싸."

그녀도 마찬가지로 퉁퉁 부은 눈으로 웃었다. 그러자 그도 여태까지 보인 적 없던 미소로 화답해 주었다. 평소였다면 어림도 없었을 부탁이겠지만⋯ 아저씨도 모름지기 알고 있었던 것 같다. 어쩌면 오늘 이 오피스텔에서 함께 지낼 수 있는 마지막 밤이라는 걸.

똑같은 샴푸 냄새와 똑같은 비누 냄새가 나는 몸으로 재희는 그의 옆에 나란히 누웠다. 그리고 침대 헤드에 몸을 기대고 있는 그를 고요하게 바라보았다. 아저씨는 좁은 탁자에 놓여 있던 서류를 한참 넘겨보고 있었다.

"빚은 아저씨에게 다시 갚고 싶어요."

"재희야."

"그래야 마음이 편할 것 같아요."

끄응, 서류를 훑어보고 있던 그의 시선이 그녀를 향했다. 그럴 필요 없다는 암묵적인 대답이었는데, 그녀는 아랑곳하지 않는 모습이었다. 그는 결국 졌다는 듯 한숨을 내쉬었다.

"돈은 어떻게 벌려고."

"그, 원래 다니고 있던 편의점 있거든요. 시급도 괜찮게 받았는데, 잘리지만 않았으면 이자 갚을 돈은 돼요."

"⋯⋯."

"거기다가 부업도 더 하면 되고요. 어차피 시간이야 남으니까⋯."

"차라리 회사로 들어와."

"네?"

"자리 만들어 둘 테니까. 천천히 경력 쌓으면 이자든 뭐든 갚는 데에 부족하진 않을 거야."

"아저씨, 저는⋯"

"그렇게 해, 재희야."

착각일까. 그래야 제 마음이 조금이라도 편할 것 같다는 목소리가 들려오는 것 같았다. 그러나 재희는 걱정스러운 눈길로 그를 올려보았다.

"하지만 괜히 꼬리라도 잡히면요? 아저씨와 아는 사이라는 게 들키기라도 하면…."

"대부분 알음알음 데려온 애들이야. 너 하나 더 들어온다고 해서 의심받을 일은 없어."

"공개 채용 같은 건 안 하시는 거예요?"

"폭력 조직이 기반인 곳이니까. 아무것도 모르는 일반인 데려오는 건 조금 무리가 있지. 사기 치는 기분도 들고."

"아아."

"그래도 다들 제대로 한번 살아 보고 싶어서 온 사람들이니 크게 걱정 안 해도 될 거야. 너도, 굳이 빚을 갚고 싶다면 이 편이 효율적일 거고…."

그가 운영하는 건설사는 금융이나 유흥 계열과는 기조가 다르다고 했다. 양지에도 발을 걸치고 있어서 겉으로 보기에는 평범한 회사와 다를 건 없다고. 게다가 회사로 들어가는 편이 아르바이트를 두세 개씩 병행하는 것보다 훨씬 많이 벌 터였다. 예전 같았다면 과분하게만 느껴지는 배려를 밀어내기 바빴을 테지만….

"그렇게 할게요."

"……"

"고마워요, 아저씨."

이제는 알고 있다. 그는 그저 그녀에게 최선을 다하고 있을 뿐이라는 걸. 알량한 자존심을 내세워서 거절하는 게 그에게는 더 아픈 일이 될 거라는 것도. 의식하지 못하는 것 같지만 한층 구겨져 있던 아저씨의 인상이 펴지는 것도 그때였다. 조금만 들여다보면 이렇게나 알기 쉬운 사람이었는데….

재희는 키들거리며 그의 옆에 꼭 달라붙었다. 그가 이불을 어깨까지 끌어 올려 주었다. 더워서 걷어 내면 다시 덮어 주고, 또 투덜거리면서 걷어 내면 여름 감기가 더 무섭다고 다시 덮어 주는 식이었다.

그가 전해 주는 관심이 좋아서 더 호기롭게 군 것도 있었다. 그도 싫지 않은 기색이었다. 어쩌면 같은 생각을 하고 있을지도 모른다. 이 순간이 계속해서 이어지면 좋겠다고. 한 번쯤은 모든 걸 내려놓고 오로지 사랑만 할 수 있다면 좋겠다고. 그 일부에 불과한 순간을, 오늘이 다 가기 전에 조금이라도 더 맛보고 싶다고….

"아저씨?"

마음이 통했기 때문일까. 그는 손에 쥐고 있던 서류를 좁은 탁자에 내려놓았다. 그리고 전등을 끄고 그녀와 시선을 마주하며 나란히 누웠다. 처음에는 아무것도 보이지 않았지만, 막상 어둠에 익숙해지고 나니 그의 잘난 생김새가 눈에 들어왔다. 깊고 어두운 눈동자가 그녀를 올곧게 바라보고 있는 것도, 정말이지 다 보였다.

"아저씨."

"응."

"사랑해요."

"……."

"아주, 아주 많이 사랑해 왔어요."

그는 대답 대신 그녀의 헝클어진 머리카락을 귀 뒤로 넘겨 주었다. 뺨을 스치는 손길이 조심스럽다. 머리카락을 정돈해 주는 손끝이 간지러웠다. 그리고 재희는 그의 표현 방식이 더 이상 서운하지 않았다. 과분하다고 느끼고 있을 게 뻔하다. 제가 보여 주는 마음을, 그리고 그 마음에 대답하는 걸 감히, 라고 여기고 있을 것이다.

누구도 섬세하게 들여다본 적 없었던 자신의 생을 감싸 주었던 사람이다. 그녀를 더도 말고 덜도 말고, 있는 그대로 봐 주었던 유일한 사람이었다. 그래서 재희는 이제 괜찮았다. 제가 하는 고백에 당장은 대답해 주지 않아도. 가만히 들어 주기만 할지라도, 그래도. 아저씨 나름대로는 최선을 다하고 있다는 걸 아니까.

그런 마음이 있다는 것도 이제는 알고 있으니까. 표현하는 것조차도 미안한 마음이. 혹여 해가 될까 머뭇거리는 게 습관이 된 마음이. 더 넓은 곳에서, 더 많은 것을 보라며 등을 밀어 주는 마음과 그렇게 누군가의 안녕을 바라는 마음이….

사랑이라는 것도 마침내 알게 되었으니까.

○ ● ○

만약에. 만약에요, 아저씨.

응.

제가 아버지 빚을 다 갚으면요. 아저씨가 갚아 준 빚도 다 갚고, 우리가 돈으로 얽힐 일이 없어지면. 그렇게 되면… 그때는 다시 아저씨한테 가도 돼요?

그때는, 네가 아주 괜찮은 녀석이랑 만나고 있지 않을까.

…….

네가 어떤 앤데.

…….

얼마나 사랑스러운 앤데.

○ ● ○

아저씨는 언제부터 저 좋아하셨어요?

좋아하게 된 지는 얼마 안 된 것 같은데.

뭐라고요?

소중해졌던 건 꽤 오래된 것 같고….

아.

이래저래 겹쳐서 확실한 기점은 나도 잘 모르겠네.

…….

서운하니?

아뇨, 그냥….

…….

소중해졌다는 말이 더 듣기 좋아서요. 앞으로도 그럴 것 같아요.

○　●　○

제 어디가 예뻤어요?

전부 다.

그건 알아요. 알고 있는데.

…….

그중에서도 가장 예쁜 곳 있잖아요.

눈동자.

눈동자?

그럼 너는.

저요?

응.

저는….

…….

저도, 눈동자로 할래요.

가슴은 왜 자꾸 보는데?

앗, 들켰다.

○ ● ○

저요. 실은 졸업하고 나서, 몹시 추운 겨울이었는데. 편의점 앞에서 아저씨 본 적 있었어요. 그런데 그때는, 뭐랄까. 엄청 부끄러웠어요. 처음 봤을 때도 그랬지만 아저씨는 늘 멋있었고, 그날은 더욱 대단해 보였거든요. 그런데 저는 그냥, 공장만 겨우 전전하는 신세였으니까. 또래 애들처럼 꾸미지도 못했고, 옷차림도 볼품없어서 진짜 못났다고 생각했어요. 그래서 아저씨를 만난 건 반가운데. 엄청 반가웠는데… 알은척은 못 하겠더라고요. 부끄러워서요. 그때는 제가 너무 부끄럽게만 느껴져서….

쓸데없는 생각을 했구나.

쓸데없는 생각이요?

그래. 살면서 너만큼 반짝이는 애를 본 적이 없는데.

…….

네가 뭘 입든 어떤 모습이든. 나한테는 그랬어. 그렇게도 예뻤어.

…….

울리려고 한 말은 아닌데….

○ ● ○

나는 아직도 꿈만 같을 때가 있어.

왜요?

네가 나를, 음.

사랑한다는 거요?

그래. 그리고 지금처럼 사랑스러운 짓만 골라서 할 때. 내가 이런 걸 받아도 되나. 꿈은 아닌가 싶어지는 거지.

　받아도 되고말고요.

　그래?

　나를 유재희로 봐 주는 사람은 아저씨가 유일했거든요. 아버지가 그렇게 되어 먹은 애. 불쌍한 애. 그래서 건드려도 뒤탈 없을 애….

　…….

　그런 거 말고 그냥 유재희. 유재희로만 봐 줘서요. 그게 참 좋았어요.

　퍽 거창한 이유는 아니었는데.

　그래도 제가 싫어하는 건 절대로 하지 않으시잖아요. 심지어 섹스는 괜찮다는데도… 어?

　…….

　말만으로도 서시면 제가 어떻게 반응해야 해요?

○ ● ○

　졸려요.

　그래.

　그런데 자기 싫어요.

　응.

　눈을 감았다 뜨는 것도 아까워 죽겠어요.

　나도 그래.

　…….

　밤이 지나가는 시간이 아깝게만 느껴진 적은 처음이야.

　히히.

　그러니까 조금만 더 버텨 봐. 더 보고 싶으니까.

제가 좋아서요?

그래, 잘 알고 있네.

○ ● ○

잠들지 않으려고 애쓰던 재희가 꼬박 잠이 든 건, 창문 너머로 푸른 빛이 감돌기 시작했을 무렵이었다. 건욱은 어느새 어미 품을 찾는 새 끼처럼 제 품에 안겨 있는 재희를 가만히 바라보았다. 작고 동그란 얼굴을, 그 안에 담긴 오밀조밀한 이목구비를 시간 가는 줄도 모르고 바라보았다.

이렇게나 가까이에서 너를 볼 일이, 다시는 없겠지. 그렇게 생각하니 건욱은 재희의 모습을 평소보다 더 열심히 담아내려고 애를 썼다. 눈을 감아도 떠올릴 수 있기를. 속눈썹 하나까지도 그려 낼 수 있을 정도로 선명하기를. 그러나….

또다시 힘이 들겠지.

건욱은 알고 있었다. 제 인생에서 재희를 지워 내는 게 그 애를 위해서도, 자신을 위해서도 필요하다는 걸. 그 애를 걱정하며 지나온 나날들이 그토록 힘들었다면 더더욱. 그러나 재희가 말했었다. 누군가가 좋든 싫든. 그래서 가까워지든 밀어내든 간에 잊히지 않는 사람이 있다고. 잊지 못할 사람이 있는 거라고.

그 말을 듣는데 어찌나 머리가 멍해지던지. 그때부터는 자신도 제 마음을 어느 정도 내려놓을 수 있었다. 어차피 잊지 못할 사람이라면. 아무리 애를 써도 사라지긴커녕 선명하게 떠오르기만 하는 사람이라면. 그런 사람이 제게도 존재한다면 그 사람은 두말할 것도 없이 유재희일 거라고. 그리고 더 이상 할 수 없는 일에 매달리지 않겠노라고.

그냥, 마음 한편에는 어쩌면, 죽는 순간까지 잊지 못할 사람을 안고서 살아가는 것도 나쁘지 않을 것도 같다고. 그에게 유재희는 걱정과 불안 그리고 슬픔을 전해 주는 사람이기도 했지만 동시에 안녕하게 해 주는 사람이기도 했으니까. 행복하다는 감정이 어떤 건지 알려 준 유일한 사람이었으므로.

"으음…."

건욱은 잠결에 뒤척이는 재희를 사랑스러운 눈길로 바라보았다. 그리고 또, 거추장스럽다며 젖혀 버리는 이불을 어깨까지 올려 주었다.

"고맙다, 재희야."

그리고 저야말로 하지 못했던 말을. 그러나 꼭 전하고 싶었던 말을 나지막하게 내뱉었다. 제대로 살아간다는 게 어떤 건지 알려 줘서 고맙다. 떳떳하게 살 수 있는 염치를 가르쳐 줘서. 아버지를 향해 매몰되어 있던 감정을 꺼내 준 것도, 그리고….

온종일 미소가 떠나지 않는 하루를 선물해 주어서 고마워. 눈을 뜨고 감는 순간까지 내 곁에 머물러 줘서. 내가 짊어지고 있는 짐으로 옴짝달싹하지 못할 때마다 다가와 줘서. 살아생전 느끼지 못할 거라고 생각했던 감정을 깨닫게 해 줘서 정말로 고마웠어.

건욱은 우는 듯 웃는 듯한 얼굴로, 품에 안겨 있는 재희의 등을 쓸어내렸다. 새벽이 희붐하게 밝아 오고 있었다. 여름이 막 지나가고 있는 계절이었다.

제 6 화
아주 과분하게도

"재희 씨, 증빙 서류 다 뗐어?"

"아, 네."

"그럼 점심 먹으러 가자. 아침부터 굶었더니 배고파 죽겠어."

재희는 김주영 주임을 따라 몸을 일으켰다. 오전 내내 의자에 앉아 있었더니 몸이 찌뿌둥했다. 오늘은 얼큰한 해장국이 먹고 싶다는 김 주임의 말에 재희는 그러자고 고개를 끄덕였다. 날이 추워서 그런가. 마침 그녀도 따뜻한 국물이 생각나던 찰나였다.

그가 운영하는 회사에서 일하게 된 지도 어언 반년이 지나가고 있었다. 한창 여름이던 계절에 들어와서 어리바리하게 굴었던 게 불과 며칠 전 같은데 벌써 계절이 두 번이나 바뀌었다. 새해를 앞둔 겨울이었다.

재희는 재무팀에서 경리직으로 근무하고 있었다. 그리고 그의 말마따나 사무실은 텃세를 부리는 분위기가 아니이시, 사회생활 경험이 적은 재희도 금방 적응할 수 있었다. 그렇게 가까워진 분이 김주영 주임님이었다.

고등학교를 졸업하자마자 사회에 뛰어든 제가 기특하면서도 딱하다며 관심을 기울여 주셨는데, 덕분에 재희는 걱정이 무색할 정도로 회사를 잘 다니고 있었다. 물론 사내 분위기와는 별개로 실수할 때마다 쌓이는 스트레스가 장난이 아니었지만….

"신입 때는 그런 실수 다 하는 거야. 너무 자책하지 않아도 되는데, 재희 씨가 너무 주눅 드니까 팀장님까지 눈치 보시더라."

"아, 그럴 의도는 아니었는데…."

"알지, 알지. 어깨에 힘 좀 풀란 말이었어. 너무 애를 쓰다 보면 오히려 안 되는 일도 있는 거니까."

김 주임의 조언에 재희는 고개를 끄덕였다. 어깨를 토닥여 주는 손길이 정다웠다.

"길이 좀 미끄럽네. 어제 내린 눈 때문인가 봐."

사무실을 빠져나오자마자 시린 겨울바람이 뺨을 스쳤다. 코트며 목도리며 꽁꽁 싸맸는데도 한기는 소매를 타고 흘러 들어왔다. 재희는 한껏 몸을 움츠리며 걸었다. 식당까지는 걸어서 오 분이었다.

마침내 해장국집에 도착했을 때는 점심을 먹으러 온 직장인들로 즐비해 있었다. 다행히 2인용 식탁 하나가 비어서 기다림 없이 곧장 착석할 수 있었다. 재희가 입고 있던 코트를 벗으려던 찰나였다.

"안 그래도 묻고 싶었는데… 안 추워, 재희 씨?"

"네?"

"오늘 치마 입었잖아. 여름에는 그렇게 맨살 드러내기를 싫어하던 사람이."

"아, 세탁기 돌리는 걸 깜박해서요. 입을 게 치마밖에 없더라고요. 어차피 스타킹도 두껍고 해서…."

"나는 또 젊은 세대다운 패기라도 부리는 건가 했지."

하하, 재희는 멋쩍은 듯 웃으며 자리에 앉았다. 몇 마디 나눌 새도 없이 해장국은 금방 나왔고, 재희는 김이 모락모락 나는 국물은 한 입 떠먹었다.

공깃밥을 반쯤 비워 낼 무렵이었을까. 어느 정도 허기를 면한 김 주임이 물었다.

"이건 내 직감인데 말이야."

"네?"

"기획팀에 신입 한 명 있잖아. 그, 왜. 제대하자마자 알음알음 입사했다던, 차강현 씨."

"아, 네."

"재희 씨한테 관심 있는 것 같더라."

쿨럭.

해장국의 매콤한 국물을 잘못 삼킨 재희가 기침을 했다. 그러자 김 주임은 화들짝 놀라서, 재희 씨. 여기 물 있어, 물! 하며 냉수가 든 컵을 재빠르게 건네 왔다.

"그렇게까지 놀랄 줄은 몰랐는데. 괜찮아, 재희 씨?"

"아, 괜찮아요."

"그래서?"

"네?"

"재희 씨 생각은 어때? 차강현 씨 말이야. 키도 훤칠하고 외모도 훈훈하던데."

팀 막내끼리 잘 어울려. 아마 대학교 다녔으면 주변에서 가만히 놔두지를 않았을걸?

김 주임의 칭찬에 재희는 멋쩍은 듯 웃었다. 틀린 말은 아니었다. 사내에서 젊은 층이다 싶은 사원 중에서 기획팀 차강현을 모르는 사람은 없을 성도였으니까. 말마따나 세련된 외모를 지니고 있었고, 모델처럼 늘씬한 체형인 데다 성격도 싹싹한 편이어서 상사들의 사랑마저 독차지하고 있었기 때문이다.

그리고 그가 재희에게 관심이 있다는 것도, 맞는 말이었다.

그녀가 근무하고 있는 부서에 괜스레 들락거리고, 그렇게 얼떨결에 인사를 나누고. 점심을 먹고 돌아오면 책상 위에는 그녀가 자주 마시는 밀크티가 놓여 있다거나. 그때까지도 실은 긴가민가했는데 저번주였을까.

'재희 씨만 괜찮으시면 연락처 받을 수 있을까요?'

'네?'

'같은 회사에서 일로 만날 일도 잦을 거고, 물론 근무 외 시간까지 귀찮게 해 드릴 생각은 없지만.'

'아…'

'실은, 재희 씨에게 관심이 갔습니다. 입사했을 때부터 줄곧.'

퇴근길에 제 연락처를 바라는 그를 보면서 확신할 수 있었다. 그가 자신에게 동료 이상의 관계를 바라고 있다는 걸….

이후로 문자 메시지가 몇 번 도착했지만 따로 답장한 적은 없었다. 뭐라고 해야 할까. 누군가의 관심이 달갑지 않았다. 달갑지 않았기 때문에 괜한 기대감을 주어서도 안 된다고 생각했다. 자세한 얘기까지 털어놓을 필요는 없지만….

"그냥, 아직은 그런 걸 생각할 때가 아닌 것 같아서요."

"그래? 하긴. 신입이라 한창 정신없을 때인데 사사로운 감정이 눈에 들어오겠어."

"하하…."

"그럼 팀장님한테도 본인 아들 소개해 줄 생각은 꿈도 꾸지 말라고 해야겠다."

"네?"

"조 팀장님도 재희 씨만 한 아들 한 명 있잖아. 저번 회식 자리에서 재희 씨한테 소개해 주고 싶다고 했었거든."

그건 또 처음 듣는 소리였다. 아무래도 그녀가 자리를 비운 사이에 대화를 나누었던 모양이다.

"재희 씨가 입사할 때부터 워낙 성실하게 하니까. 일 욕심도 있고, 꼼꼼하게 해내는 모습을 좋게 보셨나 봐."

"아…."

"그래서 자기 아들이랑 어떻게 연결해 볼까 했던 거지. 나 같아도 재희 씨 또래 동생 있었으면 한번 만나 보라고 들이밀었을 거 같아."

"아이, 그렇게 띄워 주지 마세요. 버릇없어지면 어쩌시려고요."

"재희 씨가 버릇없이 굴면 그건 그거대로 재밌겠는데? 가끔은 너무 예뻐서 눈감아 줄 수도 있을 것 같아."

"주임님도, 참…."

재희는 쏟아지는 칭찬 속에서 달아오르는 얼굴을 연신 부채질했다. 그동안 무시를 당하거나 욕을 먹는 등의 위축되는 상황을 자주 겪었던 지라 이런 칭찬에는 여전히 몸 둘 바를 몰랐다. 그저 팀에게 폐가 되고 싶지 않은 마음에 애를 쓴 것뿐인데, 그 노력을 알아봐 주는 팀원분들에게 오히려 고마울 따름이었다.

"해장국 식겠어요. 마저 드세요."

"응, 그래야지. 오랜만에 젊은 친구들 연애 얘기 들으니까 신났나 봐. 주책이지?"

"아니에요. 저도 재밌었어요."

"그래, 재희 씨도 얼른 먹어. 든든하게 먹어야 오후 근무도 힘내서 하지."

재희는 고개를 끄덕이며 밥 반 공기를 해장국 그릇에 말았다. 그러나 전반적으로 호의적인 분위기가 익숙하질 않아서 밥이 입으로 넘어가는지 코로 넘어가는지 헷갈릴 정도였다.

다들 친절하신 것 같아. 재희는 뺨을 발그레하게 물들이며 식사를 이어 나갔다. 물론 제가 막내여서 참작해 주는 부분도 있을 테지만 신경 써 주시는 마음들이 고마웠다. 그렇다고 팀장님께서 주선해 주시는 소개팅에 나갈 생각은 없지만… 마찬가지로 좀, 아닌 것 같아서였다. 시기라든지 여유라든지가.

특히 차강현 씨는 또래 중에서도 으뜸인 사람이고, 그 인기가 사내 밖에서도 이어질 정도라는 건 알지만. 팀장님의 아드님도 마찬가지로, 워낙 자랑하셔서인지 그가 수의대에 들어갈 정도로 명석하다는 것도 알지만… 그녀는 그 누구도 받아들일 준비가 되어 있지 않았다. 아직은 빚을 갚는 데에만 신경을 기울이고 싶었다.

"이번 주 금요일에 있는 전 사원 회식 말이야."

"네."

"대표님도 오신다는 소문이 있더라고."

해장국 한 그릇을 깔끔하게 비워 낸 김 주임이 문득 회식 자리 이야기를 꺼낸 건 그때였다.

"그러고 보니 재희 씨는 입사하고 나서 대표님 본 적 있어?"

"아, 아니요. 잘…"

"생각해 보니 그럴 기회가 없었겠네. 재희 씨 들어오는 시기에 대표님도 막 바빠지셨거든."

"아…."

"해외에서 외주를 받아 낸 건 우리도 처음이라서, 아마 출국하시는 것만으로도 정신이 하나도 없으실 거야."

심장이 쿵쿵 뛰었다. 고작 다른 사람에게서 대표님이라는 단어를 들은 것뿐인데도.

"소문이 사실이라면 재희 씨도 조만간 대표님 제대로 볼 수 있겠다."

"아…."

"인기도 엄청 많으셔. 오랜만에 회식 참석하신다니까 벌써부터 잘 보이려는 사람들이 한두 명이 아니야."

"왜…."

"아무래도 능력이 뛰어나니까 회사 하나를 번듯하게 운영하시는 걸 테고, 그러니 어떻게든 줄 서겠다는 거지. 대표님은 막상 그런 거 딱 질색하시는 눈치긴 한데."

"아아."

"그리고 아직 결혼도 안 하셨잖아."

"네?"

재희는 뭔가 잘못 들었다는 듯한 표정으로 되물었다. 그러자 김 주임은 놀랄 것 없다는 듯 가볍게 손사래를 쳤다.

"몰랐어? 사내에서 대표님 노리는 직원들 많아. 객관적으로 봐도 잘생겼지, 체격도 좋지. 능력이야 두말할 것 없고 책임감 하나도 끝내주시니까. 그런 쪽으로도 인기가 많은 건 이상한 것도 아니지."

"그런…."

"재희 씨는 아직 결혼 생각할 나이는 아니라서 어색하게 느껴질 수는 있겠다."

그녀가 얼떨떨하게 고개를 끄덕여 보였다. 실은 그에게 쏟아지는 인기 때문은 아니었다. 예전부터 이성에게 인기가 많을 거라는 생각은 습관처럼 했었다.

다만, 결혼이라는 단어가 어울리는 사람이 아니라서. 그 이유를 알고 있어서 놀란 거였다.

누군가를 함부로 만나는 것도 안 되는 사람인데 결혼이라니. 말도 안 되는 이야기라는 걸 알지만 괜스레 마음이 쿡쿡 쑤시는 건 어쩔 수 없었다.

"그런데 내가 듣기로는 따로 결혼 준비를 하시는 모양인가 봐."

"네?"

"외주 때문에 홍콩 오고 가면서 만나는 상대가 있다고 하더라고. 다른 부서 직원이 말해 줬거든."

"따로, 만나는 상대가 있으시다면…."

"엊그제였나? 계약 미팅 때문에 간 호텔 라운지에서 우연히 봤다더라고. 대표님이 제 나이대 상대랑 같이 있는 거."

그런데 김 주임의 이어지는 말에 재희는 말문이 턱 막혔다. 쿵쿵, 무겁게도 울렁거리던 심장이 아플 정도로 뛰어 대고 있었다.

"분위기가 너무 좋아 보여서 맞선이라도 본 게 아니냐더라. 하긴, 서른 중반쯤 되면 결혼을 목적으로 만나는 경우가 다반사니까."

"그, 그렇겠네요."

"이것도 재희 씨에게는 먼 이야기긴 한데… 아, 계속 이런 얘기만 하니까 재미없지?"

"아니에요."

"아니긴. 표정이 완전히 굳었는데? 밥 다 먹었으면 그만 일어나자. 사무실 들어가기 전에 커피 한잔해야지."

저도 모르게 표정을 관리하지 못한 모양이었다. 김 주임의 말마따나 습관처럼 올라간 입꼬리 근육이 딱딱하게 굳어 있었다.

계산을 마치고 식당을 빠져나오는 내내 재희는 찜찜한 마음을 떨쳐 낼 수가 없었다. 뜬소문에 불과하다는 걸 머리로는 알면서도 마음은 그 사실을 쉽게 받아들이지 못하고 있었다. 불안하게 쿵쿵 뛰어 대는 마음은 가라앉을 기색이 없었다.

더, 물어보고 싶은데….

상대가 어떤 사람인지. 상대를 바라보는 그의 표정이 정확하게 어땠는지. 무슨 일로 만난 건지 자세히 알고 있는지. 그러나 김 주임에게 자신은 그저 갓 회사에 입사한 신입일 뿐이었다. 그것도 대표님을 제대로 마주한 적도 없는 신입. 그러니 제가 할 수 있는 거라곤 김 주임에게서 그와 관련된 말이 나오기를 기다리는 것밖에 없었다.

"재희 씨, 괜찮은 거야? 안색이 너무 안 좋아 보이는데."

"괜찮아요. 날이 추워서 그런가 봐요."

"아무리 겨울이라도 말이 안 되는 날씨긴 해. 얼른 들어가자. 감기 걸릴라."

재희는 김 주임을 따라 사무실 쪽으로 빠르게 걸음을 옮겼다. 신경을 너무 곤두세워서일까. 속마저 울렁거리는 것 같았다.

회사에 도착해서도 마찬가지였다. 체한 것 같지는 않은데 먹먹한 기분은 영 풀리질 않는다. 카페에서 음료를 받아 갈 때도. 엘리베이터를 타고 사무실로 올라올 때도. 그렇게 김 주임의 이야기를 끊임없이 듣고 있으면서도, 정작 한 귀로 흘려보내고 있었다.

그냥, 그 사람만 생각났다. 한동안 마음속 깊이 담아 두었던 사람이. 거리가 멀어지면 마음도 멀어질 거라고 조금은 믿고 있었던 사람이. 그러나 시간이 지나도 새로운 인연은 전혀 달갑지 않고, 그럴 여유조차 못 내게 했던 사람이. 그 이유가 되는 남자가 자꾸만 그녀의 머릿속을 가득 채우고만 있었다.

김 주임이 말했던 청운 건설의 대표님이. 한때 제가 사랑했던, 그리고 여전히 사랑하고 있는 도건욱이라는 남자가….

○ ● ○

'재희 씨, 이 서류 디자인팀에 좀 갖다줄래? 급한 건데 기획팀에서 잠깐

287

보자고 해서'

  팀장님이 꼭 좀 부탁한다면서 건네준 서류였다. 재희는 흔쾌히 서류를 받아 들었다. 안 그래도 점심을 먹은 직후라 졸음이 밀려오던 찰나였다. 나가는 김에 바람을 쐬고 오는 것도 좋을 것 같았다.

  "수고하세요, 재희 씨."

  "정 대리님도요."

  그리고 이제 막 디자인팀에 서류를 전해 주고 나오던 찰나였다.

  재희는 올라가는 엘리베이터를 기다리면서 뜨끈거리는 이마를 손바닥으로 짚었다. 김 주임님 말씀대로 감기 기운이라도 온 걸까. 아니면 다른 걸 신경 쓰느라 괜히 열만 오른 걸까.

  "후우⋯."

  그녀는 더운 한숨을 내쉬었다. 머릿속이 복잡했다. 도저히 근무에 집중할 수가 없었다.

  이유는 그녀도 알고 있었다. 다른 사람의 입에서 대표님을, 그녀도 몰랐던 그의 소식을 접했기 때문이었다. 김 주임님을 탓하는 게 아니라 그냥, 그에 대해서는 제가 너무나도 면역이 없었던 탓이다.

  그럴 수도 있는 건데. 회사 다니면서 대표 이야기를 한 번도 안 꺼내는 사원이 어디 있다고. 실적은 물론이고 가십에 대해서도 한마디씩 거들지 않는 사람이 어디 있다고⋯.

  다만 입사한 이후로는 그 사람의 존재를 마음 깊은 곳에 담아 두었을 뿐이다. 보란 듯이 전시해 봐야 제 마음만 아플 뿐이니 일부러라도 서랍 속에 넣어서 닫아 두었다.

  문제가 있다면 그 마음이 한 번의 언급에 수면 위로 불쑥 올라왔다는 거고, 억지로 눌러 왔던 것에 대한 반작용인지 흘러내리기 시작했다는 거였다. 스스로도 정리할 수 없을 정도로 어지럽게⋯.

'아직도 지하네.'

재희는 올라올 기미를 보이지 않는 엘리베이터 층수를 확인했다. 생각해 보면 헤어짐을 약속한 이후로 그를 만난 적이 없었다. 김 주임의 말대로 대표직을 맡은 그는 언제나 바빴다. 이번에 처음으로 해외 진출까지 하게 되어서 더 그랬다.

그가 그렇게까지 열심히 일하는 이유를 그녀도 알고 있었다. 예전에 일이 년만 바짝 외주를 받으면 된다고 했던가. 그녀가 떠안고 있는 빚을 갚기 위해서였다. 그 사실이 때로는 미안하면서도, 때로는 그가, 여전히 자신에게 최선을 다하고 있다는 걸 증명해 주는 것 같아서 들뜨는 순간도 있었다.

철도 없이….

그래도 눈치는 챙겨야 할 것 같아서 그가 마련해 준 자리에서 최선을 다하고 있었다. 소식이 궁금해져도, 그래서 연락하고 싶은 충동이 일어도, 곤란하게 만들고 싶지 않아서 참았다. 제게 주어진 공백에 익숙해지기 위해서 끓는 마음을 외면하기도 하고, 비워 내려는 노력도 해 보았다.

이따금 다가오는 이성에게 이 마음을 기대어 보는 게 어떨까 고민해 본 적도 있었다.

다른 사람을 만나면. 언젠가 그가 바랐던 대로, 괜찮은 사람을 만나서 흔히들 하는 연애라는 걸 한다면. 그러면 그를 잊는 데에도 도움이 될까 싶어서. 그러나 그야말로 생각에만 그칠 뿐이었다. 그를 만나기 전이었다면, 그래서 누군가를 좋아하는 마음이 사소하지 않다는 걸 몰랐더라면 그럴 수도 있었겠지.

하지만 이제는 알고 있다. 누군가의 마음을 어떤 방식으로도 이용할 수 없다는 걸. 그런 식으로 채워지는 마음 같은 선 없다는 걸. 상대가 진심이면 진심일수록 더, 단호하게 거절할 줄도 알아야 한다는 걸 그를 만나면서 배웠으니까….

무엇보다 가장 큰 이유는 그 남자의 존재감 때문이었다. 실은, 무의식적으로 자꾸만 비교하게 됐다.

아저씨가 더 잘생긴 것 같은데. 짙은 눈썹에 눈동자도 깊고, 코도 날렵하고. 입술은 도톰해서 입을 맞추는 순간이 짜릿할 정도였는데. 그뿐일까. 남자다운 턱선은 물론이고 체격도 더 크고 탄력 있었는데. 남에게는 거칠기만 한 말투가 제게는 다정하게 바뀌는 모습도 멋있었고, 제가 하는 행동 하나하나 관심을 기울여 주는 눈빛도 예뻤는데….

또, 언젠가 기상하는 그를 보면서 발견했던. 그러니까 수컷의 상징이라고 할 수 있는 부근이, 그 규모가 엄청나다는 것도 알고 있어서. 다른 사람은 눈에도 들어오지 못할 만큼, 그가 얼마나 사랑스러운 사람인지를 알고 있어서….

"하아…."

재희는 떠올리는 것만으로도 벅찬 마음에 한숨을 내쉬었다. 제 마음은 비워지기는커녕 그렇게도 깊어만 갔다. 그래서일까. 언뜻 듣게 된 소문 하나에도 불안하게 흔들리고 있었다. 출처가 확실하지도 않은데 괜히 의미 부여까지 해 가면서.

아니라는 걸 알고 있는데….

제가 그의 흔적을 눈으로든 귀로든 좇는 것처럼. 홀로 끙끙 앓으면서도 다른 사람은 마음은 물론이고 눈에도 들지 않는 것처럼. 그녀가 아는 아저씨라면. 제 마음과는 비교할 수도 없이 커다란 마음을 지니고 있던 그 사람이라면, 정말이지 걱정할 필요도 없는 소문이라는 걸 누구보다도 제가 더 잘 아는데도.

알면서도 볼 수조차 없으니까. 마주칠 일도 없어서 대화 한번 나누기도 어려우니까. 그냥, 조금은 서운한 마음이 드는 거였다. 먼발치에서 바라봐야 하는 사람이라서. 그것만이 최선인데도 욕심이 나서. 주제도 모르고, 그가 보고 싶어져서….

아래층에서 머무르던 엘리베이터가 그제야 그녀가 있는 층에 도착했다. 차라리 일이 밀려들었으면 하는 마음이었다. 야근까지 해도 군소리하지 않을 테니 정신없이 일만 하고 싶었다. 그럼 지금처럼 마음이 복잡해질 일도 없을 거고, 제 마음을 스스로 갉아먹을 필요도 없을 테니까….

재희는 누가 들으면 미쳤냐고 할 만한 생각까지 하면서 엘리베이터의 문이 열리기를 기다리고 있었다.

"아…."

그리고 문이 열리자마자 시야에 들어오는 누군가의 모습에, 재희는 숨을 잠시 멈추었다. 잘못 본 줄 알았다. 너무, 너무 많이 생각하는 바람에 환각이라도 보는 줄만 알았다. 그래서 저도 모르게 눈을 비비고 있는데….

"안, 타나?"

그녀에게 아주 익숙한 목소리가 들려왔다.

그 남자였다. 거의 반년 만에 보는 아저씨였다. 그가 건장한 체격에 딱 맞아떨어지는 슈트를 입고, 마치 촬영이라도 하는 배우와 같은 모습으로 그녀를 가만히 내려다보고 있었다. 한 손으로는 닫히기 직전의 엘리베이터 버튼을 누르면서. 그녀와 다를 바 없이 조금은, 놀란 듯한 표정으로….

타야 하나? 아니, 타도 되나?

그녀로서는 이제 대표님으로 모셔야 하는 사람인데. 거리를 두어야 하지 않나? 어디에서는 높은 직책을 지닌 상사와 엘리베이터도 같이 못 타는 것 같던데. 나도 그래야 하는 건….

"유재희 씨."

그 순간 그가 제 이름을 나지막하게 불렀다. 짙은 눈썹을 팍 일그러 트리면서.

"기다리다가 손가락 부러지겠어."

"아! 타, 타겠습니다. 죄송합니다."

"죄송할 건 없고."

능청스럽게 구는 모습에 괜히 가슴이 뛰었다. 꼭, 예전으로 돌아간 것만 같았다. 불과 6개월 전에 그와 허물없이 굴던 때가…

마침내 엘리베이터 문이 닫히고, 재희가 그의 옆에 나란히 섰다. 재 무팀 사무실이 있는 층수는 이미 그가 눌러 놓은 뒤였다. 그런 사소한 행동 하나하나가 제 심장을 건드리고 있다는 걸 그는 알고 있을까? 재 희는 목덜미가 달아오르는 걸 느끼며 숨을 몰아쉬었다.

향기, 좋다.

그러다가 문득 느껴지는 남자다운 향기에 가슴이 저릿해졌다. 그의 오피스텔에서 머물렀을 때. 그리고 그의 품속으로 파고들었을 때 맡았 던 향이었다. 시원하고, 깨끗한. 그러나 과하지 않은 스킨 향이 그녀의 신경을 간질인다. 당장이라도 그의 품에 안기고 싶다며 세포들이 아우 성을 쳤다.

그러나 손을 꾸욱 말아 쥐며 참았다. 방금까지 다짐하지 않았던가. 그와 저 사이에 있는 공백에 익숙해져야 한다고. 예기치 않게 마주치 는 순간이 와도. 못 본 새 훨씬 중후해진 모습에 애가 달아도. 그의 어 깨가 얼마나 넓고, 가슴팍은 얼마나 탄탄한지 누구보다 잘 알고 있더 라도.

참아야 하는 거라고. 말 같은 거, 함부로 걸어서는 안 되는 거라 고…

"일은 어때?"

"네?"

"여기서 근무하는 거. 생각보다 힘든가?"

그러나 제 고민이 무색할 정도로 그는 담백하게 질문을 던져 왔다. 상황을 뒤늦게 파악한 재희가 폭죽이라도 맞은 것처럼 화들짝 놀랐다. 그리고 잔뜩 상기된 얼굴로 허겁지겁 말을 이었다.

"아, 아니에요. 팀장님도, 주임님도. 그리고 대리님들도 다, 잘해 주세요. 막냇동생처럼 챙겨 주시고, 아껴 주시고 그래서. 저, 회사 생활 잘하고 있어요."

"그래?"

"네, 그…."

"……"

"대표님, 덕분에요."

얼떨결에 대답을 하긴 했는데, 너무 쏟아 낸 걸까. 흥분이 가시긴커녕 더운 숨만 색색 차오른다. 대표님은 가볍게 꺼내신 말씀 같은데 쓸데없이 과하게 반응한 것 같았다. 아지랑이가 피어오르듯 분위기가 일렁였다.

거기서 대표님 얘기가 왜 나와. 아니, 고맙지 않다는 건 아니지만 그래도. 지나간 일을 꺼내는 건 서로에게 좋은 일도 아닌데….

재희는 애꿎은 손가락만 조물거렸다. 그도 마찬가지로 분위기가 어색해졌다는 걸 느낀 건지 괜스레 턱을 문질러 댔다. 그의 시선이 어쩐지 제게 닿은 것 같다고 느낀 것도 그즈음이었다.

"그, 추울 텐데."

"네?"

"겨울이잖아. 올해는 한파가 장난 아니라던데."

"아."

"작은 천 하나만 두르는 건, 춥지 않ㅏ 싶어서."

"그…."

"아니면 그 부서에, 잘 보이고 싶은 사람이라도 생겼나 봐."

어?

어라?

재희는 반사적으로 고개를 들어 그를 올려다보았다. 그와 동시에 그는 시선을 피하고서 민망한 듯 헛기침을 하는 모습이었다. 제가, 잘 못 들은 건가? 방금 대표님이 하신 말씀은 마치, 그러니까 마치….

'질투, 하시는 것처럼….'

화르륵.

걱정을 가장한 사랑스러운 질투에 그녀의 뺨이 당근처럼 달아올랐 다. 아. 아. 재희는 점심을 먹을 때에도 지적받았던 제 치마를 물끄러 미 바라보았다. 두꺼운 스타킹을 신어서 괜찮을 거라고 생각했다. 무 릎 위로 올라온 길이가 그렇게 짧을 거라는 생각도 하지 않았고….

"별로, 예요?"

"뭐?"

"제가 치마 입은 거…."

"그럴 리가. 그럴 리가 있나. 예뻐. 그것도 엄청."

"……."

"눈이 삔 게 아니라면 다른 놈들도 분명히 그렇게 생각할…."

아. 이런.

발끈하며 말을 이어 가던 그는, 이내 실수했다는 듯 입가를 손으로 감쌌다. 그리고 다급하게 말문을 닫았다. 그러나 재희는 그가 무의식 적으로 튀워 낸 반응이 내심 달갑게 느껴졌다. 혼자서 쩔쩔매는 마음 이 아니라서. 같은 마음이라는 걸 확인받은 기분이라서. 그게, 제가 알 던 아저씨의 모습 같아서….

두근. 두근. 재희는 제 가슴 위에 가만히 손을 올려놓았다. 어느새 열기를 머금은 심장이 욱신거리고 있었다. 예뻐, 보였구나. 내가 아저씨를 멋있다고 생각하는 것처럼 아저씨에게도, 내가 여전히….

그에게 대꾸할 용기가 생겨난 것도 그때였다.

"그런 거 아니에요. 잘 보일 사람이 누가 있어요. 맨날…."

"……."

"맨날, 출장만 다니시는데…."

"허."

줄곧 시선을 피해 왔던 그가 반사적으로 그녀를 돌아보는 순간이었다.

애가 진짜 큰일 날 소리를 하네. 그의 끓는 듯한 눈동자는 그녀에게 그렇게 말하는 것 같았다. 조금은 기가 막힌 것 같아 보이기도 했는데, 재희는 제게 쏟아지는 시선을 피하지 않았다.

왜요? 아저씨도 그런 말씀 하셨잖아요. 저, 설레게 하셨잖아요.

오히려 반항하는 마음으로, 그의 깊고도 선명한 눈동자를 바라보았다. 그것만으로도 손가락과 발가락 끝이 찌릿해지는 기분이었다.

"대, 대표님이야말로 바쁜 와중에도 이런저런 이야기가 들려오던데요."

"응?"

"다른 부서 팀원이 우연히 봤대요. 대표님께서 호텔 라운지에서 맞선 보시는 걸…."

"……."

"따지려는 건 아니고요. 그냥, 그런 이야기를 들었어요. 소문이라는 게 그렇죠, 뭐."

"……."

"저도 크게 신경 안 써요…."

바보. 멍청이. 맹미잘. 도대체 그런 건 왜 밀하는 거야, 유재희!

뒤늦게 자책해 봤지만 이미 마음속에 꽁꽁 담아 두었던 말을 모조리 쏟아 낸 뒤였다. 그가 질투 조금 했다고 마음이 풀어져서. 그래도 대표님이라는 사람인데 그런 소문을 언급해서 뭐 하려고. 심지어 내 쪽이 더 본격적인 것 같잖아….

재희는 부끄러운 마음에, 이번에는 먼저 시선을 피하고 말았다. 소문이 신경 쓰였던 건 사실이지만 그렇게까지 몰아붙일 생각은 아니었다. 그냥 그가 그랬던 것처럼 가볍게만. 긴장이 풀리지 않을 정도로만 말하려고 했는데, 영락없이 어리광을 부리는 모양새가 됐다.

부끄러워….

재희는 제가 근무하는 층수에 얼른 도달하길 바라며 엘리베이터 바닥만 꿋꿋하게 바라보았다. 그러나 기분 탓일까. 이번에는 그가 고개까지 돌려서는, 아주 노골적으로 자신을 응시하는 것 같았다. 그 시선이 어찌나 뜨거운지, 안 그래도 달아오른 뺨이 화상이라도 입는 게 아닐까 싶을 정도로 홧홧해졌다.

"하!"

그녀가 고개도 들지 못하고 발만 동동 구르고 있을 무렵이었다. 그가 기가 찬다는 듯 웃었다.

"일주일에 절반 이상은 홍콩을 다녀오느라 정신이 하나도 없어. 오늘도 견적서 넘겨받자마자 바로 출국해야 해."

"저…."

"평소에 다루던 규모에 비해 훨씬 큰 사업이라서 스물네 시간도 모자랄 정도야. 차라리 몸이 두 개라면 좋겠다고 생각할 때가 한두 번이 아니고."

"그게…."

"그러다가 소개받은 인테리어 디자이너가 있었어."

그가 말을 하면서도 멋쩍은지 제 목덜미를 쓸어내렸다.

"실력 하나는 끝내주는 양반이라 이직을 제안했었지. 그래서 다음

달부터는 디자인 2팀에 소속될 거야."

"아…."

"언뜻 통화하는 걸 들었는데 남편과도 사이가 아주 좋아 보였어. 슬하에 자식도 두 명 있다 하고. 비슷한 나이대에 다른 인생을 사는 사람을 보는 건 매번 신기한 일이지."

"대표님…."

"그 디자이너에 대한 내 생각은 그게 끝이야."

철없는 질문이었을 텐데도 그는 기꺼이 소문에 대한 오해를 풀어 주었다. 덕분에 민망해지는 쪽은 그녀였다.

눈코 뜰 새 없이 바쁘신 거 안다고. 그것도 제 빚을 갚느라 애쓰시고 있다는 것도 알고 있다고. 모르는 게 아닌데도 철없이 굴었던 거라고. 뒤늦게 사과라도 건네려는데….

"그 와중에 맞선 같은 걸 보러 다닐 여유가 어디 있겠어."

"그런…."

"뭘, 얼마나 지났다고 새로운 사람을 만나겠느냐고."

그가 어림도 없는 소리라며 말을 덧붙였다. 가볍게 새어 나오는 웃음은 꼭 그것도 모르냐며 놀리는 것처럼 느껴졌다. 그리고 모든 행동이 그녀를 잊지 못하고 있다고 말해 주는 것 같았다. 그러니 괜한 걱정할 필요 없다고….

그건 좀, 반칙 아닌가.

재희는 어디까지 달아오를 셈인지 알 길이 없는 제 뺨을 손등으로 짓눌렀다. 이 사람은 어째서 하는 행동마다 심장을 내려앉게 만드는 걸까. 엘리베이터가 마침내 그녀가 내려야 할 층수에 도착하는 순간이었다.

"신입이라고 이께에 니무 힘주시 마시고."

"아…."

"날도 추운데 쉬엄쉬엄 일합시다."

그가 커다란 손으로 제 등을 조심스레 밀어 주었다. 정작 일이 바빠서 응원받아야 할 사람은 그였는데, 도리어 응원을 받게 되었다.

고맙다는 말을 해야 하는데. 또, 곤란하게 해서 죄송하다는 말도 해야 했는데. 그러나 돌아보았을 때는 이미 엘리베이터 문이 닫힌 뒤였다. 엘리베이터가 다시 올라가는 걸 멍하니 바라보던 재희는 이내 벽에 몸을 기대었다.

오랜만의 재회에 다리에 힘이 풀렸다. 그녀는 후들거리는 허벅지를 손바닥으로 짚으면서 천천히 숨을 몰아쉬었다. 감기에 걸린 것도 아닌데 더운 숨이 색색 흘러나왔다.

'어떻게 견디셨던 걸까….'

한 번 마주치는 것만으로도 이렇게나 몸을 가눌 수 없는데. 한 번의 대화만으로도 심장은 주체할 수 없이 뛰고 있는데. 반년이라는 공백이 이토록 숨을 막히게 할 줄은 몰랐다.

그는 어떻게 4년이라는 시간을 견뎠던 걸까. 표현할 수 없는 마음을 감추는 일이 아저씨는 익숙하냐고 묻고 싶었다. 왜냐하면 자신은, 앞으로도 전혀 익숙해지지 않을 것 같았으니까….

○ ● ○

엘리베이터 문이 닫혔다.

시야에서 재희가 사라지자마자, 건욱은 쓰러지듯 벽에 등을 기대었다. 하아. 떨리는 한숨이 새어 나왔다. 시간이 지나도 도무지 익숙해지지 않는 일이 있다면 그건 유재희라는 여자를 마주하는 일이었다. 4년 전에도 그랬고, 다시 만나게 된 날도 그랬다. 한 지붕 아래에서 함께 살게 되었을 때도 하루하루가 새롭기만 했는데 지금도 크게 다르지 않았다.

"허, 시팔…."

뭐가 저렇게 예쁜 건지. 어떻게 내뱉는 말 하나하나가 사랑스럽기만 한 건지….

건욱은 어울리지 않게 떨리는 손으로 입가를 쓸어내렸다가, 목덜미를 쓸어내리기를 반복했다. 숨이 막히는 듯한 재회에 아직도 여운이 가시질 않는다. 조금은 안일하게 굴었던 탓이다.

재희가 떠안은 빚을 갚겠다고 결심한 후, 그 애를 제자리로 돌려보내면서 건욱의 일상은 눈에 띄게 바빠졌다. 청운 건설을 설립할 때만큼이나 바빴는데, 거기다가 해외 외주까지 받게 되면서 다른 생각 같은 걸 할 여유도 없어졌다.

문득 그 애의 안부가 궁금해지다가도. 함께했던 시간이 떠오르다가도 아주 잠시였다. 당장 해야 할 일들이 다른 생각을 차단했고, 그런 순간이 6개월간 지속되면서 건욱은 감히 생각했었다.

점점 익숙해지고 있다고. 멀어지고 있다고. 그 사이를 채우는 공백은 지나왔던 감정과 함께 바래지고 있다고. 그렇게 살아가면 되는 거라고 여겼었는데….

"아…."

대표실로 올라가는 엘리베이터 안에서. 도중에 층수가 멈추고 문이 열렸을 때. 그리고 문 앞에 서 있는 사람이 우연히 너라는 걸 알게 되었을 때.

"안, 타나?"

심장이 형편없이 굴러떨어진 것 같았다. 그 와중에도 네가, 얼굴에는 타지 말아야겠다는 결심을 하는 게 보여서 다급하게 말을 걸었다. 그러면 안 되는 걸 알면서도 몸은 이미 열림 버튼을 부서질 성노로 눌러 대고 있었다.

제 가슴팍에 닿을 듯 말 듯 한 키와 여린 체구. 이제는 어깨 기장을 넘긴 머리카락과 보석처럼 오밀조밀하게 박혀 있는 이목구비는 여전했지만, 이제는 사회생활을 하게 되어서 그런가. 옅은 화장을 한 모습이. 반듯한 정장을 입고, 자신을 아저씨가 아닌 대표님이라고 부르는 목소리가 그렇게도 심장을 쥐어흔들어 댈 줄은 몰랐다.

제가 기억하고 있는 재희의 마지막은, 그래도 젖내가 남아 있는 모습이었는데. 작고 하얀 강아지처럼 앳된 데다 마냥 순둥이 같기만 했는데. 그래서 조금은, 이 애에게 끓는 듯한 욕망을 품는 일이 죄스럽게도 느껴지는 때가 있었는데….

"잘 보일 사람이 누가 있어요. 맨날…."

"……."

"맨날, 출장만 다니시는데…."

무릎 위로 올라온 치마를 입고, 그 아래로 드러난 늘씬한 다리에 정신이 아득해지기를 한 번. 숨이 턱 막히는 대답에 참아 왔던 욕망이 이성을 비집고 줄줄 흘러내리기를 한 번.

"대, 대표님이야말로 바쁜 와중에도 이런저런 이야기가 들려오던데요. 다른 부서 팀원이 우연히 봤대요. 대표님께서 호텔 라운지에서 맞선 보시는 걸…."

수줍게 드러내는 질투에 온몸이 녹아내릴 뻔한 게 한 번. 그래서 재희를 들어 안고 벗겨 먹고 싶은 충동이 든 게 또 한 번….

끝도 없이 퍼져 가는 욕망과 감정이, 그 순간만 해도 몇 번이나 모여들고 쌓인 건지 건욱은 가늠할 수가 없었다. 머릿속에서는 내내 사이렌이 울렸다.

"하…."

시선을 마주치지 못하고 아래로 내리까는 눈동자에 안달이 나서. 긴장감에 조물거리는 손가락을 잡아다가 빨고 싶어서. 떨리는 마음이 저뿐만은 아닌지 잔뜩 상기된 볼이나 귓불이 사랑스러워서. 그 보드라운 살결을 어루만지다가 입을 맞추고 싶어서.

흔들리는 머리카락에서 나는 샴푸 냄새에 아찔해지고, 누가 봐도 잘 어울리는 치마를 허리까지 들어 올리고 싶어서. 하얀 피부를 꽁꽁 가리고 있는 스타킹을 벗겨 내고, 어쩌면 너조차 제대로 만진 적 없는 곳을 탐하고 싶어서. 그런 식으로 네가 가진 모든 것들을 하나씩 맛보고, 품에 안으면서….

아무도 찾지 못하는 곳에 숨겨 두면 어떨까, 하고 생각했다.

회사는 물론이고 학교조차 다니지 못하게 한다면. 인적이 드물어 발길조차 뜸한 곳에서, 혼자서는 나가지도 못하는 저택을 지어 둔다면. 그곳에 재희를 가두고, 제가 주는 것만 받으면서 살아가게 한다면.

그러면 제 곁에 있다는 이유로 위험한 일을 겪지 않아도 될 테고, 혹여 접근이 있었다고 해도 금방 구해 낼 수 있을 것이다. 그래, 재희를 제 품에 완전히 가두어 놓는다면. 바깥은 부럽지도 않을 정도로 완벽한 새장을 만들어 둔다면….

씨팔, 미친 건가?

목덜미가 오싹해졌다. 건욱은 저도 모르게 입가를 가렸다. 정수리까지 달아올랐던 열기가 순식간에 식어 내렸다. 그러나 이를 악물고 있어서인지 핏대는 툭툭 솟아났다.

떠올리면 안 되는 생각이었다. 어디든 갈 수 있는 애를 잡아 두는 건, 제멋대로 휘두르려고 하는 건 폭력이나 다를 바가 없었다. 알고 있었다. 알고 있는데도… 단전에서 끓어오르는 욕망은 계속해서 밑바닥을 파고들었다. 하나같이 파괴적이고, 괜찮지 않은 모양새를 하고서 그를 설득했다.

어차피 잊을 수 있을 거라는 생각도 안 했잖아. 익숙해졌다는 말이 무색할 정도로 욕심만 부리고 있잖아. 그 애를 가지고 싶어서 안달이 났으면서. 그 애가 여전히, 너한테 마음이 있다는 걸 알았을 때는 눈에 띄게 안도했으면서….

그 애가 잘 살기를 바랐다고? 웃기는 소리. 그랬다면 그 애에게 돈을 쥐여 주고 외국이든 어디든 보냈어야지. 보내 주고 싶었다면서 회사로 데려오는 건 말이 안 되지. 결국은 그 애와 멀어지고 싶지 않아서 수를 쓴 거잖아.

차라리 뻔뻔하게 구는 게 나아. 손가락질받든 말든 품 안에 넣어 둘 앤데 뭐가 어때서? 어차피 불행이란 불행은 모조리 짊어지고 있던 애였잖아. 네 시궁창 같은 인생 하나 더 없는다고 달라질 것도 없잖아. 까놓고 말해서 네가 아니었다면 그 애는 지금쯤 업소에서 다른 남자들에게 몸이나 팔고 있었을걸?

너니까 이만큼 데려온 거야. 네가 노력했기 때문에 여기까지 온 거라고. 그러니까 이 정도는 요구해도 되는 거잖아. 잠자코 곁에 있으라는 게 뭐가 어려워? 어차피 네가 했던 일을 말해 주면 걔는 거절하지도 못해. 다 알고 있으면서 왜 이제 와서 샌님처럼 굴고 있어?

뒤늦게 후회하지 말고 너답게 굴어.

네 감정만 알고, 네 욕심만 알던 때로 돌아가서 일을 저지르면 돼. 그 애를 잡아다가 밤새도록 안아 대고, 혹여 임신이라도 하게 되면 기다렸다는 듯 받아들이면 된다고. 그러면 그 애도 완전히 네 것이 될 테니까. 더 이상 속앓이할 필요 없이 네 마음대로 할 수 있을 테니까….

"씨발…."

그가 한껏 충혈된 눈으로 엘리베이터를 벗어났다. 그리고 주위를 둘러볼 새도 없이 대표실로 성큼성큼 걸어 들어갔다.

속이 메스꺼웠다. 천박해 빠진 생각에 손까지 떨리고 있었다. 이런 건 위험했다. 제가 해 온 것들을 싸그리 짓뭉개는 생각이었다.

고작해야 6개월 만에 만난 것뿐인데. 업소에서 그 애와 재회했을 때도 이 정도의 열기는 아니었는데.

그 애를 여자로 인식하자마자. 그 애가 주는 온기가 얼마나 뜨겁고 달콤한지 알게 되자마자 마구잡이로 흘러내리기 시작하는 욕망을 건욱은 감당할 수가 없었다. 이건 제가 예상했던 한계치를 넘기고 있었다. 도저히 일상생활 자체가 불가능할 정도로….

"하하…."

건욱은 급하게 서류부터 처리해야 한다는 것조차 잊고, 대표실 문 앞에 힘없이 주저앉았다. 이런 식이라면 머지않아 그녀에게 강압적으로 굴고 말 것이다. 제 욕망을 이기지 못해서 그 조그마한 애를 함부로 몰아세우고 말 거야.

그는 신경질적으로 머리카락을 쓸어 넘겼다. 제가 가지고 있는 감정이 이토록 커다랄 줄은 몰랐다. 생각했던 것보다 통제하기 어려운 양상을 띠고 있다는 것도 이제야 알았다.

나는 그 애를 망치고 말겠지.

건욱은 차마 고개를 들 수 없었다. 이 욕망을 어떻게 가라앉혀야 할지 감이 잡히질 않았다. 확실한 방법은 마주치지 않는 거였다. 오늘처럼 밀폐된 공간에서 단둘이 남게 되는 상황은 무슨 일이 있어도 피해야 했다.

오래전부터 쌓아 왔던 것들을 모조리 망가트리기 전에. 제 손으로 그 애를 시궁창으로 밀어 넣기 전에. 폭풍과도 같았던 감정이 지나가고 남아 있는 감정은 오직 원망뿐이라서, 그 애에게 처음부터 만나지 말았어야 했다는 대답을 듣기 전에. 그래서 후회하고 또 후회하기 전에….

이보다 더 등신처럼 굴어서는 안 되었다. 다시 한번 그런 생각을 생각이랍시고 떠올려서도 안 되었다. 절대로….

303

○ ● ○

오후 일곱 시의 고깃집은 청운 건설을 다니는 직원들로 북적였다.

오늘을 위해서 고깃집 하나를 통째로 빌렸다고 했다. 고기도 좋은 것만 먹을 수 있게 해 두었다고. 그러니 눈치 보지 말고 많이 먹어 두라고, 그녀의 옆에 앉아 있는 김 주임이 말해 주었다.

"청운 건설의 첫 해외 진출을 축하하며!"

"건배!"

"건배!"

건배사가 한창일 때에 재희는 고개를 돌려서 그가 앉아 있는 테이블을 힐끗거렸다. 고기가 익어 갈 때도 괜히 음료수가 든 냉장고를 왔다 갔다 하면서 남몰래 그를 살펴보았다.

시원시원하게 웃는 얼굴. 누구에게나 호감을 불러일으키는 외모와 다부진 체격. 그걸 증명하듯 그의 주변에는 남녀 가리지 않고 사람들이 몰려들었고, 와이셔츠 소매를 걷어서인지 유난히 두드러지는 팔 근육에는 여직원들의 시선이 자꾸만 닿고 있었다.

아마 같은 생각을 하고 있을 것이다. 저 단단한 팔이 이성의 허리를 어떻게 휘감는지. 그 힘이 얼마나 집요하고 관능적일지…. 그리고 몇 번이나 그의 품에 안겨 본 전적이 있었던 그녀는 왠지 모를 호승심을 느끼고 있었다.

'왜, 내 쪽을 안 보시지?'

물론 도취되기도 전에 박탈감을 느껴야 했지만.

그러니까 회식이 시작된 지 어언 한 시간 반이 지나고 있을 무렵이었다. 다른 직원들에 비해 그는 회식 자리에 사십 분 정도 늦게 도착했는데, 거의 한 시간이 가까워질 동안 그는 한 번도 그녀가 앉아 있는 테이블을 봐 주지 않았다.

"대표님, 사랑합니다!"

"차 과장님, 뭐예요. 엄청 취하셨네!"

"아하하하!"

다른 테이블은 소란스러울 때마다 한 번씩 봐 주기도 하고, 호탕하게 웃기도 했다.

"홍 대리, 피곤하면 일찍 들어가 봐."

또는 회식 자리에 적응하기 힘들어하는 직원에게 스치듯 관심을 기울이기도 했다. 눈치 줄 생각은 전혀 없다는 듯 어깨를 다독이는 모습을 바라보는데 왜인지 마음은 비틀려만 갔다. 각 부서가 앉아 있는 테이블마다 격려해 주고 있는데 어째서 나만…

그 의심이 틀리지 않았다는 걸, 그가 마지막 차례로 그녀가 앉아 있는 테이블로 찾아왔을 때 확신할 수 있었다.

"잘들 먹고 있어?"

"최고예요, 대표님! 특수 부위만 원 없이 먹을 수 있다는 게 이렇게 행복한 줄 몰랐어요."

"오늘 대표님 지갑 완전히 거덜 내 보려고요."

"아주 이를 갈았구만."

그는 직원들을 소탈하게 대하는 편이었다. 그래서인지 직원들도 그에게 불편함을 느끼긴커녕 허물없이 대하고 있었는데….

"오랜만에 하는 단체 회식인데 후회들 없이 먹고 가."

"네, 대표님!"

"감사합니다!"

그녀만 대화에 끼질 못하고 있었다. 그녀만….

더군다나 그녀가 앉아 있는 테이블에 도착해서노, 그는 그녀에게 한 번도 시선을 건네주지 않았다. 다른 직원들과는 일일이 시선을 맞추며 이야기를 들어 주거나 독려까지 해 주는 반면, 그녀에게는 일부러 그러는 건가 싶을 정도로 외면하고 있었다.

그녀의 존재를 몰랐다면 실수로라도 한 번. 딱 한 번쯤은 스치듯이 마주칠 법도 한데, 그는 오히려 그녀의 위치를 잘 알고 있는 것처럼 한 톨의 시선조차 내어 주지 않았다.

도대체 왜? 재희는 허벅지 위에 놓아둔 손을 꽉 쥐었다. 이해할 수가 없었다. 그가 어떤 의미로 그런 행동을 하는 건지 감도 잡히질 않았다. 마침내 그가 재무팀 테이블을 떠날 때까지도 그랬다.

내가 뭘 잘못한 걸까?

한 번도 이런 식으로 밀어냈던 적은 없었는데. 그러니까 고등학교 때에도, 다시 그를 만났을 때도. 늘 미안한 기색으로 애틋하게 자신을 바라봐 주던 사람이었는데. 자신의 마음에 죄책감마저 느끼고 있어서, 그녀로서는 놓아줄 수밖에 없었던 사람이었는데….

이렇게 무작정 사람을 무시하려 드는 건 처음이라서. 이제는 그 이유조차도 말해 줄 것 같지 않아서… 재희는 그가 조금 미워지고 있었다.

"어어? 재희 씨, 술 마시려고?"

취한 채로 귀가하고 싶지 않아서 연신 음료수를 마시고 있던 그녀였다. 그러나 충동적으로 술잔을 채우자, 김 주임이 놀란 표정으로 바라보았다.

기대했던 내가 바보였지. 비꼬는 게 아니라 정말이었다. 오랜만에 한 재회치고는 분위기가 나쁘지 않아서. 이별을 약속했음에도 불구하고 서로에게 그렇게 냉정하지는 않았어서….

회식 자리를 기다렸던 것도 그래서였다. 더 가까워질 수 있을 것 같았다. 그가 내보이는 빈틈을 파고들 수 있을 줄 알았다. 일방적인 마음이 아니라는 걸 며칠 전까지 확인했으니 욕심내도 된다고 생각했다.

그러나 어림도 없다는 걸 확인받은 것 같았다.

그의 태도는 꼭, 이런 관계가 맞는다고 말해 주는 것 같았다. 며칠 전에 느꼈던 분위기는 실수였고, 우리는 이렇게 되어야만 한다고. 서로에게 어떤 기대도 품지 않고, 바라지도 않고. 마음이 간지러워지는 감각 같은 건 느껴서도 안 된다고. 그런 건 우리에게 허락되지 않는 거라고….

그러니까 너도, 더 이상 욕심내지 말아 달라고. 나도 그럴 테니까.

그런 의도로 하는 행동이라면… 맞는 말이었다. 흔들리는 순간이 있었던 건 분명하지만 덩달아 지켜야 하는 것도 있었으니까. 알고 있는데. 욕심을 부리는 제 모습이 얼마나 바보 같은지도. 이제는 너무나도 높은 곳에 있는 사람이라, 이런 마음을 품는 게 터무니없다는 것도 잘 아는데….

서운해서. 남보다 못한 사이가 된다는 게 어떤 건지 이제야 깨달았고, 그게, 생각했던 것보다 너무 아파서….

"재희 씨, 그렇게 마셔도 괜찮은 거야?"

"괜찮아요."

"평소에 술은 입에도 안 대던 사람이 웬일이래?"

그녀는 주변의 걱정에도 불구하고 계속해서 술을 들이켰다. 비틀린 마음을 어떻게든 해소하고 싶었다. 그러려고 술을 마시는 사람도 있는데, 저라고 못 할 게 뭐 있나 싶었다.

나도 그럴 수 있는데. 다른 사람에게 웃어 주고 잘 대해 줄 수 있는데. 그러다가 그에게는 따로 얼굴을 굳힐 수도 있는데. 그런 식으로 상처를 줄 수 있는 건데.

나도, 못 한 게 아니라 안 했던 건데….

생각해 보면 이제는 안 할 이유도 없지 않나 싶었다. 싱대가 그렇게 행동하는데. 그러리고 부추기는데 하지 않을 이유가….

소주 한 병을 다 비운 적은 그녀도 처음이었다. 늘 기분이 달아오를 정도로 한두 잔씩만 기울였던 터라 과다하게 들어간 알코올에 어지럼증이 일었다.

"재희 씨, 괜찮아요?"

테이블에 팔꿈치를 지탱해서 겨우 버티고 있는 그녀에게 차강현 대리가 걱정스레 물어 왔다.

술자리가 무르익을수록 테이블의 구성원은 계속해서 바뀌었다. 같은 부서의 다른 선임이기도 했다가, 다른 부서의 대리이기도 했는데. 조 팀장이 디자인 부서가 있는 테이블로 떠나고 나서는 기획팀의 차강현 대리가 그녀의 맞은편 자리를 차지했다.

'재희 씨가 이렇게나 마시는 모습은 처음 보는 것 같습니다.'

'아…'

'제가 한 잔 드려도 될까요?'

이미 거절한 전적이 있던 사람이라 거리를 좁혀 오는 태도가 어색하게 느껴졌다. 그러나 술이 반쯤 들어가서인지 아무렴 어때 하는 심정이었고, 실은 대표님조차도 그녀에게 관심을 끊은 마당에 눈치 볼게 뭐가 있나 싶었다.

유치한 반항심을 기반으로, 차강현 대리와 술을 주거니 받거니 하다 보니 취하는 건 금방이었다.

재희는 비어 버린 술병을 노려보았다. 더 마셨다간 정신을 놓을 것 같았다. 홧김에 마신 술이지만 인사불성이 될 생각은 없었다. 그만 술

잔을 내려놓은 그녀가 자리에서 천천히 일어섰다.

"재희 씨?"

"화장실 좀 다녀올게요."

"걸을 수 있겠어요? 데려다줄까요?"

차강현 대리가 덩달아 일어나서 그녀를 부축하려고 들었다. 그러나 재희는 가볍게 손을 내저었다.

"혼자 다녀올 수 있어요. 좀 어지럽긴 한데, 부축받을 정도는 아니라서."

"하지만…."

"됐어요, 됐어."

재희는 소탈하게 거절하며 걸음을 옮겼다. 화장실은 외부에 있었기에 재희는 고기 굽는 냄새로 가득한 식당을 빠져나왔다.

겨울바람이 싸늘하게 불어왔다. 연기 때문에 갑갑했던 속이 환기되고 있었다. 그래도 겉옷은 입고 올 걸 그랬나. 재희는 양손으로 팔을 문질렀다. 날은 여전히 추웠고, 길가에는 아직 녹지 않은 눈이 이끼처럼 끼어 있었다.

매서운 바람 덕분인지 정신이 조금씩 들고 있었다. 그러나 이렇게까지 마셨던 적은 처음이라 속이 울렁거렸다. 아. 내일 숙취로 고생 좀 하겠네.

"하아…."

볼일을 마치고 화장실에서 빠져나온 재희는 식당 앞에 주저앉았다. 씻은 손이 얼었다는 착각이 들 정도로 추운 날씨였는데, 바람이라도 쐬면서 술기운을 가라앉힐 생각이었다. 효과는 있었다. 식당 내부에 있을 때만 해도 울렁이던 속이 차분해지고 있었으니까. 재희는 뜨끈한 열기가 올라오고 있는 뺨을 매만져 보았다.

곧 새해구나.

입사해서 사무실 분위기에 적응하느라 애를 썼던 때가 엊그제 같은데, 벌써 한 해가 바뀌어 가고 있었다. 재희는 거리를 환하게 밝히는 가게들과 그곳을 오고 가는 사람들, 그리고 끊임없이 밀려드는 차들과 그로 인해 소란스러운 풍경을 바라보았다.

다들 바쁘게 살아가고 있었다. 자신만 해도 주어진 일에 푹 빠져 있다 보면 다른 생각 같은 건 들지 않았다. 지친 몸을 이끌고 집에 도착했을 때 베개에 머리를 대자마자 잠들 때도 많았다.

하물며 그는 책임져야 할 것이 많은 사람이었다. 짊어지고 있는 것이 그녀보다는 더 많고, 더 무거울 사람이었다. 그런 사람에게 자길 좀 봐 달라며 어리광을 피우는 건, 관심을 주지 않았다고 해서 토라지는 건 그를 곤란하게 만들 뿐이었다.

제가 생각해도 참 유치했다.

그가 맞는 건데. 그게 약속이었고, 우리가 지켜야만 하는 거리였는데. 서늘한 태도에 심장이 저미는 것 같아도, 남보다도 못한 사이가 되어 서운한 마음이 들어도. 그런 식으로 굴 수밖에 없는 그를 이해하지 못하는 것도 아닌데….

"읏차."

술을 마시면 복잡한 감정이 사그라들 줄 알았는데 아니었다. 오히려 바보처럼 굴었다는 것만 실감할 뿐이었다.

재희는 자리를 털고 일어났다. 치기 어린 감정은 이제 접어 둘 차례였다. 홧김에 들이켠 술이었지만 끝은 쓰기만 했다. 자리로 돌아가서 짐을 챙길 생각이었다. 2차까지 갈 여력도 없었고, 지금보다 더 인사불성이 되기 전에 귀가하고 싶었다.

그녀가 찬바람에 흩날리는 머리카락을 가볍게 정돈했다. 무방비하게 노출되어 있던 귓불이 얼얼하다. 양쪽 귀를 어루만지던 재희가 막 식당 쪽으로 걸음을 옮기던 찰나였다.

빠아아아앙!

사나운 헤드라이트가 그녀의 전신을 감쌌다. 안 그래도 좁은 길목에서 야생 동물처럼 불시에 튀어나온 오토바이였다.

진척이 보이지 않는 차량 통행에 신경질이라도 난 건지, 오토바이 운전자는 사람들의 왕래가 잦은 길목에서 함부로 속도를 높였다. 결국 오토바이는 아스팔트 도로가 아닌 인도 쪽으로 올라탔고, 마침 그곳에서 바람을 쐬고 있던 재희는 들짐승처럼 뛰어든 오토바이를 차마 피할 수 없었다.

어라?

어떻게 된 상황인지 의문이 들었을 때는 이미 오토바이는 격렬하게 돌진하고 있었고, 피해야 한다는 생각이 들었을 때는 늦었다는 생각도 함께 충돌하고 있었다. 그래서 이도 저도 하지 못하고 제게 달려드는 오토바이를 굳은 얼굴로 바라보고만 있는데….

"저 새끼가!"

달려오는 오토바이에 박으면 엄청 아프겠지. 그런 생각을 하며 눈을 깜박이던 순간이었다.

다시 한번 눈을 떴을 때, 그녀는 누군가의 뜨거운 품에 바싹 안겨 있었다. 꼼짝달싹 못 하고 서 있던 그녀는 강한 힘으로 끌어당겨졌고, 또다시 무슨 상황인지 추측할 무렵에는 정수리에서, 아주 성이 난 목소리가 들려왔다.

쿵쿵. 쿵쿵.

숨이 꼴딱 넘어갈 정도로 두터운 심장 박동도 함께였다. 제 것인지 아닌지 헤아릴 여력은 없었다. 그저 급박한 상황에서 자신을 구해 준 사람이 누구인지 알아내기에 바빴고….

"씨발, 운전 똑바로 안 해!"

그녀의 귀를 커다란 손으로 감싸고, 길목이 떠나갈 정도로 언성을 높이는 사람이. 그렇게도 화가 잔뜩 나서 거친 숨을 뱉고 있는 사람이, 다름 아닌 대표님이라는 걸 알았을 때는….

재희는 참았던 숨을 그제야 몰아쉬며, 그의 가슴팍에 얼굴을 묻었다. 오토바이는 길목을 빠져나갔는지 요란했던 엔진 소리가 점점 멀어지고 있었다. 그리고 한창 성을 내는 대표님과 달리 그녀의 마음속에서는 이유 모를 안도감이 피어오르고 있었다.

그러나 그녀가 진정하기도 전에, 그가 사뭇 거친 손길로 품에서 그녀를 떼어 냈다. 재희의 시선이 제 어깨를 붙잡고 있는 그의 다부진 손 끝에 닿았다. 그리고 천천히 고개를 들어, 마침내 그를 마주했을 때는….

그가 아프도록 일그러진 얼굴로 그녀를 내려다보고 있었다. 싸늘하게 분노가 스민 눈동자는 마주하는 것만으로도 숨이 막혔다. 회식 자리 내내 그녀를 투명 인간 취급 하던 사람이 맞나 싶었다. 아니면 취하는 바람에 헛것을 보고 있는 거거나….

"대표…."

"도대체가 넌 제정신이야!"

"대표님…."

"제 몸 하나 못 챙길 정도로 마셔 대면 어쩌자는 거야!"

아. 아아.

잘못 본 게 아니었다. 그녀의 눈앞에서, 격정적으로 언성을 높이고 있는 남자는 그가 맞았다.

"내가 안 보고 있었으면 어쩔 뻔했어!"

"저는…."

"화장실 간 애가 시간이 지나도 돌아올 생각을 안 하는데!"

"아…."

"미처 보지 못했으면! 애를 놓치는 바람에, 씨팔 진짜 사고라도 났으면 어쩔 뻔했냐고!"

한 번도 그녀에게 화를 낸 적이 없는 사람인데. 참다 참다 집어삼키는 한이 있어도 그녀에게, 이토록 직설적인 분노를 드러낸 적이 없었던 사람이었는데….

"뭘 잘했다고 울어?"

"흐윽…."

"추운데. 날이 이렇게 추운데 옷도 제대로 안 걸치고, 어?"

그러니까, 무서워야 하는데. 처음 보여 주는 모습에 겁을 먹어야 마땅한데….

어째서 긴장감이 풀리고, 핏기조차 가셨던 손끝과 발끝이 달아오르는 걸까. 어째서 심장이 이럴 수 있을까 싶을 정도로 뛰고, 계속해서 화만 내는 그에게 설레기까지 하는 걸까.

"일부러 좋은 곳 잡았더니 고기는 일절 먹지도 않고."

"그, 그걸 어떻게…."

"그것도 차강현인지 뭔지. 그 자식이 주는 술만 냅다 받아 마실 거면 처음부터 회식 자리에!"

"흑…."

"하, 내가 무슨 소릴 하는 건지."

왜 비싼 고기를 사 줘도 제대로 먹질 않느냐고. 속상하게. 안주 없이 술만 마시면 속 버린다고. 거기다가 왜. 차강현이 주는 술은 거절도 안 하고 마시느냐고. 질투 나게.

그가 하는 말이 이런 식으로도 들린다면 심각한 중증일까. 저도 모르게 흐르는 눈물에 그의 화가 누그러진 것처럼 보이는 건. 말로는 투덜거리면서도 다그쳐서 미안해하는 것처럼 보이는 건… 전부 술기운이 만들어 낸 환상이었을까.

"흐아아앙…."

실은 엄청 놀랐다. 예기치 않게 달려오던 오토바이도. 제 심정도 모르고 화부터 버럭 내는 그도… 심장이 덜컥 내려앉을 만큼 놀랐다. 그가 안아 주지 않았다면 당장이라도 바닥에 주저앉았을 정도로….

그럼에도 불구하고, 혹여 다쳤을까 걱정해 주는 모습에. 추위에 발갛게 달아오른 귀를 문질러 주는 손바닥에. 그리고 실은, 그녀를 줄곧 지켜봐 왔다는 듯한 말에….

계속, 시선을 피하고 있다고 생각했는데. 자신에게는 이제 관심조차 주지 않고 있다고 여겼는데 그게 아니라서. 그녀가 고기를 제대로 먹지 않고 있다는 것도. 진탕 술을 마시려고 든 것도. 차강현 대리와 함께 있었다는 사실과 그녀가 화장실을 가기 위해 자리를 비웠다는 것까지 다. 전부 다, 지켜보고 있었다고 해서….

어리광을 부리면 안 된다는 걸 알면서도 어리광을 부리게 된다. 도대체 왜 그렇게 사람 마음을 들었다 놓는 거냐고 타박하고만 싶어진다.

재희는 그의 품에 안겨서 엉엉 울었다. 식당에서 잠시 빠져나온 사원들이 수군거리는 소리가 들렸지만 전혀 중요하지 않았다. 그저 서럽기만 했다. 좋아하는데도 마음 편히 좋아할 수 없는 상황이. 이 마음을 있는 그대로 표현할 수도 없는 사이가. 그와 그녀 사이를 가로막은 모든 것들이….

"아저씨는 어떻게 견디셨어요?"

"재희야."

"조금만 멀어져도 이렇게 아픈데. 아저씨가 저를 없는 사람 취급할 때는 너무 힘들어서 울고만 싶어지는데…."

"……."

"그런데도 막상 아저씨 얼굴 보면 웃음만 나요. 마음이 막, 녹아내려요. 그리고 지금처럼 다정하게 대해 주면, 괜히 기대하게 돼요. 더 가까워질 수 있지 않을까 욕심부터 나서….”

술에 취하지 않았다면 하지 못했을 말. 제정신이었다면 하지 않았을, 그를 곤란하게 만드는 고백들.

“아저씨는 어떻게 그렇게 멀쩡할 수 있어요? 왜, 저만 흔들리는 거예요? 제가 너무 바보처럼 구는 거예요? 처음이라서요? 아저씨는 그래도 이런저런 경험 많이 해 보셨을 텐데 저는 아무것도 몰라서?”

끝내 타박까지 하는 지경에 이르렀지만 그는 그녀를 다그치지 않았다. 그저 흔들리는 시선으로 바라보고만 있었다. 젖은 눈가를 훔쳐 내주는 손끝이 뜨겁다. 발갛게 달아오른 뺨을 닦아 주는 손바닥이 손난로처럼 따뜻하다.

“차로 가서 얘기하자.”

“저는….”

“보는 눈이 많아. 괜한 소문 돌기 시작하면 골치만 아프고.”

“아….”

그렇구나. 그는 사람들의 이목을 끌고 있는 사람이니까. 나 같은 애랑 엮이면, 그러다가 소문이라도 나면 곤란해지겠구나….

“곤란하잖아, 네가.”

“네….”

“……”

“네?”

아. 예상치 못한 부분에서 그가 또다시 확 치고 들어왔다. 괜한 소문에 곤란해지는 사람이, 대표님이 아니라 나라니. 그런 건….

“회사 다니면서 나이 많은 남자랑 붙어먹는다는 소문 나면 퍽이나 도움이 되겠어.”

“아저씨야말로 대표님이시잖아요. 오히려 곤란해지는 건….”

“그런 건 상관없어.”

"……."

"미안한데. 정말로 상관이 없어, 유재희 씨."

그는 그런 소문쯤이야 해프닝 정도로 여길 수 있다고 했다. 그러나 그녀더러는 잘 생각해 보라고 했다. 사람들이 누구를 입에 올리는 걸 더 즐거워할지….

아마 대표님에게 달라붙는다고 생각할 거다. 철부지 신입이 벌써부터 돈을 밝힌다고. 어리다는 이유로 들이대는 모습이 꼴불견이라는 말을 들을지도 모른다. 발라당 까졌다는 말이나 성적인 희롱 같은 것도….

"따라와."

그리고 그는 제가 그런 상황을 마주하는 걸 아주 싫어하는 것처럼 보였다.

그가 그녀를 품에서 완전히 떼어 냈다. 그리고 식당 뒤편에 있는 주차장으로 먼저 걸음을 옮겼다. 그가 멀어지자마자 재희는 기다렸다는 듯 몰려드는 추위에 몸을 떨었다.

참 이상하다. 날은 그렇게도 추웠는데, 그의 품에 안겨 있던 순간만큼은 전혀 실감하지 못했다. 재희는 다시 제 양팔을 문지르며 그의 뒤를 졸졸 따라갔다. 평소보다 좁은 보폭의 그를 보면서는 절로 미소가 새어 나왔다.

그는 전혀 모르는 것 같다. 그런 세심한 태도 하나하나가 그녀의 마음을 붙잡고 있다는 걸. 그 어떤 흔들림 속에서도 놓지 말아야 할 이유가 되고 있다는 걸…. 그녀에 대해서는 전부 아는 것처럼 굴다가도 전혀 모르는 것 같았다.

가로등에 비친 두 개의 그림자가 좁혀질 듯 좁혀지지 않는 거리를 유지하고 있었다. 앞장서서 걷는 그의 그림자를 재희의 조그마한 구두가 단정하게 밟아 나가고 있었다.

○ ● ○

　냉기가 맴돌던 차량 내부가 더운 기운으로 금세 차올랐다. 그가 강하게 히터를 틀어 준 덕분이었다. 커다란 코트를 덮어 준 덕분이기도 했다. 재희는 그의 향기가 느껴지는 코트에 가만히 코를 박았다.

　"따뜻해?"

　"네에."

　"다행이네."

　어쩌다 보니 그와 뒷좌석에 나란히 앉게 되었다. 실은 운전석에 앉으려던 그의 옷자락을 재희가 붙잡았다. 같은 테이블에 앉지 못한 게 한이라도 됐나. 적어도 단둘이 있는 순간만큼은 가까이 머무르고 싶었다.

　그러나 막상 가까워지니 할 말이 없었다. 오토바이 사건 때문에 정신이 번쩍 든 지는 오래였고, 술기운도 같이 달아나고 있었다.

　그냥 쪽팔렸다. 무척이나.

　도대체 무슨 깡으로, 직원들이 볼지도 모르는 곳에서 고백을 해 댄 건지…. 철없이 구는 것도 한두 번이지 틈날 때마다 감정이 앞서서 어리광을 부리면 제가 봐도 질릴 것만 같았다. 아마 그도 비슷한 생각을 하고 있지 않을까. 정말로 피곤한 애가 다 있다고. 우리가 안 되는 이유를, 그 상황까지 전부 이야기했는데도 자꾸만 꼬리에 꼬리를 물고 질질 끄는 애가 다 있다고….

　"구두 벗어."

　"네?"

　"벗었어?"

　"네…."

"발 이리 내."

발? 발이요?

너무나도 당당한 요구에 재희는 저도 모르게 허벅지를 들썩였다. 그러자 저항할 틈도 없이 그가 무심하게 발목을 채 갔다. 그리고 얼음장처럼 차가운 발을 한 손에 쥐었다.

"자율 복장이라고 했는데 왜 굳이 구두 같은 걸 신는 거야?"

"하, 하지만 다들 정장을 입고 다니시니까… 저도 그래야 할 것 같았고, 또…."

"쓰읍."

"그렇게 따지면 대표님도 구두 신으시잖아요. 왜 저만… 아!"

그의 길고 단단한 손가락이 재희의 뒤꿈치를 가볍게 쓸어내렸다. 그와 동시에 그녀가 불편한 통증에 신음했다. 구두를 신을 때마다 생기는 상처 탓이었다. 흉터가 자리 잡을 새도 없이 덧나곤 했는데 그걸 알아채셨을 줄이야.

그녀가 반박조차 못 하고 입을 꾹 다물고 있자, 그가 어이없다는 듯 픽 웃는다.

"아직도 네 구두랑 내 구두가 같아?"

"그래도…."

"절뚝거리길래 아직 적응을 못 하는 건가 싶었다. 아니면 뒤꿈치가 이따위로 곤죽이 됐거나."

"대표님…."

"후자라면 뭐 하러 신고 다녀. 도대체가, 이런 걸…."

짙은 한숨을 내쉬는 그의 목소리가 떨리고 있었다. 그러나 발을 쭉쭉이 하듯 주물러 주는 손길은 여전했고, 손바닥을 통해서 전해지는 온기는 눈물이 날 정도로 따뜻했다.

심장이 눈치도 없이 쿵쿵 소리를 내며 뛰고 있었다. 간지러웠다. 그에게 두 발을 내밀고 있는 자세가 우스꽝스러웠지만 기분은 더할 나위 없이 좋았다.

괜한 걱정이었구나.

그녀를 귀찮게 여겼다면 손수 발을 주물러 주진 않았을 테니까. 차가운 발에 온기를 불어넣느라 정신없지도 않았을 테고, 또, 누구한테나 생기는 상처에 말끝을 흐리지도 않을 테니까….

"좋은 일이라도 생겼나 봐."

"네?"

"이제야 웃네."

"아…."

"하여간 사람 속 태우는 데에 일가견 있어."

그녀가 대답 대신 발가락을 꼬물거렸다. 그러자 그가 벌을 주듯 새끼발가락을 잡아당겼다. 아, 진짜. 뭐예요. 뭐가? 간지럽단 말이에요. 그러든지. 남의 일인가 봐, 정말.

그저 좋았다. 누구에게도 방해받지 않는 장소에서 그와 단둘이 있다는 게. 생각 없이 말장난을 나누는 것도. 그래서 아무 걱정 없는 사람들처럼 키득거리는 것도….

방금까지는 수많은 사람 속에서 중심을 이루고 있던 사람이. 대표님이라는 직책이 무척이나 잘 어울리는 사람이 거리낌 없이 제 발을 만져 주고 있다는 게. 그 큼지막한 체격으로, 와이셔츠가 몹시나 잘 어울리는 모습으로, 펜이나 서류 같은 게 아닌 고작해야, 그녀의 자그마한 발을 쥐고 있다는 게. 정성스레 주무르면서도 그 온도를 높여 주는 게 너무, 너무 설레서….

상냥하기 짝이 없는 손길을. 다정함이 묻어 나오는 웃음소리와 살짝 흐트러진 머리카락을. 흠잡을 데 없이 멋있기만 한 그의 외모를 하나하니 곱씹어 보고 있는데.

"멀쩡해 보였어?"

"네?"

"네가 보기에는 그래 보였나 싶어서."

그가 나지막한 목소리로 물었다. 재희는 고민하는 기색도 없이 고개를 끄덕였다. 그러자 그가 이상하다는 듯 눈썹을 치켜세웠다.

"그래? 그 자식이 네 테이블에 앉았을 때부터 눈이 돌아가는 줄 알았는데."

"아…."

"고기는 먹지도 않고 술만 들이마실 때는 저러다가 확 가면 어쩌나 싶었고."

"그런…."

"걔, 뭐야. 기획팀 차강현 맞지? 걔가 너 부축하겠다고 염병할 때는 회식이고 뭐고 다 때려치우려고 했었어."

"대표님…."

"티가 안 났다니 다행이라고 해야 할지. 아니면 너 빼고 다 아는 건지 나도 모르겠다, 이젠."

그가 의미 없다는 듯 고개를 내저었다. 그리고 흘리듯이 말을 덧붙였다.

"그냥 너는, 네가 존나게 예쁘다는 걸 가끔 잊어버리는 것 같아."

"그, 그런 말은…."

"그런 놈들 의도야 뻔하지. 술 같이 마시겠다고 은근슬쩍 네 테이블로 옮길 때부터 알아봤어. 예전부터 낌새는 있었지?"

"아…."

"……."

"네에."

"어휴, 시…."

그가 습관처럼 나오는 욕을 단번에 삼켜 냈다. 제 눈치가 보여서이리라. 괜찮다고 몇 번이나 말씀드렸는데….

그래도 제게는 좋은 것만 보여 주려고 노력하는 모습이 사랑스러웠다. 재희는 살며시 입꼬리를 올렸다. 노골적인 질투로 간지러운 제 마음과는 달리, 그의 표정은 초 단위로 굳어 가고 있었지만….

"예뻐 보여서 뭐 해요. 그런 게 뭐가 중요한데요?"

"뭐?"

"정작 제가 좋아하는 사람은 계속 모르는 척만 하는데, 무슨…."

"너 자꾸 그런 말 할래?"

"무슨 말이요?"

"사람 싱숭생숭하게 만드는 말."

"그런 거라면 오늘은 아저씨도 만만치 않거든요? 발도 막 만지시고…."

"허."

"뭐, 따뜻해지고 있긴 한데요."

그녀가 퉁명스럽게 대답하다가도 마침내 배시시 웃어 보이자, 그는 기가 막힌다는 듯이 웃었다. 그러나 도로 표정을 굳힌다. 이러면 안 된다는 듯 고개를 젓는 모습에는 결연한 의지마저도 엿보였다.

"아까 말이야. 오토바이 사고 날 뻔했을 때."

"네에."

"무식하게 화내서 미안해. 네 탓도 아니었는데…."

"괜찮아요. 걱정해 주신 거잖아요."

"제정신 박힌 놈이라면 그런 식으로는 걱정 안 해. 애꿎은 애한테 화를 낸다거나…."

"그래도, 그래도요."

새희가 더 자책할 필요 없다는 듯 그의 옷자락을 조심스레 움켜쥐었다. 그가 천천히 고개를 돌려서 그녀를 바라보았다. 두 눈이 소리 없이 마주치는 순간, 재희가 고요한 목소리로 입을 열었다.

"그 일이 아니었다면 저, 집에 가서 혼자 펑펑 울었을 거예요."

"뭐…."

"아저씨는 이제 나한테 전혀 관심이 없구나. 어른이라서. 엄청 어른이라서 나 같은 애는 다 털어 내 버렸구나 하고…."

"그럴 리가 없잖아, 재희야."

"그러니까 말이에요. 제가 힘든 것처럼 아저씨도 그렇다고 하니까. 다행으로 여기면 안 되는 일인데도 다행스러워서…."

"……."

"눈치 없다는 거 알지만요. 속마음은 그래요. 그러니까 저는, 정말로 괜찮아요."

진짜. 진짜로요. 그런 척을 하는 게 아니라요….

제가 듣기에도 낯 뜨거운 고백 따위를 하면서, 재희는 슬금슬금 그에게 다가가고 있었다. 여전히 두 눈을 마주한 채로, 서로의 눈동자에 서로의 모습을 담아내면서, 그렇게. 이제는 빈틈 하나 없을 정도로 다가가서 그의 강인한 팔뚝을 붙잡았다. 따뜻하게 달아오른 몸을 은근하게 붙인 채로 입을 맞추고 싶은 욕망을 내비쳤다.

그의 다부진 몸이 그녀 쪽으로 점점 기울어지고 있었다. 멀리서 보아도 잘생긴 얼굴이 가까워지고, 그렇게 선명해져서 이윽고 그녀가 살며시 눈꺼풀을 감을 무렵….

"이러면 안 되는 거 알지."

그가 낮게 가라앉은 목소리로 그녀의 행동을 저지했다.

"입에서 술 냄새 나서요?"

"쌈장 맛이 나도 문제 될 건 없어."

"그러면…."

"그런데 고작 그런 걸 말하는 것 같아?"

"……."

"응? 재희야."

아니. 아니요….

웃으면서 묻고 있지만 전혀 그렇지 않은 질문이라는 걸 그녀도 알고 있었다. 재희가 고개를 저으며 그에게 닿았던 몸을 떼어 냈다. 반년 전에 했던 약속을 무색하게 만드는 행동이었다. 그날 괴로움에 몸부림 쳤던 순간을 외면하는 태도이기도 했다.

엘리베이터에서 재회했을 때도, 그런 분위기를 형성하면 안 된다는 걸 알고 있었다. 오늘도 마찬가지였다. 누구보다도 그 사실을 잘 알고 있는 사람은 그녀였다. 그런데도 그에게 빈틈이 생기기를 기다렸다. 구렁이 담 넘어가듯 그렇게 분위기를 이어 가려고 했다. 그런 노력조차도 하면 안 된다는 걸 알고 있었는데….

도저히 놓을 수가 없는 걸 어떡하란 건지.

아닌 척해도 결국, 제 안위가 걱정돼서 달려와 주는 사람을. 고작해야 발뒤꿈치 까진 게 뭐라고 말끝을 흐리는 사람을. 자기 손 더러워지는 걱정은 하나도 없이 그냥, 그녀의 발이 따뜻해지는 게 가장 중요한 사람을 어떻게….

"좋아하는 사람을 밀어내는 게, 이렇게 힘든 일인 줄 몰랐어요."

"재희야."

"무섭지 않은 것도 아니에요. 아저씨가 해 줬던 얘길 곱씹으면서 그 피해자가 내가 되면 어떡하나 전전긍긍한 적도 많았어요."

"그걸 잘 아는 애가."

"그런데, 그런데도요."

"……."

"아저씨와 아무 사이도 아니라는 게. 어쩌면 남보다도 못한 사이가 된다는 게 더 무섭게 느껴지는 순간이 있었어요. 그래서….”

그녀가 엉망으로 내뱉는 바람에 거칠어진 호흡을 가다듬었다.

“그런 생각도 했어요. 차라리 아무도 모르는 곳으로 도망치면 어떨까. 아무도 찾아내지 못하게 꼭꼭 숨어 버리면 어떨까.”

“……..”

“아저씨도, 나도. 그 누구도 모르는 곳에 가서 그렇게, 단둘이 살면 어떨까 하는 생각을 했어요. 터무니없는 소리라는 건 알지만요. 그래도….”

“……..”

“이렇게 좋아하는데. 같은 마음일 텐데. 그런데 상황이 문제라면 같이 벗어나면 되지 않을까 해서요. 물론 그러려면 아저씨는 정말 많은 걸 버려야 하겠지만….”

그러나 그녀의 말이 길어질수록 그의 표정은 싸늘해져만 갔다. 마치 듣지 말아야 할 말을 들은 사람처럼, 그녀를 바라보는 눈동자마저도 무슨 이유에선지 날카로운 기색을 띠고 있었다.

제가 말실수를 한 걸까? 어느 부분에서? 흔들리는 제 마음을 설명하기에 급급해서 두서가 없었다. 그래서 그의 안색이 딱딱하게 굳어 가는 것도 눈치채지 못했다. 점점 식어 가는 분위기를 느낀 재희가 뒤늦게 고개를 절레절레 저었다.

“아, 아니에요. 그냥 해 본 소리였어요. 말도 안 되는 소리라는 거 알아요. 아저씨를 귀찮게 해 드리려는 생각도 아니었어요.”

“……..”

“고작 여자 하나 때문에 그런 짓까지 해야 하나 싶으실 거고, 어… 정말로 그런다 해도 제가 죄송해서 못 견딜 거예요. 그냥 철없이 하는 소리였고, 그러니까….”

재희가 연신 변명하고 있을 때였다. 그의 반응에 눈치 보면서 사과하는 제 모습이 얼마나 초라해 보이던지. 없어 보여도 너무 없어 보이는 모습에 눈물마저 울컥 솟구치려는 순간이었다.

"제가 한 말은 신경 쓰지 마세요. 저도 더 이상 어리광 부리지 않을게요. 정말 죄송해요. 발도, 이제 안 주물러 주셔도…."

"그때."

"네?"

"차 대리가 너한테 다가갔을 때, 재희야."

지금까지 그녀의 고백에 대해 입 한번 떼지 않았던 그가 턱 근육을 크게 일렁이며 입을 열었다.

"우스갯소리처럼 말했지만 실은 하나도 우습지 않았어."

"무슨…."

"네가 자리를 비웠을 때 그 새끼만 따로 불러내서 죽도록 패 줄 생각까지 했었거든."

"아."

"해고하는 거야 당연하지. 누굴 건드리는 거야, 대체. 씨팔. 꼴도 보기 싫은 새끼가…."

어? 어라?

재희는 도무지 자길 바라보는 그의 싸늘한 표정과 내뱉는 말을 연결시킬 수가 없었다. 눈동자는 전에 없이 매섭기만 한데 목소리는 여느 새벽처럼 고요하기만 해서. 그 대답은 너무나도 낯설어서…. 재희는 목덜미가 오싹해지는 듯한 감각을 느꼈다.

"지금…."

"……."

"네가, 이렇게 소름이 돋을 정도로 질투했었어."

그가 그녀의 발목을 움켜쥐었다. 저도 모르게 몸을 크게 늘썩거렸다. 그러나 그는 놓아 주긴커녕 그녀의 발목을 잡은 손에 더욱 힘을 실었다.

"차강현 저 씨팔 새끼가 진짜 돌았나…."

"아, 아저씨."

"겁대가리 없이 내 회사에서. 내가 머릿속에서는 몇백 번이고 닦아먹은 애를 갖다가 감히? 씨팔, 어림도 없지. 내 월급 꼬박꼬박 받아먹는 일개 직원 주제에 어딜."

"아…."

"주제도 모르고 어딜 욕심내느냐고, 응?"

재희는 발끝에 닿는 뜨거운 것에 숨을 헉하고 들이마셨다. 허벅지 부근에서 이미 팽팽하게 윤곽을 드러내고 있는, 오피스텔에서 함께 지냈을 때 본 적 있었던 그의 것이었다.

"아, 아저씨."

"왜?"

"왜, 라니요. 거기가, 거기가 막 닿는데…."

"뭐, 이거?"

그에게 붙잡힌 발이, 한껏 발기된 그의 것을 툭툭 건드린다. 당황하는 그녀와 달리 그는 대수롭지 않다는 반응이었다. 이런 일이야 하루 이틀이 아니었다는 것처럼. 당연한 일이라는 듯이….

"그게, 발에 자꾸 닿아서…."

"재희야."

"아…."

"그래서 뭐?"

그녀의 발바닥이 민망할 정도로 발기된 그의 것을 치대고 있었다. 발끝에서 단단하고도 뜨거운 것이 느껴질 때마다 얼마나 아찔하던지, 숨이 꼴딱 넘어갈 지경이었다. 그가 구속하듯 움켜쥔 발목은 아무리 발버둥을 쳐도 꿈쩍도 하질 않았다. 그저 그의 의지대로 힘없이 딸려

갈 뿐이었다.

"정말 웃기다, 그렇지?"

"무, 무슨…."

"다른 놈이랑 잘 살라고. 연애도 해 보라고 등까지 떠밀었으면서 이렇게… 유재희 발 하나로 좆을 세운다는 게."

"아저씨, 그만…."

"내가 생각해도 정말, 병신 같아서…."

그 새끼가 너한테 돼먹지도 않은 작업을 걸 때도, 오토바이에 치일 뻔했을 때도 그냥 눈깔부터 돌아가더라고.

하하, 그가 자조하듯 웃었다. 그러나 재희의 머릿속은 이미 새하얘져서 아무 생각도 할 수 없었다. 길고 두꺼운 음경을 따라 쓱쓱 문질러 대는 제 발끝만 어지러이 바라보고 있을 뿐이었다.

"아, 안…."

이미 커질 대로 커졌다고 여겼던 남성이, 그녀를 비웃듯이 부피를 키우고 있었다. 말도 안 돼. 어떻게….

그녀가 두 손으로 입을 틀어막았다. 그의 바지 허벅지 끝부분이 쿠 퍼액으로 젖어 가고 있었다. 그가 그녀의 발목을 세게 움켜쥔 건 그때였다. 한창 음경을 문지르고 있던 발이 움직임을 멈추었다.

재희가 반사적으로 고개를 드는 순간, 기다렸다는 듯 그와 시선이 마주쳤다. 숨이 턱 막히는 것 같았다. 그는 이미 그녀가 알고 있던 아저씨가 아니었다. 청운 건설 대표라고 불리던 사람도 아니었다.

냉정하게 다물린 입술. 힘을 주어 꿈틀거리는 턱 근육. 짙은 눈썹 아래로 심연처럼 자리 잡은 어두운 눈동자는, 그녀가 본 중에 가장 노골적인 감정을 띠고 있었다. 마치 욕망을 주체하기 힘들어하는 수컷처럼 보이기도 했다.

재희는 팽팽한 긴장감 속에서, 언제 제게 달려들지 모르는 남자를 밭은 숨을 내쉬며 바라보았다.

"어떻게 견디는 거냐고 물었지."

"하, 하아…."

"생각보다 쉬워. 안 보고, 떠올리지 않으면 그만이야. 그런 시간이 쌓이고 쌓이면 돼. 이미 한번 겪어 봐서 알아. 시간이 해결해 준다는 말은 대부분 사실이거든."

"……."

"그러고 나면 자기 마음을 속일 수가 있어져. 무뎌졌구나. 잊은 거구나. 아무렇지도 않구나. 받아들이게 되는 거지. 오래도록 못 보게 되면 그래. 그렇게 되는 거야."

꾹. 꾸욱. 그녀의 발목을 움켜쥐고 있던 손이 점점 올라와서 종아리를 짓누른다.

"그런데 제대로 해 두지 않으면 이 꼴이 나. 제 마음을 속이기도 전에. 무뎌지기도 전에 마주치면… 모두 제자리로 돌아가는 거야. 처음만도 못하게 진창을 구르는 거지."

"아저씨…."

"이번에는 나도 힘들었어."

그가 갈라진 목소리로 중얼거렸다.

"아무리 생각해도 6개월은 참 짧았거든. 터무니없이 짧은 시간이었지. 그래서 엘리베이터 문이 열리자마자 너를 봤을 때. 네가, 잘 보이고 싶은 사람 같은 건 없다고. 나뿐이라는 말을 했을 때…."

"아저씨…."

"거기가 회사라는 것도, CCTV가 달린 엘리베이터라는 것도 잊고 그냥, 너를 안고 싶었어. 남자에 대해선 어떤 경험도 없을 너를 갖다가 내 욕심껏 취하고만 싶었어."

직설적인 고백에 재희는 발가락을 꿈틀거렸다. 그의 시선이 그녀의 하얀 발끝에 천천히 가닿는다.

"뭐가 이리 예쁜 애가 있나 싶어서. 뭐가 이렇게, 시팔. 야해 빠진 애가 다 있나 싶어서. 생긴 것도 그렇고, 하는 짓마다 아주 사람 속을 태우는데. 정작 너는, 그런 줄도 몰랐다는 듯한 얼굴을 하고 있으니까…."

"저는…."

"돌아 버릴 것 같았어. 괜찮을 거라고 생각했던 게 전혀 괜찮지 않았고, 이러다간 정말로, 지금까지 지켜 왔던 걸 부숴 버릴 것 같았어. 그것도 내 손으로, 전부 망가트릴 것 같았어. 너도, 나도, 다…."

다시, 그녀의 작은 발을 움켜쥐는 손이 떨리고 있었다.

"회식 내내 너를 피했던 건 그래서였어. 내가 너보다 어른이라서, 너를 다 잊어서 그랬던 게 아니야. 오히려 반대였어. 잊지 못해서. 네가 생각하는 것처럼 내가, 아주 좋은 어른은 아니라서. 한 번만 더 그날 같은 상황이 일어난다면 분명히, 이런 짓이나 벌일 것 같아서."

"아저씨…."

"그렇게 참고 또 참다가. 뭣 같은 기분에 둘러싸여서 일을 치르고 싶은 충동이 들어도, 그러면 안 된다고 가라앉히면서 계속, 참아 내고 있었는데…."

"……."

"네가, 어디든 좋으니 도망치자는 말을 하는 거야."

그가 소리 내 웃었다. 다시 들어도 기가 막힌다는 듯이. 기쁜 듯 아닌 듯, 복잡하기만 한 얼굴로.

"도대체가, 내가 무슨 생각으로 너를 바라보고 있는지도 모르면서 그런 여지를 남기고 간 거야."

"저는, 잘…."

"몸으로 빚을 갚는 게 어떠냐고 제안하려던 새끼한테."

네?

재희가 무언가를 잘못 들었다는 듯 눈을 크게 떴다. 그러나 그는 여전히 웃음기를 머금은 채로 똑똑히 대답해 주었다.

"나한테, 그 작고 예쁜 몸 하나만 대 주면서 그렇게. 평생을 아버지 빚만 갚으면서 사는 게 어떠냐고 물어보려던 새끼한테…."

"……."

"아주 과분하게도, 함께 도망이나 치자는 말을 해 준 거야. 너는."

제 7 화
싫은 것투성이의 사람

　머리로는 그만해야 하는 걸 알고 있었다. 더 이상 입도 벙긋하면 안 된다고. 제발 좀 닥치라고. 제가 봐도 저급한 마음을 드러내서 도대체 뭘 하려고….

　"내가 하는 말에 유재희는, 착해 빠진 유재희는 거절하는 법도 모르고 그저 알겠다고만 하겠지. 속이 시커먼 아저씨가 세상 물정 모르는 스물한 살짜리를 얼마나 쉽게 속여 먹을 수 있는지도 모르고."

　"아, 아저씨…."

　"미안해서. 나한테 미안하다는 마음 하나만으로 뭐든 다 하겠다고 하겠지. 그게 몸이든 마음이든 말이야. 결국은 나 같은 새끼가 함부로 할 수 있도록 허락해 주겠지. 무슨 짓을 해도 괜찮다고만 말하면서…."

　"……."

　"자기가 얼마나 귀한 줄도 모르고…."

　어리니까. 순수하니까. 그래서 아무것도 모르니까 저 같은 놈이랑 도망치자는 말을 할 수 있는 거였다. 자기가 가진 감정 하나가 전부라고 생각할 나이니까. 그렇게도 휩쓸리기 쉬운 나이니까….

"그걸 알아챌 때쯤에는 내가 가만히 놔두지 않겠지. 어디에도 벗어나지 못하게 가둘 거야. 그 누구도 닿지 못하는 곳에, 오직 나만 아는 곳에 너를 숨길 거라고."

"아…."

"그때는 이미 늦은 거야. 돌이킬 수도 없고, 그냥 후회만 하게 되는 거지. 아, 그러지 말았어야 했는데. 그때 아저씨가 하는 말에 홀랑 넘어가지 말았어야 했는데. 그 사람이 하는 말들을 믿는 게 아니었는데…."

제가 지니고 있던 감정을 털어놓을 때마다 정수리가 뜨겁게 타오르는 것 같았다. 무슨 말을 하는 건지 그도 몰랐다. 분명한 건 제가 하는 말이 재희에게 상처가 되고 있다는 것과 스스로가 느끼기에도 구역질이 난다는 거였다.

"그런 사람이 도대체 어디 있어, 재희야."

"아저씨…."

"좋아한다면서 상대를 밑바닥까지 끌어내리는 사람이 어디 있어. 자기 마음이 더 중요해서, 상대가 진창을 구르든 말든 제 곁에 있기만 하면 되는 사람이. 놓아 달라는 말에도 아득바득 품에 안으려고만 하는 사람이…."

"……."

"어떻게 괜찮은 사람일 수가 있어, 응?"

괜찮은 사람인 척 굴었던 때가 있었다. 너를 보내 주려고 안간힘을 썼던 때가 있었어. 그런데 그게 잘 안 됐다. 이유야 어쨌든 매번 어그러지기 일쑤였어. 그럴 때마다 무슨 생각을 했는지 아니. 참 애쓴다고 생각했어. 태생부터가 돼먹지 못한 새끼가 아닌 척 애를 쓰고 있다고.

그러니까 하는 일 족족 안 되는 건 당연하다고….

"그런데도 나랑 도망치고 싶다는 생각이 들어?"

재희야.

"나 같은 새끼랑 앞으로도 뭘 하고 싶다는 생각이 들긴 해?"

나는, 내가 너무 싫어.

"내가 너라면 그런 등신 같은 짓은 안 해."

이딴 걸 마음이랍시고 보여 주는 것도 싫고.

"기회 줄 때 모르는 척 도망가고 말지."

그것 말고도 셀 수 없을 정도로 많은 이유가 있는데….

너보다 나이가 존나게 많은 것도 싫고, 할 줄 아는 게 힘쓰는 것밖에 없는 것도 싫어. 어머니가 업소에서 일했다는 것도, 아버지가 조폭이라는 것도. 실은 두 사람 다 부모가 아닐지도 모른다는 사실도 너에게 말하기 쪽팔리기만 해.

괜찮은 사람처럼 구는 내가 낯설어서 싫었고, 그렇다고 지금처럼 모든 걸 쏟아붓는 모습마저도 등신 같아서 싫어. 네가 칭찬하는 외모마저도 쓸데없는 이목만 끌어 대서 싫었고, 대표라는 직책을 달고 있는 것도 주제도 모르고 유난 떠는 것 같아서 싫어했다.

그런데 딱 한 가지 좋았던 게 너였어.

네 눈에 비친 나는 제법 괜찮은 모습을 하고 있었거든. 유일하게 내가 나를 싫어하지 않을 수 있게 해 주는 사람이었고, 그래서 내가 가진 것들을 조금은 괜찮다고 여기는 순간도 있었거든.

네가 바라보는 나는 그래도, 못생기진 않았던 모양이지. 네가 살아가는 데에 부족하지 않을 정도로 채워 줄 수 있는 재력이나, 회사에 너하나 꽂아 두어도 괜찮을 권력도 나름대로 듬직해 보였던 모양이야.

그러나 그것 말고는 여전히, 나는 싫은 것투성이의 사람일 뿐이다. 그마저도 네가 없다면 다시 아무것도 아니게 될 사람. 의미조차 없을 사람….

"알아들었으면, 가."

"……."

"제발 좀, 가. 이제."

이번에 도망치지 않으면 나는, 너를 놓아줄 생각이 없어. 내가 싫어졌다고, 돌아가고 싶다고 빌어도 놓아주지 않을 거야. 평생을 네 원망이나 들으면서, 껍데기만 안아 대면서 산다고 해도 그럴 일은 없을 테니까….

그때쯤에는 그걸, 사랑이라고 부를 수도 없겠지. 그런 마음에 그런 이름을 붙인다는 건 기만이야. 그리고 우리가 그 지경이 되어서도 나는, 너를 놓을 생각 같은 건 추호도 하지 않을 거니까….

"바람, 좀 쐬고 올게요."

네가 하는 결정이 맞다. 재희야. 네가 생각하는 것보다 훨씬, 내가 미친 새끼라는 걸 알았으면 지금이라도 떠나는 게 맞아.

제 손에 힘이 풀린 틈을 타, 재희가 붙잡혔던 발목을 빼어 냈다. 그리고 다급하게 구두를 신더니 제가 덮어 준 코트에서 쏙 빠져나갔다. 차 문은 그렇게 열리고 닫혔다.

히터를 틀어서 더워진 차량 내부로 잠시 찬바람이 밀려들고, 그마저도 다시 따뜻하게 녹아내렸을 때. 마침내 남아 있는 거라곤 자신의 널브러진 코트와 희미한 그 애의 샴푸 냄새가 전부였을 때….

"하아…."

건욱은 깊은 한숨을 내쉬었다. 그리고 깨달았다. 이제, 다 끝났다고. 그 애와 길고 길었던 줄다리기가 결국은 종지부를 찍었다고.

제가 완강하게 고집을 부리는 바람에 재희는 줄을 놓고 달아났다. 시합은 그렇게 끝났고, 마음도 그럴 것이다. 어쩌면 여태까지 노력했던 날들보다 빠르게 자신을 정리할 수 있을지도 모른다.

제가 꺼낸 말들은 남아 있는 정마저 떨어뜨리기에 아주 충분했으니까. 자신에게서 아주 멀리 도망치기를 바라는 마음 한편으로는, 그럼에도 불구하고 곁에 있기를 바라는 마음이 드는 게 너무나도 최악으로 느껴져서….

"하하…."

그가 단조롭게 웃었다. 웃긴다는 듯. 우습다는 듯. 말과 행동이 일치하지 않는 스스로가, 너무나도….

그가 팔뚝으로 시야를 가렸다. 그리고 뒷좌석에 깊이 등을 기대었다. 처음부터 이러는 게 맞았다. 어울리지 않게 신사처럼 구는 것보다 차라리 등신 천치만도 못하게 구는 게 나았다. 그랬다면 그 애가 깜빡 속아서 헛된 마음을 품었을 일도 없었을 테고, 그 어린 나이에 웃기지도 않은 감정 때문에 고생할 필요도 없었을 테니까.

차라리 이렇게 끝내는 게 낫지. 다시는 얼씬도 하지 않을 놈으로 각인되는 게….

눈물이 날 정도로 쪽팔리는 일이긴 했다. 그래도 씨팔, 어느 정도는 그 애한테 괜찮은 사람이 되고 싶었는데. 생각해 보면 그 애에게 성적인 욕망을 느끼게 된 순간부터는 다 틀려먹었나 싶기도 하고. 하긴, 시궁창이나 다름없는 곳에서 자라 온 주제에 얼마나 있는 척을 하겠다고. 그런 연극이 가면 얼마나 간다고….

차에 머물러 있던 그가 마침내 뒷좌석에서 내린 건 그로부터 십오 분이 더 흘러서였다.

겨울밤은 여전히 추웠고, 바람은 아까보다 매섭게 몰아치고 있었다. 그는 사뭇 충혈된 눈으로 주차장을 빠져나왔다. 그리고 식당에 들어가기 전에 화장실에서 손을 씻고, 또 붉어진 눈가를 감추기 위해 세수까지 마쳤다. 덕분에 뒤로 쓸어 넘긴 머리카락이 흐트러졌지만 개의치 않았다.

"대표님 오셨어요?"

"어디 갔다가 이제 오셨습니까? 얼른 앉아서 잔 받으세요!"

"여기요, 여기!"

이윽고 식당에 도착했을 때, 직원들은 여전히 활기찬 모습으로 자신을 반겨 주었다. 건욱의 시선이 습관처럼 재희의 테이블을 훑은 것도 그때였다.

'왜….'

벌써 돌아갔을 거라고 생각했는데, 재무팀 테이블에는 딱 재희만 없었다. 김주영 주임도 있고, 여전히 꼴 보기 싫은 차강현 대리도 있고, 어느새 디자인팀에서 돌아온 건지 조광진 팀장도 있었는데 유재희만 없었다.

일찍 집으로 돌아간 건지….

이제는 신경 쓸 자격조차 없다는 걸 알면서도 그랬다. 돌아갔겠지. 나 같아도 입맛이니 술맛이니 뚝 떨어져서 곧장 택시 타고 집으로 돌아갔겠어. 그러니까 제 테이블이나 신경 쓰자고. 주변에 있는 사람들이나 챙기자고 그렇게 다짐하면서도.

"재희 씨가 왜 이렇게 안 돌아오지?"

자꾸만 시선이며 귀가 그쪽으로 쏠리는 건 저조차도 어쩔 수가 없었는데,

"아까 화장실 간다고 그러지 않았어?"

"그래서 저도 방금 화장실 다녀왔는데 없더라고요."

"어디 급한 일 생겨서 간 거 아니야?"

"그러기엔 겉옷이며 휴대폰이며 다 두고 가서…."

저쪽에서 들려오는 말 한마디 한마디가 그의 신경을 건드리고 있었다. 회식 자리로 돌아왔을 줄 알았는데 없었다. 그래서 집으로 돌아간 줄 알았는데 휴대폰과 겉옷이 남아 있는 걸 보니 아닌 것 같다. 그럼

대체….

"대표님?"

"대표님, 어디 가십니까?"

청운회에 몸담은 이후로 얼마나 많은 군상들을 살펴 왔는지 셀 수
도 없었다. 그런 시간이 쌓이고 쌓여서 얻은 경험들은 제 감각을 날카
롭게 갈고닦았다. 눈앞의 일이 잘될지 안될지를 일찍이 판단할 수 있
게 되었고, 사람들은 그걸 일종의 예감이나 촉이라고 부르기도 했다.

오랜 시간 별러 두었던 감각이 기민하게 발휘되는 순간이 있었다.
그게 바로 지금이었다. 아까까지 뜨겁게 달아올랐던 목덜미가 싸늘하
게 식어 내렸다. 천천히 몸을 일으킨 건욱이 한창 소고기를 썰고 있는
식당 사장에게 다가갔다.

"장 사장님."

"엇, 예? 대표님, 무슨 일이십니까? 혹시 고기에 문제라도…."

"그런 건 아닙니다. 그보다…."

그가 계산대 옆에 놓여 있는 CCTV 화면을 턱짓으로 가리켰다.

"주차장 쪽 CCTV를 잠시 확인할 수 있겠습니까?"

갑작스러운 제안에 어안이 벙벙한 식당 사장과 달리 건욱의 눈동자
는 확고한 빛을 띠고 있었다. 주머니 안쪽에 있던 휴대폰이 세차게 울
리기 시작한 것도 그때였다. 불안한 기운이 엄습해 오고 있었다.

○　●　○

"저 남자 봐. 대박."

"연습생인가? 엄청 잘생겼다."

"배우 준비하는 거 아냐?"

나름 편하게 다닌다고 생각했는데도 이 난리로구만.

불야성을 이루는 술집 거리를 지나던 재현은, 고작 운동복만 걸쳤음에도 불구하고 꽂혀 드는 시선에 진심으로 탄복했다. 그래, 그래. 이 얼굴로 주먹질만 하기에는 내가 생각해도 존나게 아깝단 말이지.

재현은 이성과 눈이 마주칠 때마다 상냥하게 웃어 주면서 속으로는 혀를 끌끌 찼다. 우리 일대였으면 영업이라도 한번 해 보는 건데. 하필이면 백천파가 관리하는 구역이라 홑몸으로 까부는 것도 한계가 있었다.

눈에 띄어 봐야 소모적인 싸움이나 벌어질 테니까. 그래서 두어 명의 부하 직원도, 평소에 즐겨 입는 색색의 정장이나 화려한 넥타이까지 내려놓고 온 거였다. 물론 제가 생각해도 기가 막힌 외모까지는 내려놓을 수 없었지만.

'여기 어디쯤일 텐데….'

어쨌거나 다른 조직의 상권을 돌아다니는 건 그에게도 종종 있는 일이었다. 이번에는 해당 부지에서 드물게도 매물을 내놓는다는 소문이 있어 찾아왔다. 땅따먹기가 중요한 판이니 사전 답사를 한다고 해서 나쁠 건 없었다. 재현은 머릿속에 새겨 둔 주소를 곱씹으며 술집으로 즐비한 거리를 걸어 나왔다.

"아하…."

그리고 한창 즉석 만남에 열을 올리고 있는 청년들을 멀찍이서 바라보았다. 이 시간과 이 거리라면 전혀 이상하지 않은 광경이었다. 그러나 제가 서 있는 거리는 그들의 활기와는 완전히 동떨어져 있었다. 그는 가로등조차 제대로 달리지 않은 부지를 알 만하다는 듯 둘러보았다.

"그럼 그렇지. 한 블록 차이로 아주 죽은 거리였구만."

재현은 매물로 나와 있는 부지와 백천파가 공을 들여 관리하는 부지를 번갈아 바라보았다. 백천파 녀석들의 의도를 알 것도 같았다.

오래전부터 공장 지대와 맞붙어 있는 지대였다. 불법 외국인 노동자들이 즐비한 동네였고, 사건 사고 또한 뉴스에 보도된 것만으로도 건수가 꽤 되는 동네이기도 했다. 위생이라곤 전혀 신경 쓰지 않은 싸구려 식당들. 비렁뱅이들이나 모여서 갈 법한 낡아 빠진 유흥업소들. 그리고 골목마다 세라도 놓은 것처럼 자리를 지키고 있는 노숙자들까지.

젊은 놈들의 발걸음이 쉽게 오고 가지 못할 환경이란 환경은 다 갖추고 있었다. 일종의 수용소 같은 거였겠지. 그러나 백천파는 수용소 역할을 하는 부지마저도 완전히 털어 낼 작정인 것 같았다. 뭣도 모르는 사람이라면 그저 술과 즉석 만남으로 유명한 골목 아니냐며 덥석 물었을지도 모르겠다. 제 입장도 썩 다르진 않았고.

그는 고개를 내저었다. 이 정도면 재건 비용이 더 나갈 게 뻔했다. 이번에도 그냥 공쳤다. 그래도 열 번 중에 한두 번은 제대로 된 걸 건질 때가 있었는데, 놈들이 남에게 이득 될 만한 일을 할 리가. 재현은 어깨를 으쓱거리며 해당 지대를 빠져나왔다. 그리고 청운회가 지닌 부지 중에서 지금처럼 죽은 부지가 있는지 떠올려 보았다.

"빨리 내려, 씨발년아."

"윽…."

"쓸데없이 잔머리 굴렸다간 콱 뒈질 줄 알아."

원색적인 욕설이 들려온 건 그때였다.

난데없는 소란에 재현은 반사적으로 몸을 틀었다. 허름하기 짝이 없는 건물 앞에 승합차 한 대가 멈추어 있었다. 만화방이며 전화방이며, 하물며 키스방 따위가 세를 내놓고 있는 건물이었다. 그곳으로 올라가는 입구에서 백천파 소속으로 보이는 조직원 두 명이 여자 한 명을 끌어 내리고 있었다.

"쯧."

험하게도 다루는구만. 똑같이 사람 팔아서 장사하는 처지에 할 말은 아니지만.

이 바닥에서 일어나는 일은 다 거기서 거기였다. 빚 때문에 끌려왔거나 조직원들의 눈 밖에 나는 짓을 했거나. 재현에게는 딱히 놀랄 것도 없는 일이었다. 그러나 썩 보기 좋은 광경도 아니었다. 그도 그렇게, 익숙하다고 한들 추잡한 짓이라는 사실은 어디 가질 않으니까. 눈살이 찌푸려지는 건 당연했다.

그러나 도와주고 싶어도 그가 발 딛고 있는 곳은 백천파 일대였다. 소란을 일으켰다간 저야말로 오늘 안에 살아 돌아갈 수나 있을지 의문이었다. 평소에 주먹질 좀 한다고 으스대면 뭐 하나. 쪽수로 밀어붙이면 이길 것도 지는 게 이 바닥인데. 게다가 눈에 띄지 않겠다고 작정하고 들어온 적진에서 깽판질이라니. 늘 안정된 결과만을 추구해 왔던 재현에게는 어림도 없는 선택이었다.

청운회가 운영하는 업소에서 그를 모르는 아가씨가 없을 정도로, 재현은 여자를 눈 돌아가게 좋아하는 편이었지만 그래도 제 목숨까지 걸 정도로 좋아하느냐고 묻는다면 당연하게도 아니었다. 그래, 절대로 아니었는데….

"쟤는…."

하필이면 이놈의 빌어먹을 기억력. 제가 생각해도 미치도록 똑똑한 대가리가, 백천파 조직원에게 하염없이 끌려만 가는 저 여자의 얼굴을 기어코 기억해 내고 말았다.

머리카락이 좀 더 길고, 옅은 화장을 한 데다 더는 교복 차림이 아니었지만. 그럴 리가 없다고 생각하면서도, 순해 빠진 외모를 가진 여자는 분명히….

"쟤가 왜 저기서 나와?"

4년 전에 건욱 형님 뒤를 졸졸 따라다녔던 고등학생. 형님이 조직을 등지고서라도 지켜 주려고 애를 썼던 여자애. 이름은 여전히 모르지만, 한때는 제 출셋길을 가로막는 것만 같아서 머리를 한 대 쥐어박고 싶을 정도로 얄미워했던 그 애였다.

형님은 알고 있는 건가? 쟤가 저 지경이 되도록 끌려가고 있다는 걸? 그날 이후로도 종종 그 애의 꽁무니를 따라다니면서 챙겨 줬던 걸로 알고 있는데. 하물며 백천파 사무실로 끌려가는 애를 형님이 가만히 놔둘 리가 없는데….

재현의 예상으로는 둘 중 하나였다. 형님이 아예 모르고 있거나 챙기던 와중에 놓쳐 버렸거나. 몇십 년을 함께했던 부하 직원까지 외면할 정도로 아끼는 애를 형님이 가만히 내버려 두었을 리가.

그는 다급하게 휴대폰을 꺼내 들었다. 그리고 형님에게 전화를 걸었다. 신호음은 오래가지 않았고, 갑자기 무슨 일이냐고 묻는 그에게 재현은 제가 목격하고 있는 것들을 차분하게 설명하기 시작했다.

○ ● ○

'나한테, 그 작고 예쁜 몸 하나만 대 주면서 그렇게. 평생을 아빠지 빚만 갚으면서 사는 게 어떠냐고 물어보려던 새끼한테… 아주 과분하게도, 함께 도망이나 치자는 말을 해 준 거야. 너는.'

아저씨에게서 예상치 못한 대답을 듣게 되었을 때 무슨 생각이 들었더라. 그냥, 정신이 하나도 없었다.

족쇄처럼 발목을 옭아맨 손아귀 힘도, 웃는 듯 우는 듯한 표정도. 폭탄처럼 떨어지는 고백이나 열기를 더해만 가는 감정에 숨이 막힐 뿐이었다. 차량 내부가 너무나도 더웠다. 맞닿은 살결은 뜨거웠고, 그가 적나라하게 내비치고 있는 마음까지도 마찬가지였다.

숨 쉴 틈이 필요했다.

그래서 바람을 쐬고 싶다는 말과 함께 도망치듯 차에서 내렸다. 문을 열자마자 시린 바람이 뺨을 스쳤고, 재희는 비틀거리며 걸었다. 급하게 구두를 신은 탓인지 걸음이 아주 엉망이었다. 그가 주물러 준 게 무색할 정도로 발은 금세 차가워졌고, 뒤꿈치에 난 상처도 또다시 까지고 말았다. 그리고….

'내가 하는 말에 유재희는, 착해 빠진 유재희는 거절하는 법도 모르고 그저 알겠다고만 하겠지.'

'어디에도 벗어나지 못하게 가둘 거야. 그 누구도 닿지 못하는 곳에, 오직 나만 아는 곳에 너를 숨길 거라고.'

'그런데도 나랑 도망치고 싶다는 생각이 들어? 나 같은 새끼랑 앞으로도 뭘 하고 싶다는 생각이 들긴 해?'

머리가 지끈거렸다. 지독하다고 느껴질 정도의 마음이 한꺼번에 밀려 들어와서 두통마저 이는 것 같았다. 몸으로 빚을 갚게 할 생각이었다니. 그런 식으로라도 곁에 두고 싶었다니. 더 나아가 도망치자는 그녀보다 먼저, 자기만 아는 곳에 꼭꼭 숨겨 둘 생각이었다니….

언제나 그녀의 안위를 먼저 생각해 왔던 그였다. 그녀에게 해가 될 만한 일은 시도조차 하지 않는 그였다. 그럴 거라고 생각했다. 그러나 그가 내보였던 마음은 그게 다 틀렸다고 말해 주고 있었다. 아니었다고. 전부 그런 척했던 것뿐이었다고. 그녀에게 미움받고 싶지 않아서….

"씨발년, 드디어 잡았다."

비척거리며 주차장을 막 빠져나가려던 찰나였다. 그가 했던 말을 되뇌던 재희는 불시에 들려오는 욕설에 걸음을 멈추었다.

그러나 뒤를 돌아볼 틈도 없이 재희는 이름 모를 남자들에게 결박되었다. 그리고 비명을 지를 새도 없이 입이 틀어막혀 주차장 입구에 세워 둔 차 안으로 끌려 들어갔다. 칸막이 용도로 세워 둔 승합차로 인해 그녀가 누군가에게 붙잡혀 가는 모습을 목격한 사람은 아무도 없었다. 그리고 재희는 또다시 제게 이런 일이 일어났다는 걸 믿을 수가 없었다.

누가 이런 짓을 하는 거지? 이번에도 아버지와 관련된 일인가? 아니면 다른 이유가 있어서? 재희는 도무지 평정을 찾을 수 없었다. 놀란 심장은 불안하게 쿵쿵 뛰고 있었고, 틀어막힌 입으로 인해 소리를 지르긴커녕 코로만 겨우 숨을 들이켜고 있었다.

"기운 빼지 말고 얌전히 가자고."

"으읍…."

"이년 정도면 씨발, 청운 새끼들한테 제대로 뜯어낼 수 있겠는데?"

대체 무슨 소리인가 싶었다. 그러나 계속해서 대화를 들어 보니 아저씨가 몸담은 청운회와 척지고 있는 조직인 것 같았다. 말끝마다 청운 새끼들, 이라며 노골적으로 반감을 드러내고 있었으니까.

덜컥 겁을 먹은 건 그때부터였다. 언젠가 그가 말해 주었다. 자신의 곁에 있으면 위험해진다고, 그러니까 제발 떠나 달라고 애원했던 적이 있었다. 최태진이라고 했던가. 약점이 될 만한 존재를 곁에 두는 바람에 조직원은 물론이고 의붓누나까지 험한 일을 당했다고. 그때 들었던 이야기가 떠오르면서 재희는 그제야 이 상황을 실감하고 있었다.

"거봐, 도건욱 그 새끼 꼬리 잡는 건 시간문제라고 했지?"

"그런 것치고는 제법 오래 걸렸지 말입니다."

"그럴수록 이득이지, 병신아. 오랫동안 공들여 온 계집애일수록 뭔들 안 내놓겠냐?"

어쩐지, 씨발. 한창 밑바닥에서 구르던 새끼가 무슨 바람이 불어서 건물 짓겠다고 난리 피우는 건가 했었지. 양지화 같은 건 개소리라니까. 그냥 윗물에서 놀고 싶은 거야, 이제 와서. 왜? 싸고돌아야할 년이 생긴 거거든. 그러려면 밑바닥 생활을 청산해야 가능한 거거든….

귀에 대화 소리가 꽂히는 건지 아니면 오물이 부어지는 건지 알 수 없는 비난이 이어졌다. 그들은 아저씨의 뒤를 캔 것 같았다. 약점을 잡아 끌어내리기 위해서였다. 비열한 방식으로 이득을 취하기 위해서였다. 그렇게 잠복을 하던 도중에 자신을 발견한 거고 납치까지 강행한 거였다.

심장이 터질 것처럼 뛰고 있었다. 온몸은 긴장감에 꼿꼿하게 굳어만 갔다. 무서웠다. 세게 묶여서 옴짝달싹할 수 없는 손목도, 아무 말도 할 수 없도록 손바닥으로 막힌 입도. 그리고 끊임없이 밀려드는 협박들도 그녀의 숨통을 조이고 있었다.

"경호는 또 존나게 붙여요, 씨발. 여간 오냐오냐하는 게 아닌 모양이지. 10년이 넘도록 똥통을 구른 새끼가 고결한 척은, 토 나오게."

"이번에는 운이 좋았습니다."

"방심한 거지. 회식 자리까지 따라올 줄은 몰랐을 테니까. 지 손아귀에 있다고 착각한 거야, 병신이. 마음만 먹으면 이렇게 쉽게 빼 올 수 있는 거였는데."

도건욱, 그 새끼도 직계 나가더니 다 죽었어. 비아냥거리며 혀를 차는 남자를 보면서 재희는 눈물이 날 것만 같았다. 그동안 아저씨가 왜 자신을 걱정했는지. 어째서 미련하다 싶을 정도로 거리를 두려고 했는지 이제야 다 알 것만 같았다.

그녀에게 경호를 붙여 준 것까지….

정확하게는 아저씨의 오피스텔을 나온 이후부터였다. 그는 그녀에게 일자리는 물론이고 새로운 거주지까지 구해 주려고 했는데, 재희는 완강하게 거절했다. 이미 빚까지 갚아 주었는데 그것 이상으로는 손을 빌리고 싶지 않아서였다.

그러나 그때만큼은 아저씨 또한 완고했다. 다 허물어 가는 원룸에서 뭘 얼마나 안전을 보장할 수 있냐는 거였는데, 그녀도 반박할 수 없는 입장이었지만 그가 주는 걸 대가도 없이 넙죽 받아먹는 건 어쩐지 민망하게도 느껴졌다.

'앞으로 사람 붙여도 되는 거라고 알고 있을게.'

그랬더니 아저씨는 사람을 붙이겠다며 선전 포고 했다. 출퇴근은 물론이고, 잠시 편의점을 들를 때도 누군가 따라오는 기척이 느껴졌다. 아무리 자신의 안전이 걱정된다지만 과잉보호라고 생각했었다. 그때는 그랬다. 제가 사생활을 보호해야 하는 연예인도 아닌데 이럴 필요가 있나 싶었다.

어차피 헤어졌는데. 그의 말마따나 우리가 앞으로 함께할 수 있을 거라는 보장도 없는데. 그래서 거리를 두려고 했고, 나중에는 아무도 자신이 그의 약점이 될 거라고는 생각하지도 못 텐데. 왜 그렇게까지 해야 하나 하고….

그런데 결국 아저씨가 하는 말이 다 맞았다.

과잉보호가 아니라 그럴 만해서 내린 결정이라는 걸 납치까지 당한 지금에서야 깨달았다. 남자들은 제법 오랜 시간 동안 아저씨의 뒤를 캔 것처럼 보였으니까. 뒷좌석에 나란히 앉아 있던 남자가 그녀를 위아래로 흘겨본 건 그때였다.

"이게 도건욱이 싸고돌던 년이라는 거지? 반반하게는 생겼네. 비실비실해서 우리 애들을 받을 수 있을지는 모르겠다만."

"연락은 언제쯤 취하실 예정입니까?"

"일단 사무실 도착해서 보자고. 계집애 하나 때문에 그 새끼가 내 앞에서 빌빌 긴다고 생각하니까 벌써부터 재밌겠어. 씨발, 간만에 건수 한번 기가 막히게 잡은 거지."

남자는 듣는 것만으로도 소름이 끼치는 말을 태연하게 해 댔다. 면전에서 그런 모욕을 들어야 했던 재희는 넋이 반쯤 나가 있었다. 그러나 무서운 것도 사실이지만 무엇보다 아저씨에게 가장 미안했다.

이런 상황을 만들지 않으려고 부단히 노력했을 것이다. 주변에서 고생한 걸 여러 번 지켜봤으니 누구보다도 본인에게 엄격했을 것이다. 그 마음을 모르는 것도 아니면서 고집을 부렸다. 대낮처럼 밝은 거리에서 매달려서 그를 곤란하게 만들었고, 결국 뒤를 캐고 있던 남자들에게 확신 아닌 확신까지 주고 말았다.

스스로가 바보처럼 느껴져서 눈물이 날 지경이었다. 남자들이 하는 말을 들어 보니 자신을 인질로 삼아서 아저씨를 처참하게 망가뜨릴 생각인 것 같았다. 약속한 대로 거리를 두고, 그가 전해 주는 보호 속에 있었더라면. 그래서 자신이 납치당하지 않았더라면 벌어지지 않을 일들을….

"내려."

경로를 알 수 없었던 승합차가 멈추어 선 건 그때였다. 차에서 끌려가듯 내려진 재희가 눈앞에 보이는 건물을 허망하게 바라보았다. 허름하고 낡아 빠진 건물 곳곳에는 키스방이니 안마방이니 원색적인 간판 스티커가 덕지덕지 붙어 있었다. 제가 발을 디뎠던 비비안에 비하면 구색도 볼품없는 데다 위생적으로도 상당히 걱정되는 곳이었다.

건물의 계단을 오르고 도착한 곳은 키스방이라고 적힌 가게였다. 뒷문으로 들어가자마자 담배 냄새인지 곰팡내 같은 게 났다. 언뜻 살펴본 내부에는 이미 대기 손님들로 즐비해 있었다. 재희는 헛구역이 나올 뻔한 걸 참았다. 퀴퀴한 냄새는 둘째 치고 장소건 사람이건 전부

혐오스러웠다. 살면서 이런 곳이 있다는 것도 이번에 처음 알게 되었다.

"험한 꼴 당하고 싶지 않으면 쥐 죽은 듯이 처박혀 있어. 저쪽에 여자 빨고 싶어서 줄 서 있는 놈들 봤지? 허튼 짓하는 기색 보이자마자 저 새끼들한테 던져 주면 그만이니까."

결국 사내들에게 등이 떠밀려서, 재희는 조그마한 창고에 들어오게 되었다. 이제 어떻게 되는 거냐고 물을 틈도 없이 문은 잠겼고, 재희는 얼빠진 표정으로 바닥에 주저앉았다. 껌인지 침인지 아니면 이름조차 모를 오물이 묻은 건지. 날벌레가 기어 다니는 바닥은 욕이 나올 정도로 더러웠다. 방음도 잘 안 되는 건지 벽 너머로는 남자의 희미한 신음이 들려왔다.

재희는 속으로 한숨을 내쉬었다. 정말로 볼품없는 곳이었다. 그토록 형편없는 곳에서 재희는 덩그러니 앉아 있었다. 반년 동안 정장을 입고, 예의 바른 사람들 속에서, 정중한 대우를 받으며 근무했던 날들이 꿈처럼 느껴졌다. 그에게 사랑을 속삭이고, 설렘을 나누고 또 슬픔을 털어놓았던 날들이 아주 먼 기억처럼 느껴졌다. 마치 그런 일을 겪어 보긴 했느냐고 자신을 비웃는 것만 같았다.

어쩌면 처음부터 이래야 했던 건 아니었을까.

아저씨가 아니었더라면 그녀는 이미 아버지가 떠넘긴 빚에 허우적거리고 있었을 터였다. 벌써부터 손님이나 받으면서 몸이며 마음이며 팔아야 했겠지. 그게 정답이었을지도 모른다. 처음부터 제게 주어진 삶이란 그런 형태를 띠고 있었을지도….

그런데 계속해서 어긋나고 말았다. 제가 감당해야 할 불행을 아저씨가 짊어지는 바람에. 가진 것도 별로 없으면서 평범하게 살고 싶다는 욕심이나 부리는 바람에… 불행은 계속 눈덩이처럼 불어나고 있었다. 받아들이긴커녕 거스르려고 하니까 화만 불러일으키는 것 같았다.

그러다가 결국, 다른 사람에게도 피해를 끼치고 있었다. 그렇지 않고서야 인생이 이렇게 끝도 없이 나빠지기만 할 수는 없었다. 잘 걸렸다는 듯이. 이제야 제자리를 찾아왔다는 듯 발목을 붙들고서. 꼭 지금처럼….

'그러니까 업소에 가겠다는 말은 장난으로도 하지 마. 거긴 너 같은 애가 가는 곳이 아니야. 그따위 짓이나 하라고 어릴 때부터 도와준 것도 아니었고.'

'네가 하고 싶은 대로 하면 돼. 대학에 가고 싶으면 공부하면 되고, 학비는 걱정할 필요 없어. 충분히 내 줄 수 있으니까.'

'그렇게 네 생활이 만들어지면. 더는 내가 도와주지 않아도 잘 나아갈 수 있게 되면… 그때는 네가, 아저씨 좀 놓아줘.'

오직 아저씨만이 제 숨통을 틔워 주었다. 재희는 그의 품에서 잠시나마 몸을 숨길 수 있었다. 편히 기대어 눈을 감을 수도 있었다. 그가 아니었다면 끝없이 지속되는 불행에 벌써 지쳤을지도 모른다. 내일을 살아갈 의미도, 기력도 없어서 생을 내려놓을 날만 기다렸을지도 모르는 일이다.

별 볼 일 없는 자신을 별스럽게 바라봐 주던 유일한 사람이었다.

좋은 사람의 눈에는 좋은 것만 보인다고 했던가. 그녀를 별빛처럼 봐 주는 사람의 마음이 얼마나 다정한지도 재희는 알고 있었다. 아저씨만 몰랐다. 자기가 얼마나 따뜻한 사람인지. 힘든 상황에서 꿋꿋하게 버텨 온 것도, 그래서 보란 듯이 자신만의 계열사를 일구어 낸 것도 얼마나 대단한지를….

또, 아저씨는 저만큼 반짝거리는 사람이 없다고 했지만 아니라는 건 제가 더 잘 알았다. 당장 거리에만 나가도 눈에 띄는 사람이 수십

명이었다. 그런데도 자신을 가장 사랑스럽게 봐 주던 사람이 아저씨였고, 그게 콩깍지라는 걸 그녀는 알고 있는데 아저씨만 모르는 것 같았다. 자신에게는 너무나도 아까운 사람이었다.

그래서 그에게 가슴이 저밀 듯한 고백을 듣는 순간, 미안한 감정이 가장 먼저 밀려들었다. 지독한 마음을 삼키도록 부추긴 것만 같았다. 그러나 이후에는, 놀라면서도 미안한 마음이 지나간 후에는….

"아니, 씨발. 그냥 지나가는 길이었다니까!"

재희가 진정하기 위해 천천히 숨을 고르고 있을 무렵이었다. 갑작스레 들린 고함에 그녀는 화들짝 몸을 들썩였다. 문밖이 제법 소란스러웠다. 무슨 일이라도 생긴 걸까? 혹시 자신 말고도 다른 사람까지 인질로 잡혀 온 거라면?

긴장감에 손이 떨렸다. 엉거주춤 몸을 일으켜서 바깥 상황을 지레짐작하고 있는데, 굳게 닫혀 있던 창고의 문이 열렸다. 그리고 파도가 밀려오듯 거구의 남자가, 마찬가지로 손목이 묶인 채로 바닥을 나뒹굴었다. 문 바로 옆에 앉아 있던 재희는 깜짝 놀라서 숨을 크게 들이마셨다.

"씨발 새끼가 구라 칠 걸 쳐야지. 네가 강재현인 거 이 바닥에 모르는 새끼가 어디 있어!"

"키스방은 뭐 하는 덴가 싶어서 와 봤다니까?"

"지랄하고 있네. 너 유사 쪽은 거들떠도 안 보는 거 우리 뒷집 개새끼도 알아, 병신아!"

"이런, 씹…."

"너도 도건욱 그 새끼 오기 전까지 저년이랑 처박혀 있어. 오늘 아주 심 봤구만. 그 새끼가 아끼는 계집애도 모자라서 강재현까지 제 발로 걸어 들어올 줄이야."

조직원은 한껏 비아냥거리더니 다시 창고의 문을 세게 닫았다. 자물쇠로 잠기는 소리까지 났을 때, 재희는 제가 본 상황이 도대체 뭔가 싶어서 양 무릎을 끌어모았다. 그리고 그녀더러 들으란 듯이 한숨을 크게 내쉬는 남자를 힐끗거렸다.

누구지? 아저씨를 언급하는 걸로 봐선 청운… 쪽 사람 같은데. 그런데 차 비서님과 경호해 주시는 분들을 제외하고는 청운회에 몸담은 조직원들을 본 적이 없어서 긴가민가했다. 한참을 씨발개발거리던 남자가 고개를 들어 그녀에게 시선을 던져 온 건 그때였다.

"안녕?"

"아…."

"……."

"안녕하세요…."

언뜻 보기에도 아저씨와 맞먹을 정도로 커다란 키. 나이는 그보다 젊어 보였고, 외모는 농담이 아니라 연예인 데뷔를 준비해도 될 것처럼 준수했다. 게다가 운동복을 입고 있어도 엄청나게 단련했다는 게 느껴질 정도로 체격이 좋아 보였다.

목소리라든지 어조도 굉장히 정갈한 사람이었다. 확실히 그녀에게 협박하던 조직원들과는 태도가 달랐다. 역시 청운회 쪽 사람인 걸까. 그렇다면 혹시 자신을 구하러 와 준 사람인 걸까? 어떻게 알았는지는 모르겠지만 이곳을 빠져나갈 수 있는 계책을 가지고 있는 사람일지도 모른다.

"혹시, 청운회…에서 근무하세요?"

"응, 청운 대출."

"청운 대출…."

청운 대출이라니. 아버지가 돈을 빌린 곳이라는 사실은 둘째 치더라도, 타 조직에 잡혀 있는 이 순간만큼은 그녀의 조력자가 되어 줄 수 있는 사람이 아닌가. 재희는 다소 기대감을 품고서 물었다.

"그, 그럼 저를 구하러 와 주신 건가요?"

"아니."

"네?"

"나도 잡혔어."

남자는 대답을 하면서도 민망한지 그녀의 시선을 피했다.

"너 건욱 형님 껌딱지잖아. 무슨 일로 끌려가는 건가 싶어서 따라온 거긴 한데…."

"아."

"들어오자마자 붙잡혔다고. 이놈의 잘난 얼굴 때문에."

웃으면 안 되는데.

너무나도 뻔뻔하게 잡혀 왔다고 시인하는 남자를 보자 입꼬리가 씰룩거렸다. 무서운 곳이었다. 겁이 나는 상황인 것도 사실인데… 아저씨를 아는, 같은 조직의 사람을 만나게 되니 긴장이 한시름 풀리고 있었다.

재희는 입술을 깨물면서 고개를 푹 숙였다. 이걸 다행이라고 해야 할지 불행이라고 해야 할지 아직은 알 수 없었다. 그러나 눈앞에 있는 남자가 제 편이 되어 줄 거라는 사실은 분명했다.

○ ● ○

뭐, 금방 도착하시겠지. 그 난리를 치셨으니.

재현은 소식을 전달하자마자 수화기 너머로 들려오던 소란스러움과 역시나 어딜 가질 않는 성질머리로, 당장 주소 찍으라며 시팔개팔거리던 형님의 태도를 떠올렸다. 그 정도로 화내시는 걸 보면 아직도 둘 사이에 뭔가가 있는 건 분명한가 보다. 그린네….

재현은 가늠하는 듯한 시선으로 눈앞의 여자를 바라보았다. 예쁘장하게 생겼지만 외모만으로 주위를 압도할 정도인지는 잘 모르겠다. 체격도 말라서 어린놈들이나 퍽 좋아할 것 같고. 형님보다 나이가 훨씬 어린 거 말고는 장점이랄 게 별로 없는 여자 같았다.

물론 그 이유가 가장 크긴 한데, 청운회에 몸담고 있는 내내 형님이 이성이랑 얽히는 꼴을 전혀 못 봐서 그런가. 형님이 유일하게 만난 여자치고는 수수하게 느껴졌다. 훨씬 화려하고 능력적으로도 뛰어난 사람을 만날 거라고 생각했는데. 실제로도 그런 그림이 어울렸고. 외부적으로도 형님에게 관심 있는 여자가 한둘이 아니라는 것 정도는 알고 있었으니까.

그래서 도둑놈 꼴을 자처하는 관계를 지속시킬 줄은 몰랐다. 평소에 지켜본 바로는 어린 여자가 취향이라거나 하는 괴상한 사람도 아니었는데. 특출나게 몸을 잘 쓰는 것 외에는 지극히 평범한 사람이었는데, 어쩌다가 눈앞에 있는 조그마한 여자에게 아직도 질질 끌려다니는 건지….

"저기."

"응."

"감사해요. 도와주셔서…."

"아, 뭐."

말 한마디조차도 내뱉기 무서워서 벌벌 떠는 애를 갖다가.

애 진짜 스무 살 넘은 거 맞아? 정장 입은 걸 보면 회사에는 다니는 모양인데 이렇게 숙맥이어서야….

"일단 통성명부터 할까?"

"네?"

"나는 강재현이고, 이 주변에 조사하러 왔다가 너 보고 들어왔어."

"저, 저요?"

"갑자기 막 끌려왔잖아. 무시할 수가 있어야지. 원래 나랑 관련된 일 아니면 별로 신경 쓰는 편은 아닌데…."

심지어 이 아이가 기억 속의 그 여자라는 걸 깨달았을 때도 그랬다. 내가 굳이 나서야 하나. 그냥 아랫놈 하나 불러서 대신 보내면 안 되나. 정말이지, 4년 전 부회장님 장례식 때 사건만 아니었어도 다른 놈한테 떠넘기는 거였는데.

"형님에게 빚진 게 있어서. 겸사겸사 갚아야겠다 싶었거든."

"아…."

"다친 덴 없고?"

"아, 아직은요."

"다행이네. 조금이라도 다치면 펄쩍 뛸 양반이라서."

덤덤하게 말을 잇던 그가 한쪽 눈썹을 치켜올린 건 그때였다.

"이러나 저러다 좆 된 건 마찬가지지만."

"네?"

"여긴 다른 조직이 담당하는 구역이거든. 백천파라고 있는데, 지금쯤 호출 존나게 때리고 있을 거야. 쪽수로 밀어붙이면 한 명 정도야 못 해 먹을 것도 없으니까."

"아…."

"그래서 형님이 오기 전에 할 수 있는 일은 최대한 해 보려고 했지. 그런데 나도 입구 컷 당해서 끌려올 줄은 몰랐거든? 하물며 키스방에서…."

곱씹을수록 기가 막혔다. 뭐, 장사가 되긴 하는지 의심될 정도로 볼품없는 업소에, 인테리어라든지 손님이랍시고 들어오는 놈들도 하나같이 저급해 빠지긴 했다. 제가 이딴 곳에 발을 들이는 것 자체가 기적이라는 것도 사실이고.

그래서 당연히 프리 패스가 될지언정, 제 얼굴을 유심히 지켜보던 놈한테 이거 존나 수상한 놈이란 소리 들으면서 끌려올 줄은 몰랐다.

제가 청운회 소속이라는 걸 들키더라도 이 방 저 방 열어젖히며 수상한 짓을 할 때나 의심받을 거라고 생각했지, 제가 생각해도 잘난 외모 때문에 의심받을 줄은….

덕분에 건수 하나 제대로 잡게 해 줬구만. 재현은 생각보다 제 외모를 과소평가해 왔던 게 아닌지 통탄하며 한숨을 푹푹 내쉬었다.

"어쨌거나 미안하다. 이거 원, 도와주려다가 짐이나 얹은 꼴이 돼서. 너도 여길 빠져나갈 수 있을 거라고 기대했을 텐데…."

"아, 아니에요."

겁이라도 먹은 건지 연신 제 눈을 피하고 있던 여자가 조심스레 시선을 맞추어 온 건 그때였다.

"전혀, 아니에요. 이렇게 된 건 제 탓이었고, 그런데 혼자 갇히게 되니까 무서워서, 앞으로 어떻게 해야 하나 싶었는데…."

"……."

"이렇게 직접 찾아와 주셔서, 비록 똑같이 붙잡혀 오셨지만 곁에 계시는 것만으로도 얼마나 안도가 되는지 몰라요. 덕분에 긴장이 좀 풀렸어요."

"아."

"오히려 제가 더 죄송해요. 저, 알아보시고 따라왔다가 이렇게 되신 거잖아요. 그러니까 탓할 생각은… 전혀 없어요."

그리고 여자의 솔직한 대답에 재현은 의외라는 듯한 표정으로 그녀를 바라보았다. 말수가 없어서 지나치게 내성적일 거라고 생각했다. 그래서인지 상황에 필요한 말조차도 수줍어서 못 뱉을 거라는 편견이 있었던 모양이다.

뭐, 서투른 면모야 당연히 있겠지만 구하러 온 입장에서 그렇게 말해 주니 뿌듯해지는 건 사실이다. 따라가야겠다고 결심한 보람은 있네. 재현은 가볍게 웃으면서 턱짓으로 여자의 안색을 무심하게 가리켰다.

"그런데 아까부터 표정은 왜 그 모양이야?"

"아…."

"고맙다는 사람치고는 엄청 겁먹은 것처럼 보이거든. 혹시 내가 좀 못 미덥게 생겼어?"

"네?"

"가끔 어디 가서 여자 등쳐 먹게 생겼다는 말은 들어 봤는데, 그래서 그래?"

"어…."

"……."

"아하하."

여자가 구겨져 있던 인상을 폈다. 아까부터 죽을상을 하고 있더니 이제야 제 나이처럼 보였다. 아직 살날이 산더미나 남은 애가 당장에 실려 갈 것처럼 안색이 새파랗길래, 제가 키스방이 아니라 장례식장에 왔나 했다.

상황이 상황이긴 하지만 그래도 형님이 도착하면 어느 정도 승산은 있었다. 그때까지 여자에게 별일이 없어야겠지만, 저보다 한참은 덜 자고 덜 먹고 덜 싼 애가 세상을 다 잃은 것 같은 얼굴을 하고 있으니 저로서도 보기 좋았을 리가.

"그, 다른 조직이 관리하는 구역이라고 하셨잖아요. 호출까지 하고 있다고. 쪽수 싸움으로 가면 위험해질 거라고…."

"응."

"그런데 아저씨도 지금 오고 계신다고 하니까. 물론 저보다 훨씬 강하시고, 대단하시고 그렇긴 한데. 호, 혹시나 다치시면 어떡하나 걱정이 돼서…."

"응?"

"다치면 아프니까. 그리고 아픈 건 다 똑같으니까. 그래서…."

형님의 안위를 걱정하던 여자는 또다시, 금방이라도 울 것 같은 표정으로 초조하게 입술을 깨물어 댔다. 그리고 재현은 생전 처음 듣는 걱정에 말문이 막혔다.

아, 그렇지. 몸이 약하든 세든. 싸움을 잘하든 못하든 아픈 건 다 똑같지. 빌어먹게도 그렇지. 그런데 자신을 포함해서 형님에게 소속되어 있던 조직원들은 단 한 번도 그런 걱정을 해 본 적이 없었다.

철통같은 사람이었다. 약한 모습 같은 걸 보여 준 적이 없었다. 셋 또는 넷이서 할 일을 혼자서 거뜬하게 해치우는 사람이라 걱정이라는 단어 자체가 무색하게 느껴지는 사람이었다. 하물며 무인도에 버려 놔도 헤엄을 쳐서라도 살아 돌아올 사람이라는 말까지 우스갯소리로 할 정도였는데.

"푸하하하하!"

아마 같은 조에서 근무하던 녀석들이 이 여자가 하는 말을 들으면 까무러칠지도 모르겠다. 형님이 다칠까 봐 걱정이라니. 지나가는 개도 어이가 없다고 똥을 싸겠다고.

형님이? 지금이야 양지와 음지 사이에 있느라 애를 먹고 있지만, 한때는 청운회 하면 빠질 수 없는 인물이었을 정도로 날아다녔던 그 형님이? 위험해져? 다칠까 봐 걱정이 돼?

이 바닥에서 구르는 녀석들은 누군가가 건네주는 걱정과는 아예 동떨어져 있었다. 그래서 저런 말을 듣는다는 게 너무나도 신기했다. 배까지 잡고 웃던 재현은 잠시 호흡을 가다듬었다.

"형님이 너를 구해 주고 나면 그냥 냅다 안기면 돼."

"네?"

"걱정이고 뭐고 다 좋은데. 그냥 냅다 안겨서 키스 한번 진하게 갈기고, 고맙다는 말만 하면 된다고."

"하지만…."

"그거면 다 됐다고 생각할 양반이니까. 백번 걱정하는 것보다 키스 한번 갈기는 게 천 배는 잘 통할 거야."

제대로 된 조언이었다고 생각했는데 갑자기 여자의 얼굴이 딸기처럼 상기되고 있었다. 왜 키스 한번 제대로 못 해 본 반응이야? 따로 물어보기도 뭣해서 여자가 당황해 하는 꼴을 지켜보고만 있는데 아주 가관이었다.

"나 참…."

형님도 참 형님이다. 어떻게 그렇게 졸졸 따라다녔으면서 키스 한번을 제대로 안 할 수가 있지? 저였다면 나이 앞자리가 바뀌자마자 홀라당 잡아먹었을 것 같은데.

못 본 새 기력이라도 쇠하셨나. 아니면 키스조차 못 할 정도로 귀하게 대하고 있는 건가. 아무렴 섹스가 취미이자 습관이나 다름없는 재현에게는 도무지 이해할 수 없는 관계였다.

"뭐, 어쨌든 간에…."

"……."

"형님 오기 전까지 노가리나 좀 깔까."

"네에."

처음에는 뭐가 이렇게 반응도 없고 기력도 없는 애가 다 있나 했는데, 실은 걱정이 많아서, 또 조심스러워서 그런 거라고 하니 납득이 갔다. 단정한 사람이었다. 그 모습이 어쩌면 형님이 지니고 있는 면모와도 닮은 것 같다고 재현은 생각했다.

"형님이랑은 그 전부터 계속 만났어?"

"어…."

"왜 뜸을 들여?"

"그, 들키면 안 되는 거라고 들어서…."

"뭐? 푸하하하. 미치겠네."

이미 형님에게 전화까지 한 마당에 무슨.

오늘 이후로 형님에게 목숨을 내놓아도 아깝지 않을 여자가 생겼다는 소식은 파다해질 거다. 다른 조직이 담당하는 구역을 불시에 쳐들어온다는 건 그런 거였다. 그 이유가 눈앞에 있는 여자라면 벌써 말 다 했지.

"어차피 내일, 이르면 오늘 밤에 알 사람은 다 알게 될 거야. 네가 형님 따까리라는 거."

"따까리…."

"듣기고 나발이고 이제 와서는 돌이키기도 힘들어. 생각해 보니 그래서였구나. 스킨십 진도가 키스까지 못 간 이유가."

"아…."

"형님도 어지간히 아껴 주려고 노력한 모양인데. 너도 알다시피 이 바닥에 발 담그면 양지로 돌아갈 생각 같은 건 못 하게 되거든."

"……."

"그런데 네가 워낙 어리니까 형님도 여간 조심한 게 아니었을 텐데… 그래서 네 생각은 어때? 그 정도는 각오하고 있어?"

여자가 입을 꾹 다물고 가만히 고민에 잠겼다. 생각이 많아질 수밖에 없는 문제이기도 했다. 나이도 어린 데다 마음만 먹으면 하고 싶은 건 다 하면서 살 수 있을 텐데. 무엇보다 평생을 음지에 발 묶여 사는 게 어디 쉬운 일인가.

하고 싶은 걸 다 할 수도 없을 거고, 하게 되더라도 하나하나 전부 제약이 걸릴 거다. 양지에서는 볼 필요도 없던 일들을 자주 목격하게 될 거고, 오늘 같은 일이 더 일어나지 않을 거라는 보장은 당연히 없었다. 그리고 이 여자만큼이나 형님도, 지금 하고 있는 마음고생과는 비교도 안 될 정도로 매시 매초 애가 닳을 테니까.

갑작스레 발생한 일이라 당장 대답을 듣겠다는 건 아니지만… 이 조그마한 여자가 밑바닥 생활을 견딜 수 있을까 싶기도 하고. 한창 양지에서 제 존재를 뽐내고 싶을 시기일 텐데, 그런 걸 다 포기하고서라도 형님의 존재가 막대할까 싶은 의문도 들고.

"자주 볼 거 같네, 우리."

그러자 여자는 멋쩍은 듯 웃어 보였다. 어쨌거나 이 여자도 오늘 이후로 평범하게 살긴 글렀다. 형님도 온종일 당연하다는 듯이 이 여자를 끼고돌 테니까. 결국 중요한 건 이 여자의 마음이었다. 족쇄와도 같은 생활이라도 받아들일 건지 아니면 울며 겨자 먹기로 살아갈 건지. 물론 그것 또한 여자의 몫이었기에 재현은 이쯤에서 손을 떼기로 했다.

"그보다 너 이름이 뭐야? 그걸 안 물어봤네."

"아, 유재희요."

"유재희? 아, 재…."

"……."

"엉?"

그리고 무심코 이름을 물었던 재현은 예상치 못한 대답에 눈을 휘둥그레 떴다. 유재희? 유재희라고?

"혹시 아버지 이름이 유, 유상훈…."

"아, 맞아요."

"그, 6개월 전쯤에 찾아내서…."

"그것도 맞아요. 빚 때문에 도망치시다가 지금은 의식을 못 차리고 계세요."

그렇다면 얘가 유상훈 딸이라는 거야? 형님이 뜬금없이 회사로 쳐들어와서 서류까지 빼앗아 가게 했던 장본인이라고?

"허!"

어쩐지 팔자에도 없을 봉사를 하고 다닌다 싶더라니. 그 원인이 이 여자라면 지금까지 형님이 해 왔던 짓 모든 게 이해가 됐다.

밑바닥 출신 주제에 무슨 좋은 소릴 듣겠다고 신사 같은 행동을 해대나 싶었는데, 그게 다 이 여자가 눈에 밟혀서였다. 부모 때문에 팔려온 여자들이 죄다 유재희처럼 보여서. 그런 애들에게 한 번 정도는 위로 올라갈 기회를 주고 싶어서. 그런데 이번에는 정말로, 유재희가 제가 발 딛고 있는 곳까지 굴러 들어와서….

"그러게나 말이다. 나도 이렇게까지 잘 알고 싶지는 않았거든."

유재희가 고등학생이었을 때에는 멀찍이서 얼굴만 본 게 다라서 이름을 몰랐다. 보증 관련 서류에는 이름만 적혀 있을 뿐 사진이 없으니 알 수 있을 리가 없었다.

형님이 진짜 보통은 아니구만. 재현은 혀를 차며 고개를 내저었다. 저였다면 절대로 못 할 짓이었다. 그것도 여자 한 명 때문에? 하루 이틀도 아니고 몇 년을? 평소에는 염두에도 두지 않았던 행동까지 바꿀 정도로?

재희 앞에 있는 빚은 결코 적은 금액이 아니었을 것이다. 적어도 1년 이상은 빡세게 굴러야만 사비로, 그것도 내부에 티 내지 않고 메울 수 있었을 텐데….

돈은 돈이고 여자는 여자일 뿐이었던 재현으로서는 두 가지를 연관시키는 것 자체를 이해할 수 없었다. 형님은 직계에서 근무할 때도 일당백으로 해결하더니 어째 모든 일을 그런 식으로 처리하는 것 같았다. 기력이 좋다고 해야 하는 건지. 아니면 이게 그, 말로만 듣던 사랑의 힘인가 나발인가 하는 것인지….

쾅!!

방에서 조금 떨어진 곳에서 거센 파열음이 들린 건 그때였다. 수많은 구둣발 소리도 함께였다. 복도에 있던 사람들이 분주하게 움직이는 기척이 느껴지는 순간 재현은 직감할 수 있었다.

"방금…."

"그래, 딱 봐도."

"아…."

"생각보다 더 빨리 오셨구만."

쾅! 콰앙! 쾅!

업소 방문을 그렇게 빠르고도 거칠게 열어젖히는 사람은 앞으로도 형님이 유일할 거다. 문이 부서질 것처럼 여닫히는 소리가 점점 가까워지고, 재현은 퀴퀴한 쉰내까지 나는 키스방을 벗어나려고 몸을 일으켰다. 덩달아 재희도 바닥에서 엉덩이를 떼어 냈을 때였다.

"씨발!"

그야말로 천둥이 내려치는 소리가 들리더니 혼비백산한 표정의 남자가 창고 안으로 들어섰다. 형님이라고 생각했는데 백천파 조직원이었다. 그는 하얗게 질린 얼굴로, 그러나 바닥에 앉아 있는 재희를 빠르게 낚아채서 창고 구석으로 끌고 갔다. 그야말로 눈 깜짝할 사이에 벌어진 일이었다.

"재희야!"

바로 옆에 있던 재희가 끌려가는 걸 발견한 재현이 다급하게 발을 굴렀다. 손목이 꽁꽁 묶여서 움직이기는 힘들었지만 들이받기라도 해서 조직원에게서 재희를 떼어 놓을 생각이었다. 그녀의 목에 칼이 들어오기 전까지는.

이런 상황만 아니었으면 했던 건데!

창고로 들어오는 사람이 당연하게도 형님일 거라고 생각했다. 백천파 새끼들이야 악명은 높을지언정, 그들을 상대하는 데 있어서 형님이 밀릴 거라는 생각은 추호도 하지 않았다. 그러니까 제가 해야 할 일은, 이미 재희를 빼돌리는 데엔 실패했으므로 직어도 무기까지 쓰는 상황이 오지 않도록 그녀의 곁을 지키는 거였다.

아무리 싸움을 잘한다 한들 사람의 주먹이 칼보다 날카로울 수는 없으니까. 인질로 붙잡혀 있더라도 최악으로만 치닫지 않으면 되었다. 그래서 바깥이 소란스러워지기 시작했을 때는 일찍이 다행이라고 생각했었다. 상황이 비교적 순탄하게 풀려 가는 바람에 저도 모르게 방심하고 있었는데….

"아, 아저씨…."

끝까지 경계했어야 했다. 적어도 다리로라도 재희를 붙들고 있었더라면 지금처럼 칼로 목숨을 위협받는 상황까지 오지는 않았을 것이다.

재현은 처음부터 끝까지 허점투성이였던 제 행동을 질책했다. 그리고 아까보다 훨씬 겁에 질려 있는 재희를 일그러진 낯으로 바라보았다. 할 수 있는 게 없었다. 백천파 새끼는 쑥대밭이 된 업소 때문에 눈깔이 반쯤 뒤집혀서 재희의 목에 칼을 쑤시니 마니 지랄을 하고 있었으니까.

지금도 이 지경인데 형님이 도착하면 상황이 어떻게 흘러갈지는 뻔했다. 재희의 목숨을 담보로 잡아서 감 놔라 배 놔라 할 테지. 그런 행동을 벌일 수 있도록 용인한 건 자신이었다. 명백한 잘못이었다. 형님을 마주할 면목이 없어지는 순간이었다.

저벅, 저벅.

소란스럽던 복도가 고요해지고 무거운 구둣발 소리만 울리듯이 들려왔다. 재현은 돌아보지 않아도 알 수 있었다. 이번에야말로 창고를 들어선 인물이 형님이라는 걸. 마침내 구둣발 소리가 가까워지고, 덩달아 자신을 향하고 있던 재희의 시선이 뒤로 옮겨지고, 등 뒤로 커다란 그림자가 드리웠을 때….

"죄송합니다, 형님."

"……."

"끝까지 방심하지 말았어야 했는데, 갑자기…."

"됐어."

재현은 사과했다. 그러나 형님은 됐다는 듯 손에 묶인 줄을 풀어 주고서 천천히 걸음을 움직였다. 재희를 인질로 붙잡고 있는 백천파 조직원을 향해서였다. 고개를 돌려서 바라본 기세가 어찌나 대단하던지. 재현은 일순 밀폐된 업소에 숨이 막힐 듯한 해일이라도 들이닥치는 줄 알았다.

그동안 형님이 싸움판에 뛰어드는 모습은 수도 없이 봐 왔지만 감정적으로 구는 모습은 오늘이 처음이었다. 그 전에는 일이니까 해야 한다는, 그저 피곤이 묻어나는 모습이었다면 지금은 꼭 살인이라도 저지를 것처럼 싸늘하게 굳어진 얼굴을 하고 있었다.

"가까이 오지 마, 씨발! 이년 죽여 버리는 수가 있어!"

어쩌면 칼을 들고 설쳐 대는 백천파 조직원보다 처음 마주하는 형님의 모습이 더 위협적일지도 모르겠다고, 재현은 감히 생각하고 있었다.

○ ● ○

목을 파고들 것처럼 갖다 대고 있는 칼끝이 매서웠다. 백천파 조직원에게 끌려가는 것도 모자라 목에 칼이 들이밀어졌을 때는 정신을 차릴 수가 없었다. 다리는 진작에 힘이 풀려서 움직이질 않았고, 이렇게 죽게 되는 구나 싶었다.

"재희야."

눈물로 가려진 시야 너머로 익숙한 인영이 보여도, 익숙한 목소리가 자신을 달래 주어도 전혀 실감이 나진 않았다. 느껴지는 거라곤 살갗을 언제든지 파고들 것처럼 짓누르고 있는 서슬 퍼런 칼날이 전부였다.

"괜찮아."

"흑, 흐으윽…."

"아저씨가 해결할 테니까 조금만 진정하고."

"아, 아저씨…."

"도건욱, 이 씨발 새끼가 아직 정신을 못 차렸나!"

남자가 그녀의 목을 따기라도 할 것처럼 칼날을 세게 눌렀다. 그로 인해 핏물이 배어 나왔는데 살점을 벤 건 아닐지언정 따끔한 통증이 느껴졌다. 심장이 철렁 내려앉았다. 당장 기절하더라도 이상하지 않을 상황에서 재희는 진정할 수가 없었다.

그러나 눈앞에 있는 남자가 아저씨라는 걸 깨닫기 전과 후의 차이는 컸다. 정신을 가다듬을 수 없는 상황에서도 아저씨의 존재가, 목소리가 느껴지는 것만으로도 재희는 모름지기 안도하고 있었다. 여전히 상황은 백천파 조직원에게 유리했고, 심기라도 거스르면 목숨이 위험해질 수 있었지만 이상하게도 그가 있으니 다 괜찮을 것 같은 기분이 들었다.

흐려진 시야가 차츰 선명해지기 시작한 것도 그때였다. 재희는 숨을 크게 몰아쉬고 내쉬기를 반복하면서 연신 눈을 깜박거렸다. 검게 일렁였던 아저씨의 인영이 제대로 된 모양새를 잡아 가고 있었다. 마침내 건욱 아저씨와 재현 아저씨를 분간할 수 있을 정도로 시야가 트였을 때에는….

"흐으윽…."

피투성이가 된 아저씨의 모습에 다시금 울음을 터트릴 수밖에 없었다.

목을 꺾어서 올려다봐야 할 정도로 커다란 키도, 제 몸이 가려질 정도로 단단한 몸집도, 뚜렷한 이목구비는 물론이고, 슈트 차림이 무척이나 잘 어울리는 모습도 영락없이 그대로였다. 그러나 항상 깨끗하던 와이셔츠에는 핏자국이 묻어 있었고, 머리카락은 한껏 흐트러진 채였으며, 눈에 보이는 살갗마다 상처가 나 있었다.

그럼에도 불구하고 선명하게 떠오르는 눈동자가, 그녀를 진정시키려고 달래 주는 목소리가 눈물이 날 정도로 다정해서 재희는 주저앉고 싶었다. 그가 어떤 심정으로 자신을 바라보고 있는 건지 헤아릴 수 없었다. 여기까지 오느라 고생했을 그에게 미안한 마음만 들었다.

"원하는 대로 다 해 주면 되잖아."

그가, 가지고 있는 걸 전부 내려놓으려고 했을 때는 더욱….

고요하게 미소까지 짓고 있는 아저씨를 보면서, 재희는 그가 왜 이렇게도 차분하게 굴 수 있는 건지 알 수 있었다. 그러니까… 아저씨는 무엇이든 다 할 생각이었던 것이다. 자신만 빼내 올 수 있다면 백천파 조직원이 원하는 걸 다 들어줄 계획이었던 거다.

"네가 가진 회사를 달라고 해도?"

"그래."

"청운회에서 나와서 백천파로 들어오라는 말에도?"

"물론."

그게 설령 열심히 일구어 왔던 회사를 내어놓는 일이라고 해도. 어쩌면 지금보다 더 위험해질 수 있는 선택을 하게 된다고 해도… 아저씨는 개의치 않아 보였다. 오히려 그것만으로도 자신을 구해 낼 수 있다면 충분한 것처럼 보이기까지 했다. 그가 여상한 어조로 말을 이었다.

"조금 놀라긴 했어. 백천파가 이렇게까지 수준이 낮을 줄은 몰랐거든. 그래도 몇 년 사이 연합에도 들어갔다길래 한가닥 하는 놈들이 있을 줄 알았지. 이렇게 내지르는 대로 픽픽 쓰러지는 지푸라기 새끼들만 널려 있을 줄 알았나."

"이 씨발 새끼가 미쳤나!"

"나는 그냥 사실을 말하는 거야. 이곳에 도착하기까지 만났던 백천파 새끼들은 죄다 분질러 놓고 오는 길이었다고. 마음 같아선 너도 새끼야, 당장이라도 눕혀다가 곤죽을 만들어 놔도 시원찮을 판인데…."

"도건욱, 이 개새끼가!"

"흥분하지는 말고 끝까지 들어 봐. 그럼에도 불구하고 네가 원하는 건 다 들어주겠단 이야기야. 네가 겁도 없이 붙들고 있는 그 여자만 놓아준다면 무엇이든. 뒤끝이랄 것도 없이."

어때. 네가 생각해도 존나게 이득인 거래지?

제가 생각해도 이런 거래는 어디 가서도 못 한다는 듯 그는 고개를 내저었다. 이런 상황에도 여유로움을 잃지 않는 아저씨를 보니 재희는 오히려 감정이 북받쳐 올랐다. 그가 온 힘을 다해 키워 왔던 회사였다. 자신도 다녀 봐서 잘 알고 있었다.

눈코 뜰 새 없이 발로 뛰어다니는 데다가, 그래서인지 직원들도 만족도가 높았고, 그녀도 마찬가지로 같은 곳에서 일하게 되어서 기뻤다. 그토록 소중한 걸 내려놓는 거였다. 저 때문에. 오랜 시간 동안 공들여 왔던 걸 고작해야 자신 때문에….

"도건욱 이 새끼, 생각보다 이 계집애한테 진심인가 본데…."

백천파 조직원이 중얼거리는 소리를 들으면서 재희는 입술을 깨물었다. 아저씨는 그야말로 모든 패를 보여 주었다. 조직원 입장에서는 말만 하면 원하는 걸 전부 얻을 수 있을 테니 이쯤 되면 자신을 풀어 줄 만도 했다. 그러나….

"원하는 건 다 들어주겠다고 했지?"

"그렇다니까."

"그럼…."

백천파 조직원이 불시에 그녀의 가슴을 움켜쥐었다. 갑작스럽게 일어난 일이라 재희도 상황을 인지하기까지 시간이 걸렸다.

"네가 보는 앞에서 이 계집애 따먹고 싶다고 해도?"

너무 놀라면 말도 나오지 않는다는 게 어떤 건지 재희는 부득이하게 깨닫고 있었다. 당황한 나머지 그녀가 숨을 크게 들이마셨다.

백천파 조직원은 주제도 모르고 욕심을 부리고 있었다. 안 그래도 사포처럼 날이 서 있던 분위기가 싸늘해질 정도로 가라앉았다. 그녀는 제게 닥친 상황에 놀라기도 했지만 무엇보다 아저씨가 저렇게까지… 사나워질 수 있다는 걸 처음 알았다.

여유롭게 미소까지 띠고 있던 인상이 삽시간에 굳어졌다. 아니, 어쩌면 제자리를 찾은 것에 가까웠다. 그만큼 아저씨가 드러내는 분노에는 위화감이 느껴지지 않았고, 오히려 소리 없이 번뜩이는 안광을 마주했을 때는 소름이 오싹하니 돋아날 정도였다.

"내가…."

갈라진 목소리가 귓전을 때렸을 때는 저도 모르게 침을 삼켰다. 긴장을 한 건 저뿐만이 아니었는지 가슴을 쥐고 있는 백천파 조직원의 손도 떨리고 있었다. 재희는 토기가 올라오는 걸 참고 그의 목소리에 더욱 귀를 기울였다.

"원하는 걸 다 들어줄 수 있다고 말했던 건…."

"뭐…."

"당연하게도, 그 여자의 안위가 보장된다는 전제하에서였지."

으득, 으드득. 어금니를 문 채로 이어 나가는 말마다 서슬 퍼런 감정이 서려 있었다.

"주제 파악 못 하고 까불어도 된다는 의미는 아니었는데, 씹새끼야."

씹어뱉듯이 터져 나오는 대답과 동시에 아저씨는 조직원의 손을 태워 죽일 것처럼 쏘아보고 있었다. 인내심이라는 감정의 끝자락에 서 있는 듯 아슬아슬한 모습이었다. 일촉즉발의 상황이었다.

협박을 당하는 건 백천파 조직원인데도 불구하고 재희는 제 등골이

서늘해지는 듯한 감각을 느꼈다. 그가 하는 말은 왜인지 마지막 경고처럼 느껴졌고, 그 경고마저 무시하는 순간 돌이킬 수 없는 상황이 벌어질 거라는 예감이 들었다.

"푸하하하하!"

그러나 조직원은 아저씨가 하는 경고를 무시하기로 결심한 건지 눈치도 없이 웃어 젖혔다. 여전히 제 몸을 붙든 손은 떨리고 있고, 침 삼키는 소리가 선명하게 들릴 정도로 긴장하고 있으면서도, 궁지에 몰리는 상황은 인정하고 싶지 않았는지 멋대로 입을 나불거리기 시작했다.

"그래서 네가 뭘 어쩔 건데, 새끼야. 이 계집애 하나 때문에 쩔쩔매는 게 눈에 보이는데 쉽게 놔주겠냐? 옆에 두고만 있으면 주기적으로 이득 볼 수 있는 년을 갖다가?"

"……."

"퍽이나 알겠다고 받아들이겠네, 씨발. 대가리가 장식으로 달린 게 아닌 이상 이 계집애를 놓아주는 게 손해라는 건 누구나 알지 않겠어? 나 참, 살다 살다 도건욱 상판대기가 계집년 하나 때문에 구겨지는 것도 다 구경하고. 이걸 다른 놈들이랑 같이 봤어야 하는데…."

"뭔가 단단히 착각하고 있는 모양인데."

백천파 조직원의 말을 가만히 듣고 있던 아저씨가 나지막이 말문을 열었다.

"나는 너한테 부탁이 아니라 기회를 줬어. 장식처럼 달려 있는 대가리로도 어느 쪽이 이득인지는 쉽게 판단할 거라고 생각했고."

"무슨 개소리야?"

"편하게 해결하는 게 좋으니까. 짭새까지 관여하지 않는 선에서 마무리 짓는 게 귀찮지도 않을 거고. 그런 주제에 인질극까지 벌였으니 노력이 가상해서라도 전리품 정도는 남겨 주려고 했는데…."

그건 눈 깜박할 사이에 벌어진 일이었다.

차분하게 대답을 이어 가던 아저씨가 곧장 뒷주머니에서 총을 꺼내들었다. 그리고 눈 깜박할 사이에 탄을 장전하고서 백천파 조직원을 향해 총구를 겨누었다. 그 자세가 얼마나 정결하던지 일순간 그의 손에 들린 게 총이라는 걸 인식하지 못할 정도였다.

"장식품에 구멍 나고 싶지 않았으면 새끼야. 내가 널 봐주고 있다는 것 정도는 진작에 눈치챘어야지."

"너, 너, 너 이 새끼!"

아저씨가 꺼내 든 총으로 인해 상황은 전보다 더 심각하게 흘러가고 있었다. 백천파 조직원은 눈에 띌 정도로 몸을 부들거리고 있었고, 언뜻 살펴본 재현 아저씨 또한 총까지 가져올 줄은 예상하지 못했는지 당황한 기색이었다.

살아생전 그녀도 총이라는 무기를 듣기만 했지 실제로 본 적은 처음이어서 놀라고 있었다. 이 순간 가장 덤덤한 사람은 총을 쥐고 있는 아저씨뿐이었다. 그가 흉흉한 빛을 띤 눈으로, 이미 기세에 밀려 주춤거리는 조직원을 바라보았다.

"가진 건 좆도 없는 새끼가 발악하는 꼴을 내가 이 바닥에 구르면서 한두 번 봤을 것 같아?"

"너 이 새끼, 당장 총 안 치워!!"

"사람이 씨팔, 봐주는 속셈이 보이면 적당히 기는 척이라도 했어야지. 도대체가 맞먹으려고 드는 건 얼마나 빡대가리여야 할 수 있는 생각인 거야?"

"이년 뒤지는 거 진짜 보고 싶어서 그래!!"

"너야말로 애꿎은 애 납치해 놓고 무사하길 바랐어, 이 씨팔 새끼야!!"

하나눌씩 쌓이던 실랑이는 시간이 갈수록 극으로 치닫고 있었다.

재희는 머리가 지끈거리는 걸 느끼면서 미간을 찌푸렸다. 이러다가 정말로 죽을지도 모른다고 생각했다. 아저씨가 총을 꺼내자마자 목에 닿아 있는 칼끝에 힘이 들어가는 게 느껴졌으니까….

무엇보다 제 목숨만이 문제가 아니었다. 다름 아닌 총이었다. 총을 꺼내 들었다는 건 발포하자마자 필연적으로 경찰이 연루될 수밖에 없다는 걸 의미했다. 탄이 백천파 조직원에게 꽂히는 건 상관없지만 그로 인해 일이 걷잡을 수 없이 커지는 건 문제였다.

"아, 아저씨…."

착각일지도 모르지만 아저씨는… 이런 상황까지 전부 염두에 두고 온 것 같았다.

자신을 구해 내기 위해서라면 구속되든 말든 상관없는 것처럼 보여서. 그렇게 행동하고 있어서 재희는 걱정을 떨칠 수 없었다. 우는 것 말고는 할 줄 아는 게 아무것도 없는 자신과는 너무나도 다른 태도였다.

그래서 뭐라도 하고 싶었다. 사소한 거든 뭐든 정신을 똑바로 차리고 빈틈을 찾아야 했다. 자신을 위해서 모든 걸 걸고 있는 아저씨에게 조금이라도 도움이 되고 싶었고, 무엇보다 더 이상 자신 때문에 손해를 보는 상황을 원치 않았다.

"흐읍!"

그렇게 머리를 굴리고 또 굴리다가 재희는 바닥에 냅다 주저앉았다. 그 과정에서 피부가 칼날에 긁혔지만 죽을 정도는 아니라는 걸 느낄 수 있었다. 적어도 칼끝이 목을 꿰뚫는 고통보다는 훨씬 나을 테니까.

그리고 재희가 바닥에 주저앉자마자 백천파 조직원은 눈에 띄게 당황하며 그녀를 일으키려고 애를 썼다. 연신 팔뚝을 잡아 올리는데 움켜쥐는 손아귀가 어찌나 우악스럽던지. 팔이 빠질 것 같았지만 그녀는 어떻게든 일어나지 않으려고 버텼다.

"재현아!"

상황을 지켜보고 있던 재현 아저씨가 몸을 움직인 건 그때였다. 그는 곧장 백천파 조직원에게 달려들어 칼을 쥔 손목을 발로 차 버렸다. 그리고 혹시라도 바닥에 떨어진 칼을 주울세라 아주 멀리 밀어 버렸다.

순식간에 무방비 상태가 된 백천파 조직원은, 그러나 당황할 틈도 없이 눈앞까지 다가온 아저씨에게 일방적으로 두들겨 맞게 되었다. 마찰음은 물론이고 파열음에 가까운 소리가 울려 퍼지고 있었다. 과연 사람의 몸에서 나올 수 있는 소리인지 오싹해질 정도였다.

픽! 퍼억! 뻑!

재희는 여전히 불안감으로 떨리는 몸을 주체하지 못하고 있었다. 다 끝난 건가? 살아남은 걸까? 아저씨는? 아저씨는 무사한가? 귓전을 때리는 소리를 듣자 하니 저러다가 목숨을 잃게 되어도 이상하지 않을 상황인 것 같은데….

"재희야."

아저씨를 위해서라도 말려야겠다는 생각이 들었다. 그러나 손발에는 이미 힘이 빠져서 움직이질 않았고, 그저 숨만 급하게 몰아쉬던 찰나였다.

재현 아저씨가 시선을 맞추어 오더니 자신을 걱정스럽게 바라보고 있었다. 그리고 운동복 상의를 벗어 급하게 목에 갖다 대 주었다. 살갗이 칼에 긁히면서 피가 흐르는 모양이었다. 감사했다. 묶여 있던 손목을 풀어 준 것도 감사했지만….

"아저씨, 아저씨 좀 말려 주세요…."

"뭐?"

"건욱 아저씨요. 저러다가 정말로 죽일 것 같아서…."

그러나 한창 지혈에 힘쓰던 재현 아저씨는 제가 하는 말을 들은 체도 하지 않았다. 그리고 더 볼 것도 없다는 듯 고개를 저었다.

"형님 저렇게 날뛰시는 건 나도 어떻게 못 해."

"하, 하지만…."

"현역 때도 마찬가지였는데 지금이라고 뭐가 다르겠어. 이번에는 아주 눈까지 돌아갔는데 내가 하는 말이 퍽도 들리겠냐고."

"그래도 정말로 죽으면 어떡해요…."

"저 새끼는 그냥 제 무덤 판 거야. 네가 동정할 만한 새끼가 못 된다고. 그러니까…."

"아저씨한테 무슨 일이라도 생길까 봐 그러는 거잖아요!"

그러자 재현은 끄응, 하는 소리를 내며 앓았다. 알고 있어. 알고 있는데, 내가 말릴 수 있는 상황이 아니라니까. 말마따나 이번에는 좀 심하긴 한데….

그녀를 대신해서 복수해 주는 건 고마웠다. 그러나 어디까지나 큰일로 번지지 않는 선에서였다. 자신으로 인해 그가 고생하는 건 여기까지길 바랐다. 놀란 마음은 도무지 가라앉질 않고, 제 몸을 더듬었던 손을 떠올리면 아직도 토기가 올라올 것 같았지만 그녀에게 가장 중요한 건 그의 안위였으므로.

그러나 재현 아저씨의 말도 아주 틀린 건 아니었다. 어깨 너머로 살며시 바라본 광경은 그야말로 처참했으니까. 단순하게 말려야 한다는 마음을 먹기에는 백천파 조직원에게 꽂히는 주먹이 눈에 담을 수 없을 정도로 날쌨고, 그럼에도 묵직하게 실리는 힘은 그야말로 치명적인 무기를 든 것과 다름이 없어 보여서….

"일단 여길 빠져나가야 돼."

"하지만!"

"넋 놓고 있다가 또다시 그런 꼴 겪지 않을 거라는 보장도 없어. 그때는 형님이 나까지 가만두지 않을걸."

"아…."

"그러니까 네 몸부터 걱정해. 형님이 이 바닥에서 하루 이틀 구른 것도 아니고, 저런 놈들 호흡만 겨우 붙여 놓는 거야 너보다는 더 잘할 테니까."

재현은 더 이상 대답을 들을 생각도 없다는 듯 그녀의 몸을 안아 들었다. 그럼에도 불구하고 걱정이 되는 마음은 어쩔 수 없어서, 재희는 고개를 빼꼼 든 채로 아저씨의 등을 바라보았다. 그 모습은 꼭 먹잇감을 잔인하게 찢어발기는 짐승처럼 보였다.

재회하고 나서는 난폭하게 구는 모습을 본 적이 없어서일까. 제가 알던 아저씨, 그러니까 자신에게는 다정하게 대해 주던 아저씨가 아니라서 낯설어 보였다. 하지만 재현 아저씨가 했던 말도 사실이라서 일단은 안전한 곳으로 피신하는 게 맞았다.

"꽉 잡아."

제대로 안겨 있으라며 채근하는 소리에 그녀는 재현에게 두른 팔에 조금 더 힘을 주었다. 이미 이성을 잃어버린 아저씨를 뒤로하고, 백천파 조직원의 비명을 배경 삼아 창고를 빠져나가려는 순간이었다.

"아아아악!"

누군가 비틀거리면서 자신과 재현 아저씨를 지나쳐 갔다. 목이 찢어질 듯한 괴성과 함께였다.

불길한 예감이 들었다. 그 괴성은 꼭 총을 발포하기 전의 공포탄과도 같아서 재희는 반사적으로 고개를 돌렸다. 재현 아저씨도 마찬가지였는지 괴성을 지르는 사람이 달려가는 쪽으로 몸을 돌리던 순간이었다.

그리고 재희는 제 시야에 들어온, 그러니까 자신을 지나친 남자의 손에 들려 있는 것이 칼이 아니기를 바라야 했다. 손바닥만 한 칼을 쥐고 달려가는 이유가 따로 있기를. 있는 힘껏 내리꽂는 칼이 아저씨를 향하지 않기를….

"아저씨!!!"

그러나 불길한 예감은 언제나 틀린 적이 없어서. 오히려 귀신같이 들어맞을 때가 더 많아서….

어깻죽지를 무자비하게 파고드는 칼날. 그와 동시에 분수처럼 튀어 오르는 피. 그리고 예기치 않은 습격을 받게 된 대상이 아저씨라는 걸 두 눈으로 똑똑히 확인했을 때… 재희는 끊임없이 밀려드는 충격을 감당하지 못하고 혼절하고 말았다.

"형님!! 재희야!!"

재현의 처절한 외침을 끝으로 그녀는 결국 의식을 잃었다. 마지막으로 기억나는 건 있는 힘껏 비명을 질렀다는 것과 검붉은색으로 가득히 칠해진 창고와… 아저씨. 온몸에 피를 뒤집어쓴 아저씨였다.

바라보는 것만으로도 가슴이 터져 버릴 것 같았다. 그 정도로 아픈 마음을, 그때만큼은 감당할 수가 없었다. 그래서 뺨이 흥건해질 정도로 울음을 터트렸다. 두려움에 몸을 바들바들 떨면서. 자신을 구하려고 만신창이가 된 아저씨에게 미안해서….

그 모습을 바라보는 게 이렇게나 괴로울 줄은 몰랐다. 그러니까 더이상은 저 때문에 다치지 않았으면 했다. 앞으로는 이런 일이 생기지 않도록 조심할 테니까 이번만큼은. 정말로 이번만큼은 하늘에서도 봐주었으면 싶었다.

그가 무사하기를, 살아 있기만을, 간절히….

○ ● ○

— 형님, 저 재현입니다. 혹시 예전에 그 학생 말입니다. 왜, 고등학

생이었는데 형님이 지키려고 애를 썼던. 그 학생 이제 손 놓으신 겁니까?

"뭐?"

— 여기 백천파 구역 뒷골목인데, 애가 끌려가고 있는 걸 막 봐서 말입니다.

재현이 녀석에게서 그 소식을 듣자마자 눈이 확 돌아가는 줄 알았다. 침착하게 장 사장이 틀어 주는 CCTV를 확인하면서도 마찬가지였다. 주차장 입구에서 보란 듯이 대기하고 있는 승합차로 끌려가는 재희를 발견했을 때는 피가 거꾸로 치솟는 듯했다.

"겨, 경찰을 부를까요?"

본인도 이런 일이 있을 줄은 몰랐다는 듯 당황한 장 사장에게 건욱은 고개를 저었다. 자신은 공공 기관에 도움을 청할 수 있는 몸이 아니었으니까….

뼈저리게 느껴지는 무능함에 속이 턱 막히는 것만 같았다. 이렇게까지 스스로가 머저리처럼 느껴졌던 때가 없었던 것 같다. 어떻게 눈앞에 있는 애를 놓칠 수가 있지? 그것도 아주 잠시 한눈파는 사이에, 이따위 거지 같은 일이 생길 수가….

"씨팔…."

얼마나 기분이 좆같던지. 서슬 퍼런 감정이 발끝에서부터 스멀스멀 기어 올라왔다. 소름 끼치는 분노는 끊임없이 신경을 긁어 댔다. 이대로 목을 조르고 죽을 수도 있을 것 같았다. 제 탓이었다. 제가 제대로 살펴보지 못했고, 제 영역 안에 있는 애라고 방심하는 바람에 이 사달이 난 거였다.

"차 비서, 따라와."

"예?"

"시간 없어!"

그러나 제가 제 목을 조르기 전에 해야 할 일이 있었다. 재희를 구해야 했다. 그리고 재희를 그따위로 끌고 간 새끼들을 싹 다 곤죽을 만들어야 했다.

건욱은 평소에 술을 입에도 대지 않는 차 비서를 끌고 운전석에 앉혔다. 한창 회식 자리를 즐기던 차 비서는 어안이 벙벙해 보였지만 상황을 설명할 시간은 없었다. 그저 재현이 녀석이 보내 준 주소로 가 달라며 재촉할 뿐이었다.

초조한 마음으로 목적지에 도착하기까지 얼마나 많은 생각이 스쳤는지 모른다. 스스로에 대한 실망감은 물론이고 혐오감마저 밀려 들어왔다. 아버지라는 작자에게 뒤통수를 맞은 이후로 이렇게까지 분노했던 적은 오랜만이었다. 아니, 그보다 더한 모멸감이 온몸을 감쌌다.

사람을 죽일 수도 있을 것 같았다. 직계에서 근무하면서 온갖 싸움판에 휘말렸을지언정 감정적으로 굴었던 적은 없었다. 그저 바닥을 구를 정도로만 눕혀 놓거나 목숨에 지장이 가지 않을 정도로만 상대를 제압하는 게 전부였다. 그러나 머릿속을 뒤덮을 정도로 뚜렷하게 떠오르는 살의에 스스로가 낯설게도 느껴졌다. 이런 식으로 사람을 죽이게 되는구나 싶었다. 이렇게나 충동적으로 감정에 휩싸여서….

그러나 그런 감정조차 단 하나의 바람에 뒤로 밀려났다. 차가 빠르게 도로를 치고 나가는 내내 건욱은 애가 타는 마음으로 빌고 또 빌었다. 재희가 별일 없이 무사하기를. 아니더라도 제발 살아 있기만을. 재현이 녀석이 발견했다 한들 타들어 가는 마음은 숨길 수가 없었다. 하물며 재희가 끌려가는 걸 아무도 보지 못했을 거라고 생각하면….

"제기랄…."

생각만으로도 아찔한 상황에 건욱은 습관처럼 자신을 탓했다. 다시는 일어나지 말아야 할 일이었다. 생전 믿지도 않았던 신들에게 싹 다 빌었던 적은 이번이 처음이었다.

목적지에 도착해서는 생각이라는 걸 할 틈도 없이 몸을 움직였다. 차 비서가 붙잡기도 전에 제 손은 이미 백천파 조직원들의 얼굴에 꽂아 넣은 뒤였고, 이후로 무슨 일이냐며 달려드는 녀석들까지도 급소만을 노리면서 쓰러뜨렸다.

마음 같아선 아주 피떡으로 만들어 놓고 싶었지만, 실랑이 따위를 할 겨를 같은 건 없었다. 그저 재희를 찾아내야 했다. 몹쓸 짓을 겪기 전에 데려와야 한다는 생각뿐이었다. 그래서 뒷일이고 뭐고 눈에 보이는 놈들은 족족 패고 다녔다.

가게 내부로 들어서는 발걸음이 빨라지고, 허름한 문짝을 열어젖히는 손짓도 다급해졌다. 방은 씨팔, 뭐가 이렇게 많은 거야? 몇 개의 문을 열어 댔는지 스스로도 알 수 없었다. 그래서 이번에도 틀렸을지도 모른다고, 얼른 다음 방으로 넘어가야겠다는 생각을 했을 때였다.

"아저씨!"

마침내 제 시야에 아주 익숙한 인영이 들어왔을 때. 제 몸에 비하면 터무니없이 여리기만 한 몸. 희고 작은 얼굴과 그 얼굴에 보석처럼 오밀조밀하게 박힌 이목구비. 그리고, 자신이 의심할 여지 없이 사랑해 왔던 맑은 눈동자. 그 모든 것들이 제가 그토록 찾아 헤맸던 사람의 것이라는 걸 깨달았을 때….

"재희야!"

건욱은 비로소 인정하고 말았다. 제게는 유재희가 없으면 안 된다는 걸. 시선이 닿는 곳에 유재희가 없다는 것만으로도 죽고 싶은 충동을 느낀다는 걸. 그래서 결국은 아무것도 못 할 지경까지 이르게 된다는 걸….

그러니까 스스로도 등신 같다고 여겼던 마음을 고집해야겠다고. 다시는 이런 일이 생기지 않도록 재희에게서 눈을 떼지 않겠노라고. 제 시야에 닿는 곳에 그 애를 놓아두는 건 당연하고, 곁에서 떨어뜨리는 일은 더 이상 없을 거라고. 혹여 그게 그녀를 답답하게 만들지언정. 끝내 미움까지 받게 될지언정….

"쇼크로 인해서 일시적으로 의식을 잃은 상태입니다. 목에 난 상처는 잘 치료했고, 오늘 안에 깨어날 테니 너무 걱정하지 마세요."

재희의 상처까지 치료한 의사가 차분하게 조언했다. 청운회 소속으로 근무하는 의사였다. 사건의 뒤처리는 상황이 끝나고 도착한 청운회 조직원들에게 맡겼다. 자신은 재희와 함께 차 비서의 차를 타고 곧장 오피스텔로 돌아왔는데, 출발하자마자 호출을 했기 때문인지 의사는 미리 도착해 있었다.

그녀의 목에서 흐르는 피를 보고 있노라니 머릿속이 새하얘졌다. 기절까지 하는 바람에 이러다 애가 잘못되는 건 아닌가 싶어서 의사에게 그녀를 먼저 진찰해 달라고 부탁했었다. 그러나 의사가 제 상태가 얼마나 엉망인지 알고 있느냐며 화를 냈고, 결국 건욱은 제 어깻죽지부터 내어 줄 수밖에 없었다.

칼에 찔린 부위를 다 꿰매고 나서야 의사는 재희의 상태를 봐 주었다. 찢어진 피부를 꿰매야 하는 건 마찬가지였지만 큰 이상은 없다는 대답에 건욱은 그제야 한숨 돌릴 수 있었다. 문제가 생기는 건 아닌가 했는데 오늘 안에 눈뜰 수 있다니 정말이지 다행이었다.

"도건욱 씨는 한동안 힘쓰는 일은 피하세요. 혹여 이상 증세 나타나면 다시 연락하시고요."

한숨을 쉬면서 침실을 빠져나가는 의사를 뒤로하고, 건욱은 침대 옆에 있는 간이 의자에 털썩 주저앉았다. 습격당해서 칼에 찔린 어깨가 아프지 않다면 거짓말이다. 꿰매는 내내 습관처럼 욕을 뱉고 싶어서 어찌나 혼이 났는지. 실은 지금도 마취가 점점 풀리고 있어서 정신이 아득해질 지경이었다.

"하아…."

그러나 아직도 가슴이 펄떡거리며 진정이 되지 않는 이유는 재희의 안위 탓이었다. 이 조그마한 애가 그런 일을 겪고 얼마나 놀랐을까. 자신이야 이 바닥에서 구른 지 10년이 넘었다지만 재희는 아니었다. 심지어 피가 날 정도로 다치기까지 했다.

건욱은 그녀의 목에 붙어 있는 거즈를 참담한 심정으로 바라보았다. 처음부터 거리를 제대로 지켰더라면, 괜한 욕심을 부리는 일 없이 놓아주었더라면 이런 일은 벌어지지 않았을 거다. 보내 주어야 하는 걸 알면서도, 어떻게든 곁을 맴도는 행동이 돌아가신 아버지라는 작자와 뭐가 다르단 말인가. 똑같은 인생을 살지 않겠다고 마음까지 먹었던 주제에….

정이 떨어지겠지.

건욱은 아주 조그마한 생명체를 대하듯 그녀의 고사리 같은 손을 조심스럽게 움켜쥐었다. 이번 일로 자신에게 학을 떼는 건 당연했다. 단순한 경고로만 그쳤던 일을 실제로 겪었으니 얼마나 무서웠을까. 더군다나 제가 생각해도 등신 같은 고백까지 들은 뒤였다. 그러니 눈을 뜨자마자 재희에게 빰을 얻어맞아도 할 말이 없었다.

"재희야…."

그러나 미안하게도… 놓아줄 생각은 없었다. 그간 제 옆에 있으면 위험해지는 걸 알아서 거리를 두려고 애를 써 왔다. 이제는 재희도 제가 싫어졌을 테니까. 저 같은 놈이랑 같은 공간에서 지내고 싶지 않을 테니까 보내 주려고 했다. 싫다는 사람을 억지로 붙잡아 둘 정도의 병신은 아니라고 믿었다.

그러나 이미 조직에는 소문이 다 난 상태였다. 아니, 실은 재희에게 따로 경호를 붙이기 시작했을 때부터 눈치챌 만한 녀석들은 다 쟀을 것이다. 백천파 일대를 싹 다 쓸어버린 지금은 외부에서도 알아챘을 거고. 제게 지켜야 할 존재가 생겼다는 걸. 그래서 이번 사건이 일어났다는 걸….

그건 곧 재희를 향할 공격이 수없이 많아질 거라는 걸 의미했다. 그런 상태에서 애를 놓아주는 건 그냥, 자살행위나 다름없었다. 앞으로도 제 이름을 꼬리표처럼 달고 살아갈 애인데 누가 가만히 내버려 둔단 말인가. 오늘 일은 고사하고, 더한 일이 일어나지 않을 거라는 보장이 있나.

"하…."

그가 앓는 듯한 한숨을 내쉬었다. 일단 백천파 일대에서 일어난 사건은 마무리되었다. 재현이 녀석이 재희를 데리고 나가는 걸 확인한 후, 그야말로 정신없이 백천파 조직원을 쥐어팼었다. 주체할 수 없을 정도로 열이 뻗쳐서 주먹을 휘두르는데, 이러다가 정말로 사람 하나 죽일지도 모르겠다고 생각했다.

그 정도로 눈이 확 돌아갔고, 재희에게 씻을 수 없는 충격을 주었으니 한 명 정도는 그래도 되지 않나 싶었다. 제가 생각해도 제가 아닌 것 같은 감정에 휩싸이는 순간이었는데, 아직 의식이 남아 있던 백천파 조직원이 칼을 들고 달려든 건 그쯤이었다.

'아저씨!!'

그리고 찢어질 것만 같은 비명이 동시에 들려왔다.

칼끝이 어깨를 맹렬히 파고들었을 때는 일순 정신이 아득해지는 것 같았다. 그러나 끝까지 의식을 붙잡고, 젖 먹던 힘까지 다해서 달려온 조직원을 패대기쳤다. 이미 피떡이 된 상태로 발악하듯 달려든 녀석이라 떼어 내는 건 어렵지 않았다.

그러나 칼이 꽂힌 부위는 저도 사람인지라 쌍욕이 나올 정도로 아팠다. 실밥으로 꿰맨 것까지 다시는 겪고 싶지 않은 통증이었다. 그럼에도 불구하고, 그녀에게 똑같은 일이 벌어진다면 당연하다는 듯 그 상황에 뛰어들겠지만….

"으음…."

의식이 없었던 재희가 뒤척이기 시작한 건 그때였다.

그녀가 희미한 신음을 내뱉자마자 건욱은 찬물이라도 뒤집어쓴 것처럼 몸을 들썩였다. 정신을 차린 건가? 눈을 뜨면 뭐부터 해야 하지? 물부터 챙겨야 하나? 온갖 생각들이 충돌하는 가운데, 천천히 눈을 뜬 재희가 바로 옆에 앉아 있는 건욱을 바라보았다.

"아저씨…."

"어, 어어. 재희야. 물. 물 갖다줄게. 잠시만."

"아니…."

재희가 깨어났다는 사실에 못내 안심하는 것도 잠시, 건욱은 바싹 메마른 그녀의 목소리가 걱정되어 서둘러 몸을 일으켰다. 저러다가 목까지 상하면 아주 큰일이었다. 그는 오피스텔 바닥을 쓸어 버릴 기세로 달려가 부엌에서 물을 가져왔다. 그리고 아직 어안이 벙벙한 듯 주변을 둘러보고 있는 재희에게 물이 든 잔을 건넸다.

"고맙습니다…."

재희는 눈앞에 도달한 잔을 멍하니 바라보다가 이내 조심스럽게 받아 들었다. 고맙다는 말과 함께 물을 마시는데, 건욱은 그 모습을 하나도 빠짐없이 지켜보았다. 물을 목으로 넘길 때마다 상처 난 부위가 쓰라린지 인상을 찌푸리며 거즈 주변을 어루만질 때에는….

"괜찮아? 의사 선생이 치료는 다 했다고 했어. 흉터는 조금 남을 수 있대. 그래도 제거 수술 하면 괜찮아질 거야. 상처 낫는 대로 병원 알아볼 테니까…."

"……."

"그리고 그, 많이 놀랐을 텐데 상담 선생이랑 일정도 잡아 뒀어. 주말 지나고 다음 주부터 꾸준히 다니면 돼. 그것도 시간이 지나면 많이 나아질 수 있는 부분이라고 하고…."

"아저씨는요?"

저도 모르게 팔불출처럼 굴고 말았는데, 그 사실을 자각하기도 전에 재희가 제 안위를 물어 왔다. 덕분에 건욱은 말을 이어 가던 것도 멈추고 가만히 재희를 바라보았다. 그녀의 몸 상태를 살피느라 저조차도 잊고 있었던 통증이 다시금 느껴지고 있었다.

"아저씨는 괜찮은 거예요?"

"그…."

"저 때문에 다치셨잖아요. 제가 바보처럼 구는 바람에, 구해 주시려다가 칼에 찔려서, 그래서…."

그녀의 시선이 제 어깨를 향하더니 금세 붉어진다. 살짝만 건드려도 눈물이 툭 떨어질 것만 같아서 건욱의 심장이 철렁 내려앉았다. 재희가 어쩔 줄을 모르겠다는 듯 제 옷자락을 잡았다가 놓기를 반복했다.

"피, 피가 나서. 막 분수처럼 튀어 올라서…."

"괜찮아."

"하, 하아…."

"아저씨는 괜찮으니까 숨 쉬어. 천천히."

결국에는 제가 경험한 것들이 감당이 되지 않는지 호흡을 과하게 들이마시기 시작했다. 건욱은 또다시 기절해도 이상하지 않을 것처럼 몸을 떠는 재희를 품으로 깊이 밀어 넣었다. 그러고는 헉헉거리는 애의 조그마한 등을 쓸어 주고 또 토닥거렸다. 괜찮아, 괜찮아 달래 주는 목소리와 함께였다.

"걱정 많이 했어?"

"응, 으응⋯."

"놀라기도 했을 거고."

"큰일. 나는 줄 알고. 진짜, 잘못되는 줄 알고. 아저씨가⋯."

"그래. 그래도 지금은 괜찮으니까, 재희야. 아저씨 큰일 안 났으니까."

짐승에게 목덜미를 물린 토끼처럼 벌벌거리는 재희를 달래느라 건욱도 진땀을 뺐다. 정신을 차렸을 때는 재희와 마찬가지로 침대에 나란히 누워 있었는데, 애를 달래다 보니 저도 모르게 한 이불을 덮고 있었다.

그 와중에 입술은 왜 눈치도 없이 올라가는 건지. 칼에 찔린 부위는 욕이 나올 정도로 아픈 주제에 이 조그마한 애가 걱정해 주는 게 좋아서. 내 안위를 물어봐 주는 게 마냥 좋기만 해서⋯.

"치료도 다 했고, 회복만 잘하면 활동하는 데도 문제없을 거래."

"아⋯."

"걱정하지 마. 이 바닥에서는 자주 있는 일이고. 그러니까 별것도 아니야. 정말 별것도 아니니까⋯."

"⋯⋯."

"그만 울어. 너 우는 거 보다가 내 숨이 먼저 넘어가겠어."

그래도 애가 우는 모습을 지켜보는 건 썩 유쾌한 일은 아니어서, 건욱은 재희의 눈가와 뺨을 적신 눈물을 손가락으로 훔쳐 내 주었다. 그러자 재희도 알겠다며 고개를 끄덕이는데, 눈까지 퉁퉁 부은 모습이 꼭 자다 깬 토끼 새끼 같아서 건욱은 저도 모르게 뜨거워지는 아랫도리를 짓눌러야만 했다.

애가 시팔, 서럽게 우는 와중에 눈치도 더럽게 없지. 그런데 애한테서 나는 땀 냄새가 뭐가 이렇게 달큰한지도 모르겠고, 울든 씽그리든 모든 모습이 마냥 예뻐 죽겠어서 뭐 이런 애가 다 있나 싶고⋯. 건욱은 속으로 한숨을 푹푹 내쉬면서 불현듯 떠오른 욕망을 가라앉히려고 애를 썼다.

"이제, 어떻게 해요?"

"응?"

"저요. 어떻게 해야 아저씨가, 오늘처럼 다치지 않을 수 있어요?"

그리고 재희가 고개를 살며시 들어 앞으로의 행보를 물었을 때에는….

건욱은 잠시 숨을 크게 들이마셨다. 실은 재희가 눈을 떴을 때 다행스러우면서도 또, 한편으로는 끝내 마주해야 할 감정에 가슴이 묵직해졌다. 예전이라면 모르겠지만 이제는 보내 줄 수가 없어서였다. 그래야 한다고 결론을 이미 내린 후였다.

그러나 이 이야기를 꺼내면 재희는 어떤 반응을 할까. 당연하다는 듯 집으로, 그놈의 좁아터진 원룸으로 돌아가려는 그녀에게 어떤 말을 해 주어야 하나. 그리고 그게, 아무리 조심한다 한들 듣기 좋은 말일 리가 있나.

네가 살던 곳으로 돌아갈 수 없다는 말이. 회사는 물론이고 어디에도 함부로 나갈 수 없고, 앞으로도 내 집에서만 머물러야 한다는 말이. 아무리 포장해도 실은, 감금이나 다름없는 말을 어떻게….

"배는 안 고파?"

"입맛이 없어서요…."

"그래도 빈속인데, 뭐라도 먹는 게 어떨까 해서."

"이따가요. 이따가."

"그럼 우기랑…."

"그냥 알려 주세요."

"……."

"앞으로 아저씨가 다치지 않으려면, 오늘 같은 일을 겪지 않으려면 제가 뭘 해야 하는지요."

최대한 화제를 돌려 보려고, 조금이라도 미룰 수 있다면 미뤄 보려고 했지만 무용지물이었다. 재희는 제가 생각하는 것보다 훨씬 착하고, 다정하고… 또, 다른 사람에게 폐를 끼치는 걸 누구보다도 싫어했으니까.

건욱은 품에서 재희를 천천히 떼어 냈다. 그리고 아까까지는 똑바로 마주했던 시선을 어긋나게 내리깔았다. 애초에 등신 같은 말을 꺼내면서 등신 같지 않기를 바라는 것만큼 우스운 일도 없었다. 그는 조금 체념한 듯한 어조로 말문을 열었다.

"다음 주부터는 출근할 필요 없어."

"아…."

"네가 지내고 있는 원룸은 바로 내놓을 거고, 그냥 그 집으로 돌아갈 일은 앞으로도 없을 거라고 보면 돼."

"……."

"내 곁에서 지내게 될 거야, 너는."

그리고 건욱은 그런 말을 내뱉는 제 자신이 너무나도 싫었다. 싫은데도 재희를 떼어 낼 생각은 눈곱만치도 없는 속내는 비열하게만 느껴졌다.

제가 봐도 그런데 재희는 오죽할까. 벌써부터 질렸다고 해도 할 말이 없었다. 건욱은 변명할 건덕지도 없는 상황에 쓰게 웃었다. 저로 인해 일어난 사고였다. 누구를 탓할 것도 없이, 명백하게 제가 일으킨 불행이었다.

제 8 화
그 것 이 사 랑 은 아 닐 지 라 도

눈을 뜨자마자 보이는 아저씨의 모습에 재희는 눈물이 왈칵 쏟아
졌다. 무사해서 다행이었다. 살아 있어서, 정말로 다행이었다.

그의 품에 얼굴을 묻은 채로 우는 내내 재희는 알 수 있었다. 조심
스레 등을 쓸어내리는 손길에서도 느낄 수 있었다. 그가 자신을 무척
이나 아끼고 있다는 걸. 회사고 뭐고 뒤로한 채로 자신을 구하러 온 순
간부터. 더 이상 아무 말 하지 않아도 다….

제 눈물을 보면서 덩달아 울컥하는 아저씨인데 이제는 모를 수가
없었다. 그리고 그 사람을 위해서 할 수 있는 건 오직 안심시켜 주는
거였다. 예전처럼 아저씨가 부탁하는 일에 고집부리지 않고, 원하는
걸 다 들어주면서….

이번 사건 이후로 어떤 일이 일어날지는 재현 아저씨에게 들어서
알고 있었다. 바깥 생활을 하기가 힘들어질 것이다. 내부에서 소문이
나는 건 물론이고, 이제는 외부까지도 제가 아저씨의 사람이라는 게
공공연해질 터였다.

"이번 일 마무리되는 대로 이사할 거야. 특별히 신경 써 줬으면 하는 점 있으면 미리 말해. 부엌이 넓어야 한다든가 정원이 컸으면 좋겠다든가 그런 거. 충분히 반영할 테니까."

"아…"

"그때까지 가만히 집에 있으면 돼. 나를 제외하고는 누구도 문을 열어 줘서도 안 되고, 하물며 차 비서라도 마찬가지야. 이해하겠어?"

"……."

"카드 줄 테니까 사고 싶은 건 인터넷으로 주문해. 그 외에 필요한 거 있으면 나한테 말하고. 운동이나 취미 생활 같은 것도 따로 알아본 다음 사람 붙여 줄 테니까."

그래서 착잡하다는 듯 그러나 여전히 다정스러운 어조로 강요 아닌 강요를 받았을 때는… 그냥, 예상했던 것 같다. 제가 생각해도 자신은 물론이고, 아저씨의 안위를 지킬 수 있는 방법은 그것밖에 없겠다고.

자기 한몸 가누는 것도 힘든 상황에 다른 사람까지 지키는 건 쉬운 게 아니니까. 그럴 바에는 그녀 쪽에서 얌전히 집을 지키고 있는 편이 낫겠다고. 게다가 아저씨가 제안하는 이야기는 감금보다 조금 더 호화로운 쪽에 가까워서 재희는 가만히 고개를 주억거렸다.

"그럴게요."

"……."

"그렇게 할게요, 아저씨."

앞으로는 아저씨도 마음 편하게 지내실 수 있겠지. 예전처럼 과잉 보호니 뭐니 싸우지 않아도 될 테고, 그녀 또한 확실하게 안전을 보장받을 수 있을 것이다. 다만 집에서도 일할 수 있는 직업을 새로 찾아볼 생각이었는데….

"너…"

"……."

"내 말, 제대로 들은 거 맞아?"

제 승낙에 안도할 거라고 생각했던 아저씨가 날카롭게 쏘아붙인 건 그때였다. 금방이라도 화를 낼 것 같은 모습에 재희는 어깨를 한껏 움츠렸다.

내가 잘못 대답한 건가?

아닌 것 같은데. 오히려 통보와도 가까운 말이 아니었나? 그래서 알겠다고 대답한 거고, 전처럼 실랑이도 없었으니 만족할 거라고 생각했는데… 어째서인지 아저씨는 성을 내고 있었다. 제가 알겠다고 대답하는 게 이상하다는 것처럼.

"나가지 말라고 하셨잖아요."

"그래."

"출근은 당연히 못 하는 거고, 산책도 아저씨한테 허락받고 나가야 한다고, 오늘처럼 납치라도 당하면 곤란하니까…"

"맞아."

"앞으로는 집에서 계속 지내게 될 거고, 곧 이사도 하신다고요. 제가 원하는 구조로 최대한 반영해 주시겠다고…"

"그래, 재희야. 그런데."

그가 맞는 말이라며 고개를 끄덕였다. 그러나 딱딱하게 굳은 인상은 여전히 풀어지지 않았다.

"그걸 듣는 내내 이상하다는 생각은 안 들었어?"

"……"

"그냥 바로 알겠다는 대답이 나왔어? 더 고민하지도 않고, 그래?"

"아저씨."

"응."

"저는, 아저씨가 무슨 대답을 원하시는 건지 잘 모르겠어요…"

정말로 그랬다. 그가 무슨 의도로 질문을 하는 건지 이해할 수 없었다. 그래서 싫다고 해야 하는 건지 아니면 과장해서라도 좋다는 걸 표현해야 하는 건지, 정말로 알 수 없어서 재희는 말없이 그를 올려다볼 뿐이었다.

그 와중에도 아저씨는 기뻐하긴커녕 금방이라도 무너질 것처럼 위태로워 보였다. 도대체 뭘 잘못한 걸까. 그가 조금이라도 시름을 덜어내길 바라서 뱉은 말이었는데 어째서 괴로워하는 걸까.

잠시 동안 침묵이 이어졌다. 그리고 재희는 그가 먼저 말을 꺼내 주기를 기다렸다. 생각이 많아 보였다. 복잡한 감정들이 아저씨의 눈빛 속에서 충돌하는 게 보였다. 그래서 다그치고 싶지 않았다. 아주 천천히, 그 마음이 가라앉을 때까지 기다렸다가⋯ 들어 주고 싶었다. 들어주기라도 하고 싶었다.

"너도 봤잖아."

나지막한 목소리가 들려온 건 그 무렵이었다. 끊길 듯 끊이지 않는 목소리가 그녀의 이목을 끌어들였다. 젖어 있었다. 낮고 굵었던, 그러나 조금은 탁하게도 들렸던 목소리가 조금씩 젖어 가고 있었다.

재희가 깜짝 놀란 눈으로 그의 안색을 살폈다. 그러나 보여 주고 싶지 않다는 듯 고개를 숙인 채였다. 그 모습이, 아직 대답을 듣지 않은 지금조차도 안쓰러워 보여서 재희는 저도 모르게 손을 뻗었다.

안아 주고 싶었다. 등을 쓸어내리고 토닥여 주고 싶었다. 제가 받았던 온기를 그에게도 나누어 주고 싶었다. 그러나 지금은, 지금은 그저 가만히 그의 이야기를 들어 줄 때였다. 재희는 아저씨 대신 이불자락을 꼬옥 움켜쥐었다.

"나는⋯ 정말로 잘하고 싶었어. 너한테 피해 주고 싶지 않아서, 어떻게든 밑바닥에서 벗어나고 싶었어. 아주 떳떳진 못해도 너 하나 먹여 살리는 데에 부끄럽고 싶지는 않았거든. 그렇게 생각하고 계속 일해 왔어. 나름대로 잘해 왔어. 그랬다고 생각했고."

"아저씨…."

"그런데 아무리 노력해도 안 되는 게 하나 있었어. 그게 냄새였어, 재희야. 몇 번을 세탁해도 빠지지 않는 얼룩이 있는 것처럼, 몇 년을 노력해도 내가 밑바닥에서 굴렀던 냄새는 쉽게 빠지질 않거든."

아니라고, 그런 식으로 생각하지 말라고 위로하는 그녀에게 그는 천천히 고개를 내저었다.

"여기서 10년 이상 몸담은 주제에 새것처럼 보이려는 건 아니었어. 사실 그럴 필요도 없었지. 이 바닥에서 보는 놈들이야 다 거기서 거긴데 잘 보여서 뭐 해. 남다른 취향이라도 가졌냐고 의심이나 받지 않으면 다행이지."

"아저씨…."

"그런데도 내게서 나는 냄새가, 그 얼룩이 싫었던 건… 너한테까지 묻는 것 같아서였어. 나는 그게, 다시는 너를 마주할 수 없겠다는 생각이 들 정도로 쪽팔렸어. 그래서 어떻게든 지워 내고 싶었어."

"……."

"아주 완전하지는 못해도. 그냥, 그런저런 일반인 흉내를 내는 것일지라도 괜찮으니까… 그 정도라도 되고 싶었어."

왜. 아저씨는 왜 그토록 아픈 생각을 했을까. 오늘 같은 일을 겪어서? 지나온 날들이 부끄러워서? 아니면, 아니면….

"네가 나랑 같은 취급을 받았잖아."

"아저씨…."

"내 곁에 있다는 이유로, 함부로 대해도 되는 사람 취급을 당했잖아."

"……."

"나는 그게, 씨팔. 속상해서…."

그녀의 시선을 일부러 피하던 그가 조심스레 고개를 들었다. 그리고 시간이 멈추었다고 생각될 정도로 느리게 시선을 맞추어 왔다. 울먹이는 목소리와 마찬가지로 눈가가 붉어 있었다.

"그래서 감금이나 다름없는 생활을 요구했을 때도 그냥… 다 내려놓자는 생각이었어. 내가 봐도 내가 너무 등신 같은데 너한테는 안 그럴까. 그러니까 화를 내거나 미워해도 다 받아들이자고, 그래도 싸다고 생각했었어."

"……."

"그런데 네가… 화를 내질 않는 거야."

그가 이해할 수 없다는 듯 고개를 저었다.

"나 때문에 겪은 일이잖아. 나를 만나지 않았다면, 그래서 평범하게 살았다면 겪지 않았을 일이잖아. 그러니까 화를 내는 건 당연한 건데. 나 때문에 인생이 망했다고, 왜 허락도 없이 자길 밑바닥까지 끌어내렸냐고. 돌려보내 달라고, 뺨이라도 때리고 화를 내는 게 당연한 건데…."

"……."

"그런 걸 전혀 하질 않는 거야, 네가."

"……."

"나는 그게, 이해가 되지 않아서, 재희야. 내가 너를, 그동안 말도 못 꺼낼 정도로 위축되게 만들었나 싶어서. 그래서 얘가 마땅히 해야 할 일에도 눈치를 보는 건가 해서. 나 때문에 네가…."

"아저씨!"

재희가 처음으로 그가 하는 말을 도중에 가로막았다. 이불자락을 쥐고 있던 손은 어느새 그의 옷자락을 움켜쥔 채였다.

아저씨의 속마음을 듣는 게 좋았다. 자신은 알 길이 없었던 마음을 있는 그대로 말해 주어서 기뻤다. 들으면 들을수록 그에게 자신의 손재가 크다는 게 느껴져서, 누군가에게 소중한 존재가 된다는 게 어떤 의미인지 알 수 있어서 좋았다.

"그만해요."

"재희야."

"나 때문이라는 말 좀 그만하라고요!"

"재희야, 나는…."

"진짜… 듣기 싫어요."

그러나 그건 스스로를 깎아내리라는 의미는 절대로 아니었다.

재희는 더 듣고 있다간 그가 끝도 없이 자책할 것만 같아서 평소보다 강한 어조로 의사를 표현했다. 마음이 아파서였다. 늘 굳건하게 자리를 지켜 주던 사람이 눈에 띄게 흔들리는 게 아파서. 그것도 그녀를 달래 주느라 제 상처는 갖다 버린 것처럼 굴고 있어서….

재희는 두 눈을 부릅뜨고 그와 시선을 마주했다. 복잡한 감정들이 오가는 가운데 상처받은 기색이 역력한 눈동자가 그녀를 향하고 있었다. 재희는 또다시 감정이 북받치려는 걸 참아 내고 간신히 말을 이어 갔다.

"아저씨는, 왜 자꾸 본인한테 상처 주는 말만 하세요?"

"재희야."

"아저씨가 뭐가 어때서요? 도대체 뭘 잘못하셨길래요? 아저씨가 저를 납치하셨어요? 제 목에 칼을 겨누고 협박이라도 하셨어요? 인질로 잡고 뭐라도 내놓으라면서 실랑이라도 벌이셨냐고요!"

"나는…."

"계속 지켜 주셨잖아요."

그녀가 벅차오르는 호흡을 간신히 가다듬었다. 용기내고 싶었다. 그가 제 마음을 들려주었듯이 자신도 알려 주고 싶었다. 제가 어떤 마음으로 알겠다고 한 건지. 왜 그렇게 덤덤할 수 있었는지 전부 다….

"오늘이 아니더라도 항상이요. 항상 제 곁에 머무르시면서, 혹여나 제가 다칠세라 힘들어할세라 지켜봐 주셨잖아요. 잘되라고 응원해 주시고, 등을 떠밀어 주셨잖아요."

"……."

"제가 그런 사람한테 어떻게 화를 내요?"

"……."

"도대체 무슨 자격으로, 제가 그 사람을 욕하고 때릴 수 있는데요?"

할 수 없었다. 그런 일은. 그런 식으로 아저씨를 밀어내는 일은 절대로….

재희가 보란 듯이 고개를 내저었다. 언젠가는 꼭 하고 싶었던 말이었다. 꼭 물어보고 싶었던 말이기도 했다. 그리고 오늘이야말로 그에 대한 대답을 들을 수 있을 것 같았다. 그녀가 천천히 호흡을 가다듬었다.

"저요. 살면서 제 편이 되어 준 사람 같은 건 한 명도 없었어요. 남들한테 다 있는 가족도, 그 흔한 친구 한 명도 없어서 매일매일 눈치만 보면서 살았어요. 그게 저한테는 진짜 익숙한 일상이었는데요. 딱 한 명만큼은 제가 무슨 짓을 하든 다 괜찮다고 받아 줬어요."

"……."

"그 사람은요. 제가 무슨 짓을 하든 다 좋아해 주는 사람이었는데요. 아주 사소한 것부터, 그러니까 밥은 잘 챙겨 먹었는지, 학교는 잘 다니고 있는지. 잠은 잘 자고 숙제는 꼬박꼬박 해 가는지. 정작 선생님도 관심 없어 하는 것들을 궁금해하고, 다 해 냈다고 하면 그것만으로도 다행이라고 생각해 주던 사람이었어요. 그래서 가끔은, 아주 가끔은…."

"……."

"내가 이런 마음을 받아도 되는 건지 두렵기도 했어요. 뭘 거창하게 해 내지 않아도 되고, 가끔은 좀 실패해도 되고. 그래서 별 기대조차도 하지 않는 것 같은데, 그럼에도 불구하고 입버릇처럼 괜찮다고 해 주는 사람이 있는 게. 그런 사람이 곁에 있다는 게 익숙해지질 않아서요."

그녀가 제가 한 말을 곱씹으면서 말을 이어 나갔다.

"생각해 보세요. 그런 사람이 세상에 어디 있어요? 가족도 아닌데. 친구는 더욱 아니고, 하물며 연인도 아닌데. 사실 우리는 몇 마디 말섞은 것 외에는 함께 시간을 보낸 적도 잘 없는데…."

"……."

"어떻게 그런 마음이 있는지 저는, 아직도 잘 모르겠어요. 무언가를 바라지도, 기대하지도 않고 그냥… 나의 안녕을 바라는 사람이 있다는 거요. 그거면 다 됐다고 말해 주는 사람이 있다는 거요."

모든 걸 내려놓고 싶어지는 순간마다 찾아와서 힘이 되어 주는 사람이었다. 그런 사람이 있다는 걸 떠올리기만 해도 재희는 미소가 지어졌다. 지금도 마찬가지였다. 그녀는 자신을 담아내고 있는 그의 깊은 눈동자를 가만히 들여다보았다.

"그런 사람이 곁에 있다면 누구든지 붙잡고 싶지 않을까요?"

"……."

"유일하게 내 편이 되어 주는 사람이잖아요. 존재만으로도 힘이 되어 주는 사람이요. 그런 사람을 내치는 건 힘들지 않을까요? 저였다면 오히려 눈길부터 갔을 거예요. 그 마음을 지켜 주려고 노력했을 거고요."

"……."

"고마워서요. 정말로 고마워서…."

본인이 위험해지는 것조차 무릅쓰고 제 걱정부터 해 주는 사람이. 혹여 그조차도 부담이 될까, 뒷걸음질 치는 게 습관이 된 사람이 고마워서. 그 마음은 감히 의심할 수 없을 정도로 선명하고 정직하기만 해서….

"그런 사람을 미워하는 일이… 저는 더 힘들것 같아요."

자신을 위해서 모든 걸 내려놓았던 사람을 어떻게. 때로는 그 마음이 곪아서 스스로를 갉아먹더라도, 그걸 걷어 내고 나면 눈이 부실 정도로 애틋한 마음이 있다는 걸 아는데. 다름 아닌 제가 다 알고 있는데 어떻게….

"아!"

그녀가 떨리는 목소리로 말을 이어 가려던 순간이었다. 커다란 손이 그녀의 따끈한 목덜미를 감쌌다. 그와 동시에 그녀의 입술 위로 뜨거운 무언가가 찍어 누르듯이 내려앉았다.

부드럽고 도톰한 감촉을 가진 것은 제 입술에 닿았다가 비벼지고, 또 문질러지기를 반복했다. 그것이 입맞춤이라는 걸 재희는 뒤늦게 깨달았다. 처음에는 그런 행위가 키스라는 생각을 하지 못했다. 장난처럼 가볍게 입을 맞춘 적은 있어도 이렇게나 노골적으로 살결을 비볐던 적은 없어서였다.

"수, 숨 막…."

아저씨의 팔뚝이 제 허리를 둘러 오기 전까지는.

목덜미를 쥐고 있던 그의 손이 점차 내려오더니 그녀의 허리를 단단하게 붙들었다. 덕분에 그의 품에 안기다 못해 벗어나지 못할 정도로 바짝 붙게 되었는데, 그 힘이 어찌나 세던지 몸을 가눌 수가 없을 정도였다.

서로의 입술이 서서히 온기를 찾아가기 시작한 것도 그즈음이었다. 부드럽게 문질러지던 입술은 금세 타액으로 젖어 들었고, 부끄럽게 숨어 있던 혀는 어느새 그의 혀와 끈적하게 맞물리고 있었다. 온기가 너해질수록 민망한 소리도 덩달아 흘러나왔는데….

쪽. 쪼옥.

재희는 그게, 정말로 입술에서 날 수 있는 소리인가 싶어서 정수리가 뜨겁게 달아올랐다. 그가 제 입술을 물었다가 놓을 때마다 심장도 동시에 구겨졌다가 펴지는 것만 같았다. 그의 품에서 도저히 벗어날 수 없었던 재희는 발가락만 연신 오므렸다 펴 대고 있었다.

"아, 흡…."

옷자락 너머로 느껴지는 그의 손길이 걱정될 정도로 떨리고 있었다. 그녀를 붙들고 있는 힘에 비해 맞닿은 입술의 감촉이 너무나도 조심스러웠다. 낯설었다. 온몸을 짓누르는 것만 같은 열기도. 아랫배를 문질러 대는, 그의 단단한 것도 다….

"헉…."

빈틈 하나 없이 맞닿아 있던 입술이 마침내 떼어졌다. 엉망으로 흐트러진 자신과는 다르게, 그는 한 치의 흔들림도 없는 눈동자로 그녀를 바라보고 있었다. 손에 닿으면 데일지도 모른다는 착각이 들 정도로 뜨거운 시선이었다. 그토록 욕망이 선명하게 보이는 눈동자가 그녀를 향하고 있었다.

"아저씨…."

"후회할지도 몰라."

거칠게 잠긴 목소리가 그녀의 귓가를 감았다.

"시간이 지나서, 어쩌면 아주 길지 않은 시간 내에 이런 인생을 살고 싶었던 게 아니었다고 후회할 수도 있어. 지금이야 아니라고 말할 수 있겠지. 그런데 나중에 가서는 보내 달라고, 놓아 달라며 매달릴 수도 있는 일이야. 거기까진 나도 각오하고 있었고."

"아저씨…."

"그래도 보내 주진 못해."

그의 반듯한 이마가 그녀의 이마에 툭 닿았다. 그리고 다시는 떠올리고 싶지 않다는 듯 미간을 일그러뜨렸다.

"네가 납치되었다는 소식을 들었을 때… 머릿속이 새하얘졌어. 몸은 고장이라도 난 것처럼 아무것도 할 수 없었고, 그냥 살아 있기만을 바랐어. 어쩌면 네가 모든 걸 내려놓고 싶을 정도의 일을 겪게 되더라도, 이기적으로 들리겠지만 목숨만이라도 붙어 있었으면 했어. 나는 그렇게나 간절했었어."

"……."

"그리고 너를, 혼이 나간 듯한 너를 보았을 때 깨달았지. 아, 나는 이 사람을 절대로 떠나보내지 못하겠구나. 그동안 보내 줘야지, 밀어내야지 애를 쓰고 노력해 왔지만 생각해 보면 단 한 번도 내게서 벗어나게 한 적이 없었구나. 그리고 앞으로도 더하면 더했지 덜할 일은 없겠구나."

"……."

"나는 어떻게든 이 아이를 품에 안을 거고, 기어코 망가트리고 말겠구나."

"아저씨!"

"재희야, 나는 알아."

재희가 지지 않으려는 듯 목에 힘을 주었다. 그가 들려주는 발성에 비하면 터무니없는 소리였지만 그래도 그가 하는 말이 틀렸다는 걸 알려 주고 싶었다.

그러나 고개를 들어 바라본 그는 정말이지 괴로워 보였다. 한껏 구겨진 미간이나 맹렬하게 꽂혀 드는 시선. 욱신거리는 턱 근육과 목 언저리에 불거진 핏대 같은 것들이 말 한마디 없이도 그의 감정을 낱낱이 드러내고 있었다.

"내가 너를 잡아 두는 건 남들이 문제여서가 아니야. 조지 내부에 소문이 나서? 외부 압력 때문에 위험해져서? 그래, 그런 이유도 있겠지. 그런데 사실은 재희야."

"……"

"그냥 무서워서야."

아저씨? 그녀가 반문하듯 두 눈을 깜박거렸다. 그러자 그는 체념 섞인 어조로 대답했다.

"네가 내 곁에 없다는 게 무서워서. 심장이 무너질 정도로 괴롭다는 걸 알아서. 그래서 곁에 두려는 거야. 내가, 네가 없으면 안 된다는 걸 알았으니까. 이번 일 때문에라도 끔찍할 정도로 알아 버렸으니까…."

"아저씨…."

"그래서 고집부리는 거야. 이기적으로 구는 거고. 그런 걸 너는 받아 주고 있는 거야. 누가 봐도 옳은 일이 아닌데도. 네가, 너무나도 착해서. 다정한 사람이라서 이렇게 억지를 부려도 알겠다고 해 주는 거라고. 그러니까…."

"무슨…."

"아주 나중에, 시간이 지나서 내가 미워지면 기꺼이 그래도 돼. 너한테는 그럴 자격 있어. 그러니까 부담 같은 거 가지지 마. 나 같은 놈 눈치 볼 필요도 없고, 오히려 그러는 편이…."

"다행이라고 생각했어요."

재희는 계속해서 바닥을 파고드는 그를 다급하게 붙잡았다. 어디까지 하려는 건가 싶어서 가만히 듣고 있자니 더는 안 될 것 같았다.

달래 주고 싶었다. 괜찮다는 말을 귓가에 몇 번이고 속삭여 주고 싶었다. 눈물이 날 정도로 제게 조심스러웠던 사람이었다. 그 모습은 보면 볼수록 애틋해서 가만히 내버려 둘 수가 없었다.

"아저씨가 고백하셨을 때요. 차 안에서, 제가 알지 못했던 마음을 말씀하셨을 때… 아저씨는 너무 부끄럽다고, 누구도 그런 식으로는 고백하지 않을 거라고 하셨지만 저는 다행이라고 생각했어요."

"재희야."

"나만 이기적인 게 아니구나. 아저씨도 그러셨구나. 대뜸 도망가자고 하면 무책임하다고 하실 줄 알았는데… 오히려 더한 말을 해 줘서 안심했어요. 놀라긴 했지만 그래도 아저씨라면 괜찮지 않을까 했고요."

"……."

"함께 지내면서 평일이든 주말이든 시간을 보내고, 식사도 같이 하고, 얘기도 나누다가 그… 같이 자기도 하면, 그게 결혼이랑 다를 게 없는 것 같아서 괜찮을 것 같다고…."

"……."

"저는, 오래전부터 아저씨를 좋아했으니까요."

재희는 숨을 천천히 몰아쉬면서 그에게 가까이 다가갔다. 겨우 주먹 하나가 들어갈 정도의 거리에서, 그녀는 그를 긴장된 시선으로 바라보았다.

"아저씨가 단지, 조직 때문에 저를 거두었다면 이런 고백도 안 했을 거예요. 오히려 미안했을 것 같아요. 또, 저 때문에 고생하신다고 생각해서요. 아저씨는 그럴 필요 없다고 하셨지만… 그동안은 마음의 빚을 진 기분이었거든요."

"재희야."

"그런데 그것만이 아니라잖아요. 그보다 더 무서운 게 있고, 그게… 제가 아저씨 곁에서 사라지는 거라잖아요. 무슨 일이 있어도 곁에 두고 싶다고 막, 고백하셨잖아요. 그래서 저는…."

"……."

"기뻤어요. 저를 달래려고 하는 말이 아니라서. 아저씨가 이제야 하고 싶었던 말을 꺼낸 것 같아서. 그것도 저를 좋아한다는 말이어서.

그래서 엄청 기뻤는데, 한편으로는 또… 엄청 속상했어요."

그러자 그가 걱정스러운 눈빛을 띠었다. 입을 열지는 않았지만 왜 속상했느냐고 묻고 있는 것 같았다. 재희는 울음이 터져 나오려는 걸 참아 내고 말을 이었다.

"아저씨가 자꾸, 자길 탓하라고 해서요."

"재희야."

"누군가에게 미움받는 걸, 너무 당연하게 여겨서요."

"……"

"저는 그게, 아직도 마음이 아프거든요?"

당연한 건 하나도 없는데. 오히려 뻔뻔하게 굴어 주기를 바랄 정도로 그가 자신을 위해 짊어지고 있는 것들은 너무나도 많았는데. 그래서 덜어 주고 싶은 마음뿐이었는데….

앞으로는 함께 가야 할 길이니까, 오랜 시간 걸어야 할 테니까 내려놓아도 된다고 말해 주고 싶었다. 쉬어야 할 때는 쉬어야 한다고. 그러다가 마음 편히 기댈 수 있는 사람이 필요하다면 그 사람이 제가 되고 싶다고 말해 주고 싶었다.

"후회한다고 해도 아저씨를 탓할 생각은 없어요. 제가 선택한 거예요. 그러니까 시간이 지나도 아저씨를 원망할 일은 없을 거고요. 남들한테 손가락질받는 것쯤이야 익숙하고요. 상처야 받겠지만 이 정도 각오도 없이 알겠다고 한 것도 아니었어요."

"재희야."

"오히려 아저씨가 더 걱정이에요. 저 때문에 전부 짊어지다가 탈이라도 날까 봐요. 우리가 입방아에 오르내릴 때마다, 특히 제가 욕을 먹을 때마다 아저씨는 저보다 더 화내실 것 같거든요. 전적도 꽤 있으시고요."

"그렇겠지."

그는 순순히 대답했고 재희는 가볍게 웃었다. 그런 사람이었다. 제가 다칠세라 매번 앞장서 주는 사람. 쏟아지는 화살을 대신 맞아 주는 사람. 그러나….

"그런데 잘 생각해 보세요. 아저씨였더라도 혀를 찼을걸요? 나이 차이도 띠동갑을 넘지, 남자는 조직에 몸담은 사람이고, 여자는 가진 거라곤 아무것도 없지. 그래서 돈이라도 밝히는 건가 싶을 거예요. 딱히 틀린 말도 아니고요."

"재희야."

"그러니까 그건 사람들이 잘못한 게 아니에요. 그냥, 어쩔 수 없는 거예요. 저였더라도 그랬을 거고, 아저씨였더라도 그랬을 거예요. 분명히요. 아마 도시락까지 싸 들고 쫓아다니면서 말렸을걸요?"

그가 아주 가만히 재희의 눈을 들여다보았다. 마치 거기에 모든 답이 담겨 있다고 생각하는 것처럼. 그래서 그녀가 무슨 말을 하든 다 들어주고 말 것처럼….

"그러니까 우리가 해야 하는 건요. 괜히 화를 내거나 변명 같은 걸 하는 게 아니라, 그냥… 잘 지나오는 거예요. 지나오다가 다치기라도 하면 연고를 발라 주는 거고요. 가끔 속상해서 울고 싶은 날에는 무릎을 빌려주는 거예요. 그리고요…."

재희가 그의 머리카락을 다정하게 넘겨 주었다.

"딱 한 가지만 기억하는 거예요. 다른 사람들은 그럴 수 있다고. 손가락질할 수도 있는 거라고. 그런데 유재희만큼은 그럴 수 없다는 걸요."

"재희야."

"아저씨에게 아주 커다란 사랑을 받았던 유재희는… 아저씨가 전혀 부끄럽지 않다는 걸요. 그래서 다른 사람은 몰라도 제 앞에서는 떳떳해도 된다는 것도요. 무슨 일이 생겨도 아서씨 편이 되어 줄 준비는

다 되어 있…."

말이 다 끝나기도 전에 그가 그녀의 어깨에 얼굴을 묻어 왔다. 그리고 한동안 말이 없었다. 흐느끼는 소리만이 희미하게 들려올 뿐이었다.

재희는 웃는 듯 우는 듯한 표정으로 그를 가만히 품에 넣었다. 가슴팍에서 따뜻한 온기가 느껴지고 있었다. 그게 마음이 닿아서 피어오르는 열기였는지 아니면 그의 더운 울음이 만들어 낸 온도였는지는 알 길이 없었다.

"그거면 다 된 거잖아요, 우리는."

그녀가 그의 커다란 등을 토닥거렸다. 마침내 품 안에 들어온 그가 사랑스러웠다. 이제야 막 소년처럼 울기 시작하는 남자가, 그러나 품에 안기에는 너무나도 커다란 남자가 재희는 너무나도 사랑스럽게만 보였다.

"저도 지금보다 더 많이 표현할게요. 아저씨가 더 이상 불안해하지 않게요. 속상한 일이 생겨도 금방 괜찮아질 수 있도록 제가 아주 많이 사랑할게요. 그러니까 아저씨도 너무 애쓰지는 마세요. 혹여라도 제가 상처받을까 봐 마음 졸이지 않으셔도 돼요. 이제는요."

"재희야."

"그냥 우리가 할 수 있는 것들을 해요. 우리는 너무나도 오랜 시간을 돌아왔고, 그래서 못 다 한 걸 다 하기에도 하루가 꼬박 모자랄 거예요."

이제부터라도 차근차근히 해 나갈 것이다. 오늘은 고백을 했으니 내일부터는 연애하는 기분도 내 볼 거고. 주말이니까 삼시 세끼는 물론 간식이며 야식까지 함께 메뉴를 정해서 먹어 볼 거고. 평일에는 그도 회사를 가야 하고, 그녀도 우기와 노느라 바쁠 테니 적당한 거리를 두다가도, 어느 순간 보고 싶어서 발을 동동 구를 것이다.

그러다 참지 못하고 전화를 걸어서 낯간지러운 대화도 나눌 것이다. 점심은 잘 챙겨 먹었는지. 오늘은 몇 시쯤 집에 들어오는지. 일찍 들어오면 저녁은 같이 먹자는 말과 사실은 보고 싶어서 연락했다는 말을 건네면서. 스스럼없는 대화를 시시때때로 속삭이면서.

그것이 사랑은 아닐지라도….

이 관계가 불안정한 것도 사실이고, 감금이나 다름없는 생활을 하게 되는 것도 사실이라서. 그리고 세상에는 그런 이름이 붙어서는 안 되는 것들도 많으니까, 아직은. 아직은 그 이름을 붙일 수 없을지라도.

"우리는 늦지 않을 거예요."

아주 나중에, 지나가는 바람에도 괜찮다며 웃어넘길 수 있을 때. 천천히 해 내도 된다는 걸 알게 되고, 서로에게도 여유가 생겨서 보기 좋은 모양새를 띠고 있을 때. 그때가 오면 다시 생각해 봐도 되지 않을까.

만약 그때가 아니라면 다음에. 다음에도 아니라면 그다음이라도. 그 이름에 떳떳해지는 순간이 오면 언제라도 붙일 수 있을 테니까….

"그렇게 하자."

"아저씨…."

"나도 노력할 테니까…."

그가 젖은 목소리로 대답했다. 그렇게 하겠노라고. 그 이름을 붙일 수 있는 순간이 오면 부끄럽지 않도록….

그의 떨리는 다짐을 들었을 때 재희는 그것만으로도 다 되었다고 생각했다. 이제야 모든 것이 제자리를 찾아가는 것 같았다. 그녀가 마찬가지로 눈물을 흘리면서 고개를 끄덕였다. 그리고 있는 힘을 다해 품에 있는 남자를 안아 주었다.

다시는 혼자서 무너지는 일이 없도록. 무너지더라도 언제든지 붙잡을 수 있도록. 제가 곁에 있다는 걸 잊지 못하도록, 정말이지 있는 힘을 다해서. 그가 그랬던 것처럼 그녀도, 그저 당신의 안녕만을 바라면서….

○ ● ○

누군가 뜨거운 주걱으로 뇌를 휘젓는 것 같았다.

그토록 아득한 열기였다. 서로의 마음을 확인한 후 무슨 일이 벌어졌는지 재희는 자세히 설명할 수 없었다. 그저 처음에는 상체를 배회하던 그의 손이, 이제는 거리낌 없이 그녀의 아래까지 탐하고 있었다. 그의 손길이, 그리고 입술이 얼마나 제 몸 구석구석에 닿고 떨어졌는지 이제는 셀 수도 없었다.

맹수처럼 덮쳐 오는 열기에 현기증이 났다. 머리가 핑핑 도는 바람에 그녀가 할 수 있는 거라곤 머리부터 발끝까지 입을 맞추어 오는 그에게 매달려 신음을 흘리는 것밖에 없었다. 더군다나 희미하게 켜진 무드 등에 시야를 의지해서 바라본 자신의 몸은 그야말로 아저씨의 흔적투성이였다.

"흐윽…."

피부병이라도 걸린 것처럼 발간 자국의 향연에 재희는 수치스러워서 고개를 돌렸다. 자국 중에는 유난히 발개진 곳도 있었는데, 색이 진해질 만큼 아저씨에게 빨렸다고 생각하니 아랫도리가 흥건하게 젖어 들었다. 그에게는 절대로 들키고 싶지 않았던 음부도, 이미 허벅지가 벌어져 꿀물이 흐르는 모습을 들킨 지 오래였다.

그는 침대 헤드에 등을 기대고 앉아 있었다. 그리고 그녀를 자신의 가슴팍에 기대도록 앉혔다. 그의 품 안에 갇힌 재희는 그의 양 무릎에 걸쳐지는 두 다리를 보면서 숨을 크게 들이마셨다. 눈 깜박할 사이에 활짝 벌어진 허벅지를 깨닫고 뒤늦게 몸을 바둥거렸지만 역부족이었다. 이미 그는 한 손으로 그녀의 가슴을 받치고, 또 다른 손으로는 허벅지 사이를 밀고 들어와 앙증맞게 곤두서 있는 음핵을 달달 문질러 댔다.

"재희야."

낮고도 다정한 목소리가 재희의 귓가를 간질였다. 그가 비벼 대는 음부가 너무나도 자극적이었다. 빨릴 대로 빨려서 발개진 유두를 손끝으로 살살 굴려 대는 건 또 어떻고….

찰박. 찰박.

그러나 역시, 저도 모르는 사이에 질척해져서 민망한 소리를 내는 음부가 부끄러워서 견딜 수 없었다. 샤워하고 나온 지 얼마 되지 않았는데도 왜 이렇게나 젖어 드는 건지….

성숙한 음모를 헤치고 제 음부를 쓰다듬는 손길을 차마 바라볼 용기가 나지 않았다. 여전히 고개를 돌린 채로 그의 가슴팍에 기대어 숨만 색색 내쉴 뿐이었다. 그러나 호흡을 가다듬으려고 노력해도 흥분으로 바짝 선 음핵을 집요하게 비벼 대는 손길에는 엉덩이를 움찔거렸다.

"아, 제발…."

아저씨의 손이 제 음부를 분주하게 오가는 것도 자극적인데, 그녀조차도 제대로 본 적 없는 곳을 부끄러울 정도로 만지는 걸 두 눈을 뜬 채로 마주할 수 있을 리가 없었다.

일순 온몸을 관통하는 찌릿함에 재희는 전율했다. 좋았다. 세상에, 이렇게나 좋은 감각도 있는 건가 싶었다. 혼자서 위로할 때와는 차원이 다른 쾌감이었다. 그가 문질러 주는 손길이 좋은 건지, 아니면 흥분에 달궈진 음핵이 제 역할에 충실하여 전율을 끌어낸 건지 알 수 없지만….

분명한 건 숨이 벅찰 정도로 커다란 쾌감이 그녀의 몸을 덮쳐 왔다는 거였다.

재희는 아픈 짐승처럼 몸을 떨었다. 제 몸이 제 몸이 아닌 것처럼 파들거리고 있었다. 벌어진 허벅지 사이가 특히 그랬다. 신음을 참으려는 노력은 물거품이 된 지 오래였다. 그녀는 끙끙 새된 소리를 내며 물감처럼 퍼져 나가는 오르가슴을 받아들이고 있었다.

"아, 아저씨. 다리…."

"재희야?"

"다리가, 흑. 저려요…."

구름 위로 붕 뜨는 듯한 오르가슴이 지나가고, 저릿저릿한 여운에 빠져 있을 무렵이었다. 그의 양쪽 무릎에 걸쳐 둔 허벅지가 저려 왔다. 다리를 벌린 자세가 익숙하지 않은 탓이었다.

그녀가 앓는 소리를 내자마자 그는 강제로 벌려 놓았던 재희의 허벅지를 빼내어 조심스레 모아 주었다. 방금까지 그녀를 품에 가두었던 남자가 맞나 싶었다. 그녀의 음부를 자신의 것처럼 누비고 다녔던 그의 손길이 어느새 그녀의 저릿저릿한 허벅지를 주무르고 있었다.

"많이 불편했어?"

그리고 다시, 걱정스러운 기색으로 물어 왔다. 목소리에서 흘러내리는 욕망까지는 숨기지 못한 것 같지만….

"하, 할 때는 괜찮았는데…."

"할 때라면."

"그러니까 아저씨가…."

"……."

"여길, 이렇게 문지를 때는, 괜찮았는데요."

그녀가 부끄러운 듯 서투른 손길로 제 음모 근처를 만지작거렸다. 적당히 단단한 손길로 그녀의 허벅지를 마사지해 주던 그의 손길이 멈추었다. 기분 탓일까. 그녀를 뒤에서 끌어안고 있는 아저씨의 시선이 보일 리가 없는데도, 마치 그녀의 음부 주변을 응시하는 것처럼 느껴졌다. 재희는 괜스레 두 손으로 음모를 가리면서 다시 말을 이었다.

"다, 하고 나니까 갑자기 쥐가 나서…."

"내가 몰아붙이는 바람에…."

"아, 아니에요. 저, 저는…."

"……."

"저는, 좋았는걸요."

이렇게 시트가 흠뻑 젖을 정도로요….

아저씨가 숨겨 왔던 욕망을 드러내서였을까? 재희도 용기가 샘솟
았다. 쌓아 두었던 마음을 전부 표현할 수는 없지만 적어도 만족하고
있다는 말은 하고 싶었다. 제게 잊지 못할 쾌락을 전해 주었으니 이 정
도는 솔직하게 말해도 되지 않을까 싶었다.

"…아저씨?"

그러나 그는 아무 반응이 없었다. 괜한 말을 했나? 쓸데없이 솔직
하게 구는 바람에 바보처럼 보였을까? 재희가 민망한 기색을 내비치
던 순간이었다.

"그러니까, 느낌이… 홋!"

그녀를 품에 안고 있던 그가 매끄럽게 굴곡진 재희의 귀를 빨아 왔
다. 부드럽고 촉촉한 혀가 귓바퀴를 간질였다.

갑작스러운 입맞춤에 화들짝 놀란 그녀가 몸을 크게 들썩였다. 유
난히 귀가 예민했던지라 그러지 말라고 제지하려는데, 그녀의 등 뒤에
있던 그의 몸이 점점 앞으로 밀려들었다. 허벅지를 주무르던 손은 어
느새 재희의 허리를 감싸고 있었다. 덕분에 그녀는 여전히 그의 품에
안긴 채로, 그러나 마치 네발 달린 짐승처럼 기는 듯한 자세가 되었다.
체격이 커서인지 제 몸을 완전히 덮어 버린 그를 보면서, 재희는 스스
로가 거북이가 된 듯한 기분을 떨칠 수 없었다.

"지탱할 수 있겠어?"

이불을 짚고 있는 그녀의 팔 옆으로 아서씨의 두꺼운 팔뚝 하나가

겹쳐졌다. 저보다 몇 배나 굵은 팔뚝을 보면서 재희는 숨을 힉, 들이마셨다. 모르겠다. 지금이야 그가 그녀에게 단순히 몸을 겹치고 있을 뿐이지만, 조금만 찍어 누른다면 자신은 찍소리도 내지 못하고 이불 속으로 파묻힐 게 분명했다.

"아앗…."

혹은 그가 엎드린 자세 때문에 유난히 출렁거리는 가슴을 괴롭히지만 않는다면. 크고 단단한 손끝으로 장난치듯 유두를 굴려 대거나 하얀 살결을 반죽하듯 주무르지만 않는다면….

"아, 거긴!"

아니면 젖을 대로 젖어 버린 음부에 손을 밀어 넣고, 콩알처럼 작고 동그란 음핵을 손가락으로 문질러 대지만 않는다면, 재희는 정말로 네 발짐승과 같은 자세를 유지할 수 있을 터였다.

다짜고짜 쏟아지는 애무에 재희는 엉엉 울었다. 이미 만져질 대로 만져졌다고 생각했다. 운동을 자주 해서인지 굳은살까지 박인 아저씨의 손은 거칠거칠하고 단단해서, 매번 새롭게 만져지는 것 같은 기분이 들긴 했지만 이미 눈길 닿는 곳마다 손으로든 입으로든 물고 빨렸으니 이만하면 충분하지 않을까 생각했었다.

그래서 감히 익숙해졌다고 여겼는데 아니었다. 한바탕 쾌감을 떨쳐 낸 몸은 더 큰 쾌감을 받아들이기 위해서 녹진하게 풀어진 상태였고, 그래서인지 제 몸 위로 맹수처럼 흘레붙은 아저씨의 손길 하나하나에 예민하게 반응하고 있었다.

"하아…."

그도 마찬가지였다. 아무 대답도 하지 않아서 흥분이 가신 건가 했는데 크나큰 착각이었다. 오히려 그녀의 몸을 쪽쪽이처럼 빨아 놓고도 성이 차질 않았는지 재희의 몸을 족쇄처럼 붙들고서 귓가며 어깨며, 발발 떨고 있는 등허리에도 입을 맞추어 대기 바빴다. 그 와중에도 다

쳤던 목은 유의하는 게 보여서 가슴이 새큰거렸다.

"응, 그만. 그만, 으응⋯."

하지만 이렇게나 그의 욕망을 부추길 줄 알았더라면 말을 아껴도 좋을 뻔했다. 그도 그럴 게, 아저씨는 음부를 만져 주는 게 기분 좋았다는 대답에 보답이라도 하는 것처럼 그녀의 음핵을 흠씬 괴롭혀 대고 있었으니까.

아저씨의 손가락이 재희의 음순을 무자비하게 벌리고, 그 안에서 모습을 감추고 있던 음핵을 까뒤집었다. 예민해진 음핵은 수줍은 모습을 버리고 꼿꼿하게 달아오른 상태였다. 그토록 발갛게 곤두선 것을 그는 무법자가 제 영역을 표시하듯 거침없이 짓눌러 댔다.

"흑, 흐읏!"

처음에는 조심스럽기만 하던 손길이 이제는 확신으로 가득 차서 그녀의 음부를 유린하고 있었다. 덕분에 재희의 입술에선 신음이 끊이질 않았다. 견디지 못할 자극에 눈가는 이미 젖어 들었고, 마찬가지로 그녀의 허벅지 사이로는 질척한 음액이 흘러내리고 있었다.

그런데, 엉덩이에서 자꾸⋯.

젖어 드는 건 그녀의 음부만이 아니었다. 꼿꼿하게 세워진 남근이 그녀의 허리 부근과 엉덩이에 툭툭 닿고 있었다. 거기다가 정액까지 줄줄 흘러내리는 바람에 그의 음경은 물론이고, 음경이 닿아 있는 그녀의 허리며 엉덩이까지 젖어 들고 있었다.

"흐, 흘러요. 아저씨⋯."

스치는 것만으로도 우람한 크기가 예상되는 남근은 계속해서 그녀의 엉덩이 사이에서 비벼졌다. 그래서인지 음경을 타고 내려온 정액은 그녀의 엉덩이로 흘러내렸고, 이내 항문을 적시더니 질구에서 불투명한 물방울을 맺은 채로 뚝뚝 떨어졌다.

흔들리는 가슴을 잠시 주무르던 그가, 다시 벌어진 아랫도리로 손을 밀어 넣었다. 젖은 음모를 헤집어 도톰해진 음핵을 손에 쥔 그는 거친 숨을 내뱉었다. 그리고 음부 사이로 줄줄 흘러든 정액과 함께 문질러 댔다.

찰박. 찰박.

야릇한 소리가 자꾸만 귓전을 때렸다. 그가 그녀의 귓불을 빨고 있기도 했지만 고막을 자극하는 마찰 소리가 워낙 낯 뜨거웠던 탓이다. 정녕 제 아랫도리에서 나는 소리가 맞는 건지 의문이 들 정도였다. 수치스러웠다. 찔걱이는 소리도 실은 듣고 싶지 않았다. 그러나 불을 지피는 것처럼 허벅지 사이를 홧홧하게 데우는 열기에, 아이러니하게도 그가 자신의 내부를 가득 채워 주었으면 하는 충동도 들었다.

"아훗, 아!"

그녀로서도 낯설게 다가오는 충동이었다. 그동안 아저씨를 떠올리며 자위한 적은 있었지만 어디까지나 애무라는 선에서 그쳤었다. 삽입은 동영상을 보아도, 소설을 읽어도 딱히 감흥을 느끼지 못했다. 여자 주인공이 도대체 왜 남자의 성기를 원하는지, 그걸로 어떻게 느낄 수 있는 건지 영 가늠이 되지 않았기 때문이다.

하지만 이제는 아니었다. 젖을 대로 젖어 든 재희의 아랫도리는 경험이 없는데도 불구하고 그를 바라고 있었다. 사정을 했는데도 우람한 자태를 내보이고 있는 남근에 대한 호기심도 함께였다. 아저씨의 길고 커다란 성기가 그녀의 흥건해진 내부를 채워 주었으면 좋겠다고. 간지럼을 느끼는 배 속을 뜨겁게 문질러 주면 좋겠다고. 음핵을 비비는 것만큼이나 황홀한 전율을 느끼게 해 주면 좋겠다고 생각하니 상상만으로도 머릿속이 녹아내리는 것 같았다.

"흐으웃!"

애간장이 타고 몸이 절로 달아오르는 순간이었다. 찌릿한 감각에 흔들리던 그녀의 몸이 시간이라도 멈춘 것처럼 일순 경직되었다. 그러다가 구름 위로 떠오르는 듯한 오르가슴이 찾아 왔다. 또다시 그의 손길로 느낀 거였다.

그의 손가락 끝에 걸려 있는 음핵이 움찔거리고 있었다. 허벅지 또한 심장 박동과 비슷한 울림을 내며 떨리고 있었다. 더는 몸을 지탱할 수 없을 정도로 강렬한 자극이 재희의 몸을 감쌌다. 짐승처럼 기는 듯한 자세가 무너지는 건 어쩔 수 없는 일이었다.

재희는 이불 위로 쓰러지듯이 몸을 파묻었다. 팔다리는 물론이고 손가락과 발가락에도 아무 힘이 들어가지 않았다. 그저 더운 숨만 색색 내쉴 뿐이었다. 등 뒤에 그가 군림하듯 서 있다는 건 이 순간만큼은 의식할 수 없었다. 그저 호흡을 가다듬는 것에만 열중이었는데….

"하윽, 하아… 후으읍!"

숨을 고를 새도 없이 그녀의 어깨가 붙잡혔다. 간결한 손아귀 힘에 몸이 뒤집히고 만 그녀는, 아직 숨이 차서요, 라는 말을 내뱉기도 전에 그에게 입술이 삼켜졌다. 한창 헐떡거리고 있던 와중이었다. 그래서 그의 입술이 맞닿고, 혀가 쪽쪽 빨릴 때도 재희는 할 수 있는 게 정말이지 숨을 고르는 것밖에 없었다.

그러나 그는 전혀 개의치 않아 보였다. 오히려 그녀가 엉망으로 내쉬는 숨을 기껍게 받아들였고, 입가로 흘러내린 침까지 핥으면서 재희를 능숙하게 이끌어 가고 있었다. 두 눈을 지그시 감은 채 그녀와의 입맞춤에 열중하고 있는 모습이 야릇했다.

흥분감에 찌푸려진 눈썹. 피부에 닿을 때마다 존재감을 날카롭게 드러내는 콧날. 쉴 틈 없이 그녀에게 내려앉는 입술. 어디에도 도망가지 못하도록 그녀의 몸을 단단히 붙들고 있는 손길까지….

"힉."

순간 그의 눈꺼풀이 들어 올려지고 검은색 눈동자가 시야에 들어왔다. 그를 훔쳐보고 있었던 재희는 눈이 마주치자마자 도둑질을 하다

들킨 것처럼 두 눈을 질끈 감았다. 적당히 살펴보고 말아야 했는데, 그의 빚어낸 듯한 외모에 빠져서 눈치 없이 굴고 말았다. 그것도 키스하는 와중에 뚫어지도록….

"풋."

코끝에서 가벼운 웃음소리가 들려왔다. 재희는 부끄러운 마음에 그의 어깨에 매달리려다가, 하필 자상을 입었다는 걸 떠올리고서 손을 내렸다. 대신 더할나위 없이 단단한 팔뚝을 살살 어루만졌다. 다시는 키스할 때 눈을 뜨지 않겠다고 다짐하면서….

"응, 으응…."

그가 그녀의 봉긋한 가슴을 쥐어 온 건 그때였다. 이미 입술 자국으로 수놓아진 살결이었는데, 그는 질리지도 않는지 귀엽게 달아오른 가슴을 커다란 손으로 문질러 왔다. 가칠한 손길에 놀란 그녀가 숨을 들이켰다. 그리고 제 가슴을 괴롭히고 있는 그의 손바닥을 바라보았다.

그는 그녀의 가슴을 푸딩이라고 생각하는 건지, 손안에 쥐고서 찰랑거리도록 흔들고 있었다. 그리고 재희는 그가 제 가슴을 가지고 노는 것과 마찬가지로 아저씨의 굴곡진 몸을 만지기 시작했다. 잘 단련된 근육들이 손바닥 너머로 움찔거리는 게 느껴졌다. 그것은 꼭 그가 꾸준하게 관리하고 있다는 걸 증명해 주는 것 같았다.

"아, 아저씨…."

그러나 신기해하는 것도 잠시, 재희는 음부를 툭툭 쳐 대는 음경에 당황하고 말았다. 안 그래도 그녀로서는 음액으로, 그로서는 정액으로 흥건해진 부위가 이제는 가리는 것 하나 없이 닿아 있으니 놀라는 건 당연했다.

그녀가 다급하게 가슴팍을 밀어 내자 그는 순순히 밀려나 주었다. 그리고 재희의 시선을 따라 질구를 비집고 들어오려고 안달이 난 남근을 무심하게 바라보았다. 그 모습이 어찌나 야릇하던지 재희는 저도 모르게 몸을 부르르 떨었다.

"하…."

그가 낮게 한숨을 내쉬면서 엎드렸던 상체를 일으켰다. 다시 한번 그녀의 시야에 그의 늠름한 몸매가 들어오는 순간이었다.

떡 벌어진 어깨는 품에 안기고 싶다는 충동이 느껴질 정도로 넓었고, 그 아래로 드러난 대흉근과 복근은 잘 다듬어져서, 평소에 남자의 몸을 볼 일이 없었던 그녀도 근사하다는 생각이 먼저 들 정도였다.

재희는 침을 꼴깍 삼키면서 다시 시선을 내렸다. 마침내 압도적인 존재감을 드러내며 꼿꼿하게 서 있는 남근이 보였다. 그가 옷을 입을 때마다 허벅지 부근에 두드러진 윤곽을 보면서 클 거라는 생각은 했지만 직접 보는 건 오늘이 처음이었다. 그의 것이 엉덩이에 비벼질 때도 크기가 예사롭지 않다는 건 알았는데, 이렇게나 거대한 위용을 자랑할 줄은 몰랐다.

그러니까… 그녀에게는 절대로 들어오지 못할 것 같다는 말이었다.

재희는 조금은 얼이 빠진 채로 그를 바라보았다. 민망한 행동이라는 걸 의식할 여유는 없었다. 그저 남자들은, 그녀가 알기로는 한두 번 사정하고 나면 발기된 게 풀린다는데, 그런 기색은 전혀 없어 보이는 그에게 어이가 없었다.

저게 안으로 들어온다면 아파서 소리를 지르고 말 거야. 그러나 성숙하게 자란 거웃을 보고 있으니 마음이 동요하는 건 어쩔 수 없었다. 자신과 아저씨의 거웃이 빈틈없이 맞닿아 비벼진다면…. 아직 삽입한 것도 아닌데 낯부끄러운 상상을 떠올린 그녀가 얼굴을 붉힌 순간이었다.

"앗!"

그녀의 노골적인 시선을 묵묵히 받아 내고 있던 그가, 더는 기다릴 수 없다는 듯 그녀의 골반을 허리와 함께 붙잡아 당겼다. 그의 허벅지 위로 재희의 하얀 엉덩이가 걸쳐졌다. 다리는 양옆으로 벌어진 채였고, 두 사람의 것은 금방이라도 맞붙을 것처럼 마주 닿았다.

정액으로 흥건해진 음경이 그녀의 음부에 닿아 문질러지고 있었다. 오뚝하게 솟은 음핵과 녹진하게 풀어진 질구를 그의 뜨거운 남근이 위아래로 쓸어내렸다. 찔걱이는 소리가 어찌나 남사스럽던지, 느리지만 분명한 광경에 재희는 두 손으로 입을 막았다. 이제는 손가락이 아닌 그의 것으로 놀려지는 모습을 보고 있자니 숨이 턱 막혀 왔다.

"들어가고 싶어, 재희야."

나지막한 목소리가 그녀의 귓전을 울렸다. 조금은 겁을 먹은 채로, 그의 정액으로 물들어 가는 음부를 바라보고 있던 그녀가 시선을 천천히 들어 올렸다. 그러자 기다렸다는 듯 그와 눈이 마주쳤다.

사납게 주름이 진 미간. 그래서 짙게 구겨진 인상. 각이 진 턱선을 따라 흐르는 땀과 숨이 막힐 정도로 들끓고 있는 눈빛. 꼭 당장이라도 그녀에게 제 것을 처박고 흔들고 싶다고 말하는 것 같았다. 그래서 그녀의 안이 자신으로 가득 찰 때까지 놓아주지 않을 거라고….

"저는…."

생각해 보면 이런 경우는 잘 없었다. 그가 그녀에게 부탁하는 상황 같은 건. 아저씨는 언제나 무언가를 해 주는 위치에 있었으니까. 그래서인지 안으로 들어가고 싶다며 그르렁거리는 그를 보고 있자니 호승심이 일었다. 비록 신음을 흘리면서 누워 있는 것 말고 할 수 있는 건 없지만 그는 그것만으로도 충분히, 아니. 조금은 과할 정도로 흥분하고 있었다. 이미 한차례 사정을 했으면서도 꼿꼿하게 열기를 머금고 있는 남근이 그 증거였다.

"조, 좋아요."

"……."

"허락, 할게요."

그래서 재희는 이번에야말로 부끄러워하지 않았다. 오히려 골반을 살짝 들어 그의 음경에 음부를 문질러 댔고, 조금은 당돌한 모습으로 그가 들어오는 걸 승낙했다.

그의 몸이 크게 울렁였다. 마치 거센 파도와 같은 형상이었는데, 그에게 단단히 붙잡혀 있는 골반에 힘이 실리는 걸 느끼면서, 재희는 그가 몹시 흥분하고 있다는 걸 깨달았다. 음부가 홧홧해질 정도로 비벼지고 있던 음경이 그녀에게서 조금 멀어졌다. 그러나 완전히 떼어지지는 않았는데, 그대로 미끄러지듯 음경을 쓸어내리던 그가 정액으로 젖어 있는 귀두를 그녀의 질구에 맞추어 끼웠다. 이곳이 입구라는 듯 딱 맞추어지는 감각에 살결이 찌르르 곤두섰다.

머리카락이 쭈뼛거리며 설 정도로 적나라한 촉감에 그녀의 심장이 크게 뛰었다. 조금만 더 힘을 준다면 흥건하게 젖어 있는 귀두가 그녀의 질구를 비집고 들어올 것만 같았다. 머리가 어지러울 정도로 미끌거리는 감각에 재희는 엉덩이를 움찔거렸다.

"미안해."

도톰해진 입술을 그가 살짝 빨아 왔다. 촉촉하고 간지러운 촉감에 깜짝 놀라서 시선을 들어 올리는데 그와 눈이 마주쳤다.

"네가 울상 짓는 걸 보면서도…"

"훗…"

"내 욕심부터 앞세울 만큼, 좋은 어른이 못 되어서."

들어올 수 있을지 걱정될 정도로 커다란 남근이, 귀두를 시작으로 그녀의 질구를 비집고 들어오기 시작한 건 그때였다. 단 한 번도 남성을 받아 낸 적 없었던 여린 속살이 그로 인해 벌어질 대로 벌어지고 있었다.

찢어지는 거 아니야?

멈추었던 눈물이 핑 도는 순간이었다. 아팠다. 숨조차 쉬어지지 않을 정도로 아팠다. 정성스러운 애무로 인해 몸이 풀어져서 괜찮을 거라고 생각했는데, 이 정도나 되는 크기는 그녀에게도 버거운 모양이었다. 재희는 끙끙거리며 팔을 뻗었다. 그러자 그가 목을 내어 주듯 상체를 숙여 주었다. 그리고 단단한 팔뚝으로 재희의 머리맡을 지탱하듯 감싸 안았다. 관자놀이를 타고 눈물이 흘러내렸다.

"아흑…."

그사이에 그는 그녀의 내부를 조금씩 넓혀 가며, 뜨거운 존재감을 자랑하고 있었다. 음부가 용암에 지져지기라도 한 것처럼 화끈거렸다. 도대체 어떻게 되어 먹었길래 한 시간이 넘도록 애무를 했는데도 불구하고 욕이 나올 정도로 아픈 건지. 재희는 정말로 화가 나고 있었다. 그래서 화풀이하듯 그의 팔뚝을 꼬집어 댔다.

다른 사람들은 어떻게 해서든 커다란 남자를 만나고 싶어서 안달인데, 그녀로서는 쓸데없이 커다란 남근을 지닌 그가 원망스러워서 죽을 것만 같았다. 고등학생 때 이후로 입에 담지도 않았던 욕이 절로 새어나올 지경이었다. 예전에 보았던 동영상이나 소설에서는 삽입하자마자 서로가 좋아 죽으려고 하던데, 좋아 죽기는커녕 재희는 아파 죽을 것 같았다. 그 심정을 아는지 모르는지 그는 그녀의 음부에 더더욱 맞붙어 왔다.

"할퀴어도 돼."

더욱 얄미운 건, 그녀의 성질머리를 기다렸다는 듯 기껍게 받아들이는 그의 태도였다.

꼬집힌 곳이 아프다고 호소해도 모자랄 판에 손톱을 세워도 된다며 다독이고 있었다. 그 모습이 어찌나 대범해 보이던지 자신의 고통이 엄살처럼 느껴질 정도였다. 그러나 그런 생각도 잠시, 재희는 제 안으로 깊숙이 들어와 몸집을 키워 대는 그를 예민한 고양이처럼 할퀴어

댈 수밖에 없었다.

"그만, 흑. 더는, 안 들어가요…."

그리고 또 다른 통증이 그녀의 아랫배를 자극했다. 이번에는 질 내부가 벌어져서 생기는 통증과는 달랐다. 자궁 경부를 묵직하게 압박하는 통증이었다.

그녀가 서로의 몸 사이로 적나라하게 드러난 남근을 내려다보았다. 보는 것만으로도 무서운 남근이 그녀의 내부에 단단하게도 꽂혀 있었다. 그러나 아직도 들어오지 못한 음경의 길이가 제법 되었다. 어림잡아 그녀의 손바닥 정도는 될 것 같은데, 더 받아들일 수는 없다는 걸 재희는 본능적으로 알아챘다.

"여기까지 해야겠는데."

그 또한 나지막하게 중얼거렸다. 다행히도 그녀와 비슷한 생각을 한 모양이었다.

재희는 숨을 짧게 들이켜며, 3분의 2 정도가 들어와 있는 그의 남근을 다시 한번 힐끗 바라보았다. 전부 들어오진 못했지만 그녀에게는 충분히 벅찼다. 더 들어오려고 한다면 그 사람이 아저씨여도 가만두지 않을 것 같았다. 제 안을 가득 채우다 못해 터질 것처럼 불거진 남근이 느껴지고 있었다.

"너무해… 훗."

들어올 수는 있는 걸까 반신반의했던 것이, 여기가 제자리라는 것처럼 뻔뻔하게 들어와 있었다. 이 남자는 왜 이렇게 큰 걸까? 키도 크고, 어깨도 크고, 가슴도 큰 데다 손도 큰데, 여기까지 커서 사람을 왜 이리도 곤란하게 만드는 걸까.

정액이 덕지덕지 묻어 있을 제 음부를 떠올리니 생각만으로도 다시 안쪽이 젖어 드는 기분이었다. 그로 인해 밀려난 내부는 비명을 지르고 있었지만 그러면서도 뜨겁게 움씰거리는 남근을 빨아 대고 있었다.

제가 하고 싶어서 하는 행동이 아니었다. 그의 것이 너무나도 커서 어쩔 수 없이 조여드는 것뿐이었다.

"아저씨…."

그럼에도 불구하고 화가 가라앉는 건, 마찬가지로 아저씨 때문이었다. 그녀가 투덜거리는 와중에도 걱정스레 안색을 살펴 주는 시선이. 땀이 흐르는 이마와 눈물로 젖은 눈두덩, 그리고 간신히 숨을 내뱉고 있는 입술 위로 차례대로 맞추어 오는 입맞춤이 마음을 달뜨게 하고 있었다.

이제야 정말로 연인이 된 것 같았다. 아래에서 느껴지는 통증은 여전했지만. 삽입이 어떤 자극을 주는 건지 아직은 알 수 없었지만… 재희는 사람들이 왜 섹스를 하는 건지 조금은 알 것 같았다.

"흐윽, 앗, 아, 아저씨…."

그를 온전하게 차지하게 된 기분이었다. 아저씨도 마찬가지였을 것이다. 서로가 서로에게 몸으로든 마음으로든 완벽하게 닿아 있는 것만 같았다. 이 순간만큼은 세상에 오직 둘만 존재하는 것 같았고, 그에게 유일하고도 특별한 데다 소중한 사람이 된 것 같은 기분이 들었다. 그녀는 그가 전해 주는 열기에 한껏 취해 가고 있었다.

"왜, 거길, 아훗! 계속…."

충격으로 바짝 선 음핵을 그가 손가락 끝으로 살살 굴리기 시작한 건 그즈음이었다. 이전의 애무로 인해 예민해진 음핵이 그의 손길이 닿자마자 움찔거렸다. 애액과 정액이 뒤범벅되어 있는 손가락이 발간 열매처럼 도톰하게 올라온 음핵을 달달 문질러 댔다.

"이, 이상해요, 으응!"

그리고 그가 그녀의 음핵을 자극할수록, 그를 받아들이고 있는 질 내부가 움찔거리며 이완과 수축을 반복했다. 그가 애무를 지속해 나갈수록 그 속도는 빨라지고 있었다.

당황스러웠다. 이미 한계까지 받아 냈다고 생각했었다. 불꼬챙이에 끼워진 듯한 느낌에 몸 하나 까딱할 수 없는 상태였다. 그러나 내부가 아까와는 다른 느낌으로 홧홧해지고 있었다. 아픔은 여전했지만 그가 음핵을 괴롭히는 바람에 오르가슴이 다시 고개를 내밀었다. 움찔. 움찔. 그녀가 숨을 헐떡거리면서 그의 것을 쭉쭉 빨아들였다.

"아, 아!"

그녀의 안에서 서서히 몸집을 키우고 있던 그가 움직이기 시작한 건 그때였다.

그녀의 깊은 곳까지 자리 잡고 있던 남근이 천천히 빠져나갔다. 근육이 단단하게 잡힌 그의 허리가 뒤로 물러났다. 그리고 난생처음 겪는 촉감에 그녀가 놀라는 것도 잠시, 그가 허리 짓을 하며 그녀의 안으로 다시 파고들었다. 축축하고 미끄럽고, 뜨거운 촉감이 몸 한가운데를 오고 가자 재희는 저도 모르게 허리를 들썩였다.

철벅. 철벅.

한 번이 어려웠을 뿐 그다음은 수월했다. 길이 든 그녀의 내부를 그는 천천히, 그러나 크기가 크기인지라 묵직하게 재희의 깊은 곳까지 박아 넣었다. 그리고 빼내기를 반복했다.

처음에는 들어오는 것조차 고통스러웠던 남근이, 이제는 짜 맞추기라도 한 것처럼 알맞게 맞붙어 오고 있었다. 그럴 때마다 느낌이 이상했다. 아래가 뜨거워질 정도로 미끈거리고, 소름이 돋을 정도로 애가 탔다. 찰박거리는 소리에는 아랫배가 욱신거릴 정도였다.

"뭔가, 흘러요. 읏, 자꾸 흘러내려요, 아저씨…."

피스톤질이 계속될수록 접합부에서는 마찰로 인해 하얘진 액체가 흐르고 있었다. 애액이나 정액과는 달리 밀도가 높은 액체가 엉덩이 사이로 흘러내리는 게 느껴졌다. 간지러운 촉감에 엉덩이를 움직였지만 와중에도 그는 꾸순하게 그녀의 안으로 들어오고 나가기를 반복하고 있었다.

"아, 안… 으응!"

몸속이 불이라도 지핀 것처럼 활활 달아올랐다. 기분도 이상했다. 자신의 미끈거리는 내부를 드나드는 아저씨도. 이런 짓이 싫다는 거짓 말조차 할 수 없도록 바짝 선 음핵과 그곳을 시도 때도 없이 문지르는 손길도, 전부 다….

그러나 형언할 수 없는 기분을 느끼는 건 그도 마찬가지인 것 같았다.

재희는 흐릿해진 시야 너머로 그를 바라보았다. 살결이 맞닿는 모든 행위가 부끄러웠던 그녀와 달리, 그는 삽입하는 순간부터 지금까지 그녀에게서 한 번도 시선을 떼어 내지 않은 채였다. 그 사실만으로도 재희는 또다시 아래가 젖어 드는 기분을 느끼고 있었다.

욕망으로 일그러진 짙은 눈썹. 그녀의 머리부터 발끝까지 집어삼킬 듯한 눈빛과 거친 숨을 뱉어 내는 그가 외설적으로 느껴졌다. 흥분으로 주름진 미간을 만져 보고 싶었다. 명암이 짙게 드리운 턱을 쓸어내리고 싶었다. 그 아래에 있는 굵직한 목울대와 언제든지 기대어도 될 정도로 튼튼해 보이는 가슴팍도 어루만지고 싶었다.

"안고 싶어요, 흣…."

그녀가 그에게 깊이 매달려 왔다. 그리고 그의 품에 얼굴을 묻은 채로 살갗을 쪽쪽 빨아 댔다. 제정신으로 할 수 있는 행동은 아니었다. 그저 욕망에 따라 입술을 지분거릴 뿐이었는데, 그 모습이 그에게는 강한 자극이 되었던 모양이다.

그녀의 음핵을 짓이기고 있는 손끝에 힘이 실렸다. 발갛게 달아오른 음핵이 손가락에 의해 마찰하고 있었다. 덩달아 내부를 들쑤시고 있는 남근 또한 속도가 높아지고 있었다. 푹, 푸욱. 말로는 표현할 수 없는 소리가 그녀의 낯을 뜨겁게 달구었다.

찌걱. 찌걱.

달아오른 몸이 절정에 치닫기 직전에 파르르 떨리고 있었다. 자극을 느끼면 느낄수록 그녀의 내부는 남근을 더욱 치밀하게 조이고 풀어내기를 반복했다. 끝도 없는 오르가슴에 푹 빠져서 저도 모르게 내부를 옴찔거리고 있었다. 뜨겁게 활개를 치고 있는 그를 기꺼이 받아들이고 있었다.

"응, 으응! 흐앗!"

그리고 그의 손가락이 음핵을 얄궂게 비틀어 대는 순간, 재희는 해일처럼 들이닥치는 쾌락에 전율했다. 온몸이, 그야말로 정수리부터 발끝까지 전기가 흘렀다는 착각이 들 정도로 저릿저릿해졌다. 찰나의 경직이 그녀의 몸을 훑고 지나갔다.

시야가 새하얘지고, 오르가슴으로 경직되었던 몸이 살살 녹아내리고 있었다. 몸에는 하나도 힘이 들어가지 않았고 아랫배는 욱신거렸다. 한 번도 쓰이지 않았던 질 근육이 낯선 절정으로 인해 경련하고 있었다.

그러나 절정으로부터 밀려드는 여운을 제대로 느끼기도 전에 그가 다시 허리를 움직였다. 깊은 곳까지 자리 잡고 있던 남근이 빠져나가더니 짓이길 것처럼 밀고 들어오는 건 그때였다.

"아흑? 아!"

그는 아직 가지 않았다는 걸 온몸으로 표현하는 행동이었다. 철벅. 철벅. 다시금 이어지는 피스톤질에 그녀의 몸이 그의 밑에서 정처 없이 흔들렸다. 남아 있던 힘마저 방금의 절정으로 모두 빠져나간 탓이었다.

그러나 그는 탓하는 기색 하나 없이, 그저 재희의 맨질맨질한 이마에 입을 맞추었다. 그리고 음핵을 괴롭히던 손으로, 이제는 허리를 단단히 끌어안았다. 두 사람의 아랫도리가 한층 가깝게 맞붙었다. 이미 깊은 곳까지 침입해 있던 남근이 자궁구를 묵직하게 짓누르는 순간이었다.

"하웃, 아, 훗!"

재희는 그에게 허리가 들린 채로, 열렬하게 진퇴를 거듭하는 남근에 어쩔 도리 없이 박히고 있었다. 절정의 여운이 가시기도 전에 시작된 추삽질이었지만 한껏 달아오른 내부는 처음보다 수월하게 그를 받아들이고 있었다.

일찍이 절정에 도달한 탓인지 질 내부는 뜨거웠고, 그래서인지 신경이 잔뜩 곤두선 채로 예민해져서 그의 남근을 쪽쪽 빨아들이고 있었다. 시도 때도 없이 조이는 건 부끄러웠지만 저로서도 막을 수 없는 일이었다.

더군다나 제 안을 휘젓고 다니는 그를 머금어 대는 감각이 그녀도 싫지 않았다. 그래서 여전히 버겁기만 한 그를 밀어내는 대신, 삽입이 수월하도록 허벅지를 더욱 벌려 주었다. 처벅. 처벅. 빠르게 맞물어 오는 남근에서 야릇한 소리가 흘러나오고 있었다.

그는 아까까지 흘린 정액이 무색해질 정도로 그녀의 내부를 단단하게 치받고 있었는데, 그 지속성에는 정말이지 기함을 할 것 같았다. 평생 느낄 수 있는 쾌락을 지금 이 순간 전부 받아 내고 있다는 생각이 들 정도였다.

"아학, 으응, 핫!"

그녀의 입술을 핥던 그가 살짝 벌어진 입안으로 다시 파고들었다. 그리고 수줍게 숨어 있던 혀를, 마치 달콤한 사탕을 맛보는 것처럼 빨아 댔다. 부드럽지만 거침없는 입맞춤이었다.

재희는 그에게 보답하듯 혀를 할짝였다. 그가 하는 것처럼 노력했지만 생각만큼 잘되진 않았다. 그래도 조금이나마 자극을 줄 수 있도록 노력했다. 그녀가 그의 입술을 살짝 깨무는 순간이었다.

"하아!"

그녀의 내부를 무자비하게 헤집어 대던 남근이 부풀어 오르는 듯싶더니 이내 그가 뜨거운 신음을 내뱉으며 파정했다. 그녀가 입술을 깨문 것이 한창 열기 속에 휩싸여 있던 그를 끓는점까지 도달하게 만든 모양이었다.

자궁구와 맞닿은 곳에서 그의 정액이 뿌려지고 있었다. 사정의 세기도 어쩌나 강렬한지 쏟아 내는 힘이 고스란히 느껴질 정도였다. 깊은 곳에 머무르고 있던 정액이 맞붙어 있는 음부 사이를 간신히 비집고 나오고 있었다. 백탁 액과 섞여서 흘러내리는 정액은 그 양이 가늠되지 않았다.

"아, 아…"

음액이 줄줄 흐르는 내부에 그가 다시 남근을 치대 온 것도 그때였다.

푹. 푸욱. 길고 두터운 음경이 반쯤 빠져나갔다가 다시 질 내부를 깊게 파고들었다. 사정 직후여서인지 진입할 때마다 나는 소리가 참 요란했는데, 정사를 마쳤다고 생각했던 재희는 여전히 진퇴를 반복하고 있는 그를 보며 당황하고 있었다.

그녀의 몸을 음미하는 듯 느린 속도이긴 했지만 입에 담기조차 민망한 소리가 났기에 그의 허리 짓을 말릴 수밖에 없었다. 재희는 울먹이는 표정으로, 그와 시선을 마주하며 고개를 저었다.

"그만, 그만해 주세요."

"재희야."

"부끄러워서…."

그 와중에도 그의 음경은 천천히, 그리고 정확하게 그녀의 질 깊은 곳에 도달해 오고 있었다. 미끄러운 내벽을 과감하게 짓이겨 오는 촉감에 재희는 히벅지를 날싹였다. 푹푹 밀려드는 살덩이와 그로 인해 예민해진 내벽 때문에 아랫도리가 저릿저릿했다.

금방이라도 눈물을 떨어뜨릴 것 같은 모습을 보이자, 그는 그제야 움직이던 허리를 멈추었다. 그리고 미안하다는 듯 식은땀이 흐르는 그녀의 이마에 입을 맞추었다.

"아, 아저씨?"

그러고는 제 옆에 나란히 누웠다. 그녀를 품 안에 가득 끌어안은 채였다.

핏줄이 툭툭 불거진 팔뚝이 그녀의 허리를 단단하게 붙들어 왔다. 덕분에 재희는 꼼짝달싹할 수 없었는데, 그사이에 다른 팔이 그녀의 머리 밑으로 밀고 들어왔다. 특별한 말은 없었지만 베개 역할을 해 주겠다는 의미인 것 같았다.

팔이 저리실 텐데….

걱정스러운 시선으로 올려다보았지만 그는 개의치 않아 보였다. 하긴, 걱정이 무색할 정도로 단련이 되어 있는 팔뚝이긴 했다. 제 코가 석 자인데 누가 누굴 걱정하는 건지. 그도 그럴 게, 아저씨의 남근은 아직도 자신의 안에서 빠지지 않았으니까. 오히려 깊은 곳까지 들어와서 제 것이라는 표시를 새기는 것처럼 태연하게 자리를 잡고 있었으니까….

그녀의 내부가 어쩔 도리 없이 남근을 조여 오는 가운데, 재희는 그가 일부러 이러는 건지 아니면 빼는 걸 잊은 건지 혼란스러워하고 있었다. 분명한 건 눈으로 보지 않아도 제 아랫도리가 엉망일 거라는 사실이었다. 정액과 음액이 구분할 수 없을 정도로 범벅이 되어 있겠지. 여전히 빠지지 않은 그의 것으로 난잡하게 헤집어져 있을 것이다.

우스갯소리겠지만 자신의 내부가 그의 모양새를 본뜨고 있을지도 모른다는 생각이 들었다. 그 정도로 그는 성기를 빼낼 생각이 없어 보였고, 완고해 보이는 태도에 조금은 곤란해질 정도였는데….

그녀가 눈치를 보며 고개를 살며시 들어 올리자, 그는 기다렸다는 듯 입술을 맞추어 왔다.

"아저씨, 이제, 읍."

생각을 거듭하던 그녀가, 이제 빼 주시면 안 되겠냐고 묻기 위해 시선을 마주해 왔을 때 한 번.

"끝난 거 아니, 음, 훗."

잠깐 입술이 떨어지고, 정말로 끝난 게 아니냐고 질문을 내뱉기도 전에 한 번.

"으음, 하아. 응…."

그리고 그녀는 알 수 없는 이유로 다시 한번 입술이 맞닿고 떨어지기를 반복했다. 몇 번이나 입술이 내려앉고, 애정 어린 시선을 받고 나니 아랫도리가 또다시 눈치도 없이 젖어 들었다.

마음만 먹으면 그녀도 벗어날 수 있었다. 그의 탄탄한 가슴팍을 밀어 내고, 자의로, 부끄럽기야 하겠지만 제 안에서 움찔거리는 남근을 빼어 내고, 너른 품에서 벗어날 수도 있었다. 그러나 좋았다. 섹스가 끝난 후에도 애틋하게 자신을 보듬어 주는 그가. 씻겨 주겠다는 속삭임과 무수하게 쏟아지는 입맞춤. 그리고 연인 사이라는 걸 말하지 않아도 될 정도로 애정이 담긴 눈빛 모두 다….

"조금만 잘래요."

아저씨 품에서요, 라고 중얼거리자 그는 당연하다는 듯 그녀를 바로 안아 주었다. 그의 품에 편안하게 안긴 채로 재희는 졸음이 밀려오는 눈꺼풀을 천천히 깜박였다.

"잘 자, 재희야."

그의 입술이 그녀의 이마에 닿았다가 떨어졌다. 아득하니 졸음이 밀려들었다. 재희는 살며시 눈을 감으며 그의 품에 얼굴을 묻었다. 오늘은 물론이고 내일도, 모레도. 그다음 날도 계속해서 이어질 일상이라고 생각하니 여느 때보다 마음이 편안해졌다.

　그녀는 정수리 위로 조심스레 쏟아지는 애정 속에서 마침내 눈을 감았다. 길고 길었던 겨울밤이었다.

에 필 로 그

새로 이사한 집은 3층짜리 전원주택이었다. 도심에서 아주 벗어나지 않은 외곽 쪽에 있는 동네였는데, 재희는 새로운 거주지가 몹시 마음에 들었다. 전체적으로 한적한 분위기도 한몫했지만 그가 직접 설계한 주택이라는 점에서 더욱 만족스러웠다.

"우기야, 그거 먹으면 안 돼."

그녀가 준비한 채소 모종을 우기가 호기심 가득한 눈으로 살펴보고 있었다. 재희는 키들거리며 우기의 머리를 쓰다듬었다. 그리고 오늘 도착한 채소와 허브 모종을 종류별로 꺼내 두었다. 햇빛이 잘 드는 정원도 생겼고, 봄이기도 하니 작은 텃밭을 일구고 싶어서였다.

"왈왈!"

문제는 호기심이 많은 우기가 벌써부터 화분이며 모종을 툭툭 건드린다는 건데, 또다시 씻겨야 한다고 생각하니 머리가 아찔해졌다. 예전보다 몸집도 훨씬 커져서 시간이 두 배나 드는 건 덤이었다. 그러나 사랑스러움도 두 배였기에 우기가 신이 나서 정원을 구르는 모습을 보

427

며 재희는 웃음을 터트렸다.

모종을 심는 건지 노는 건지 알 수 없는 시간을 보내던 그녀가 잠시 이마에 흐르는 땀을 닦아 냈다. 생각해 보면 여기까지 오는 내내 운이 참 좋았다.

그와 같이 살겠다고 결심한 이후로 재희는 별다른 기대를 하지 않았다. 그저 그가 곁에 있어 주는 것만으로도 좋았고, 시시한 연락을 나누는 게 좋았고, 밤마다 열기를 나눌 수 있다는 것만으로도 좋았다. 무엇보다 그가 무사하기만을 바랐다. 조직 안에서 어떤 취급을 받게 되더라도 살아만 있어 주면 좋겠다고….

"우기야, 재밌어?"

"왈왈!"

"으이구."

백천파 사건은 그들이 관리하던 일대를 싹 다 인수하는 것으로 일단락되었다. 그들도 조직의 존폐를 앞두고 발악하듯 벌인 일이었고, 결국 이번 사건으로 백천파는 와해되었다. 소속되어 있던 연합에서도 퇴출되었다는 소식이 들렸다. 혹여 연합까지 합세해서 청운회를 압박하면 어떡하나 했는데 꼬리 자르기를 한 셈이었다.

다행인 건 내부에서도 남편에게 잘잘못을 묻지 않았다. 눈꼴 시렸던 녀석들이 이제야 정리가 됐다며 후련해했다는데, 생각보다 큰일로 번지지 않아서 다행이었다. 오히려 더 패 줄 걸 그랬다며 분이 풀리지 않은 쪽은 남편이었는데, 그 감정을 삭혀 주느라 제가 한동안 고생을 좀 했었다.

그러나 문제는 청운회의 현 회장이었다. 남편에게 듣기로는 조직에서 약점이 될 만한 존재를 곁에 두거나 결혼과 같은 제도는 아예 배척한다고 했다. 그래서 그가 백천파 사건을 언급하며 앞으로도 그녀를 곁에 두겠노라고, 결혼까지 생각하고 있다는 발언을 했을 때는 이번에야말로 큰일이 나는 게 아닌가 싶었다. 자신은 둘째 치더라도 남편은 평생을 몸담고 있던 직장이었으니까….

'축하한다던걸. 날짜 잡히는 대로 애들 데리고 가겠다고. 기왕이면 넓고 화려한 곳에서 하는 게 좋지 않겠냐고도….'

그러나 예상외로 현 회장은 그의 결심을 호의적으로 받아들였다. 조직 내에서 처음으로 치르는 결혼인데 어정쩡한 규모로 되겠냐는 식으로 호통까지 치시면서.

남편이 말하기를, 현 회장은 썩 기뻐하는 것 같지는 않았지만 그렇다고 아니꼽게 보지도 않았다고 했다. 자신이 찾아가기도 전에 이미 앞뒤 사정을 전부 알고 있는 상태였고, 오히려 이도 저도 못 하는 처지를 배려해 준 것 같다고. 대신 앞으로도 뼈를 묻을 각오로 조직에 남아 있기를 종용했다. 지금처럼 양지와 음지 사이에서 제 역할을 충실히 수행해 주기만 한다면 자신도 더 이상 손대지 않을 거라고….

결국은 권력이 가장 중요했던 셈이다. 그가 일구어 낸 계열사도 이렇다 할 수익을 내고 있었고, 그것이 조직의 이미지도 개선하고 있다는 걸 현 회장도 알았으니까. 그걸 이제 와서 떼어 내면 손해가 막심하니 앞으로도 안고 가겠다는 거였다. 물론 개인적인 서열 싸움이야 말릴 수는 없겠지만.

'내부 분위기도 어수선해. 이때다 싶어서 달려들겠다고 눈치 보는 녀석들도 있지만, 아예 내 쪽으로 줄을 타는 녀석들도 생겼어. 생각했던 것보다 상황이 썩 나쁘지는 않아.'

선제적인 흐름이 요동을 치는 데다, 자신에게 유리하게 작용하고 있으니 너무 걱정하지 말라고 했다. 아니더라도 자기가 더 열심히 하면 되는 일이라고. 아무리 젊은 놈들이라 해도 뒤지지 않을 자신이 있으니 덩달아 마음고생할 필요는 없다면서….

이제는 그의 사람이 된 도리로서 어떻게 그럴 수 있나 싶었다. 그러나 내색하지는 않았다. 그저 불안한 마음을 안고서 제가 할 수 있는 최선을 다할 뿐이었다. 적어도 집에 머무르는 순간만큼은 그에게 휴식이 될 수 있도록. 자신을 지키느라 온 힘을 다하는 걸 후회하지 않도록, 그녀도 이 마음을 표현하기 위해 다방면으로 애를 썼다. 그럴 때마다 자신과는 비교할 수 없이 커다란 마음을 받아 내느라 체력이 부치기도 했지만….

'결혼 진심으로 축하드립니다, 대표님!'
'축하드립니다, 형님!'
'형님!'

결국은 결혼식도 치르게 되었다. 그것도 아주 거창하게.

그녀는 상황도 상황이니 둘만 아는 곳에서 조용하게 치르고 싶었지만 그는 기어코 고집을 부렸다. 생애 단 한 번 있을 결혼식인데 제대로 해 내지 않으면 분명히 후회할 거라고. 둘만의 결혼식은 언제든지 할 수 있지만 이런 행사는 이번이 아니면 못 할 거라고. 틀린 말은 아니어서 그러겠다고는 했지만….

'저희 형님을 잘 부탁드립니다, 사모님!'
'결혼 축하드립니다, 사모님!'
'사모님, 축하드립니다!'

이 나이에 사모님 소리를, 그것도 떼로 듣게 될 줄은 몰라서 재희는 결혼식 내내 얼굴을 붉히느라 혼쭐이 났다. 그러나 그의 말마따나 세상에 둘도 없을 결혼식이라는 것도 사실이었고, 식전부터 혹여 기습이라도 당하지 않을까 불안했던 마음은, 조직원들의 깍듯하고도 수더분한 태도에 누그러졌다. 이따금 드러나는 날것의 모습에는 눈살을 찌푸리기도 했지만 결혼식, 그것도 아주 거창하게 치르길 잘했다는 생각이 들었다.

요즘은 건설 쪽으로 아예 계열을 옮기는 조직원들도 늘어나고 있다고 들었다. 그만큼 그와 그녀의 관계를 옹호하는 세력도 늘어났다고. 반대 세력이 아예 없는 건 아니지만 조직 내에서도 언급 자체가 터부시되었던 예전에 비하면 분위기가 많이 풀리고 있다고도 했다. 그러고 보니 며칠 전에는 재현 아저씨가 남편을 목표로 삼은 조직원들이 늘었다는 말도 했었다.

'형님이니까 가능한 일이었지. 다른 녀석이었으면 뼈도 못 추렸을걸.'

역시 중요한 건 이거야, 라면서 손으로 동전 모양을 만들어 보이는 재현 아저씨였다. 맞는 말이었다. 남편에게 하나의 회사를 운영할 자본과 권력이 없었더라면 그녀도 함께 도망치는 중이었을지도 모른다. 그런 의미에서 남편은 너무나도 대단한 사람이었고, 자신은 정말로 운이 좋았던 거라고 생각했다.

일이 술술 풀려 다행이면서도 가끔은 불안한 마음이 습관처럼 따라오고는 했다. 그래도 좋은 게 좋은 거니까. 앞서서 걱정하기보다는 하루하루를 잘 살아 내기로 했으니까, 마음을 가다듬으면서 지내 오고 있었다.

재희는 이번에는 허브 모종을 작은 화분에다 심어 두었다. 로즈메

리였는데 향이 좋아서인지 우기가 코를 가까이 대고 벌름거리고 있었다.

"팔자 좋으시네, 아기 사모님?"

한창 텃밭을 가꾸느라 정신이 없었던 재희는 장난스럽게 들려오는 어조를 따라 고개를 돌렸다. 아니나 다를까. 재현 아저씨였다. 그가 정원 입구에 기대어 팔짱을 낀 채로 자신과 우기를 구경하고 있었다. 재희가 배시시 웃었다.

"식사 준비는요?"

"끝나서 데리러 온 거야. 맛은 보장 못 하지만."

"에이, 차 비서님 솜씨면 말할 것도 없죠."

"차 비서도 차 비서지만 나도 같이 만들었어. 집들이 손님으로 왔다가 붙잡히는 바람에 토마토도 썰고, 양파도 썰고, 양념 무치는 것까지 다 했다고."

"네에, 네에. 엄청 잘하셨어요, 재현 아저씨."

재현 아저씨는 여전히 반질반질한 외모를 자랑하고 있었다. 조직 내에서 건욱과 그녀의 관계를 옹호해 주는 첫 번째 세력이기도 했다. 오늘은 집들이라는 명분으로 오신 거지만 이사하기 전에도 종종 오피스텔로 찾아와서 시간을 보내다 가기도 했다.

덕분에 첫 만남에서 느꼈던 거리감은 언젠가부터 허물어진 지 오래였다. 이제는 농담 같은 걸 주고받기도 했는데, 그럴 때마다 남편이 매서운 눈초리로 지켜보는 일이 잦아졌다. 이번에도 대화가 길어지면 정원까지 찾아올 게 뻔했다. 재희는 끼고 있던 목장갑을 벗어 냈다.

"우기 발만 닦아 주고 갈게요."

"됐어. 내가 할게."

"그래도…."

"지금 안 들어가면 형님 또 화내신다. 얼른 들어가."

재현 아저씨가 장난스레 대답하며 정원 입구에 걸터앉았다. 그리고 그녀의 뒤를 쫄래쫄래 따라오던 우기를 끌어안았다. 워낙 사람을 좋아해서인지 주인이 아닌 사람에게도 거리낌이 없는 모습이었다. 재희는 우기의 발을 닦아 주고 있는 그를 뒤로하고 곧장 부엌으로 향했다.

　"차 비서는 식음료 쪽으로 나가도 되겠어."

　"과찬이십니다, 대표님."

　"솜씨가 아주 대단해."

　재희가 부엌에 발을 들이자마자 거대한 두 개의 등짝이 시야에 들어왔다. 흰 티에 면바지 차림의 차석환 비서와 남편인 건욱이었다. 두 사람은 조리대 앞에 나란히 서서 식사 준비에 한창이었는데, 전반적인 요리는 비교적 실력이 뛰어난 차 비서가 주도하고 있었다. 남편은 손을 거들어 주는 것처럼 보였고, 정원으로 그녀를 데리러 왔던 재현 아저씨도 아마 같은 임무를 수행했을 터였다.

　평소에는 이모님께서 식사 준비며 청소까지 도맡아 주셨지만 주말은 예외였다. 주말만큼은 둘이서만 시간을 보내고 싶다는 것이 이유였는데, 가끔은 오늘처럼 차 비서나 재현 아저씨와 함께 시간을 보낼 때도 있었다. 물론 손님으로 온다고 해서 대접을 해 드린다는 보장은 없었지만….

　'차 비서님이랑 재현 아저씨가 오신다고요? 그럼 뭐라도 대접해 드려야 할 텐데, 뭘 준비하면….'

　'대접은 무슨 대접.'

　'네?'

　'모일 장소 빌려주면 됐지, 어딜. 밥 먹고 싶으면 직접 와서 해 먹으라고 했어.'

　'그, 그래도 돼요?'

'안 될 것도 없지. 그러니까 부담 느끼지 마. 평소처럼 하면 돼.'

그의 완고한 태도 때문이기도 했고.

남편은 괜히 공들이지 말라고 했고. 대접이니 뭐니 그런 생각은 꿈도 꾸지 말라고. 그냥 오랜만에 만나서 대화나 나누고 즐거우면 되는 거라는 말이 처음에는 멋쩍게 느껴졌지만 이제는 습관처럼 자리 잡은 모임이었다. 때로는 재현 아저씨가 얼큰한 전골을 5인분씩이나 포장해 오는 날도 있었고, 오늘처럼 차 비서님이 팔을 걷어붙이고 요리를 하는 날도 있었다.

그리고 시간이 지날수록 깨달았다. 남편이 둘만의 시간을 방해받는 걸 엄청나게 싫어하면서도 그들을 데려오는 건, 자신의 말동무를 만들어 주기 위함이라는 걸. 홀로 시간을 보내야 하는 데다, 이렇다 할 지인도 없는 처지라서 사람을 만날 여유가 없는 그녀를 위해 꿋꿋이 그들을 데려오는 거라는 걸….

오늘따라 그 노력이 애틋하게 느껴져서 재희도 팔을 걷어붙였다. 그리고 한창 마무리 단계에 들어선 두 사람에게 가까이 다가갔다.

"뭐 좀 도와드릴까요?"

"다 했습니다, 사모님."

"세팅이라도 해 드릴게요."

"그럼 수저만 놓아 주십시오. 다른 건 대표님께서 도와주실 겁니다."

차 비서의 말마따나 남편은 두 손에 든 커다란 접시를 식탁 위에 내려놓았다. 메뉴를 보아하니 멕시코 음식인 것 같았다. 그래서 재현 아저씨가 토마토니, 양파니 하며 투덜거리셨던 거구나. 재희는 하나둘씩 놓아지는 그릇들을 생경하게 바라보았다. 언제나 느끼는 거지만 차 비서님의 요리 솜씨는 정말이지 일품이었다.

"뭐가 그렇게 즐거워?"

그때 눈동자에 다정함을 띠고 있는, 언제 봐도 참 잘생겼다는 생각이 먼저 드는 남자가 그녀를 향해서 상체를 기울였다. 남편이었다. 그가 미소를 지으며 그녀를 바라보고 있었다. 재희는 수저를 챙기다 말고 그의 너른 품에 살짝 기대었다. 최근 들어 운동하는 시간을 늘렸더니 티 한 장을 입고 있어도 그의 몸매가 탄탄하다는 것 정도는 쉽게 알아챌 수 있을 정도였다.

"그냥요. 엄청 맛있어 보여서요."

"그래?"

"고맙기도 하고요. 늘 그렇지만…."

아직 옮겨야 할 그릇은 세 개나 더 되는데도 남편은 아랑곳없이 그녀의 이마에 입을 맞추었다. 재희는 새어 나오는 웃음을 참지 못하고 키들거렸다.

"오늘은 더 감사하고 그러네요."

"나도 그래. 곁에 있어 줘서 고맙고, 버텨 줘서 늘 고마워."

"제가 하고 싶은 말인걸요."

"아니야, 내가 더…."

"와, 진짜 너무들 하시네."

재현 아저씨의 불평이 들려온 건 그때였다. 그는 우기를 품에 안은 채로 못 볼 걸 봤다는 듯 인상을 일그러뜨렸다.

"잠깐 한눈파는 사이에 그걸 못 참고 몹쓸 분위기 연출하시는 겁니까?"

"몹쓸 분위기라니…."

"차 비서는 저 광경을 보고도 왜 아무 말도 안 하는 건데?"

"하루 이틀이 아니라 익숙해졌나 봅니다."

차 비서는 조리대를 정리하다 말고 어깨를 으쓱거렸다. 그러나 낮

간지러운 애정 행각에도 덤덤한 차 비서와 달리 재현 아저씨는 한껏 약이 오른 모양새였다.

"그래? 그런데 미안해서 어쩌나. 나는 익숙해질 생각이 전혀 없는데 말이지."

"너 원래 이런 거 신경 쓰는 녀석 아니었잖아."

"그렇게 따지면 형님도 감정에 눈 돌아가는 사람 아니었잖습니까?"

"그래서 뭐 어쩌자고?"

"눈치껏 해 달란 말입니다, 눈치껏! 적어도 집들이 손님으로 초대했으면 요리도 시키고 청소도 시키고 개도 씻기는 거, 백번 양보해서 다 좋은데 낯 뜨거운 연출은 제발 손님들이 떠나고 나서 해야겠다는 자각 정도는 해 주시란 말입니다!"

"아아."

알았어, 알았어. 남편은 상황을 대충 마무리 지으려는 태도로 고개를 주억거렸다. 그러면서 이따가 마저 하겠다는 속삭임과 함께 그녀의 등을 토닥이는데, 그럴수록 재현 아저씨의 인상은 풀리기는커녕 억울해 죽겠다는 듯 눈썹을 확 치켜올렸다.

"알겠다고 해 놓고 또 틈날 때마다 그럴 거면서!"

"나 참, 저 녀석이 왜 저러지. 저렇게 사사건건 끼어드는 녀석이 아니었는데."

"요즘 들어 외로우신가 봐요."

"그러게. 봄이라도 타나 본데."

"다 들립니다. 들린다고요!"

재현의 외침에 재희는 저도 모르게 웃음을 터트렸다. 남편의 입가에도 슬그머니 미소가 지어졌는데 성이 난 사람은 재현 아저씨가 유일했다. 그마저도 다들 웃음을 터트리니 못 이기겠다는 듯 머리카락을 헝클어뜨리는 모습이었다.

단란한 점심시간이 이어졌다. 투덜거리는 와중에도 재현은 그녀를 도와서 상차림에 한창이었고, 건욱도 그릇들을 마저 옮기고 있었다. 조리대 정리를 마친 차 비서는 화목한 집 안 분위기를 바라보며 살며시 미소를 지었다. 통유리 창 너머로 따사로운 봄 햇살이 밀려 들어오고 있었다.

"잘 먹겠습니다!"

오늘따라 대표님과 사모님께서 끼고 계신 반지가 유난히 반짝거렸다. 새삼스럽게도, 이제 와서 보니 그 모습이 참 잘 어울린다는 생각이 들었다. 한가로운 오후의 풍경 속에서였다.

○ ● ○

"하여간 그 자식은 쓸데없는 소릴 해서…."

건욱은 다소 신경질적으로 머리카락을 헝클어뜨렸다. 차 비서와 재현을 배웅해 주고 재희가 먹고 싶다는 아이스크림을 사서 돌아가는 길이었다. 오늘은 모임도 생각보다 일찍 파했는데, 다름이 아니라 재현이 녀석이 말도 안 되는 소리를 꺼낸 탓이었다.

'그러고 보니 현 회장님께서 예상외로 긍정적이시던데 말입니다.'

'뭐가?'

'2세 말입니다. 결혼까지는 허락할지언정 거기까지는 절대 안 된다며 노하실 줄 알았는데… 으읍!'

식사 분위기가 한창 무르익어 가고, 저녁에는 술을 한 잔씩 기울이는 게 어떠냐며 메뉴를 고르고 있을 무렵이었다. 현 회장과 둘이서 나누었던 대화를 저 녀석이 어떻게 알고 있는 건지 모르겠지만 재희가 듣고 있는 곳에서, 그것도 허락 없이 발설하는 바람에 아주 난감해서 혼이 났다.

불과 일주일 전의 이야기였다. 갑작스러운 호출에 찾아갔더니 현 회장과 예기치 않은 점심을 함께하게 되었고, 별 볼 일 없는 대화를 이어 가던 와중에 현 회장이 넌지시 물어 왔다.

'그래서 2세 생각은 없는 건가?'

'예?'

'자네가 결혼한 이후로 조직 분위기가 제법 괜찮아져서 말일세. 계열마다 전반적으로 실적도 오르고 있고 말이지. 아무래도 자네처럼 되겠다고 이를 갈고 노력하는 모양이야.'

'그런데 2세는 갑자기 왜…'

'결혼만으로도 좋은 영향을 끼치고 있는데, 하물며 2세까지 잘 키워 내면 다른 조직원들에게도 뜻깊은 본보기가 될 것 같아서 그러네. 요즘 들어 내부에서 일어나는 싸움은 무의미하다는 의견이 나오고 있기도 하고…'

'……'

'뭐, 크흠. 이 나이에 손자 같은 아이를 보고 싶은 욕심이기도 하네.'

수염을 쓸어내리던 현 회장은 만약 2세 계획이 있다면 그 아이가 출생하자마자 압도적인 지원을 퍼부을 거라며 장담했다. 예전처럼 조직으로 들어올 필요도 없을뿐더러 아이를 전담하는 팀을 따로 만들어 주겠다고도.

그러나 현 회장의 제안을 듣고 있던 건욱은 이런 상황이 썩 달갑지 않았다. 아무리 도와주겠다고 한들 제가 만족할 수 있는 수준인지도 확신할 수 없을뿐더러 결국은 현 회장의 욕심이었을 뿐이었다. 현 회장에게는 이렇다 할 가족이 없었으므로 자신을 통해서 작게나마 욕심을 채우고 싶었던 거겠지.

본보기라는 말도 허울일 뿐이었다. 그냥 실험하는 것과 다를 게 없었다. 해 보고 좋으면 좋은 거고 나쁘면 나쁜 거고. 책임은 고스란히 자신과 그녀가 지게 될 터였다. 그 속셈을 모르는 게 아니어서 건욱은 듣는 둥 마는 둥 했었다. 누군가에게 전할 만한 말이 절대로 아니라고 생각했다.

'죄송합니다, 형님. 사모님께서는 알고 계셨을 줄 알고…'

그런데 그걸 재현이 녀석이 어디서 주워듣고 와서는 폭탄을 터트리고 간 거였다. 사과를 받긴 했지만 건욱은 착잡한 마음을 삭일 수가 없었다. 신호가 바뀌기를 기다리면서 그는 앓는 듯한 한숨을 내쉬었다.

다름이 아니라 제가 산증인이었다. 조폭 아들로 자라서 별꼴을 다 겪었다. 그때 깨달은 게 있다면 자신은 절대로 그런 짓을 하지 않겠다는 거였다. 책임 없는 관계는 물론이고, 아이도 함부로 욕심내서는 안 된다고. 부모는 물론이고 애꿎은 아이까지 힘들어진다는 걸 경험했으니까…

그래서 서른이 되었을 때는 정관을 수술했다. 콘돔 없이 관계를 맺었던 이유이기도 했는데 그만큼 건욱은 2세에 대한 계획이 없었다. 소중한 아이에게 자신과 같은 절차를 밟게 하기도 싫었고, 그녀를 가두 었듯이 아이의 인생까지 발목 잡고 싶지도 않았다.

"후우…"

무엇보다 제가 낳고 싶다고 해서 낳을 수 있는 것도 아니었다. 제가 하는 고민이야 둘째 치더라도 재희의 의견이 가장 중요했다. 그러나 2 세 이야기를 들었을 때… 재희 입장에신 부담스러울 것 같았다. 장장 한 나이에 임신이라니 무슨 소린가 싶었을 거고, 그 과정이 얼마나 힘들지는 상상조차 할 수 없었다.

애가 어떻게 애를 배고 또 낳기까지 한다는 건지. 심지어 낳는다고 해서 끝나는 것도 아니었다. 둘러싸고 있는 환경이 좋지 않다는 걸 누구보다도 잘 알고 있는데. 하물며 재희도 알고 있을 텐데 자신과 비슷한 생각을 하고 있지 않을까. 그런 일은 가당치도 않다는 걸….

건욱은 고개를 내저으며 운전석에서 내렸다. 생각이 꼬리에 꼬리를 물다 보니 어느새 집에 도착해 있었다. 그는 한 손에 아이스크림이 든 봉투를 들고서 차고를 빠져나왔다. 그리고 정원을 지나는 내내 어떻게 하면 분위기를 잘 풀어낼 수 있을지 고민했다.

'2세라면 아이를 말씀하시는 거예요?'

'……'

'음…'

그도 그럴 게, 질문을 듣고 있던 재희의 표정이 삽시간에 굳어지는 걸 목격했으니까.

그 모습을 다시 한번 떠올리던 건욱은 착잡한 심정으로 마른세수를 했다. 일단 집으로 들어가서 재희가 좋아하는 아이스크림으로 잘 달래야겠다. 그리고 놀라게 해서 미안하다고 사과해야지. 재현이 녀석 입단속을 시켰어야 했는데 그러질 못했다고. 앞으로 그런 일로 부담을 줄 생각 없으니까 걱정하지 말라고도….

그가 심호흡까지 마치고 나서 천천히 현관문을 열었다. 그리고 통로를 지나 그녀가 있을 만한 곳을 둘러보았다. 일단 서재에는 없었고, 트레이닝실에도 없었고, 정원에도 없는 것 같고. 그렇다고 부엌에 있는 것도 아니라면….

"왔어요?"

침실이나 작업실에 있지 않을까 했는데 다름 아닌 거실 소파에 앉아 있었다. 방금 씻은 듯한 우기와 함께. 그녀는 우기의 젖은 털을 수건으로 말리고 있었는데 그 모습을 지켜보던 건욱이 쭈뼛거리며 테이블 위에 아이스크림을 올려 두었다.

"오늘은 조금 일찍 끝났지?"

"그러네요."

"배웅하면서 아이스크림 사 왔어. 좋아하잖아, 여기 거."

"고마워요."

"지금 먹을래?"

"우기 말리고 나서요. 감기 걸리면 안 되니까."

잠시 침묵이 이어졌다. 기분 탓일까. 재희의 태도가 평소보다 딱딱하게 느껴졌다. 덕분에 건욱은 맞은편 소파에 앉아서 안절부절못하고 있었는데, 그 분위기는 우기의 몸이 전부 마를 때까지 이어졌다.

역시 기분이 상했겠지. 예기치 않은 이야기를 듣게 된 거니까. 강요처럼 느껴질 수도 있겠다. 그러니까 오해하지 말라는 말을 해야 하는데, 이놈의 타이밍을 어떻게 잡으면 좋을지 참⋯.

"아까 재현 아저씨가 했던 말이요."

"응?"

"아이 가지는 것에 대해서 회장님이 긍정적으로 생각하신다고 하셨잖아요."

"아, 그래. 그랬지. 그랬는데, 재희야. 나는⋯."

"풀었으면 좋겠어요."

한창 고민하는 와중에 재희가 먼저 말문을 열었다. 이때구나 싶어서 입을 뗀 건욱은, 그러나 예상치도 못한 대답에 두 눈을 크게 떴다.

"수술했던 기요. 다시 풀었으면 좋겠어요."

"어?"

"건욱 씨는 어떻게 생각할지 모르겠지만 저는 그래요."

재희가 당근처럼 상기된 얼굴로 손에 쥔 수건을 꼼지락거렸다. 실은 그녀도 고민이 많았다. 그는 상처가 많은 사람이었다. 평생을 그늘 밑에서 살아오면서 참아야 하는 것도, 견뎌야 하는 것도 누구보다 많았을 사람이었다. 그래서 이런저런 이유로 정관 수술을 했다는 이야기를 들었을 때는 납득할 수밖에 없었다. 저였더라도 그랬을 것 같았다. 훗날 태어날지도 모르는 아이가 자신과 같은 절차를 밟지 못하게 하고 싶을 것 같았다.

그런데 재현 아저씨에게서 2세 이야기를 들었을 때, 그리고 조직 내 분위기도 썩 나쁘지 않다는 걸 알게 되었을 때… 재희는 마음 깊은 곳에서 차오르는 욕심을 외면할 수 없었다. 아이였다. 그것도 사랑하는 사람을 닮은 아이가 태어나는 거였다. 심지어 수술 후 5년이 지나면 아이를 가질 확률도 현저히 낮아진다고 들었다. 남편도 복원할 수 있는 기간까지 몇 개월 남지 않은 걸로 알고 있는데….

그녀도 그와 둘이서, 아니. 우기까지 셋이서 사는 게 좋았다. 식구 수가 아쉬웠던 적은 한 번도 없었다. 그러나 이제라도 환경이 받쳐 준다면, 긍정적인 분위기가 흐른다면 사람 일은 어떻게 될지 모르니까. 기회 정도는 열어 두고 싶었다. 당장은 아니더라도, 아예 가망이 없는 것과 실낱같은 희망이라도 품고 살아가는 건 다른 거니까….

'2세 말입니다. 결혼까지는 허락할지언정 거기까지는 절대 안 된다며 노하실 줄 알았는데… 으읍!'

'그만해.'

'대, 대표님.'

'그만하라니까.'

하지만 역시 안 되는 거였을까. 재현 아저씨가 2세 이야기를 하자마자 남편은 아주 화가 난 것처럼 보였다. 평소에 아이 욕심이 없어 보이기도 했고, 무엇보다 아이가 태어나면 남편은 지금보다 더 고생하게 될 터였다. 자신을 지키느라 애를 쓰고 있다는 걸 모르는 게 아닌데, 아이까지 신경 쓰려면 얼마나 몸과 마음이 상할지 가늠조차 되지 않는다.

풀어 달라는 말, 너무 무책임하게만 보였을까. 그래도 언젠가 가정을 꾸리게 된다면 아이를 두 명쯤 낳아서 부족함 없이 키우고 싶다는 생각을 하고 있었다. 자신의 유년 시절과는 다르게 사랑을 퍼부어 주고, 하고 싶은 건 다 하게 해 주면서 자유롭게 살 수 있도록 격려해 주고 싶었다. 물론 알고는 있다. 지금 같은 처지에서 그런 걸 바라면 안 된다는 걸. 무엇보다 남편도 별로 원하는 것처럼 보이지도 않으니까…

"응?"

그러나 생각이 끝맺기도 전에 재희는 그의 널따란 품에 갇히게 되었다. 갑작스러운 포옹에 발치에 있던 우기가 놀라서 자리를 떴다. 재희도 마찬가지로 이게 무슨 일인가, 싶어서 두 눈을 깜박거리고 있었다. 남편의 떨리는 목소리가 들려온 건 그때였다.

"심장이 떨어지는 줄 알았어."

"네에? 왜요?"

"재현이 녀석이 제멋대로 떠들었잖아. 괜히 부담을 준 것 같아서…"

"부담이라뇨. 오히려 다행이라고 생각했는데… 걱정했어요?"

"엄청. 너한테 강요하는 것처럼 보이는 것도 싫었고, 그, 나였다면 그런 얘기를 들으면 좀… 싫을 것 같이 있어."

싫을 것 같았다니, 재희는 고개를 내저었다. 그리고 계속해 보라는 듯 그의 등을 토닥토닥 두드려 주었다.

"딱히 계획에는 없던 일이었잖아. 우리끼리 살아도 충분하다고 생
각했어. 아니, 만족하다 못해 여전히 거창하기만 해. 환경이 그렇잖아.
이런 곳에서 태어난 아이가 정말로 행복할 수 있을까? 나중에 가서는
아빠가 이런 사람이라서 원망하는 건 아닐까? 그래, 충분히 그럴 만하
지. 하지만 그런 건 둘째 치더라도."

"건욱 씨…."

"너까지 고생시키고 싶지 않았어. 도대체 그 작은 몸으로 어떻게
애를 낳을 수 있다는 거야? 임신이 위험한 경우도 많다잖아. 그리고
나는… 미안하지만 그런 일이 생기면 뒤도 돌아보지 않고 너부터 살
릴 거야. 그런데 그런 사람이 어떻게 제대로 된 아빠가 될 수 있을지
걱정되기도 하고, 또…."

"어휴, 또 그런다. 또!"

웃어야 할 상황이 아닌데도 그의 끝도 없는 걱정을 듣고 있으면 그
모습이 사랑스러워서 웃음이 터져 나왔다. 재희가 언성을 높여서 나무
라자, 그제야 그는 입을 꾹 다물고 그녀의 어깨에 얼굴을 묻어 왔다.
누가 우기이고 누가 욱인 건지 이럴 때는 참 구분하기가 힘들었다.

그러나 그의 고백에 코끝이 찡해지는 이유는 무엇인지. 재희는 온
갖 걱정으로 아이스크림을 사 왔을 그를 고쳐 안았다. 이런 사람이라
서 더 욕심이 난 모양이다. 그녀의 일을 자기 일처럼 생각해 주는 사람
이니까, 그런 사람을 꼭 닮은 아이를 가지고 싶었던 모양이었다.

"저도 마찬가지예요. 아이를 가지려면 준비해야 할 게 많으니까요.
우리 같은 경우에는 더더욱이요. 건욱 씨가 걱정하는 게 뭔지도 알고,
또 그런 환경에서 자라는 바람에 고생도 많았다는 거 누구보다도 잘
아는데. 알면서도 내 욕심만 부리는 게 아닐까 고민도 했었어요. 그래
서 당장에 아이를 갖자는 건 아니에요. 아니지만…."

"재희야…."

"아예 가능성이 없는 일과 그래도 시도해 볼 만한 일은 다르잖아요. 그러니까 시기가 다 차기 전에 복원하는 건 괜찮지 않을까 싶어요. 사람 일이라는 게 어떻게 될지 아무도 모르는 거니까. 우리도, 처음에는 이렇게 될 줄 몰랐지만 어찌어찌 잘 살아가고 있으니까요."

"나는…."

"저도, 욕심은 있었거든요. 건욱 씨랑 나 사이에서 태어나는 아이는 정말로 예쁠 것 같다고. 기왕이면 두 명까지 생각하고 있는데 그건 나중에 같이 계획을 세우기로 해요. 조금, 이기적이라고 생각할지도 모르겠지만 그래도요. 오히려 건욱 씨가 아이 계획을 아주 싫어하는 것 같지는 않아서 다행이라고 생각… 어머."

그녀의 코끝만 찡했던 게 아니었나 보다. 품에서 그녀를 떼어 낸 그가 조심스레 시선을 맞추어 왔다. 눈가에 붉은 기가 맴도는 것을 보니 짧은 시간 동안 엄청나게 간을 졸였던 모양이다. 그 모습을 재희는 웃는 듯 우는 듯 바라보았다. 그가 젖은 목소리로 말을 이었다.

"내가 무슨 자격으로 싫어하겠어…."

"건욱 씨…."

"그냥, 믿기지 않았던 거야. 나한테는 그런 건, 그런 선택지 같은 건 없는 거였으니까. 그래서 엄두조차 내지 못했던 거였는데, 네가, 나한테 그걸…."

건욱은 차마 말을 다 잇지 못하고 한 손으로 두 눈을 가렸다. 그저 제게 다가와 준 모든 일들에 감사했다. 재희가 아니었다면 경험하지 못했을 일이 처음부터 끝까지 가득 차 있었다. 그런 인생을 자신은 살고 있었다. 그런데 아이라니. 그녀와 그를 꼭 닮은 아이가 태어날 수도 있다니. 그런 걸 바라도 되는 거라니….

"당치도 않아서 그래. 생각 같은 걸 해 본 적이 없었으니까. 그래서 수술까지 했던 거라서…."

"그럼 재수술하는 거죠?"

"다음 주 중에 바로 날짜 잡을게. 그리고 퇴근하기 전에는 콘돔도 사 올게. 아무렴 그래야지."

"네, 네?"

콘돔이라는 단어가 곧바로 나올 거라고는 예상 못 했던지라 그녀가 말을 더듬었다. 밤마다, 아니. 굳이 밤이 아니더라도 그보다 더한 일들을 해 왔던 주제에 뭐가 부끄럽다고 얼굴을 붉히는 건지. 오히려 당연한 거였다. 부부 사이여도 준비가 되기 전까지는 피임하는 게 맞는 건데….

"그러니까 바로, 가질 거는 아니니까. 그렇지? 어…."

"네? 네에."

"준비가 많이 필요한 데다가, 그래. 네가 원할 때. 그럴 때 가져야 하는 거니까 이제는, 응."

"피, 필요하겠네요. 콘돔이."

"필요해지겠지, 콘돔이…."

그녀의 반응에 건욱 또한 정신이 번쩍 들었는지 손짓까지 동원해서 말을 이어 가기 바빴다. 마찬가지로 얼굴은 물론이고 귓불까지 상기된 채였다. 두 사람의 얼굴이 모닥불처럼 활활 타오르고 있었다.

"운동, 열심히 할게."

"지금보다 더요?"

"그래, 이제는 술도 끊어야겠어. 또, 피부과도 정기적으로 다니는 게 좋을까?"

"네에?"

"아니면 목요일마다 마사지받는 거 효과는 어때? 물론 너는 해도 안 해도 예쁘기만 한데, 괜찮으면 나도 받아 볼까 하고."

"선생님도 친절하시고 좋긴 한데, 갑자기 왜요?"

"왜긴."

건욱이 당연한 걸 묻느냐는 듯이 그녀를 바라보았다. 어느샌가 그녀를 안아 들고 침실 쪽으로 발걸음을 옮기고 있었다. 그녀도 자연스레 그의 어깨에 팔을 둘렀다.

"나중에 학부모 참관일에 부끄럽지는 않아야 할 거 아냐."

"네?"

"잘생기고 자상하고 돈도 많은 아빠로 보이고 싶어. 우리 자식 기좀 세워 주는 거지. 그러려면 이제부터 관리 들어가야 한다고 생각해."

"아하하!"

"너에게도 늘 좋은 사람이고 싶고, 재희야."

"저도 그래요. 같은 마음이에요."

재희가 눈을 찡긋거리며 그의 뺨을 어루만졌다. 그러자 기다렸다는 듯이 건욱은 그녀에게 입을 맞추었다. 습관처럼 이마이기도 했다가 콧잔등이기도 했다가 말간 뺨이기도 했다가 마침내 입술을 머금는 식이었다. 그리고 재희는 간지럽고도 조심스러운 스킨십이 곧 뜨거운 밤을 예고하고 있다는 걸 경험으로 알았다. 재희가 그의 품으로 얼굴을 묻어 올 때였다.

"왈왈!"

갑작스러운 포옹에 잠시 자리를 떴던 우기가 언제 그랬냐는 듯 두 사람을 졸졸 따라오고 있었다. 이제야 재밌는 걸 좀 하느냐는 듯 눈동자에 호기심을 가득 띤 채였다. 그러자 건욱은 난감하다는 듯 침실 문앞에 섰다.

"들어오면 안 돼, 우기야."

"왈!"

"엄마랑 아빠 이제부터 좀 바쁠 거라고."

"왈왈!"

"쓰읍…."

그러거나 말거나 기어코 침실을 점령하는 우기였다. 그 모습을 보며 재희는 키득거렸고, 건욱은 다른 방으로 가겠다며 다시 걸음을 옮겼지만 상황은 마찬가지였다. 오히려 우기는 두 사람만 재밌는 놀이를 하는 것처럼 보였는지 은근하게 노려보는 모양새였다.

포기하는 기색도 없이 따라오는 우기의 집념에 결국, 건욱도 호탕하게 웃음을 터트렸다. 재희도 더 이상 참지 못하고 소리 내어 웃었다. 아무래도 우기를 재워 놓고 거사를 치러야 할 것 같았다.

두 사람은 다시, 거실 소파에 나란히 앉아 테이블에 올려놓았던 아이스크림을 함께 퍼먹었다. 우기에게도 따로 간식을 주자 기분이 좋아진 눈치였다. 행복한 나날이 이어지고 있었다.

〈끝〉